À PROPOS DE L'AUTRICE

Fascinée par l'Angleterre monarchique, Christine Merrill s'intéresse surtout à l'époque de la Régence, dont elle décrit avec sensibilité et précision les us et coutumes.

Un baiser défendu

*

L'honneur d'une Strickland

CHRISTINE MERRILL

Un baiser défendu

INTÉGRALE

AU SERVICE DES STRICKLAND

Traduction française de
PHILIPPE BARBIER

SAGAS

HARLEQUIN

Collection : SAGAS

Titre original :
A KISS AWAY FROM SCANDAL

Ce roman a déjà été publié en 2019

HARPERCOLLINS FRANCE
83-85, boulevard Vincent-Auriol, 75646 PARIS CEDEX 13
Service Lectrices — Tél. : 01 45 82 47 47 - www.harlequin.fr
ISBN 978-2-2804-9082-5 — ISSN 2426-993X

Composé et édité par HarperCollins France.
Imprimé en avril 2023 par CPI Black Print (Barcelone)
en utilisant 100% d'électricité renouvelable.
Dépôt légal : mai 2023.

FSC
www.fsc.org
MIXTE
Papier issu de sources responsables
FSC® C159065

Pour limiter l'empreinte environnementale de ses livres, HarperCollins France s'engage à n'utiliser que du papier fabriqué à partir de bois provenant de forêts gérées durablement et de manière responsable.

1

— Je suis face à un problème insoluble…

Étant donné sa profession, Gregory Drake entendait fréquemment cette phrase quand quelqu'un se tournait vers lui pour recourir à ses services.

Il avait pour particularité de régler les affaires les plus complexes et c'était toujours à lui qu'on s'adressait pour régler ces questions difficiles.

Il n'était pas au service, certes, de tous les Londoniens, La sphère de ses activités se limitait à la haute société. N'importe lequel de ses membres s'adressait à lui quand il se trouvait dans une situation complexe, embarrassante ou, simplement, ennuyeuse.

Il réglait alors rapidement et discrètement son problème puis passait à une autre affaire sans se faire d'aucune façon l'écho de la précédente.

C'était grâce à son efficacité et sa discrétion qu'il avait ses entrées chez White's, Boodle's et la plupart des autres clubs de la capitale. Il n'était membre d'aucun d'eux, mais on le trouvait si souvent dans leurs bibliothèques en train de converser à mi-voix avec quelque lord influent que personne n'osait lui demander la raison de sa présence en ce lieu.

Même si aux yeux de la société il n'avait pas de position sociale bien établie, ses membres les plus prestigieux, qui ne voulaient pas importuner leurs amis, se tenaient à une distance respectueuse de lui. Et, plus particulièrement, ils ne voulaient pas déranger celui sur lequel ils pourraient compter pour les sortir d'embarras si quelque problème venait à se présenter dans leur vie.

En ce jour précis où Gregory entendait pour la énième fois la remarque précitée, il allongea les jambes vers l'âtre pour chasser de ses os le froid glacial de janvier et leva un regard interrogateur sur l'homme assis près de lui qui, à son exemple, se réchauffait auprès du feu.

— Une femme est-elle associée à votre problème ? demanda Gregory.

Avant son récent mariage, James Leggett s'était fait une réputation de débauché dont le succès auprès des femmes le plongeait dans de fréquents scandales.

— Plusieurs devriez-vous dire, répondit en riant Leggett. Mais aucune de la manière à laquelle vous vous attendez étant donné ma réputation.

— S'il ne s'agit pas d'une affaire de cœur ayant mal tourné alors de quoi est-il question ?

— Cela concerne la famille de ma femme, répondit Leggett en soupirant. Composée exclusivement de forts jolies femmes, mais il y en a trop pour un seul homme.

— C'est la raison pour laquelle vous avez recours à moi, fit Gregory avec un mouvement approbatif de la tête.

— La descendance des Strickland dans toutes ses branches est si encombrée de femmes qu'elle est sur le point d'expirer. Ma tendre épouse n'a que deux sœurs et une grand-mère.

— La comtesse douairière de Comstock, précisa Gregory pour montrer qu'il était au courant de la situation. Le comte n'avait pas de frères et ses trois fils sont morts, mais je crois savoir que la Couronne a trouvé un héritier pour le titre de comte de Comstock. Il se trouve aux États-Unis. Il s'agit un cousin éloigné du nom de Strickland.

Leggett acquiesça de la tête.

— Je vois que vous êtes très bien informé. La venue inopinée de ce cousin d'Amérique plonge la comtesse douairière et ses petites-filles dans une situation plutôt précaire.

Ce ne serait pas le cas dans une société équitable, pensa Gregory. Selon lui, les héritages auraient dû être divisés équitablement entre frères et sœurs sans tenir compte du sexe. Mais personne n'accordait d'importance à l'opinion d'un homme sans nom qui n'avait recueilli aucun héritage. De même, il lui semblait inutile d'argumenter sur cette question avec Leggett qui avait bénéficié des dispositions du système actuel.

— Le dernier comte leur a laissé une rente misérable, précisa Gregory Drake, et il est à craindre que le nouveau la leur retire aussi petite fût-elle.

— Elles ne seront pas pour autant condamnées à mendier dans les rues, repartit Leggett. Si personne d'autre ne le fait, je pourvoirai à leurs besoins. Mais mes belles-sœurs sont préoccupées par une autre question. L'héritier a demandé que soit effectué avant son arrivée un état de ses revenus ainsi qu'un inventaire complet du mobilier.

Gregory comprit d'un seul coup de quelle nature pouvait être le problème.

— Je suppose que les comptes présentent quelques zones obscures ?

— La comtesse est une femme charmante, répondit Leggett en souriant, mais un peu fofolle. Elle n'a pu résister à la tentation de donner l'illusion de la richesse alors que l'indigence menaçait la famille.

— Je suppose qu'elle a vendu les bijoux de famille, suggéra Gregory. Les épouses d'hommes titrés prennent parfois une si grande habitude de porter leurs somptueuses parures de pierres précieuses qu'elles finissent par croire qu'elles leur appartiennent et oublient qu'il s'agit de bien inaliénables qui doivent, selon les lois du royaume, se transmettre de génération en génération d'un chef de famille au suivant.

— Elle n'a, heureusement, rien commis d'aussi grave. Il semble qu'elle n'ait disposé que de quelques objets et d'un tableau. Tout cela choisi au hasard et dont elle n'a gardé aucune trace comptable.

— Vous avez besoin d'un bon limier qui scrute les vitrines des revendeurs ?

— Et de chevaux de trait attelés à un fardier. Dieu seul sait ce qui manque ! Rachetez tout. Je prends en charge tous vos frais.

Leggett ferma les yeux en signe de résignation avant de les rouvrir en poursuivant :

— Faites en sorte d'achever votre mission avant l'arrivée du nouveau comte. Le bruit court que l'océan est démonté entre ici et Philadelphie, mais le temps peut se rétablir du jour au lendemain, et l'on a jamais dit que la houle empêchait un vaisseau de voguer. Comptez donc qu'il arrive sous peu. Mon épouse est terrifiée à la pensée qu'un scandale pût éclater et compromettre la réputation de ses deux sœurs toujours célibataires.

— J'ai des liens avec le milieu des prêteurs sur gages et des antiquaires, qui me permettront peut-être de récupérer les objets manquants, répondit Gregory pour rassurer James Leggett. Vous n'êtes pas le premier à venir me voir avec ce genre de problème. Dès que j'aurais commencé à traiter votre cas, je le réglerai en un rien de temps.

— Je veux bien vous croire, répondit Leggett d'un air contrit, mais, dans le passé, vous n'avez pas eu affaire aux sœurs Strickland.

— Qu'ont-elles de si particulier ?

— Oh ! fit Leggett en grimaçant. Je ne saurais dire… Heureusement, ma Faith ne m'apporte que de la joie, mais elle a une volonté de fer.

— Elle est en quelque sorte le bouclier ou, plutôt, le rempart de la famille ?

— Oui, c'est cela même. Il faut dire qu'elle est l'aînée et, à ce titre, a l'habitude de prendre les choses en main. Mais vous n'avez pas à redouter son interférence. Elle se serait chargée de récupérer elle-même les objets manquants si je n'avais pas prévu de l'emmener en lune de miel en Italie. Nous partons pour un mois.

— C'est une excellente idée. Cela, en effet, me facilitera la tâche… Et les deux autres sœurs ? Quel rôle tiennent-elles sur l'échiquier ?

— Vous avez Charity, commença Leggett d'une voix hésitante comme s'il répugnait à parler de la jeune fille. C'est la benjamine…

— Une tendre enfant, sans doute ?

— Ce n'est plus vraiment une enfant. Elle a ses dix-neuf ans révolus.

Leggett lança un regard autour de lui pour s'assurer que personne ne les écoutait puis il reprit d'un air candide :

— Une mine de papier mâché et un esprit aussi tranchant qu'une lame de rasoir sans compter une langue bien déliée. Elle pourrait vous être d'une grande aide si vous réussissez à la persuader de poser ses livres et quitter la bibliothèque, mais elle est d'une intelligence supérieure et si elle décide de contrarier vos efforts, votre bataille et perdue avant même d'avoir commencé.

Gregory acquiesça tout en réfléchissant à la manière dont il pourrait gagner Charity à sa cause.

— Et la troisième ?

Leggett but une gorgée de son sherry avant de répondre :

— Êtes-vous familier avec le concept militaire de bataille perdue ? Représentez-vous ces cavaliers prêts à livrer une charge fatale droit dans la gueule des canons ennemis.

— Ils recherchent la gloire.

— Et une mort presque certaine. C'est une métaphore qui résume assez bien la personnalité de Hope Strickland. Elle a toujours un projet et, même s'il est déraisonnable, il est impossible de l'en détourner.

— Et quel est ce projet, selon vous ?

— Elle a l'intention de se marier avec le nouveau comte de Comstock dès qu'il aura posé le pied sur notre sol. Elle pense que s'il l'épouse, il sera moins enclin à s'irriter contre la douairière quand il apprendra qu'elle a disposé d'une partie de ses biens.

— Un tel choix de mari serait tout à fait opportun, remarqua Gregory.

— Cela nous épargnerait le souci d'en trouver un pour Charity si le choix du comte de Comstock pouvait se porter sur la benjamine. Elle a décliné l'offre de Faith de venir vivre chez nous et refuse de participer à la saison mondaine où elle aurait une chance de rencontrer des gentlemen susceptibles de lui faire la cour. Cependant, si c'est Hope qui décroche le comte, je crains que Charity ne reste incrustée dans la bibliothèque du manoir de Comstock comme si rien ne s'était passé.

Leggett se tut un instant avant de reprendre d'un air entendu :

— Tout de même, un homme devrait avoir son mot à dire quand il s'agit de choisir sa propre femme.

— Vous ne savez rien de lui, fit remarquer Gregory. Il pourrait être déjà marié ?

Leggett acquiesça de la tête.

— Il se pourrait aussi qu'il fût trop jeune pour se marier ou trop vieux et privé de la vigueur nécessaire pour assurer une descendance aux Comstock. Il faudrait, en outre, qu'il eût assez bon caractère pour pardonner à la douairière ses agissements et qu'il eût un intérêt plus grand pour la famille que pour la fortune que lui apporte cet héritage.

— Il se pourrait aussi qu'il ne fût pas du tout le genre d'homme qui convînt à une jeune fille de bonne naissance.

— Il pourrait, en effet, être un parfait imbécile, un vaurien, un mufle ou un débauché. Je ne peux pas laisser Hope se marier avec un homme qui ne lui convient pas simplement pour permettre à Charity de continuer à vivre comme elle a toujours vécu.

— Les femmes ont, parfois, de drôles d'idées, dit Gregory d'un ton rassurant. En particulier quand elles se préoccupent plus de la famille que d'elles-mêmes.

— La mienne a commis le même genre de sottise. Lorsque je l'ai rencontrée, elle était sur le point de se marier par intérêt et non par amour.

Un sourire envahit le visage de Leggett.

— J'ai mis de l'ordre dans ses priorités, mais je ne peux pas épouser toutes les Strickland pour les empêcher de commettre l'irréparable.

Il regarda alors Gregory avec une expression qui semblait dire que retrouver les objets manquants ne serait pas la partie la plus ardue de sa mission.

— Vous ne pensez pas que je devrais...

Gregory s'interrompit avant de poursuivre :

— Vous ne comptez pas sur moi pour leur trouver des maris ?

Il se vantait de résoudre tous les problèmes mais servir d'entremetteur n'entrait pas dans ses compétences.

— Mon Dieu ! Non. D'ailleurs, nous sommes tous convaincus que Charity est une cause perdue. Hope, par contre, est plus jolie qu'il n'est nécessaire pour plaire et, pour peu qu'elle y consente, elle n'aura pas de difficulté à trouver un mari. Je ne veux pas qu'elle laisse passer la saison londonienne réfugiée dans sa tour d'ivoire dans l'attente d'un prince qui ne viendra peut-être jamais.

— Voudriez-vous que je prenne des renseignements sur l'héritier du titre ?

— Toute information sera la bienvenue. Si vous découvrez qu'il a laissé aux États-Unis une épouse et dix petits Strickland, informez-en Hope afin qu'elle renonce à ses rêves.

— Et si je ne découvre rien de la sorte ?

— Je ne m'opposerais pas à ce que vous preniez quelque liberté par rapport à la vérité. Donnez libre cours à votre imagination.

— Vous voudriez que je lui mente ? demanda Gregory sur un ton offusqué.

Bien qu'il ne fût pas d'origine aristocratique, il n'en avait pas moins le sens de l'honneur et, peut-être même, en avait-il plus que la plupart des personnes qui l'employaient. Et s'il devait trahir sa parole, il n'était pas question qu'il travestît ses mensonges en laissant croire qu'il avait été submergé par son esprit inventif.

— Je veux seulement qu'elle consente à regarder les hommes autour d'elle, répondit Leggett en soupirant. Faites ce qu'il faut pour l'en persuader. Je vous laisse libre de choisir le procédé qui vous semblera le mieux approprié.

— Merci, fit Gregory, satisfait de la réponse de Leggett qui lui laissait les coudées larges et la possibilité de trouver une solution avant de recourir au mensonge.

— Vous aurez, d'ailleurs, plus d'une occasion de trouver une solution puisque vous serez forcé de vous faire assister d'elle pour vos recherches. C'est, en effet, Mlle Hope Strickland qui détient la liste des objets et meubles que vous devez retrouver.

Leggett souriait, à présent, d'un air satisfait comme s'il avait simplifié la situation au lieu de la compliquer.

— L'expérience m'a appris, commença prudemment Gregory qui ne voulait pas contredire son employeur de façon trop brutale, que moins la famille est impliquée dans ces recherches, plus rapidement elles sont achevées.

— Je n'ai jamais dit que la mission que je vous confiais serait facile, dit Leggett alors que de nouveau un petit sourire suffisant se dessinait sur ses lèvres comme s'il trouvait du plaisir à la pensée qu'un autre que lui souffrirait entre les délicates mains des sœurs Strickland et de leur écervelée de grand-mère. En conséquence, je vous donnerai le double de vos honoraires habituels. Je vous ai mis, en effet, en face d'un double problème.

Gregory n'en revenait pas de se voir offrir une prime égale au montant de ce qu'il avait coutume de demander sans qu'il n'eût rien réclamé. Or, il ne doutait pas de retrouver les éléments manquants du patrimoine des Comstock. D'autre part, quelle difficulté rencontrerait-il à empêcher un mariage qui avait peu de chance de se faire indépendamment de son intervention ?

Il leva les yeux sur Leggett qui avait toujours le même sourire collé aux lèvres, mais resta silencieux comme s'il hésitait à accepter l'offre qui lui était faite.

— Je triple votre rétribution, dit Leggett, si vous estimez que c'est nécessaire. Je suis impatient de partir pour le continent et veux être certain que la question sera réglée telle que je l'entends.

L'offre était trop bonne pour que Gregory la refusât même s'il y était enclin.

— Considérez qu'elle l'est déjà.

— Merci… Mlles Hope et Charity Strickland ainsi que la douairière sont à Londres pour la saison mondaine. L'hôtel particulier des Comstock se trouve sur Harley Street. Je vais les prévenir de votre visite.

— Parfait.

Satisfait de la rémunération qui lui avait été offerte, Gregory sourit à son employeur bien qu'il pressentît que la mission qu'il avait acceptée ne serait pas de tout repos.

— Je compte sur vous pour que tout cela reste entre nous, dit Leggett sur le ton un peu gêné de quelqu'un qui n'avait pas l'habitude de s'avouer en difficulté et encore moins de solliciter l'aide d'autrui.

— Je suis la discrétion même, répondit Gregory.

Lorsqu'on tirait son revenu de l'art d'effacer les erreurs commises par certains membres de la noblesse, on se devait de garder pour soi leurs secrets.

2

— Bonsoir, milord !

Hope Strickland s'entraînait à sourire devant le grand miroir du hall d'entrée de l'hôtel de Comstock.

Considérant que la grimace qu'elle produisait était aussi près que possible de la perfection qu'elle cherchait à atteindre, elle entreprit de l'associer à une révérence tout en en appréciant le résultat dans la glace. Elle n'était pas tout à fait sans expérience des égards dus aux membres de la Chambre des pairs, mais ça ne voulait pas dire qu'elle pût s'abstenir de s'entraîner. La première impression que l'on recevait d'une personne était la plus importante. Elle ne trompait jamais.

Non que cela eût de l'importance. Ses chances de succès étaient presque nulles. Cependant, s'il y en avait ne fût-ce qu'une, elle ne voulait pas la laisser passer.

À présent que Faith était mariée, Hope se retrouvait l'aînée. Elle avait le devoir de tenir ce rôle du mieux qu'elle pouvait et de prendre soin de sa sœur puînée ainsi que de sa grand-mère, leur comportement irresponsable exigeant une grande vigilance de sa part.

Elle renouvela sa révérence mais ne plia pas assez les genoux et l'expression de son regard ne trouva pas la subtile frontière entre déférence et séduction.

— Tu n'en as pas fini avec ça ? demanda Charity depuis le seuil de la porte, les bras croisés devant elle en signe de désapprobation.

— Il vaut mieux être prête, répondit Hope en relevant la boucle de cheveux qui retombait toujours sur sa tempe gauche.

— Prête à s'incliner devant l'étranger qui vient prendre notre maison ?

— C'est lui le propriétaire. Nous ne sommes que ses hôtes sous ce toit.

— Tu oublies que nous sommes de la même famille. Cela nous donne des droits.

— J'aimerais qu'il en fût ainsi, répondit Hope en se tournant vers sa sœur, mais je préfère envisager la situation d'une façon plus pragmatique. Bien que nous partagions le même nom, il ne nous a jamais vues. Il ne nous considérera pas comme des membres de sa famille à moins que nous ne nous efforcions à l'en convaincre. À son arrivée, nous devrions le saluer chaleureusement et lui présenter des visages aussi souriants que possible.

— Tu ne veux pas en faire un ami mais un mari ! Quel est ton plan de rechange si ça ne se passe pas comme tu le souhaites ? Tu devrais être prête à toute éventualité.

Charity était bien trop logique, mais Hope y était habituée. Il avait toujours été dans sa nature de déceler les faiblesses de n'importe quel projet et de les dénoncer sans merci jusqu'à ce qu'on y renonçât.

— Si le comte ne s'intéresse pas à moi, répondit Hope, nous n'aurons qu'à profiter que nous sommes à Londres et que la saison mondaine n'est pas terminée pour nous trouver des maris convenables. Nous n'aurons, dès lors, plus aucune raison de nous préoccuper de lui ni de ses biens.

Hope avait volontairement parlé à la première personne du pluriel en insistant sur le « nous » dans l'espoir que sa sœur comprendrait la gravité de la situation et qu'elle ferait sa part des efforts nécessaires pour s'en sortir. Elle n'avait pas vraiment peur d'échouer, en ce qui la concernait, mais il avait toujours été entendu que ce ne serait pas aussi facile pour Charity. Et, pour rendre la difficulté encore plus grande comme elle en avait l'habitude, elle refusait tout bonnement de chercher un mari.

— Nous devons remercier M. Leggett grâce auquel nous pouvons prendre part à cette saison mondaine, reprit Hope.

Tout en parlant, elle souleva le bas sa jupe pour rappeler à sa sœur que leur garde-robe avait été renouvelée depuis leur retour à Londres. Jusqu'au mariage de leur sœur, elles n'avaient cessé de raccommoder et réajuster leurs anciennes tenues. Or, à présent, de nouvelles robes s'alignaient dans leurs armoires.

Cela n'apparaissait pas, cependant, dans la tenue de Charity qui portait une robe de deux ans, dont on pouvait dire au mieux qu'elle était d'un style pratique. Si elle avait pu convenir pour passer ses journées dans la bibliothèque du manoir de Comstock, elle n'était pas du tout adaptée, en revanche, à la vie londonienne.

— J'aurai tout le temps plus tard de m'amuser à porter de jolies robes, fit Charity qui avait perçu le silence critique de sa sœur, mais, pour l'instant, j'ai des choses plus intéressantes à faire.

— Sans doute, mais elles ne te serviront à rien si tu ne te décides à les mettre que dans le Berkshire.

— C'est ton point de vue. Moi, je me porte très bien dans le Berkshire. Plus tôt tu me laisseras y retourner, mieux nous serons l'une et l'autre.

Alors que Hope avait bondi de joie en apprenant qu'elles allaient se rendre à Londres pour la saison mondaine, Charity n'avait eu aucune réaction et, depuis son arrivée dans la capitale, ne cessait de se plaindre.

— Tu me parles d'une solution de rechange si ça ne marche pas avec le comte, dit Hope en souriant pour masquer son mécontentement, mais n'en as-tu pas une pour toi-même ? Lorsque notre cousin arrivera, tu ne pourras pas te contenter de t'accrocher aux murs et refuser de quitter le manoir. S'il te demande de partir, il faudra bien y consentir.

Un sourire triomphant illumina le visage de Charity.

— Je n'ai pas besoin de solution de rechange. La première

est toute proche de la réalisation et je serai partie depuis longtemps avant qu'il ne mette les pieds dans le Berkshire. Si tu voulais seulement me permettre d'y retourner…

Encore une fois, Charity faisait allusion à sa solution sans rien en révéler. Il ne semblait pas qu'elle eût l'intention de s'entendre avec le nouveau propriétaire… Mais quel homme s'en laisserait-il conter par une jeune fille qui, il y a à peine un an, était encore sur les bancs de l'école ?

— Ce plan si mystérieux…, commença Hope. Je suppose qu'il ne prévoit pas de mariage ? Parce que, dans le cas contraire, tu devrais envisager d'accepter certaines invitations.

Une pensée inquiétante, soudain, lui traversa, l'esprit.

— Promets-moi que tu n'as pas l'intention de te donner à n'importe qui contre de l'argent. Nous ne sommes pas si pauvres que ça.

Charity eut un rire grinçant.

— Ma chère sœur, tu peux te mentir à toi-même au sujet de ton avenir, mais, je t'en prie, ne te raconte pas d'histoires au sujet du mien.

Elle avança de quelques pas et saisit Hope par les épaules, l'obligeant à se retourner de façon à ce qu'elles se reflètent, côte à côte, dans la grande glace.

— Aucun homme ne voudra de moi comme maîtresse. Je ne suis pas assez jolie. J'ai la ferme intention de me marier au moment opportun, mais pour attraper un mari, je ne pourrai pas me contenter d'une révérence parfaite et d'une jolie robe. Il me faudra une dot.

Elle ajusta ses lunettes pour améliorer sa vision comme si elle voulait avoir une appréciation plus précise de ses mérites.

— Assez élevée, je pense, poursuivit-elle. Il faudra prévoir une somme plus forte que celle habituellement consentie aux benjamines pour compenser mon physique et mes mauvaises manières.

— Ne parle pas comme ça de toi, répondit spontanément Hope.

Charity était fondée, cependant, à faire cette analyse. C'était une chose d'être une fille sans charmes et une autre d'être trop intelligente et incapable de garder son opinion pour soi.

— Je suis certaine, reprit Hope, que lorsque le comte arrivera…

— Il t'épousera, interrompit Charity, et posera un regard bienveillant sur ton excentrique petite sœur ?

Charity tapota l'épaule de son aînée.

— D'habitude tu fais preuve de bon sens. C'est ce qui me désole tant de te voir te faire de telles illusions.

— Je veux seulement te voir heureuse !

Ce n'était pas tant le désir que le sens des responsabilités qui animait Hope. Maintenant que Faith était partie, quelqu'un devait prendre en charge la famille. Or, ni Charity ni leur grand-mère n'en étaient capables.

— Je le suis, répondit Charity. Cela te surprend peut-être, mais c'est vrai. Ne t'inquiète pas de mon avenir. Pense plutôt au tien. J'ai appris que grand-mère avait reçu des invitations pour une soirée dans les salons d'Almack's. Il faut que tu y ailles et que tu y danses aussi longtemps que tes jambes te porteront. Il importe peu que le comte de Comstock soit arrivé ou non.

— Bien sûr, répondit Hope en regardant sa sœur dans les yeux. Et tu m'accompagneras.

— Peut-être, fit Charity.

Elle embrassa furtivement sa sœur sur la joue puis se tourna vers l'escalier.

— À moins que je ne sois occupée à autre chose, ajouta-t-elle en gravissant les marches.

Hope laissa échapper un soupir. C'était mieux, tout de même, qu'un refus pur et simple. Mais connaissant Charity telle qu'elle la connaissait, d'ici mercredi elle aurait une solide excuse pour ne pas aller au bal. Hope, par contre, s'y rendrait avec sa grand-mère et, comme Charity l'avait suggéré, elle y danserait jusqu'à l'épuisement en faisant en sorte que tous les jeunes gens la remarquent et soient éblouis par son charme et sa beauté.

Elle ne gagnerait rien à faire tapisserie. Le comte de Comstock pourrait avoir n'importe quelle jeune fille en Angleterre. Or, il ne poserait pas deux fois les yeux sur une jeune fille qui n'aurait aucun succès auprès des jeunes gens conviés aux soirées mondaines.

Elle se retourna vers le miroir et fit un sourire qui aurait ébloui un duc à vingt pas puis elle s'exerça de nouveau à faire la révérence.

— Bonsoir, milord…

Elle plia davantage les genoux que précédemment et sentit ses jambes trembler. Elle allait avoir vingt et un ans mais n'était pas encore infirme. Elle pouvait et devait faire mieux.

— Bonsoir, milord, répéta-t-elle en renouvelant sa révérence.

— Il me semble que bonjour conviendrait mieux… Il n'est pas encore 11 heures.

Hope trébucha et leva les yeux pour découvrir le reflet d'un étranger qui était entré dans le hall et se tenait derrière elle.

C'était lui !

Ce ne pouvait être que lui ! Qui d'autre que le comte de Comstock se serait permis de circuler dans la maison sans y avoir été invité et sans avoir été présenté à ses occupants ?

— Et je n'ai pas de titre.

— Pas encore…

Hope n'avait plus besoin de s'efforcer de sourire. En regardant le nouveau comte, un sourire naissait spontanément sur ses lèvres. Quelle femme ne se serait-elle pas sentie heureuse en présence d'un homme aussi beau ? Bien qu'elle n'eût jamais été du genre à accorder beaucoup d'importance à la beauté masculine, elle ne pouvait nier que la sienne touchait à la perfection.

Parfaitement proportionné, ni trop grand ni trop petit, les hanches étroites et les épaules larges que surplombait un visage digne d'une divinité antique. Ses cheveux blonds étaient mi-longs et bouclaient légèrement à l'extrémité de la mèche qui lui couvrait le front au-dessus de l'arc brun de ses sourcils. Son regard gris respirait l'intelligence et un sourire avenant éclairait son visage.

Elle ne remercierait jamais assez le Seigneur qui lui avait envoyé exactement l'homme qu'elle décrivait dans ses prières : jeune, beau et, à en juger d'après la flamme qui brillait dans ses grands yeux au moment où il la regardait, célibataire. Mais il ne le resterait pas longtemps si elle arrivait à ses fins.

— Vous avez raison, répondit-il en inclinant la tête de côté. Je n'ai pas encore de titre, mais n'ai guère de chance d'en obtenir un. Il arrive, cependant, que Sa Majesté en accorde à des personnes de mérite. Or, je n'ai pas encore fêté mes trente ans. Avec le temps et si l'on ne ménage pas ses efforts, tout est possible, mademoiselle Strickland.

Hope accusa le choc mais se reprit aussitôt, s'efforçant de garder la même expression que celle qu'elle s'était entraînée à produire devant son miroir.

— Alors, vous n'êtes pas mon cousin d'Amérique ?

— Le prochain comte de Comstock ?

Il remua la tête en souriant d'un air contrit.

— Hélas, non.

Puis, s'inclinant avec déférence, il reprit :

— Gregory Drake. À votre service, mademoiselle Strickland. Je crois savoir que vous avez été prévenue de ma visite.

Les traits de Hope se transformèrent alors qu'elle luttait pour ne pas laisser jaillir de ses lèvres un « pardon ? » qui aurait pu être mal pris.

Lançant un regard vers la porte d'entrée, elle se demanda quand elle s'était ouverte pour laisser cet intrus pénétrer dans l'hôtel de Comstock.

— Je crains que vous n'ayez été mal informé, monsieur. Je n'ai pas été avertie de votre visite.

Drake, qui avait lu l'étonnement dans le regard de la jeune fille quand elle l'avait dirigé vers la porte d'entrée, acquiesça d'un signe de tête pour montrer qu'il avait deviné ses pensées.

— Je vous prie de m'excuser, mademoiselle, mais j'ai été engagé par votre beau-frère, M. Leggett, pour assister votre famille dans certaines difficultés qu'elle traverse. Étant donné qu'il s'agit d'une question qui requiert la plus grande discrétion, je suis rentré par la porte de l'arrière pour ne pas attirer l'attention.

— L'entrée de service, précisa Hope.

Gregory acquiesça avec solennité.

Un torrent d'injures déferla dans l'esprit de la jeune fille au sujet de ces moins-que-rien qui nourrissent des illusions de grandeur et ont le toupet de l'égarer avec leurs propos mensongers. Pire encore ! Qui ont l'audace de ressembler à la réponse aux prières insistantes d'une jeune fille. Il n'avait pas le droit d'être aussi beau alors qu'il était si éloigné de ce qu'elle attendait…

Le rayon de sa colère s'élargit, soudain, pour inclure le mari de sa sœur qui avait engagé ce… ce… cette personne ! Un froncement de sourcils se dessina simultanément sur son visage alors qu'elle prenait conscience que sa grand-mère était probablement au courant de la décision prise par James et qu'elle ne lui en avait rien dit, de même qu'elle ne s'était jamais confiée à sa petite-fille au sujet des difficultés qu'elle rencontrait concernant l'estimation des biens demandée par le comte de Comstock. Au fond, elle avait dû probablement trouver très amusant de ne pas la prévenir de la visite de M. Drake pour mieux s'assurer qu'elle se ridiculisât.

Quand elle eut l'assurance que le ton de sa voix révélerait le moins possible l'amertume qu'elle ressentait, elle reprit :

— Si je comprends bien, M. Leggett vous a envoyé ici pour nous protéger contre nous-mêmes.

Elle n'avait pas réussi à contrôler parfaitement sa voix mais elle avait de bonnes raisons d'être fâchée. M. Drake, lorsqu'il était arrivé, l'avait surprise dans une situation ridicule ; ce qui n'avait certainement fait que confirmer ce qu'il pensait déjà de la famille Strickland : un foyer de femmes écervelées incapables de se prendre en charge.

Mais ne le pensait-elle pas aussi quand elle était confrontée aux derniers exploits de sa sœur ou de sa grand-mère ? Elle ne contestait pas qu'elles fussent confrontées à certains problèmes, mais comment un étranger pourrait-il les comprendre aussi bien qu'elle ?

Elle réussit de nouveau à sourire mais pas de la manière chaleureuse qu'elle réservait au comte. Le sourire qu'elle adressait à ce monsieur était celui qu'elle réservait aux boutiquiers et fournisseurs.

— Qu'est-ce que vous a dit M. Leggett au sujet de nos difficultés ?

— Tout, je suppose. Il m'a confié qu'avant un inventaire imminent, vous essayiez de récupérer certains éléments de votre mobilier qui ont été hypothéqués.

S'il l'avait trouvée peu aimable, il ne le laissait pas voir et se comportait d'une manière très professionnelle, autant dire qu'il se montrait courtois, mais ne révélait rien de ce qu'il pensait ou ressentait vraiment.

Il croyait tout savoir de leur situation… Cela prouvait, en réalité, combien il en savait peu. Même James Leggett ignorait ce qu'il y avait de plus grave car Hope n'avait pas voulu gâcher la lune de miel de Faith en révélant à son beau-frère ce qu'elle avait, récemment, découvert.

Son souci présent, cependant, était de faire comprendre à cet intrus qui lui imposait sa présence qu'elle n'était en rien responsable des difficultés qui les assaillaient.

— Grand-maman n'aurait jamais dû vendre ce qui ne lui appartenait pas. De même qu'elle n'aurait pas dû nous cacher aussi longtemps nos problèmes financiers.

Drake acquiesça de nouveau d'un air compréhensif.

— Certes, mais qu'auriez-vous pu faire si vous l'aviez su ?

Pas grand-chose, en effet. C'était Faith qui avait été responsable du budget de la famille et il semblait qu'elle eût pris des décisions raisonnables, notamment en réduisant les dépenses de bouche et d'habillement. Certaines pièces peu utilisées avaient été fermées et le personnel réduit. Mais quel serait, aujourd'hui, l'état de leurs finances si leur grand-mère n'avait pas fait rentrer de l'argent en vendant du mobilier ?

Maintenant qu'il fallait rendre des comptes, cependant, le fait qu'il n'y eût pas eu d'autre solution ne réconfortait pas Hope.

— Le passé importe peu, répondit-elle. C'est l'avenir qui me préoccupe. Or, un scandale va éclater si la vérité arrive sur la place publique.

— Je suis ici pour garantir que cela n'arrive jamais. J'ai aidé plus d'une famille confrontée à des difficultés similaires. Il n'est en rien inhabituel de prendre des mesures désespérées lorsqu'on manque de ressources.

— Si j'ai bien compris, M. Leggett entend relever les hypothèques des objets manquants ?

C'était une intention généreuse de la part d'un homme qui n'avait aucune idée de l'ampleur du problème.

— En effet… Il m'a dit que vous en déteniez la liste.

— D'une certaine manière, répondit-elle sans donner plus ample information.

A en juger d'après l'expression de M. Drake, il s'attendait à ce qu'elle lui confiât les secrets les plus cachés de sa famille, mais elle n'avait aucune raison de faire confiance à cet étranger sorti de nulle part qui ne lui avait jamais été présenté et qui n'avait même pas une lettre de recommandation. Après tout, il aurait pu tout aussi bien être au service du nouveau comte et agir en son nom. Auquel cas, elles étaient toutes les trois démasquées !

— Si vous voulez bien me la confier, reprit M. Drake sans jamais se lasser de sourire, je vais commencer ma mission et ne vous importunerai pas davantage. La question sera réglée sans que vous n'ayez plus à vous en préoccuper.

Elle ne put réprimer un rire de dérision. Il aurait mérité qu'elle lui dît la vérité puis l'envoyât faire ses recherches sans autre assistance.

— Entendu, répondit-elle en tournant les talons.

Elle traversa le hall et prit le corridor jusqu'à la salle où était servi le petit déjeuner. Sur le seuil de la porte, elle tendit l'oreille et perçut derrière elle le pas régulier de M. Drake.

Elle entra dans la pièce et se dirigea vers un petit bureau

sur lequel elle prit une feuille de papier chiffonnée. Quand elle se retourna vers M. Drake, elle constata qu'il l'avait suivie mais était resté à une distance respectueuse d'elle.

— Voici ce qu'il faut récupérer, dit-elle en lui tendant la liste. Réglez nos problèmes si vous vous en croyez capable.

Elle le vit froncer les sourcils alors qu'il prenait connaissance du document.

— La peinture bleue, une paire de chandeliers, l'encrier du troisième comte de Comstock…

Il leva sur Hope un regard étonné.

— Vous n'avez pas d'autres informations sur ces objets ? J'aimerais savoir si lesdits chandeliers sont en or ou en argent ? Et je ne peux même pas lire cette ligne…

Il montra du doigt la partie du texte en question.

— Moi non plus, répondit-elle avec une expression malicieuse qu'elle n'arrivait pas à masquer.

Elle éprouvait une joie cruelle d'une certaine manière à voir Drake confronté aux mêmes difficultés que les siennes.

— Ma grand-mère est loquace, mais il est difficile d'obtenir d'elle des renseignements précis quand ce serait nécessaire. Il m'a fallu déployer de gros efforts pour réunir ces quelques informations. Elle n'a gardé, en effet, aucune trace des objets qu'elle a déposés ici et là contre une somme d'argent. Et je suis certaine que plusieurs objets manquants ne sont même pas mentionnés dans cette liste.

Certains étaient d'une valeur dépassant vertigineusement les autres, mais Hope n'avait pas envie d'en parler maintenant.

— Je l'interrogerai de nouveau, promit-elle, mais je ne sais pas ce qu'elle sera prête à reconnaître en plus entre tout ce dont elle s'est séparée.

— Les antiquaires, heureusement, tiennent une meilleure comptabilité que leurs clients, mais il faudra, sans doute, les amadouer pour obtenir de leur part des informations. La loi interdit le recel de biens prélevés sur un patrimoine inaliénable.

— J'en suis bien consciente.

Sa grand-mère, elle le savait, était plus coupable encore

que ceux avec lesquels elle avait fait affaire. Ils recevaient des biens volés, mais c'était elle qui avait commis le délit.

— Mais en admettant que ces receleurs ne se souviennent pas de votre grand-mère ? fit Drake. Seriez-vous capable de reconnaître les objets disparus s'ils vous étaient présentés ?

— Oui, la plupart d'entre eux, je suppose. Je les ai toujours vus. J'ose espérer que si je les voyais dans la vitrine d'un commerce d'antiquités, quelque chose en moi réagirait.

— Si vous les connaissez si bien, il serait préférable que vous m'accompagniez.

— Pardon ? Vous voudriez que j'accompagne un étranger dans des quartiers louches de Londres pour y récupérer des objets volés ?

— Je ne suis pas vraiment un étranger. Vous oubliez que je vous ai été envoyé par votre beau-frère pour vous venir en aide.

— Je n'ai aucun document qui atteste la vérité de vos paroles.

— Comment serais-je au courant de vos problèmes sinon par lui ?

— Vous auriez pu en entendre parler par un autre canal ou, simplement, supputer que telle était notre situation en raison de nos circonstances familiales.

Elle éprouvait un plaisir indéfinissable, mais sans doute indigne d'une lady, de voir à quel point les objections qu'elle lui opposait l'embarrassaient.

Il perdit un bref instant sa contenance, mais se reprit très rapidement et, plongeant la main dans la poche de son manteau, en sortit une feuille pliée en quatre qu'il présenta à la jeune fille.

— Si je ne vous dis pas la vérité, comment se fait-il que je sois en possession de ce document ?

Il s'agissait d'une lettre de crédit signée par James Leggett promettant d'acquitter toutes les dettes que Gregory Drake pourrait contracter dans l'exercice de sa mission. En lisant ces lignes, Hope fut prise de vertiges. Son beau-frère n'avait aucune idée de ce qu'il promettait. Mais puisqu'il était déjà parti en lune de miel avec Faith, il était trop tard pour l'en avertir.

— Si cela vous rassure, reprit Drake, interprétant à sa façon le silence de la jeune fille, considérez-moi comme un domestique qui vous servira de chaperon alors que vous récupérerez les objets de votre famille. J'assurerai votre protection, me chargerai de la transaction et porterai les paquets.

Hope ne parut pas convaincue… Elle ne pouvait se faire à l'idée qu'il marchât derrière elle, en retrait de quelques pas, comme un vulgaire valet de pied. Il s'exprimait trop bien pour un domestique, mais n'était pas assez sévère pour faire un maître d'école. Elle pouvait à la rigueur se le représenter sous l'habit d'un homme de loi, mais il y avait une étincelle dans son regard qui convenait mieux à un scélérat. Et un pasteur n'aurait jamais eu ce sourire charmeur.

En un mot, il était trop beau et séduisant pour qu'il fût convenable de l'accompagner seule en ville. Si on la remarquait à son côté, une rumeur se répandrait qui n'aurait rien à voir avec les problèmes financiers des Strickland. Et alors qu'il n'y aurait aucun problème à ce que le nouveau comte vît qu'elle était courtisée par des jeunes gens du monde, il n'en serait pas de même s'il apprenait que Gregory Drake comptait parmi ces prétendants.

— Si vous craignez pour votre réputation, poursuivit Drake, sachez qu'elle sera tout aussi entamée s'il devient de notoriété publique que de nombreux objets manquent à l'inventaire des biens du comte de Comstock.

— À moins que nous ne puissions obtenir son silence au moins par compassion, répondit Hope qui aurait voulu reprendre son entraînement devant le miroir et faire comme si elle n'avait jamais eu la visite de Gregory Drake.

Ce dernier remit dans sa poche la lettre de crédit et y joignit la liste que lui avait confiée Hope.

— Que savez-vous de l'héritier du titre laissé par votre défunt grand-père ?

C'était une question embarrassante, d'autant plus que la réponse était évidente. Les demoiselles Strickland et leur grand-mère n'avaient jamais eu aucune relation avec le cousin en question sinon par l'intermédiaire de l'homme de loi qu'il avait commis pour réclamer d'elles l'estimation de sa fortune ; ce qui ne laissait rien augurer de bon. Néanmoins, Hope arbora un sourire pour rassurer Drake.

— Il fait partie de notre famille, répondit-elle. Or, les liens familiaux sont très forts chez les Strickland. Je suis certaine que notre cousin comprendra les difficultés auxquelles ont été confrontées quatre femmes obligées de s'en sortir par elles-mêmes.

— Il faut l'espérer car je doute qu'il ait la moindre affection pour ce pays, fit Drake en sortant un papier de son autre poche. M. Leggett a également requis mes services pour enquêter sur ce gentleman que vous attendez.

Il survola des yeux son document avant de reprendre :

— À ce qu'il paraît, son grand-père s'est battu avec bravoure au cours de la révolution américaine contre l'Angleterre. Plus récemment, son frère aîné, Edward, qui s'était engagé dans la marine britannique, a été tué au cours d'une bataille navale. C'est à la suite de cet événement tragique que le titre de comte de Comstock lui est échu.

Ces informations semblaient à Hope une réponse aux prières qu'elle avait adressées au ciel.

— Si notre pays est associé à tant de souvenirs douloureux pour lui, il se pourrait qu'il refuse le titre et reste en Amérique.

— Il est trop tard pour avoir ce genre d'espoir. Le schooner, *Mary Beth*, a déjà quitté le port de Philadelphie à destination de Bristol. S'il s'y est embarqué, comme il en avait l'intention, il devrait bientôt arriver.

— Nous ne sommes pas responsables d'une guerre qui a eu lieu de l'autre côté de l'océan ni des engagements de la marine britannique à l'autre bout du monde, repartit Hope qui voyait s'effondrer tous ses rêves comme un château de sable à marée montante.

— Certes, mais il reste le problème des objets soustraits au patrimoine, répondit Drake en mâchant ses mots comme s'il s'adressait à un enfant. Il serait préférable de s'assurer qu'il n'ait pas une autre raison de vous en vouloir. Laissez-moi une journée pour examiner votre liste dans le détail. Si cela vous convient, je passerai vous prendre demain à 10 heures et nous nous emploierons à remettre les choses en ordre.

Elle avait envie de lui répondre que ça ne lui convenait pas du tout, qu'il pouvait garder la liste et aller au diable. L'entreprise était vouée à l'échec. Quel avantage tirerait-elle d'engager une recherche, sachant qu'elle n'aboutirait jamais ?

Elle voulait croire, tout de même, que son beau-frère avait choisi cet homme en raison de sa compétence. Peut-être parviendrait-il à améliorer quelque peu la situation ? Et s'il avait besoin de son aide, comment pouvait-elle la lui refuser ? Or, plus tôt ils commenceraient, plus tôt ils en auraient fini.

Elle ne pouvait pas compter non plus sur les tempêtes d'hiver pour retarder indéfiniment l'arrivée du comte. La maison devait être en ordre et avoir retrouvé son mobilier avant qu'il ne s'y présentât.

— Je n'ai pas vraiment le choix, répondit-elle, enfin, avec son sourire figé. Je vous accompagnerai à condition, toutefois, que certaines formes soient respectées.

— Quelles sont-elles ?

— Par discrétion, je garderai toujours un voile en votre présence. Nous ne parlerons pas plus qu'il ne sera nécessaire, et en aucune circonstance vous ne m'appellerez par mon nom devant des étrangers.

Si Gregory Drake se sentait insulté, il ne le laissa pas voir. Son sourire était toujours aussi distant et impassible que jamais.

— Bien entendu, mademoiselle Strickland.

— Eh bien, dans ce cas, je vous attends demain à 10 heures.

— À demain, mademoiselle.

Il s'inclina avec élégance comme l'aurait fait n'importe quel homme du monde, mais prit la direction de la porte de service.

Hope laissa échapper un soupir.

— Vous êtes à côté de la porte d'entrée, monsieur Drake, fit-elle. Je vous en prie. Utilisez-la.

— Comme vous voudrez, mademoiselle, répondit-il en faisant volte-face.

Il se dirigea vers la porte, l'ouvrit et sortit de l'hôtel.

Hope courut à la fenêtre et, retenant son souffle, le regarda descendre Harley Street. Elle osait espérer que leur collaboration, même si elle ne faisait pas de miracles, n'aggraverait pas la situation. Était-il besoin, cependant, de lui parler de l'antipathie du comte de Comstock pour l'Angleterre ? On aurait dit que M. Drake tirait autant de plaisir à voir sa déception qu'elle la sienne.

— Quel garçon charmant !

C'était la voix de sa grand-mère qui se tenait derrière elle et regardait, tout comme elle, s'éloigner Gregory Drake.

— Il n'est pas du tout charmant ! répondit Hope qui se demandait si sa grand-mère s'était forgé cette opinion en raison de la manière dont le manteau de M. Drake soulignait la largeur de ses épaules. Comment, d'ailleurs, pourriez-vous savoir qu'il l'est ? Vous ne lui avez même pas parlé, n'est-ce pas ?

— Si, brièvement, répondit la douairière en suivant des yeux la silhouette de Drake qui commençait de s'estomper au loin. C'est le jeune homme que James a engagé pour nous aider à compléter la liste établie lors du dernier inventaire.

— Vous étiez au courant et ne m'en avez rien dit ?

— Aurais-je oublié de t'en parler ? fit la comtesse en écarquillant les yeux d'un air candide. Je n'ai pas voulu, sans doute, t'inquiéter, mais lorsque j'ai vu arriver M. Drake, ce jeune et beau garçon, j'ai pensé que vous ne voudriez pas que votre première rencontre fût gâchée par la présence d'un chaperon.

— Vous m'avez laissée seule avec un étranger sans même vous assurer qu'un valet de pied m'informe de sa visite !

Sa grand-mère s'était probablement dit que si elle les réunissait, ils seraient aimantés l'un par l'autre comme Faith et James l'avaient été, et que plus rien ne les séparerait.

— Je ne peux pas régler nos problèmes, reprit Hope, en épousant la première personne qui rentre chez nous.

Une expression sceptique se forma sur le visage de la douairière d'habitude enjouée.

— Tu me surprends, remarqua-t-elle. N'avais-tu pas l'intention de te marier avec le nouveau comte ?

— Si, je ne reviens pas sur mon idée.

Elle connaissait, du moins, la famille du comte de Comstock alors qu'elle ne savait rien de ce M. Drake ni de ses origines.

— Elle n'est pas mauvaise, reconnut la comtesse, mais, comme j'ai essayé de l'expliquer à ta sœur aînée, épouser un homme par intérêt ne peut procurer le même bonheur qu'un mariage fondé sur l'amour réciproque.

Elle lança un dernier regard vers la rue que Drake avait désertée puis reprit :

— Ou celui que donne une passion temporaire. Ce garçon est vraiment très beau…

Ce n'était que trop vrai. À tel point, d'ailleurs, que c'en était irritant. Il avait des cheveux blonds comme les blés et bien qu'elle eût souvent pensé que les yeux gris étaient froids, les siens étaient aussi chaleureux que pénétrants.

— Je n'ai pas fait attention à son physique, répondit Hope.

— Serais-tu indisposée ? demanda la comtesse en tendant la main pour toucher le front de sa petite-fille.

Hope écarta la main de sa grand-mère.

— Seulement prudente. Mes parents auraient trouvé très peu chrétien de n'apprécier la valeur d'un homme qu'en fonction de son apparence.

— Allons ! fit la comtesse. Lorsque nous avons encouragé ton père à se mettre au service de l'Église anglicane, nous ne pensions pas qu'il prendrait sa fonction aussi sérieusement.

Les parents de Hope, en effet, ne transigeaient pas sur les questions de moralité. Ils étaient eux-mêmes des modèles de vertu et vivaient si sincèrement leur foi qu'ils en étaient morts ensemble, ayant contracté une grave maladie après avoir soigné avec dévouement les gens de leur village où sévissait une épidémie.

Hope et ses sœurs, alors, étaient allées vivre chez leurs

grands-parents où elles avaient découvert une autre façon de vivre n'excluant pas les plaisirs de ce monde.

— Mes parents auraient voulu que je fasse un mariage raisonnable, répondit Hope. Or, M. Drake n'entre pas dans cette catégorie.

— Tu peux vivre avec lui une simple amourette, suggéra la comtesse au mépris de la réputation de Hope.

Mais, bien sûr, comme aimait à le répéter leur grand-mère, les mœurs n'étaient pas les mêmes lorsqu'elle était une jeune fille. La société, à l'époque, était moins rigide.

— Les jeunes filles se passent très bien de béguins, rétorqua Hope.

Elles se dispensaient, en particulier, d'avoir ce genre de relations avec les employés de leurs parents. Or, M. Drake avait été engagé et mis à leur service par James Leggett.

— Je ne t'incite pas à la débauche, ma grande, fit la douairière en battant des cils, mais tu n'en mourrais pas si tu savais être gracieuse quand tu vois un bel homme. Et tu ne serais pas déshonorée si tu riais avec lui. De même, la terre ne cesserait pas de tourner si tu le laissais te voler un baiser.

— Cela pourrait arriver, reconnut Hope. Mais supposons que quelqu'un l'apprenne ? Je serais exclue de la bonne société et M. Drake n'aurait plus ses entrées dans les grandes maisons d'Angleterre.

La comtesse laissa échapper un soupir.

— Les jeunes, aujourd'hui, n'ont plus aucun esprit.

— Les gentlemen n'épousent pas les jeunes filles qui en ont trop.

— Raison de plus pour ne pas en épouser un. Certes, il est possible que le nouveau comte ne le soit pas. Après tout, c'est un Américain. Dieu seul sait quelles mauvaises manières il a pu acquérir.

— De toute façon, il est probablement déjà marié, fit remarquer Hope d'un air triste.

Ce serait bien sa chance, pensa-t-elle, s'il se révélait père de famille et hostile aux Anglais.

— Alors, tu ferais mieux de regarder ailleurs. Comme je te l'ai déjà dit, M. Drake est un très bel homme…

Hope esquissa un sourire indulgent. À certains moments, elle ne savait si sa grand-mère plaisantait, était atteinte de sénilité précoce ou si, tout simplement, elle avait perdu tout sens de la bienséance. Elle avait vécu trop longtemps avec elle, cependant, pour être d'aucune manière surprise par ses réflexions.

— M. Drake ne s'intéresse pas à moi, répondit-elle après quelques instants. Il n'y aura pas entre nous de regards langoureux, de baisers volés et, encore moins, de mariage. Nous essaierons ensemble de récupérer le maximum d'objets puis il recevra son salaire, et nous ne le verrons plus jamais.

— Puisque tu le dis, ma chère, fit la comtesse en remuant la tête d'un air déçu, il en sera ainsi. Mais selon moi, tu perds une bonne occasion de te distraire.

— Cela m'est absolument indifférent, répondit Hope avec fermeté.

3

La famille Strickland était telle que James Leggett l'avait décrite à Gregory Drake. Les femmes la composant étaient à la fois belles, intelligentes et exaspérantes.

Certes, la comtesse douairière n'était plus aussi séduisante, mais à en juger d'après sa petite-fille, qui lui ressemblait, elle avait dû être d'une beauté époustouflante quelque trente années plus tôt.

La pauvreté des informations qu'elle avait transmises à Gregory, lorsqu'il était arrivé à l'hôtel de Comstock, au sujet de ses ventes abusives d'objets ne lui appartenant pas, laissait à penser que le comte défunt ne l'avait pas épousée pour son intelligence. Après une évocation rapide de ses larcins, elle avait délibérément changé le sujet de la conversation et questionné Drake sur lui-même. Ainsi avait-elle réussi à extirper de lui plus de confidences qu'il n'était prêt à en faire sans rien révéler des objets qu'elle avait laissés en gage ni des boutiques où elle les avait déposés.

La voiture de location roulait dans les rues de Londres et Hope Strickland, assise près de Gregory, contenait à peine son impatience. Elle voulait manifestement en finir le plus vite possible avec cette recherche et n'avoir plus jamais à poser les yeux sur lui.

Mais si la situation l'irritait, elle n'en était pas moins ravissante avec ses cheveux châtains, ses grands yeux bruns et son petit nez effronté qui rendait plus attrayant encore son corps éminemment féminin aux formes galbées et arrondies telles que tous les hommes en rêvaient. Il n'osait imaginer, cependant, que ces lèvres pulpeuses, et ô combien tentantes, de même que ces magnifiques épaules pussent, un jour, lui appartenir. Elle était la petite-fille d'un comte et il avait lu sur son visage le mépris qu'avait fait naître son nom que ne précédait aucun titre de noblesse.

Il était, d'ailleurs, arrivé à la même conclusion qu'elle avant même de la rencontrer. Il n'était pas le genre d'homme, en effet, à vivre une aventure sentimentale dans le cadre de ses missions et encore moins quand celles-ci se déroulaient au sein d'une famille aristocratique.

C'était purement et simplement impossible lorsqu'on était soi-même un exemple de ce qui pouvait arriver dans ce genre de relations si aucune prudence n'était observée.

Il n'était, d'ailleurs, pas incité à conter fleurette à Mlle Strickland qui avait fermé son manteau jusqu'au menton et se cachait derrière une voilette fixée à son chapeau. On aurait dit qu'elle redoutait que son voisin ne fût contagieux et voulait s'en protéger.

Drake comprenait qu'elle voulût garder l'anonymat en public, mais il n'avait pas apprécié la façon dont elle en avait exprimé le désir comme si elle ne lui faisait pas confiance. Il n'avait pas besoin, en effet, qu'on lui en donnât l'ordre pour prendre ses responsabilités à l'égard d'une jeune aristocrate comme elle.

Cette situation, cependant, éveillait en lui le désir de retirer les gants de la jeune fille pour toucher sa main nue et voir si elle tomberait de son piédestal et ne serait plus qu'une femme comme une autre avide de caresses. Il se contenterait, toutefois, de libérer la boucle de cheveux qui, la veille, se balançait sur sa tempe et, aujourd'hui, était maintenue en place par deux épingles comme si elle avait été punie pour son indiscipline.

Hope Strickland lui semblait être femme à aimer que tout fût en ordre autour d'elle et à n'accepter rien d'inconvenant dans le comportement des personnes. Sans doute la décevrait-il profondément. Il fallait seulement espérer qu'ils parvinssent à ne pas laisser voir leurs différences le temps où ils travailleraient ensemble. Jusqu'au jour, en effet, où tous les objets manquants seraient revenus en place, ils seraient, pour ainsi dire, inséparables.

Il lança un rapide regard vers elle puis détourna les yeux en espérant qu'elle n'aurait pas remarqué l'intérêt qu'il lui portait. Il avait l'impression qu'une alarme s'était déclenchée quelque part dans sa tête, et qu'elle l'avertissait qu'il ne devait pas se trouver seul avec Mlle Strickland. Cela mettait en péril sa réputation.

Quant à lui ?

Il ne savait pas exactement pourquoi, mais il sentait, au fond de lui-même, qu'il était préférable d'éviter tout tête-à-tête avec Hope Strickland. Non qu'il ne se fît pas confiance, mais le silence que lui imposait la jeune fille lui portait sur les nerfs. Il exacerbait son désir de converser alors que cela lui avait été strictement interdit.

Il n'aurait jamais dû requérir son aide. Il n'était pas absolument nécessaire, en effet, de retrouver exactement les objets mis en gage. Quelque chose de similaire conviendrait parfaitement. Il importait peu que ce fût telle paire de candélabres ou telle autre pourvu que le comte de Comstock ne remarquât pas qu'on manquait de lumière dans la salle à manger.

Que voulait désigner, cependant, la douairière par le mot « étrangeté » ? C'était le seul qu'il eût réussi à décrypter dans la dernière ligne de sa liste. Et comment réussirait-il à identifier la peinture « bleue » ?

Seul un membre de la famille pouvait l'aider à s'y retrouver entre ces descriptions approximatives. Or, Hope Strickland était la seule disposée à le faire.

Dans la mesure où elle n'avait accepté de l'accompagner qu'à contrecœur, il trouvait un malin plaisir à la voir mal à l'aise. C'était la raison pour laquelle il avait choisi de commencer leur recherche en s'arrêtant dans la boutique de prêteur sur gages la plus repoussante. Ils n'avaient pour ainsi dire aucune chance d'y retrouver un objet provenant de l'hôtel particulier ou du manoir de Comstock car le propriétaire du lieu n'avait affaire, dans la plupart des cas, qu'à des nécessiteux.

Il savait qu'il y avait d'autres endroits qui offraient pour eux de bien plus grandes chances de retrouver ce qu'ils recherchaient, mais il tenait à ce qu'elle commençât par voir ce qu'était la vraie misère.

L'attelage s'arrêta devant une boutique miteuse sur St. Giles Street. Gregory descendit de voiture et tendit la main à la jeune fille pour l'aider à descendre à son tour tandis que du coin de l'œil il surveillait la rue afin de prévenir toute tentative d'un vide-gousset ou d'un mendiant qui avaient pour habitude de harasser les membres de l'aristocratie.

À sa grande surprise, Hope Strickland n'eut pas de mouvement de recul en voyant la racaille qui, spontanément, les avait entourés. Sans lui adresser le moindre remerciement, elle se fraya impérieusement un chemin au milieu des miséreux et se tint avec impatience devant la porte de la boutique en attendant que Drake eût l'obligeance de l'ouvrir pour elle.

C'était la moindre des choses de répondre aux exigences de la jeune fille, mais il ne le fit qu'avec une certaine rancœur. Il eut, du moins, la satisfaction de la voir hésiter sur le seuil. Elle était en proie à l'extrême confusion qu'aurait manifestée toute autre jeune fille de haute condition n'ayant jamais pénétré dans ce genre de lieu.

Immobile à l'exception de son chapeau qui tournait discrètement de droite et de gauche, laissant à penser qu'elle promenait son regard sur les caisses de vieux boutons en laiton et de boucles d'oreilles ainsi que sur les amas de vieilles robes démodées et de manteaux défraîchis, elle ne se décidait pas à avancer.

Drake ferma la porte derrière elle et la dépassa. Un survol rapide de la salle lui confirma qu'il ne trouverait pas ici d'objets de valeur, cependant il ne voulut pas quitter la boutique sans se livrer à une petite enquête, au moins pour éviter que Hope Strickland ne pensât qu'il ne l'avait amenée ici que pour la mettre à l'épreuve.

Comme personne ne se présentait au comptoir, il pressa la sonnette qui s'y trouvait.

L'homme qui parut de derrière le rideau séparant la première salle d'une seconde était en tout point aussi terrifiant qu'il l'avait espéré. Le visage émacié, le corps maigre, les mains osseuses, il souffrait en outre d'une divergence des yeux, si bien que lorsque l'un tournait dans une direction l'autre restait statique. Ses clients en recevaient l'impression qu'il les observait tous en même temps.

Quand il parut, Hope, qui s'était comportée jusque-là avec Gregory comme s'il n'avait été que son valet, battit en retraite et se réfugia derrière lui, espérant disparaître dans l'ombre répandue par sa haute stature.

Drake, à qui la réaction de la jeune fille n'avait pas échappé, sourit plus chaleureusement au prêteur sur gages qu'il ne l'aurait fait s'il avait été seul.

— Bonjour, monsieur, fit-il. Je recherche des flambeaux... Pas n'importe lesquels ! Ce serait plutôt le genre de candélabres que mettent en gages les gens de qualité quand ils ont perdu au jeu.

L'homme fit oui de la tête en découvrant ses gencives sans dents puis, sans un mot, désigna du doigt un angle de la pièce où se trouvaient quelques pièces d'argenterie.

Gregory s'en approcha et, après les avoir observées brièvement, choisit la paire de candélabres la plus criarde qu'il alla déposer sur le comptoir. Il sentit aussitôt qu'on tirait sur sa manche et se retourna vers Mlle Strickland.

— Ils ne viennent pas de chez nous, dit-elle à voix basse.

— Je vous croyais incapable de me décrire les objets manquants ?

— Je ne le puis, en effet, mais je suis certaine de n'avoir jamais vu ces flambeaux.

— Tout comme Miles Strickland. Il n'est jamais venu en Angleterre, alors comment voulez-vous qu'il ait vu les candélabres ornant la table de la grande salle à manger du manoir de Comstock ?

— Ceux-ci n'en sont pas moins inacceptables.

— Peut-être, mais puisque le nouveau comte s'attend à trouver des flambeaux sur sa table, nous lui en laissons une paire. Il ne saura jamais la différence entre ceux-ci et le modèle qui ornait la table de vos grands-parents.

— Soit, mais moi je la vois.

James Leggett ne lui avait-il pas dit que les demoiselles Strickland avaient un pasteur pour père ? Si c'était le cas, le sens de la moralité qu'il leur avait inculqué allait se révéler particulièrement pesant.

— Votre beau-frère ne me paie pas assez cher pour mettre Londres sens dessus dessous simplement pour retrouver des objets qui sont vraisemblablement perdus pour toujours.

— S'il suffisait de ramasser le premier candélabre qui nous tombe sous la main, j'aurais pu le faire moi-même !

À en juger d'après le regard méfiant qu'elle avait jeté au propriétaire de la boutique, Gregory doutait qu'elle en eût eu l'audace.

— J'ignore combien vous recevez pour vos services, reprit Hope, mais je suis certaine que M. Leggett ne vous a pas employé pour que vous fassiez les choses à demi. Si vous estimez que vous n'êtes pas assez bien payé, vous auriez dû négocier avec lui un meilleur salaire.

Pour une jeune fille née dans un milieu privilégié, elle avait un sens aigu des rapports entre les hommes. Sa perspicacité en devenait presque dérangeante. Il pouvait supporter son mauvais caractère, cependant, puisque, pour en tenir compte, ses émoluments avaient été multipliés par trois.

— Très bien, mademoiselle Strickland, répondit-il avec un sourire obséquieux. À l'avenir, je serai plus exigeant avec moi-même.

Puis, se tournant vers le prêteur sur gages, il reprit :

— Vous présentez ici une collection bien réduite de pièces d'argenterie alors que c'est la première chose dont les personnes en difficulté se séparent. N'en avez-vous pas d'autres ?

L'homme leur opposa son regard impénétrable jusqu'au moment où Gregory posa un souverain sur le comptoir.

— Prenez ceci pour le dérangement que nous vous créons.

L'homme empocha la pièce puis recula d'un pas pour tirer le rideau qui séparait la pièce en deux.

— Allez voir ici si vous trouvez votre bonheur, dit-il en faisant signe à Gregory et Hope d'avancer.

L'arrière-boutique, comme Gregory s'y attendait, était pleine à craquer mais non sans organisation. Sur des étagères qui faisaient le tour de la pièce s'alignaient des cages à oiseau, des bouilloires en argent noircies et des vases ébréchés en si grande quantité qu'il aurait fallu une vie entière pour réussir à les vendre. Au-dessous de ces étagères se trouvaient des coffres remplis de pièces d'argenterie et, parmi elles, des chandeliers.

Gregory alla chercha un bougeoir qu'il alluma pour suppléer à la maigre lumière tombant d'une petite fenêtre aux vitres sales puis, soulevant le couvercle d'un coffre, somma Hope de s'approcher.

— Si nous avons une chance de trouver ce que nous recherchons, vous êtes la seule à pouvoir le dire. Regardez vous-même !

Gregory s'était attendu à une réaction de dégoût de la jeune fille et à ce qu'elle lui demandât d'extraire lui-même le contenu du coffre. Il n'en fut, cependant, rien. Tombant à genoux devant le coffre, elle releva sa voilette et, sans hésitation, se mit à trier l'amas de flambeaux et de candélabres.

Soudain, elle se retourna vers Gregory en brandissant une paire de grands candélabres. Elle les lui donna puis repoussa son chapeau pour se dégager le front. Après avoir écarté ses cheveux, elle laissa sur son front d'une blancheur immaculée une traînée noire dont s'étaient couverts ses doigts en manipulant l'argenterie ternie.

— Est-ce que le défaut que vous voyez sur ce chapiteau correspond à ma cicatrice ?

Gregory fronça les sourcils d'un air interloqué et se pencha sur la jeune fille qui portait au front une cicatrice présentant en son milieu une sorte de V. Il inspecta ensuite le sommet de la colonne de l'un des candélabres et constata qu'il avait le bord ébréché.

— Quelqu'un vous a frappée avec ce candélabre ?

Il soupesa l'objet et fut rempli de colère en pensant à feu le comte de Comstock qui, seul, avait pu se permettre ce genre de brutalité sur la personne de Mlle Strickland.

Hope acquiesça d'un signe de tête puis, au grand étonnement de Gregory, se mit à sourire.

— Oui, ma sœur, Charity, répondit-elle.

Elle plongea de nouveau la main dans le coffre et en sortit l'autre flambeau, la réplique du précédent, dont la base était recourbée.

— En représailles, je lui ai jeté celui-ci au visage. Je l'ai ratée, cependant, et il est allé frapper le mur de la salle à manger qui porte toujours la marque de l'impact.

— Je préfère cela, répondit Gregory. Je n'aimerais pas savoir que vous avez l'une et l'autre des crânes assez solides pour provoquer de telles déformations au métal.

Mais si cela avait été le cas, il n'aurait pas dû en être surpris. De toutes les femmes qu'il avait connues, Hope Strickland était sans conteste celle qui avait la tête la plus dure. Or, il doutait que sa sœur lui fût différente.

— Faith, en entendant nos cris, est arrivée et nous a saisies l'une et l'autre par nos nattes sur lesquelles elle a tiré jusqu'à ce que nous nous mettions à pleurer.

Hope baissait sur les flambeaux un regard attendri comme si elle avait retrouvé de vieux amis.

— Et maintenant que nous les avons retrouvés, poursuivit-elle, nous allons devoir les donner à un homme qui nous est parfaitement étranger simplement parce qu'il partage notre nom.

Elle leva les yeux sur Gregory avec une expression si naturelle et confiante qu'il en eût un serrement de gorge.

— Je me souviens d'eux. Ils sont attachés à un souvenir précis. C'est pourquoi n'importe quels flambeaux n'auraient pas pu les remplacer. Le nouveau comte ne verrait peut-être pas la différence, mais, pour moi, ce ne serait pas pareil.

— Je comprends…

Il regardait avec fascination la marque sombre sur le front de la jeune fille. Il aurait voulu l'effacer, passer le doigt sur le petit *v* resté blanc car en creux par rapport au relief du visage. Une cicatrice aurait dû la rendre plus laide et non, plus fascinante. Était-elle rugueuse sous le doigt ou souple ? Un simple effleurement sous le prétexte d'effacer la teinte suffirait pour le renseigner.

— Voulez-vous vous essuyer ? demanda-t-il en tirant un mouchoir de sa poche.

Elle lui sourit, les yeux embués de larmes et haussa les épaules d'un air gêné avant d'accepter son mouchoir et de faire disparaître la tache sombre de son front.

Gregory n'en restait pas moins intrigué quand le *v* se fut effacé. Peut-être était-ce sa réaction lorsqu'elle avait été blessée par le flambeau qui le fascinait ? Il s'était battu lui-même dans son enfance, mais n'en gardait pas un souvenir aussi ému que la jeune fille.

Il n'avait pas de frère pour s'opposer à lui et le frapper. C'était un aspect de sa vie auquel il ne pensait que très rarement, mais, soudain, il éprouvait un étrange sentiment de vide dans son cœur comme s'il était affamé de quelque chose mais ne pouvait décider de quoi il s'agissait.

Peut-être avait-il tout simplement faim ? Il devait être l'heure du déjeuner. L'unique toast qu'au réveil il avait avalé avec une tasse de thé était, maintenant, bien loin. Il avait besoin de reconstituer ses forces avec un bon repas. Plus tôt il ramènerait la jeune fille chez elle, plus tôt il pourrait remédier à sa faim.

Il tendit la main à Hope pour l'aider à se relever et, de l'autre, prit les deux flambeaux.

— Venez… Nous rachetons ces objets et, demain, nous chercherons votre tableau.

De retour dans la voiture, ils roulèrent en silence jusqu'à Harley Street. Gregory descendit le premier de l'attelage puis confia Mlle Strickland au laquais qui attendait au pied des marches de l'hôtel de Comstock. Il porta lui-même dans la maison les chandeliers enveloppés dans du papier brun.

Il s'était fait confiance pour trouver des substituts convenables aux objets manquants à l'inventaire du mobilier des Comstock, mais il n'avait pas cru possible de mettre la main sur les flambeaux qui avaient été mis en gage par la douairière. Cela dépassait toutes ses espérances, à tel point qu'il était enclin à revoir le jugement de son employeur qui lui avait présenté les sœurs Strickland et leur grand-mère comme des sujets ne pouvant créer que des problèmes. Hope s'était révélée une précieuse assistante.

Peut-être, s'il réussissait avec son aide à réunir tous les objets manquants, se considérerait-elle relevée de son obligation d'épouser le futur comte de Comstock qui, d'ailleurs, était, sans doute, à mille lieues d'imaginer ce qu'on attendait de lui.

Gregory avait ressenti une certaine satisfaction de voir la joie illuminer le visage de Hope au moment où elle avait reconnu les flambeaux. Étant donné qu'il l'avait vue s'entraîner à sourire devant la glace du hall de l'hôtel de Comstock, il avait eu des doutes sur la sincérité de tous les sourires qu'elle lui avait, ensuite, adressés. À travers son expérience, il avait appris que l'aristocratie avait le don de se donner de fausses apparences. Elle savait, par exemple, se montrer gentille, amicale et heureuse quand elle ne l'était pas.

Le sourire, par contre, qu'avait eu Mlle Strickland en retirant du coffre l'argenterie familiale était spontané et naturel. L'espièglerie qui s'était lu sur son visage juvénile était à l'opposé de l'expression hautaine qu'il lui avait vu porter comme un masque depuis le premier instant où il s'était adressé à elle.

Aussi quand elle avait levé sur lui son regard qui rayonnait de bonheur, avait-il dû se remémorer que son salaire pour remplir cette mission n'était pas le magnifique sourire d'une belle jeune femme mais de l'argent sonnant et trébuchant.

Elle avait semblé dégoûtée à l'idée qu'il fût rémunéré pour rendre ce service à sa famille. Dans son monde, les femmes pouvaient se vendre au plus offrant et entrer dans un mariage sans amour sans qu'un seul de leurs cheveux ne se redressât, mais les hommes n'étaient censés agir que dans l'intérêt du royaume, par galanterie ou dans le cadre de la pratique d'un sport. Ils ne devaient, bien sûr, jamais rien faire d'aussi commun que l'exercice d'un métier en vue de toucher un salaire.

Lorsqu'elle avait évoqué son enfance, cependant, elle avait donné l'impression d'oublier leur différence sociale et s'était adressée à lui comme s'ils étaient du même monde. Et plus tard, chez le prêteur sur gages, elle avait semblé le regarder comme un homme. Il avait même cru lire de l'admiration dans ses yeux quand elle avait constaté qu'il était capable de lui venir en aide aussi aisément. Et il en avait été flatté.

Il lui souriait à cet instant alors qu'il déposait son paquet sur la table de la salle à manger.

Elle leva les yeux sur lui après avoir retiré son chapeau et secoua la tête pour libérer la dernière mèche de ses cheveux encore prisonnière de la bride de sa coiffe puis elle lui sourit d'un air un peu embarrassé qui donnait à penser qu'elle regrettait de ne pas l'avoir mieux traité dans la matinée.

— Merci pour votre aide, monsieur Drake. La matinée a été plus productive que je ne l'imaginais. Je dois vous quitter, maintenant, et me changer pour passer à table.

Il fallut un moment à Drake pour comprendre la raison de cette remarque. Il n'était rien pour elle. Elle semblait même un peu surprise d'avoir été obligée de le mettre à la porte. D'habitude, lorsque les domestiques avaient terminé leur service, ils savaient se retirer discrètement sans qu'on leur en intimât l'ordre.

Drake, au contraire, restait planté là comme un idiot comme s'il pensait avoir une raison de converser avec elle. Il éprouvait le même sentiment que celui qui l'avait étreint dans la voiture alors que la jeune fille se tenait près de lui dans une indifférence hautaine. Il devait se libérer au plus vite de ses illusions…

— Bien sûr, mademoiselle, répondit-il avec un sourire forcé. Si cela vous convient, je reviendrai vous chercher demain et nous tenterons notre chance à une autre adresse.

— C'est entendu, monsieur Drake. Et maintenant, si vous voulez bien m'excuser ?

Il s'inclina tandis que la jeune fille lui tournait déjà le dos et s'éloignait, le laissant seul trouver le chemin de la sortie.

Fâché contre elle et contre lui-même aussi, il resta un moment immobile en la suivant des yeux.

Lorsqu'il réfléchissait à sa place dans la société, il n'était pas, d'habitude, sujet à la jalousie ou l'insatisfaction. Par ses propres efforts, il avait acquis une certaine fortune et vivait dans le confort. Or, il était assez habile pour ne pas se trouver confronté au genre de problèmes qui en poussait plus d'un à avoir recours à ses services. Il était, en fin de compte, parfaitement heureux.

Mais, aujourd'hui, cependant, il n'était pas satisfait de ce qu'il était…

— Monsieur Drake !

Il sursauta et se retourna.

La jeune fille qui s'était adressée à lui se tenait dans l'embrasure de la porte.

James Leggett lui avait dit que la plus jeune des sœurs avait dix-neuf ans, mais il y avait quelque chose dans l'expression de son regard, cerclé par des lunettes, qui donnait à penser qu'elle était plus âgée. Cette impression était confirmée par la façon démodée dont elle coiffait ses cheveux bruns et raides ainsi que dans la coupe de sa robe.

— Mademoiselle Charity, je suppose ? fit-il en s'inclinant de nouveau.

Elle fit oui de la tête.

— Il est inconvenant que nous nous parlions puisque nous n'avons pas été présentés mais, après tout, vous n'aviez pas été présenté non plus à ma sœur quand, hier matin, vous vous êtes imposé à elle.

Il n'y avait pas de secrets, apparemment, dans la famille Strickland, en particulier quand il s'agissait de déconsidérer les importuns.

— Votre grand-mère m'avait laissé entendre que j'étais annoncé.

Comme un sourire dubitatif se dessinait sur les lèvres de Charity, il ouvrit les mains dans un geste d'impuissance et reprit :

— Je lui ai donné ma carte de visite et elle m'a dit que je trouverais votre sœur dans le hall. Votre grand-mère m'a assuré que Mlle Strickland saurait exactement ce qu'il convenait de faire. Or, comme elle n'a en rien proposé de nous présenter l'un à l'autre, j'en ai tiré la conclusion que je pouvais m'adresser à votre sœur sans m'inquiéter des convenances.

— Si j'étais vous, répondit Charity en partie rassurée, je serais très prudent dans mes relations avec la comtesse douairière. Elle déforme complètement la vérité quand ça l'arrange.

— En quoi cela l'arrangerait-il de… ?

— De mentir ? fit la jeune fille qui avait deviné la pensée de Gregory. Parce que, depuis quelques années, la vérité la dérange. Elle préfère vivre dans le passé à l'époque où tout était plus facile.

— Mais quel rapport cela a-t-il avec moi ?

— Elle voudrait que ma sœur fût aussi heureuse qu'elle dans sa jeunesse. Or, pour y parvenir, elle doit lui trouver un mari.

Charity s'interrompit un instant avant de reprendre :

— Ou lui procurer des rencontres… Avec des hommes… Je ne sais pas lesquels des souvenirs de sa jeunesse qu'elle nous conte sont vrais, mais ils sont toujours hauts en couleur.

— Je vois, fit Drake qui, en réalité, ne voyait rien du tout. Mais, je le répète, qu'est-ce que cela a à voir avec moi ?

Charity le regarda au-dessus du bord supérieur de ses lunettes.

— Vous êtes un homme, n'est-ce pas ?

— Bien sûr, mais encore ?

Le sens des propos de la jeune fille jaillit, soudain, dans l'esprit de Gregory.

— Vous ne voulez pas dire que…

— Ne le prenez pas personnellement, interrompit la jeune fille. Ma sœur refuse de chercher un mari en dehors du cercle restreint des jeunes gens les plus en vue. Si, aujourd'hui, ma grand-mère choisit de la mettre, soudain et sans la prévenir, en compagnie d'un homme séduisant, c'est davantage pour éveiller ses sens que pour faire de vous deux un couple.

— C'est plutôt rassurant, répondit Gregory qui comprenait mieux, maintenant, pourquoi Leggett avait triplé si aisément son salaire.

— Mais vous n'êtes pas là pour assurer l'avenir de ma sœur, reprit Charity en le soupesant du regard d'une manière qu'il n'appréciait guère. Comment se passe votre recherche ?

— Je ne pense pas qu'elle me posera de problème, répondit-il d'un ton poli et professionnel.

— Tout cela ne sert à rien.

— Pourquoi ? fit-il, surpris.

Il s'étonnait, en effet, qu'à la différence de sa sœur, Charity semblât parfaitement indifférente aux requêtes du nouveau comte.

— Si mon plan se réalise, répondit la jeune fille, nous n'aurons pas à nous soucier de rester dans les bonnes grâces du comte de Comstock. Mais étant donné que vous avez été engagé pour réunir les objets manquants à l'inventaire, je vous en prie, sentez-vous libre d'accomplir votre mission. Ne vous croyez pas obligé, cependant, d'être trop scrupuleux. Est-ce qu'un Américain saura faire la différence entre un bouton de porte d'origine et celui qui le remplace ?

— C'est exactement ce que j'ai dit à mademoiselle votre sœur, mais elle exige de moi une plus grande exactitude.

— Hope a un sens exacerbé de l'ordre et de la justice. Elle ne peut pas comprendre que d'autres puissent se contenter d'approximations parce qu'elle en est incapable.

— Une telle honnêteté est une qualité qui mérite l'éloge

alors que vous en parlez comme d'un défaut ou la conséquence d'une faiblesse de caractère.

— Vous n'êtes pas forcé de vivre avec elle, du moins pas encore... Sinon vous n'en parleriez pas ainsi.

Gregory la dévisagea dans l'attente d'un éclaircissement, mais elle n'en fournit aucun. Peut-être, se demanda-t-il, avait-elle parlé ainsi par plaisanterie ? James Leggett n'avait-il pas dit d'elle qu'elle était étrange ?

— Comment vous entendez-vous avec elle ? demanda Charity après un silence.

— Elle m'a beaucoup aidé, aujourd'hui. Grâce à elle, nous avons pu identifier certains objets appartenant à votre famille. J'apprécie beaucoup son aide et ne pense pas avoir de difficulté à œuvrer en collaboration avec elle.

Il conclut ces mots avec le sourire le plus professionnel dont il fut capable.

— Je vois, fit la jeune fille sur un ton qui donna envie à Gregory de lui demander ce qu'elle voyait réellement. Je pense qu'elle dirait la même chose de vous.

— Je suis heureux de vous l'entendre dire, répondit-il sans trahir l'étrange impression que ce compliment faisait naître en lui.

— Avez-vous d'autres engagements auprès de notre famille ? demanda-t-elle en posant son regard pénétrant sur Gregory comme si elle avait cherché à déceler une faiblesse dans son armure.

Elle n'avait aucun moyen de connaître l'étendue exacte de ses attributions, se dit Gregory en lui-même pour se réconforter.

— Qu'est-ce qui vous laisse supposer que je pourrais être ici pour une autre raison ?

— Parce que je connais mon beau-frère. Avant de rencontrer ma sœur, il n'était qu'un débauché qui n'avait cure des convenances et se jouait des sentiments des femmes. Mais, maintenant...

Elle claqua des mains et battit les paupières en signe de moquerie en s'esclaffant :

— Il veut que tout le monde soit heureux comme lui.

— C'est une attitude louable.

— Je dirais plutôt qu'elle est effrontée. Il a raison, cependant, de considérer que Hope a tort d'attendre l'arrivée du comte comme si elle allait tout régler. De toute façon, elle finira par le comprendre elle-même.

— Certainement.

— Mais je ne serais pas surprise que mon beau-frère ait envisagé d'offrir un dérivatif à Hope… Une aventure sentimentale, par exemple.

— Grand Dieu ! Qu'insinuez-vous ? Je ne suis pas ici pour profiter de votre sœur.

— Vous avez vocation à résoudre les problèmes, n'est-ce pas, monsieur Drake ? Or, pourquoi ne pas choisir la solution la plus simple ?

— Parce que je suis un gentleman.

Et parce qu'il savait d'expérience à quoi pouvait mener ce genre de bagatelles.

— Vous prétendez être un gentleman, fit Charity, un doigt sur le menton, mais je ne trouve rien chez vos ascendants ou dans votre parenté qui témoigne de…

— Si cela ne dérange pas M. Leggett, pourquoi vous en préoccupez-vous ?

— Parce qu'il ne connaît pas aussi bien les Strickland que moi et, pour vous dire la vérité, parce qu'il n'est pas aussi intelligent que moi. S'il avait réfléchi aux conséquences liées aux déplacements quotidiens de sa belle-sœur à travers Londres en compagnie d'un étranger, vous auriez déjà eu cette conversation avec lui.

Gregory ne serait pas allé aussi loin dans la vie s'il n'avait pas su répondre aux questions alambiquées des membres de la haute société. D'habitude, dans ce genre de situation où sa légitimité était mise en doute, il évoquait sa longue expérience professionnelle et présentait les références de personnes importantes ayant été satisfaites de ses services.

Aujourd'hui, cependant, il semblait que ce ne fût pas suffisant. Seule la pleine vérité pourrait le tirer d'affaire.

— Si vous n'avez rien trouvé au sujet de ma parenté, cela n'est pas étonnant puisque je ne la connais pas moi-même. Il m'a été rapporté que ma mère était issue d'une bonne famille mais qu'elle était morte en couches sans avoir été mariée. Celui qui l'a séduite n'avait guère de scrupules et n'a pas hésité à l'abandonner lorsqu'elle s'est trouvée enceinte.

» Or, lorsqu'elle est morte en me mettant au monde, ses parents se sont trouvés dans la délicate situation où, en me reconnaissant comme leur petit-fils, ils auraient jeté l'opprobre sur leur famille et sali la mémoire d'une fille qu'ils aimaient assurément de tout leur cœur.

» Tout en restant dans l'anonymat, ils ont pourvu à mon éducation, mais n'ont jamais montré le moindre intérêt dans l'enfant que j'étais ni l'homme que je suis devenu. »

— Je vois, fit Charity avec un détachement qui irrita Gregory.

— Si vous compreniez vraiment ce que j'ai vécu, vous sauriez que votre sœur n'est pas en danger avec moi. Dans la mesure où je ne pouvais me targuer de mes origines pour donner l'assurance de mon honneur, j'y ai suppléé par mon comportement. Je n'ai aucune intention d'aller sur les brisées de mon père et d'abandonner ma maîtresse si elle porte un enfant de moi. Je me vois encore moins renoncer à m'occuper d'un enfant et le laisser aux soins d'autres personnes. Un enfant condamné à répondre toute sa vie aux questions qu'à présent vous me posez.

Il prononça cette dernière phrase en la regardant avec une insistance qui en aurait troublé une autre, mais Charity restait impassible. Elle finit par laisser échapper un soupir.

— Vous avez choisi de placer votre honneur au-dessus de tout. C'est sans doute une meilleure garantie que celle invoquée par ceux qui ne se reposent que sur la valeur de leur nom. Je vous prie de me pardonner de vous avoir poussé à révéler autant d'aspects de votre passé, mais en dépit de ce que la famille pense de moi, j'aime mes sœurs et ne me contenterai pas de me tenir à l'écart en voyant Hope malheureuse.

Gregory, en guise de réponse, inclina la tête respectueusement.

— Qu'importe ce que M. Leggett vous ait demandé ou non, poursuivit la jeune fille, n'interférez pas avec trop d'insistance dans la vie de Hope. Son avenir lui semblera plus serein le jour où je lui aurai transmis certaines informations.

Gregory resta muet. Charity n'étant pas son employeur, ses requêtes comptaient pour rien.

La jeune fille repoussa ses lunettes sur son nez ce qui fit paraître ses yeux noisette plus grands encore, et fixa son interlocuteur d'un regard dont l'expression aurait pu être mal prise si elle avait été celle d'un homme.

— Et plus important que tout, reprit-elle, ne vous mêlez pas de mes affaires même si ma sœur vous le demande. Gardez-la occupée avec la recherche des objets manquants. Venez me trouver, par contre, lorsque vous serez dans l'inévitable impasse. Je vous aiderai. Mais jusqu'à ce jour, ne me dérangez pas avec vos problèmes. J'ai des affaires plus importantes à traiter.

— Ne voulez-vous rien m'en dire ?

— Chaque chose en son temps, monsieur Drake, répondit-elle avec un petit sourire énigmatique. Mais je vous rassure, elles n'ont rien à voir avec Almack's et la recherche désespérée d'un mari.

Lançant un regard vers la porte d'entrée, elle ajouta :

— Ne me laissez pas vous détourner de vos occupations.

Il était congédié pour la seconde fois en une journée !

— Je ne voudrais pas non plus vous détourner des vôtres quelles qu'elles fussent, répondit-il, s'inclinant devant elle comme il l'avait fait devant sa sœur. Je vous souhaite un agréable après-midi, mademoiselle Charity.

— À demain, monsieur Drake.

4

En attendant M. Drake, le lendemain matin, Hope entra dans la salle à manger pour y admirer les flambeaux en argent qui avaient été polis et brillaient sur la desserte. Ils venaient du manoir mais, pour le moment, étaient très bien ici en attendant de retourner dans leur lieu d'origine.

— Alors, vous avez réussi à retrouver quelque chose, fit Charity du seuil de la porte, les bras croisés sur la poitrine. Lorsque j'ai appris que tu partais à la chasse au trésor en compagnie de M. Drake, j'ai pensé que notre beau-frère allait gaspiller son argent.

— Au contraire, répondit Hope. M. Drake est très efficace. J'ai la plus grande confiance en lui.

— Ah ! bon ? Grand-mère m'a dit que tu ne l'aimais pas.

— Je ne prétends pas l'aimer, mais j'aime ces flambeaux. Cela fait plaisir de les voir de retour.

— Et c'est très gentil de la part de James d'avoir embauché un aussi joli garçon pour se charger de les récupérer, répondit Charity avec un sourire espiègle.

— Je n'ai rien remarqué de particulier à son sujet.

— C'est que tu es aveugle ou tu fais exprès de ne pas comprendre.

Hope ne répondit pas et se tourna vers la fenêtre pour voir arriver la voiture de M. Drake.

— Bien sûr, il n'est guère au-dessus d'un domestique…

— C'est indigne de ta part de parler ainsi, répondit Hope.

As-tu oublié que notre père s'est fait pasteur et que notre mère n'était que la fille de l'homme d'affaires des Comstock ? Si papa n'avait pas…

Hope se tourna et comprit à l'expression de sa sœur qu'elle la faisait marcher.

— Tu me mets en boîte.

— Je voulais seulement voir si tu te souvenais de tes origines, répondit Charity en haussant les épaules. M. Drake t'a trouvée terriblement fière.

— Quand lui as-tu parlé ? fit Hope qui n'osait demander pourquoi elle avait été le sujet de leur conversation, et s'étonnait que l'employé de son beau-frère, qu'elle n'avait rencontré que deux fois, pût s'être forgé une aussi piètre opinion d'elle.

— J'ai dû le croiser, hier matin, avant qu'il ne parte.

— Tu veux dire que tu le guettais et espérais l'apercevoir dans le hall ? Tu es trop jeune pour lui si j'ai bien compris tes intentions.

La petite sœur de Hope n'avait pas montré jusque-là de réel intérêt pour les hommes, ce qui rendait d'autant plus inquiétante sa soudaine curiosité pour M. Drake.

— J'ai dix-neuf ans, répliqua Charity. Certains diraient que j'ai le bon âge pour me marier et que toi, à vingt et un ans, tu es bien partie pour devenir vieille fille.

— Cela n'empêche pas que tu ne sois pas la femme qui conviendrait à M. Drake, repartit Hope, exaspérée. D'ailleurs, nous ne savons même pas s'il est marié.

— Veux-tu que je le lui demande ?

— Certainement pas ! fit Hope qui aurait, pourtant, aimé avoir ce renseignement. Ça ne nous regarde pas s'il a une femme ou non !

Sachant que Charity ne supportait pas l'interdit, elle avait mis dans sa voix toute l'autorité dont elle était capable. Ainsi contrariée, sa jeune sœur, qui était d'une curiosité maladive, ne résisterait pas à l'envie d'en savoir plus sur le beau M. Drake, permettant ainsi à Hope d'obtenir, sans même le demander, le renseignement qu'elle brûlait d'avoir.

— Il nous est parfaitement étranger, reprit-elle pour enfoncer le clou.

— Tout comme le nouveau comte de Comstock, précisa Charity.

— Il n'y a aucune comparaison à établir entre ces deux hommes. Nous ne savons rien au sujet de M. Drake. Nous ne connaissons ni ses finances ni sa situation familiale. S'il est célibataire, nous ne savons même pas s'il désire se marier. Le comte, en revanche, n'aura pas le choix. Il devra produire un héritier et pourrait se satisfaire d'une épouse familière avec les biens dont il a hérité. En contrepartie des conseils qu'elle pourra lui donner, il lui offrira la sécurité matérielle.

— Tu es donc prête à te sacrifier pour maintenir le statu quo.

— On ne peut pas dire qu'épouser un lord soit un sacrifice.

— Certes, mais cela demande tout de même un effort ou un sacrifice de changer sa vie dans l'intérêt d'un autre. Si tu fais cela pour moi, sache que ce n'est pas nécessaire.

— Si tu ne veux pas faire un effort, il faut que je le fasse pour toi. Tu ne trouveras pas de mari en te cachant dans une bibliothèque qui, dorénavant, ne nous appartient plus.

— Je peux me passer de mari. Nous pourrions être heureuses ensembles si tu pouvais te sortir de la tête qu'il faut se marier pour assurer son avenir.

— Tu ne comprends pas…

— Tu te trompes… Tout cela, seulement, m'est indifférent.

— Il n'y a qu'à te regarder pour le savoir, répondit sèchement Hope. Tu oublies que nous sommes à Londres et non dans le Berkshire. Il se pourrait que tu reçoives des visites quand je ne suis pas là. Je t'en prie, retourne dans ta chambre et n'en redescends que lorsque tu auras passé une nouvelle robe et discipliné tes cheveux.

Charity se regarda dans la glace au-dessus de la cheminée avant de se tourner vers sa sœur.

— L'homme que j'épouserai devra aimer mes imperfections car je n'ai pas l'intention de changer ma façon de m'habiller ni mes manières pour lui plaire.

— Alors tu en sais moins sur la vie que tu ne croies. C'est à nous de nous rendre désirable car il n'est pas dans la nature de l'homme d'accepter les compromis.

— Cela dépend de la fortune de la femme. Si elle est très riche, tout s'arrange.

— Étant donné que ce n'est pas notre cas, cette situation ne nous concerne pas, répondit Hope qui se demandait, non pour la première fois, s'il n'y avait pas un petit grain de folie dans la famille.

— Je vendrai peut-être quelques diamants de grand-mère, répondit Charity. Sa parure en compte bien assez pour qu'on puisse disposer de quelques-uns d'entre eux.

— Jamais ! s'écria Hope. Il est hors de question de dépouiller davantage le comte de Comstock. Si c'est le plan merveilleux que tu concoctes, il est encore plus absurde que le mien.

— Tu reconnais donc que le tien n'est pas bon non plus.

— Non !

— Mademoiselle Strickland, mademoiselle Charity…

M. Drake, une nouvelle fois, était entré sans être annoncé et se tenait sur le seuil de la porte de la salle à manger d'où, semblait-il, il avait assisté à toute la scène. Ce qui était fort embarrassant.

Hope passa devant sa sœur en manquant de peu de la bousculer et prit Gregory par le bras dans l'intention de lui faire traverser le hall au plus vite.

— Allons-y, monsieur Drake, fit-elle. Je ne voudrais pas vous faire attendre.

— Je suis à vos ordres, mademoiselle Strickland.

Libérant son bras, il la devança vers la porte d'entrée qu'il ouvrit tandis que Hope enfilait un manteau et plaçait un chapeau sur sa tête en prenant son temps pour se remettre de l'émotion qu'elle venait d'avoir.

Il était déjà bien assez embarrassant qu'il l'eût surprise en train de se quereller avec sa sœur sans qu'elle n'aggravât son cas en lui prenant le bras avec autorité. Dieu soit loué, il n'était pas arrivé plus tôt sinon il les aurait entendues parler de ses mérites et de sa situation maritale.

Mais n'était-ce pas le cas ? Hope, en effet, n'avait aucune notion du temps qu'il avait passé à les observer.

À peine eut-elle pris place en face de lui dans la voiture qu'elle scruta son visage pour tenter d'y déceler tout indice qui lui aurait indiqué qu'il avait surpris la totalité de leur conversation.

Mais comme d'habitude son visage aux traits réguliers était parfaitement détendu. Aucune tension dans les mâchoires, aucune trace de sourire sur les lèvres à la fois fermes et pleines. Et si le regard était vif et attentif, rien n'indiquait que l'esprit ruminât une bribe de conversation qu'il aurait surprise.

Plus elle l'observait, plus elle était contrainte de reconnaître avec Charity qu'il était d'une beauté peu commune. Elle s'en était, certes, déjà aperçue, la veille, mais maintenant qu'elle avait tout le loisir de le vérifier, elle était éblouie par une si grande perfection comme si elle avait regardé trop longtemps le soleil. Elle ne fut pas longue à sentir que ses joues étaient en feu et que le visage de M. Drake s'était imprimé en elle.

C'était sans doute la conséquence d'une longue observation. Les dames de la bonne société ne regardaient jamais leur interlocuteur avec trop d'insistance. Ce n'était pas, en tout cas, dans les habitudes de Hope de fixer ainsi quelqu'un, a fortiori un homme. Peut-être devrait-elle baisser les yeux et ne le regarder qu'à travers ses cils ?

Cela pourrait être pris, cependant, pour une manière de lui plaire ? Or, elle ne voulait en aucun cas induire ce sentiment chez M. Drake. Heureusement, elle était cachée derrière une voilette, ce qui l'empêchait de distinguer ses traits, de la surprendre en train de rougir et d'hésiter où arrêter son regard.

Elle s'efforçait, en effet, de ne pas le baisser sur sa chemise d'un blanc immaculé visible entre les pans de son veston, ni sur ses grandes et belles mains posées sur ses genoux dans l'attente du moment où elles se tourneraient vers elle pour l'aider à descendre de l'attelage.

Elle commençait d'étouffer, cependant, derrière sa voilette. Le manque d'air était vraisemblablement la raison pour laquelle elle n'arrivait pas à reprendre sa respiration. Elle ne connaissait pas de règle interdisant de soupirer, mais elle avait le sentiment qu'il était aussi impoli de laisser échapper un soupir que de regarder avec insistance.

À présent, cependant, où sa respiration était devenue irrégulière et semblait ne plus pouvoir retrouver son rythme naturel, elle avait l'impression d'étouffer. Soit sa respiration était trop faible, soit trop forte si bien qu'elle aspirait la voilette qui lui rentrait dans la bouche. Elle finit par avoir un accès de toux qui l'obligea à arracher son chapeau de sa tête pour respirer avidement l'air frais.

M. Drake lui lança un regard surpris. Il était clair qu'il ne s'intéressait pas à elle jusqu'au moment où elle avait attiré son attention de cette affligeante manière.

Elle s'éclaircit la voix en se tapotant la poitrine comme pour dégager ses poumons.

— J'ai dû respirer une poussière, dit-elle. C'est à cause de la voilette.

— Il n'était pas nécessaire de la rabattre à l'intérieur de la voiture où personne ne vous voit, répondit-il. Vous aurez tout le temps de vous cacher derrière elle avant que nous ne descendions sur la chaussée.

— Merci, répondit-elle, incertaine au sujet de la voilette qu'elle hésitait à replacer devant son visage.

— Je tiens aussi à vous préciser que votre sœur exagère. Je ne vous ai pas trouvée excessivement fière lors de nos deux précédentes rencontres. Votre attitude à mon égard était tout à fait conforme aux normes sociales.

Le sang monta aux joues de Hope. Elle avait eu raison de s'inquiéter. M. Drake avait tout entendu de sa conversation avec Charity.

— Je vous prie de nous pardonner, monsieur Drake, pour notre attitude inqualifiable et pour vous avoir pris par le bras afin de vous forcer à quitter la maison.

— C'est à moi, mademoiselle Hope, de vous présenter mes excuses. Je n'avais aucune intention d'être le témoin de votre conversation avec votre sœur, mais en ne signalant pas plus tôt ma présence, je l'ai été bien malgré moi.

Il haussa les épaules en souriant avant d'ajouter :

— Bien que je n'aie pas eu l'expérience d'un frère cadet, je crois que c'est l'habitude des puînés de tout exagérer.

— Vous n'avez ni frère ni sœur ?

À peine eut-elle posé sa question que Hope la regretta. Elle avait conscience d'être indiscrète bien que M. Drake eût déjà abordé la question de la parenté.

— En effet, répondit-il. Dites à Charity qu'elle n'aura pas besoin de me questionner, demain. Je ne suis pas marié, mais ai la ferme intention de changer d'état pourvu que je rencontre la femme qui me convienne.

— Vous avez donc tout entendu de notre conversation ?

Il acquiesça de la tête.

— Vous devez nous trouver épouvantables. Ma grand-mère n'était pas exigeante avec nous. Comme elle ne voulait pas prendre la peine d'éduquer ma jeune sœur, j'ai été contrainte de lui donner le bon exemple et de lui apprendre à se comporter comme une lady. J'ai, cependant, failli à ma tâche.

— Si vous parveniez à vous contraindre de ne plus lui jeter de flambeaux au visage, peut-être parviendrait-elle à acquérir de bonnes manières ?

— Cela ne m'est arrivé qu'une fois, répondit-elle en espérant que Charity ne lui conterait pas toutes les occasions où elle avait été encore pire que ce jour-là. Nous étions un peu exubérantes lorsque nous sommes arrivées au manoir. Lorsque nous avons grandi, d'ailleurs, Faith et moi avons été pensionnaires dans un collège.

— Et Charity ?

— Elle a dit que si nous n'étions pas envoyées à Eton ou quelque autre école prestigieuse nous préparant à l'entrée à Oxford, cela n'en valait pas la peine. Ses manières, bien sûr, sont abominables, mais elle est prodigieusement intelligente.

— C'est une compensation non négligeable, n'est-ce pas ?

— Certes, mais je regrette qu'elle n'ait pas fréquenté l'académie de Mlle Pennyworth où elle aurait reçu des leçons de maintien. J'ai été moi-même façonnée par cette académie.

Il sourit et fit la grimace en se touchant le bras.

— La façon dont nous avons quitté la maison me permet d'en témoigner.

— J'en suis absolument navrée, répondit la jeune fille. Ce n'était pas du tout ma façon de faire.

— C'est sans importance, répondit-il d'une voix douce qui la rassura. Dans la mesure où vous êtes aussi exigeante avec vous-même, ce n'est pas juste de vous taquiner au sujet de vos manières.

Elle aurait mieux fait de se taire, pensa Hope. Il la trouvait maintenant excessivement orgueilleuse et dépourvue d'humour, mais, elle en était convaincue, ces deux défauts étaient moins graves que la curiosité maladive de sa sœur.

— Au contraire, répondit-elle. Je ne vois aucun reproche à vous faire au sujet des remarques qu'ont pu vous inspirer mon attitude à votre égard ainsi que les propos que vous avez surpris. Ce dont vous avez été le témoin n'aurait jamais dû arriver. Comme je l'ai dit à Charity, votre vie personnelle ne nous regarde pas.

— J'ai pris l'intérêt que me portait votre sœur comme un compliment, répondit-il en souriant toujours. Une complète absence d'intérêt n'est pas très flatteuse.

Il revint en mémoire à Hope le regard que lui avait lancé Drake, la veille, au moment de se retirer, comme s'il avait attendu d'elle autre chose que la façon discourtoise avec laquelle elle l'avait congédié. L'avait-elle traité comme s'il n'était pas même un homme ? Elle le redoutait et, pourtant, elle éprouvait une très grande curiosité à son sujet.

Si elle ne s'était pas montrée plus aimable avec lui, c'était simplement parce que les ladies ne devaient pas exprimer ouvertement leurs sentiments. Mais s'il souhaitait éclaircir la situation, elle n'y était pas opposée.

Elle acquiesça de la façon la plus aimable dont elle était capable en espérant qu'elle ne lui apparaissait pas aussi gênée et mal à l'aise qu'elle l'éprouvait intérieurement.

— Si cela vous aide à vous sentir mieux, je ne vous poserai pas plus d'une question impertinente par jour jusqu'à ce que nous ayons accompli notre tâche.

— Je suis impatient que ces moments arrivent, mademoiselle, dit-il en effleurant le bord de son chapeau pour rappeler à Hope qu'il était temps de remettre son chapeau sur sa tête et de baisser sa voilette. Comme je vous l'ai dit hier avant que nous ne nous séparions, nous allons chercher aujourd'hui le portrait « bleu ». J'ai pensé à plusieurs prêteurs sur gages spécialisés dans les œuvres d'art. Je ne doute pas que votre grand-mère se soit rendue chez l'un d'entre eux.

Le premier où ils se rendirent était visiblement habitué aux visites de Drake à en juger d'après l'insistance avec laquelle il lui proposait du thé ou du sherry tandis que Hope inspectait les tableaux. Elle se laissa aller à rêver qu'elle osait mentir et prétendait que l'un des ravissants paysages offerts à sa contemplation provenait du manoir de Comstock plutôt que la peinture bleue qui devait être d'une indescriptible laideur.

Après un certain temps, elle se tourna, enfin, vers Drake et fit silencieusement non de la tête.

Drake, qui s'était assis et avait, enfin, consenti à boire une tasse de thé, se leva et la reconduisit à leur voiture.

À la boutique suivante, ils reçurent le même accueil et Hope se plut à regarder les peintures bien qu'elles ne fussent pas d'une qualité égale à la galerie de laquelle ils sortaient. De nouveau, Hope indiqua en remuant la tête qu'elle ne reconnaissait pas le tableau manquant et ils sortirent de la galerie.

De prêteur sur gages en prêteur sur gages, ils s'éloignèrent de Bond Street jusqu'à ce qu'ils s'introduisissent dans une boutique à peu près aussi miteuse que celle où ils avaient retrouvé les flambeaux. Les peintures salies, trouées, aux cadres ayant perdu leur dorure, qui s'alignaient le long des murs, n'avaient rien de la splendeur des œuvres des grands maîtres qu'elle avait eu l'occasion d'admirer précédemment. Certaines ne valaient guère mieux que des aquarelles d'amateur, mais le boutiquier, qui les suivait pas à pas, leur affirmait que l'estimation moyenne de ces tableaux était au moins de dix livres ne serait-ce qu'en raison de la valeur de leurs cadres.

— Les cadres sont sans importance, répondit Gregory Drake. Nous recherchons une composition où le bleu domine.

Ayant obtenu cette précision, le propriétaire du lieu les conduisit dans un coin sombre et très encombré de son arrière-salle où de lourds cadres dorés étaient empilés.

Drake se tourna vers la jeune fille.

— Votre grand-mère ne vous a-t-elle donné aucune précision quant à la taille de la peinture ?

Elle fit non de la tête.

— Je doute qu'il s'agisse d'une miniature, mais si elle était très grande, j'en aurais remarqué l'absence sur le mur où elle était pendue.

— Nous commencerons donc par le milieu de la pile, répondit Drake en soulevant les cadres rangés du plus grand à la base au plus petit au sommet.

Il les fit glisser sur le sol à la verticale, soulevant, à chaque fois, un nuage de poussière.

Hope les reprit un par un pour en vérifier les toiles pendant que Drake se tournait vers une autre pile qu'il redressa également pour en faciliter l'inspection par la jeune fille.

Les œuvres étaient très diverses bien que la couleur bleue y fût omniprésente. On trouvait des paysages de campagne, de bord de mer, des natures mortes, des études d'oiseaux et d'innombrables portraits d'hommes et de femmes richement vêtus de soieries et de tissus de velours aux tons bleus ou s'en rapprochant.

Hope fixa d'un air effaré la peinture devant elle avant de détourner le regard. Elle le porta de nouveau vers l'objet de sa stupéfaction pour s'assurer qu'elle ne se trompait pas puis appela Gregory Drake.

— J'ai trouvé la toile que nous recherchions.

— Parfait… Je vais aller chercher le propriétaire.

Hope fit non de la tête d'un air extrêmement embarrassé et montra la porte du doigt.

— Je ne peux pas…

Glissant les mains sous sa voilette, elle les mit devant ses yeux, convaincue, pendant un bref instant où elle avait perdu la tête, que si elle ne les voyait pas, les deux hommes ne la verraient pas non plus. Lorsqu'ils découvriraient la peinture, en effet, ils se tourneraient vers elle et en tireraient l'inévitable conclusion.

— Vous ne vous sentez pas bien ? demanda Drake en touchant avec sollicitude le bras de Hope. L'air est étouffant ici avec toute cette poussière.

Il tira doucement sur ses bras pour qu'elle retirât les mains de son visage.

— Vous pouvez m'attendre dans la voiture pendant que je me mets d'accord sur un prix avec M. Barnstable.

Drake baissa les yeux, à cet instant, sur la peinture.

— Ah ! oui, fit-il. Je comprends. Permettez-moi de vous raccompagner jusqu'à l'attelage. Je vous conseille de ne pas relever votre voilette avant de vous être assise dans la voiture.

Gregory agit comme il l'avait proposé et, avec une parfaite discrétion, raccompagna Hope à la voiture. Il n'avait pas de peine à imaginer ce qu'elle ressentait au sujet de l'œuvre picturale qu'ils venaient de retrouver.

Il était très tentant de faire une remarque sur cette toile, mais il savait que la jeune fille n'apprécierait pas qu'il exprimât son admiration pour l'artiste qui l'avait composée ni son amusement quant au sujet traité. Il lui faudrait prendre beaucoup sur lui-même pour ne pas éclater de rire lorsqu'il se retrouverait face à face avec elle dans la voiture.

Lorsqu'il fut de retour dans la boutique, par contre, il laissa libre cours à son hilarité et revint auprès du tableau qu'il examina attentivement avant d'appeler le propriétaire.

— Barnstable ! J'ai trouvé celui que je recherchais !

Le vieil homme le rejoignit et un petit sourire narquois s'imprima sur ses lèvres quand il découvrit l'œuvre dont il était question.

— Je croyais que la demoiselle cherchait un tableau qui manquait à son salon...

— Nous achèterons quelque chose d'équivalent si nous ne réussissons pas à retrouver l'original... Je prends celui-ci pour moi.

— C'est une très belle peinture, dit le vieil homme, mais je ne la définirais pas comme une œuvre en bleu.

— Je suis d'accord avec vous. Le rose de la chair y est plus présent.

— Surtout dans le traitement de la poitrine, confirma Barnstable.

— L'étole est bleue, toutefois, fit Gregory avec un haussement d'épaules.

— Oui, mais elle ne couvre pas grand-chose. Elle est plutôt là pour rehausser les charmes du modèle.

Ce n'était que trop vrai, reconnaissait en son for intérieur Gregory. La soie bleue qu'avait nouée à sa taille le modèle ne couvrait presque rien de son anatomie dont elle mettait plutôt en valeur ce qu'elle avait de plus intime. La femme qui posait pour cette exécution avait, en outre, un sourire aguicheur tandis qu'elle exhibait sans pudeur ses seins ronds et fermes ainsi que la plastique impeccable de son ventre légèrement rebondi, sa taille de guêpe et ses belles épaules en chair.

— Le peintre qui a représenté cette jeune femme avait un très grand talent, remarqua Gregory qui n'avait aucun doute sur l'identité du modèle.

Si les mouches et la poudre n'avaient pas été abandonnées depuis une génération et qu'au lieu de porter une perruque blanche le modèle avait laissé voir les boucles brunes de ses cheveux, Gregory aurait cru reconnaître Hope Strickland et non sa grand-mère. Les yeux et la forme du visage étaient exactement les mêmes ainsi que le sourire avenant qu'il avait surpris sur les lèvres de la jeune fille quand elle s'entraînait devant un miroir.

Si la ressemblance entre les deux femmes ne se limitait pas à ce que la robe de Mlle Strickland laissait voir, cette dernière n'aurait qu'à déboutonner son corsage pour faire son choix de n'importe quel héritier de Grande-Bretagne.

— Trente livres, proposa Barnstable qui ne détachait plus ses yeux du ravissant nu.

— Vingt, répondit Gregory qui ne pouvait pas non plus regarder ailleurs.

— Vingt-cinq et je vais vous l'envelopper soigneusement pour que la demoiselle ne voie pas ce que vous avez acheté.

Le marché étant conclu et le tableau ceint d'une toile de Hollande qui le recouvrait entièrement, Gregory retourna à la voiture. Hope, qui avait baissé les rideaux des vitres et retiré son chapeau, sommeillait la tête appuyée au rembourrage de la banquette.

Gregory s'assit en face d'elle et frappa contre la vitre les séparant du cocher pour lui signifier qu'il était temps de les ramener à l'hôtel de Comstock.

— Vous l'avez acheté ? demanda Hope, les yeux fermés.

— Il est attaché sur le toit de l'attelage et bien enveloppé. En dehors de vous et moi, personne n'a besoin de connaître le sujet de cette toile.

Elle ouvrit soudain les yeux et le dévisagea comme si elle avait cru le surprendre en train de la regarder avec concupiscence.

Ayant anticipé cette réaction de la part de la jeune fille, il avait pris soin d'afficher sur son visage la distance professionnelle la plus parfaite.

— N'oubliez pas, mademoiselle Strickland, que j'ai été choisi par M. Leggett pour ma discrétion. Personne, jamais, n'aura connaissance de l'objet que nous rapportons aujourd'hui.

— Si ma grand-mère pouvait seulement me faire la même promesse, fit la jeune fille en soupirant.

— Les mœurs n'étaient pas les mêmes au siècle dernier.

— C'est ce que l'on dit… Enfin, c'est l'excuse invoquée

par grand-mère chaque fois que se pose une question comme celle-ci.

— Y a-t-il eu plusieurs incidents de ce genre ?

— Aucun aussi grave… Généralement, personne ne les remarque à l'exception de mes sœurs et de moi.

— Or, je ne suis personne, précisa Gregory.

C'était une erreur de parler ainsi. D'autant plus s'il avait espéré entendre la jeune fille lui affirmer qu'à ses yeux il avait autant de valeur que quiconque. Or, ce ne fut pas le cas. Sa déclaration fut suivie d'un silence que rien ne brisa jusqu'à leur destination.

En arrivant à l'hôtel particulier des comtes de Comstock, Gregory refusa l'aide empressée des valets de pied et porta lui-même le tableau dans le grand salon où il le posa à terre près de la cheminée. Il attendit ensuite que Hope, qui était allée prévenir sa grand-mère de leur retour, l'y rejoignît.

Quelques instants plus tard, en entrant au salon à son tour, la douairière, dont la petite-fille attendait une explication, leur jeta un regard rempli de curiosité.

— Nous avons retrouvé le tableau que vous aviez vendu, grand-mère, dit Hope en fronçant les sourcils d'un air de reproche. Mais, maintenant, je me demande ce que nous allons en faire ?

Gregory s'approcha de la peinture et, en prenant soin de ne pas baisser les yeux dessus, en souleva la toile de Hollande qui la recouvrait.

En découvrant le nu qui la représentait, la vieille dame frappa dans ses mains avec un petit cri de ravissement.

— Je ne l'ai pas vu depuis une éternité. Où l'avez-vous déniché ?

— Où vous l'aviez déposé, grand-maman. Chez un marchand d'art sur Seven Dials.

— Moi ? fit la comtesse en riant. Je ne m'en serais pas séparée pour tout l'or du monde. Qui a la chance de posséder une telle peinture qui rappelle les joies de la jeunesse ? Je me souviens parfaitement des heures de pose qui ont été nécessaires pour l'achèvement de ce tableau.

Elle mit une main derrière la nuque et arqua les reins, pointant la poitrine vers le plafond comme le modèle pulpeux.

— J'avais des crampes dans le bras, dit-elle en quittant la pose pour se retourner vers Drake et sa petite-fille. C'était très fatigant. Mais reconnaissez que le résultat méritait l'effort.

— Nous n'avons pas rapporté ce tableau ici pour vous faire repenser à votre passé quelque peu…

Hope, se contentant de prendre un air offusqué, ne termina pas sa phrase.

— Il n'est revenu ici, reprit-elle, que pour compléter l'inventaire. Et maintenant, où allons-nous le mettre pour que personne ne le voie ?

— Mais il ne figure pas à l'inventaire ! dit en riant la comtesse. C'est un cadeau que j'ai fait à votre grand-père. Il en était très fier et en tirait une assez grande vanité jusqu'au jour où il l'a perdu aux cartes contre l'un de mes admirateurs. Nous nous sommes assez violemment querellés après cette perte, mais c'est très vieux. J'avais complètement oublié cet incident.

— Vous m'avez dit que vous aviez vendu une peinture où le bleu dominait, fit Hope. C'est en recherchant ce tableau que nous sommes tombés sur celui-ci.

— Ah, oui… La peinture que j'ai vendue, je te l'assure, n'a rien de comparable avec celle-ci.

— Mais vous en souvenez-vous ? demanda Hope, exaspérée. Vous pourriez, peut-être, nous en donner une meilleure description ? S'agit-il d'une mer bleue ? D'un ciel limpide ? D'un bouquet bleu ?

— Tu pensais qu'il s'agissait d'un paysage ou d'une nature morte aux tons bleus ? fit en riant la douairière. Cela n'a rien à voir. Le tableau représente le comte bleu.

— Duquel s'agit-il ? demanda Gregory, intrigué.

— Le troisième ou le quatrième du nom, je crois. Il était

d'une pâleur cadavérique et d'une singulière laideur avec sa peau grise et ses lèvres bleues. C'était un problème de santé lié à la qualité de son sang, m'a-t-on dit. Il est mort trop jeune pour se marier. C'est, d'ailleurs, aussi bien. Dieu seul sait à quoi auraient ressemblé ses enfants. Le titre a été transmis à l'un de ses cousins et, depuis, la descendance s'est faite en ligne directe.

— Vous avez donc vendu le portrait d'un Comstock ? fit Hope, stupéfaite.

— Le plus moche d'entre eux, rétorqua la douairière sur la défensive. Je ne pense pas qu'il faille le compter dans la liste des comtes de Comstock. Ton grand-père, d'ailleurs, avait fait accrocher son portrait à côté d'une porte qui, restant ouverte, le cachait en permanence car il ne supportait pas de le voir.

— Le nouveau comte, cependant, ne manquera pas de s'apercevoir que le portrait du quatrième comte manque à la galerie. Comment avez-vous pu croire que votre vol ne serait pas remarqué ?

— Il me semble, pourtant, que tu n'avais pas vu qu'il avait été décroché ?

Gregory, qui avait besoin de quelques informations au sujet du portrait manquant, intervint dans la conversation.

— Y avait-il une inscription sur le cadre ou la peinture indiquant le sujet qui y était traité ?

— Oui, répondit la comtesse. Le cadre porte une plaque en cuivre à sa base où figure le nom du quatrième comte de Comstock.

— Comment est-il vêtu ?

— Selon la mode du début du XVIIe siècle, sous le règne de Jacques Ier. Il porte un pourpoint de cuir de couleur rouille qui lui donne un teint épouvantable.

La douairière resta muette un instant comme si elle rassemblait ses souvenirs avant de reprendre :

— Il n'avait plus beaucoup de cheveux non plus… Grâce à Dieu, ton grand-père était issu d'une autre branche de la famille. Je l'aimais tendrement, mais je ne pense pas que j'aurais pu m'éveiller chaque matin auprès de lui s'il avait eu une ressemblance avec le comte bleu.

Sur ces mots, elle tendit la main vers le cordon de la sonnette qu'elle tira. Un instant après, deux valets de pied entraient dans le salon. La comtesse les pria de porter son portrait dans son boudoir ce que les deux jeunes gens firent sans montrer le moins du monde de la gêne devant l'érotisme du sujet.

Hope, en assistant à la scène, pressait les poings contre ses tempes comme si elle avait craint de céder à une crise de folie. Lorsque la porte du salon se fut refermée sur les domestiques précédés de la douairière, la jeune fille se tourna avec véhémence vers Drake.

— La famille Strickland est l'une des plus anciennes d'Angleterre, dit-elle.

— J'en ai parfaitement conscience, répondit-il bien qu'il ne comprît pas en quoi cela changeait la situation.

— Nous ne sommes pas comme elle, ajouta Hope en pointant du doigt dans la direction qu'avait prise sa grand-mère.

— Non, bien sûr.

Drake ne voulait pas la contredire, mais la pauvre jeune fille semblait croire qu'il fût possible de nier toute relation avec la femme dont elle tenait la beauté sinon le caractère. La comtesse n'était peut-être pas née Strickland, mais nier qu'elle eût un lien familial avec elle échappait à toute logique.

— Si vous continuez à tomber d'accord avec moi, lança sèchement Hope, vous feriez bien de mieux dissimuler vos sentiments.

— Je ne sais pas de quoi vous voulez parler, mademoiselle, répondit-il avec son expression la plus impassible.

Il ne put s'empêcher, cependant, de tout gâcher en demandant :

— Cela vous déplairait-il tant que cela de ressembler à la comtesse ?

— Peut-être que dans votre famille son comportement est considéré comme normal ? fit-elle en plissant les yeux.

— Peut-être, répondit-il toujours aussi imperturbable.

Dans la mesure où il ne connaissait pas le nom de ses

parents comment aurait-il pu répondre à une telle question ? L'attitude de Hope à son égard, en tout cas, n'était pas particulièrement bienveillante.

— Sa nature frivole est une insulte à la mémoire de ses fils qui ont donné leur vie pour le bien commun.

— Cela ne l'empêche pas de vous être entièrement dévouée, repartit Drake, stupéfait de voir la jeune fille rejeter l'amour qui lui avait tant manqué au cours de son enfance.

— Si elle a vraiment des sentiments pour nous, elle devrait se comporter comme le reste de la famille l'a toujours fait. Mon père, qui était pasteur, a consacré sa vie au service des autres ainsi, d'ailleurs, que ma mère.

— Cela n'a pas dû être facile pour vous, remarqua Gregory qui se demandait si l'exemple de son père n'était pas la raison pour laquelle elle était si encline à se sacrifier elle-même.

— S'il avait vécu, l'aîné de mes oncles serait devenu le comte de Comstock et il aurait eu à cœur de rendre la vie de ses métayers agréable tout en servant la Couronne.

— Je n'en doute pas, répondit Gregory qui aurait aimé qu'elle le laissât oublier, au moins un instant, la différence entre leurs conditions.

Pour sa gouverne, il aurait dû lui faire remarquer que le décès de son oncle rendait impossible de savoir s'il eût été un modèle de vertu ou un homme ordinaire avec ses limites.

— Quant au troisième de mes oncles, il est mort en héros en 1809 à la bataille de Talavera au cours de la guerre d'Espagne contre les Français.

— Il n'a pu mourir qu'en héros, affirma Gregory, incapable de contenir plus longtemps les pensées sarcastiques que lui inspiraient les évocations patriotiques de la jeune aristocrate.

— Que voulez-vous dire ?

S'il avait cherché à l'offenser, il y était parvenu car elle semblait plus furieuse encore contre lui qu'elle ne l'avait été avec sa grand-mère.

— Eh bien, reprit-il, que c'est un choix parfaitement

logique pour le fils cadet de s'engager dans l'armée quand il a les moyens de s'offrir un grade d'officier.

— Ce n'était visiblement pas votre cas, fit Hope en se moquant ouvertement de lui pour lui rendre la monnaie de sa pièce.

— Vous vous trompez, répondit-il sèchement. J'avais largement les moyens de m'acheter un grade dans telle ou telle arme. Si je ne l'ai pas fait, c'est parce que j'ai horreur de recevoir des ordres.

— Dans ce cas, c'est étrange que vous soyez prêt à obéir au doigt et à l'œil à n'importe quel gentleman de Londres.

Elle avait une façon de s'adresser à lui qui lui donnait l'impression d'être un laquais, mais elle ne pensait sans doute rien de mieux de lui.

— Permettez-moi de préciser ma pensée, fit-il. Je ne veux pas être contraint d'obéir à des ordres qui me vaudraient d'être fusillé pour traîtrise pour peu qu'il me déplût de les exécuter. Et je voudrais encore moins me conformer à des injonctions qui me condamneraient à mourir. Je suis certain que votre oncle, s'il avait survécu, aurait été beaucoup plus humble que vous au sujet d'héroïsme. Malheureusement, il n'est pas là pour nous en parler.

— Les hommes de ma famille ne redoutaient pas de donner leur vie pour le service des autres, répondit Hope sans élever le ton mais avec une inflexion de la voix qui résonnait comme une mise en garde.

Elle le prenait donc pour un couard ? Qu'importe ! Elle pouvait penser ce qu'elle voulait.

— Je ne souhaite être le martyr d'aucune cause, aussi noble soit-elle, précisa-t-il. Ma seule ambition est d'atteindre un grand âge sans laisser derrière moi des enfants naturels ou des filles sans dot contraintes de se jeter dans les bras du premier aristocrate leur montrant de l'intérêt.

— Je doute qu'en mourant vous laissiez une grande famille, répondit la jeune fille. Il faudra vous marier avant d'avoir des enfants et je doute qu'une femme veuille de vous.

— Vous en doutez ? demanda-t-il en lui prenant le bras. Peut-être parce que vous vivez si recluse que vous confondez la pruderie avec la vertu ?

— Je n'ai aucun problème, murmura-t-elle.

Peut-être parlait-elle avec sincérité ? Cependant, Drake n'eut aucune peine à mesurer que le frémissement qui la parcourut au contact de sa main n'était pas le résultat de la peur mais du désir.

— Moi non plus, je n'ai pas de problème, murmura-t-il en réponse. Lorsque je serai prêt à me marier, ce sera avec une femme qui veut un homme et non un titre. Une femme capable d'apprécier ceci…

Sans autre préambule, il la prit dans ses bras et s'empara de ses lèvres…

Alors même qu'il embrassait Hope avec une délectation incomparable, ce qui lui restait de conscience lui martelait à l'oreille que c'était une très mauvaise idée. Il s'était laissé entraîner dans une querelle avec la jeune fille qui n'avait rien à voir avec lui mais entièrement avec l'effroi de cette dernière devant une beauté nue, si semblable à elle-même, exposée aux regards de tous et à la convoitise de tous.

Mais n'était-elle pas, précisément, cet objet du désir ?

Il importait peu qu'elle fût innocente ou à ce point au-dessus de lui par la naissance qu'une histoire d'amour entre eux en fût risible. Elle était tout ce qui avait ensorcelé son père neuf mois avant qu'il ne vînt au monde.

Or, s'il avait su où elle se trouvait, Gregory aurait juré cent fois sur la tombe de sa mère de ne jamais commettre la même erreur. Mais maintenant que l'heure était venue de résister à la tentation, il ne cherchait pas seulement le chemin de la ruine, il s'y précipitait sans hésitation.

Peut-être son sang était-il vicié comme celui du comte bleu ?

Le goût des lèvres de Hope Strickland lui rappelait les bonbons qu'il avait volés étant enfant. Elle était d'autant plus délicieuse qu'elle était un fruit interdit. Il sentait que ce corps de jeune fille serré contre le sien devait être, dénudé, doux et désirable, la peau soyeuse et délicieusement odorante…

Elle laissa échapper un soupir et écarta les lèvres, le laissant approfondir leur baiser jusqu'à ce qu'elle émit un gémissement de plaisir…

S'il avait voulu s'affirmer par rapport à elle après les multiples humiliations qu'elle lui avait fait subir, il y avait réussi, mais il était temps de la laisser partir. Il eut envie de rire en pensant à la situation qu'il n'avait nullement cherché à créer. À aucun moment, en effet, il n'avait voulu sortir la tête haute de leur querelle.

S'il avait embrassé Hope Strickland, c'était seulement parce qu'il n'avait plus pensé qu'à cela depuis le premier instant où il avait posé les yeux sur elle. Et maintenant qu'il avait commencé, il ne se sentait aucun goût d'arrêter. Il n'en aurait pas fini avec elle jusqu'au jour où son corps lui aurait révélé son plus intime secret. Or, avec une telle femme, l'exploration pouvait prendre toute une vie.

Une vie entière ?

Il perdait la tête… Dans une semaine, il travaillerait pour un autre gentleman et Hope Strickland reprendrait son entraînement devant la grande glace du hall de l'hôtel de Comstock. Elle apprendrait à sourire à un cousin qui n'arriverait peut-être jamais…

Il s'écarta d'elle dans une ultime tentative de se libérer avant d'être pris au piège pour toujours. Mais il était déjà trop tard. Il avait le souffle court comme s'il venait de courir une longue distance et tous ses sens étaient en éveil. Il lui semblait qu'elle était liée à lui par un fil invisible qu'il n'avait qu'à tirer pour la ramener dans ses bras où était sa place naturelle.

Ils restèrent un long moment à se regarder en silence, à un pas l'un de l'autre. Gregory s'attendait à une remarque acerbe, un cri d'outrage, une gifle cinglante…

Rien… Elle le fixait de ses grands yeux bruns où régnait la confusion, les lèvres légèrement entrouvertes comme si leur baiser s'était prolongé. Était-elle trop bouleversée par ce qui venait de se passer pour le remettre à sa place ou bien attendait-elle autre chose ?

Ce qu'elle voulait importait peu. Ce baiser avait été une erreur qui risquait de s'aggraver s'il se répétait. Autant qu'il eût eu des informations sur son père, ce dernier s'était vanté encore d'avoir réussi à séduire une jolie femme, mais sa mère n'avait pas compris qu'en se donnant à lui elle perdrait sa réputation. Or, elle avait aussi perdu la vie.

Si Hope Strickland ne pouvait mettre un terme à ce qui se passait entre eux, ce serait à lui de l'arrêter. Une fois encore, il devait accomplir sa mission telle qu'elle était définie par son emploi et, simultanément, sauver une jeune fille du dangereux chemin qu'elle avait pris. Mais, cette fois, le service qu'il rendrait à son employeur lui en coûterait personnellement.

Il s'autorisa un dernier instant de bonheur mélancolique avant de déclarer sans vergogne :

— J'ignore ce que l'avenir a pour moi en réserve, mais je sais que je ne passerai pas plus de temps avec vous que cela n'est strictement nécessaire.

— Je… Je ne comprends pas, dit-elle dans un murmure en portant le doigt à ses lèvres.

— Il n'y a rien à comprendre, répondit-il, volontairement désagréable. Je ne serais pas là si je n'étais pas payé pour y être.

— Mon beau-frère vous a-t-il demandé de m'embrasser ?

— Ne soyez pas ridicule.

— Alors vous l'avez fait de votre propre initiative ?

— Oui, mais je ne recommencerai pas, répondit-il sans détourner le regard.

Le visage de la jeune fille refléta, enfin, la déception qu'il cherchait à faire naître.

— Alors, vous feriez mieux de partir sur-le-champ, dit-elle alors qu'elle laissait son doigt suivre la courbe de sa lèvre inférieure.

Il resta encore un moment le regard attaché aux lèvres si douces de la jeune fille puis s'obligea à détourner les yeux et prit la direction de la porte…

5

Elle venait de vivre l'une des journées les plus embarrassantes et déconcertantes de sa vie. C'était une chose d'engager un enquêteur discret pour aider la famille plongée dans les difficultés financières et une autre de le laisser voir la comtesse douairière dans le simple appareil et très fière de sa nudité, même s'il ne s'agissait que d'une peinture.

Cette toile n'aurait jamais dû exister, mais puisqu'elle était bien réelle, la grand-mère de Hope aurait pu, au moins, se montrer gênée en la voyant. Gregory Drake, d'ailleurs, ne l'aurait jamais vue s'ils n'avaient pas été lancés dans la recherche d'un autre tableau qui n'aurait jamais dû quitter sa place dans la galerie de portraits du manoir de Comstock.

La scène avec sa grand-mère avait été mortifiante, mais si elle était honnête, Hope devait reconnaître qu'elle avait été aggravée par sa propre attitudc. Si elle avait été aussi posée que Faith ou indifférente que Charity, le nu représentant sa grand-mère ne l'aurait pas plus affectée que ça. Elle n'aurait pas été aussi bouleversée en le découvrant et se serait gardée de partir dans de grands discours sur l'honneur de sa famille au point d'en devenir odieuse et condescendante avec l'employé de son beau-frère.

Mais alors il ne l'aurait pas embrassée…

Que ferait-elle de ce baiser et de ce que Gregory Drake lui avait dit ensuite ? Il avait laissé entendre qu'il y avait un problème avec elle…

Peut-être était-ce vrai ? Elle n'avait pas à juger sa grand-mère qui avait le droit de faire à son mari le cadeau qui lui plaisait. Elle était, d'ailleurs, d'autant moins autorisée à critiquer son aïeule que dans la foulée elle s'était laissé embrasser par un homme qui ne lui avait même pas demandé sa main. En outre, elle s'était laissé embrasser d'une façon qui aurait dû n'être réservée qu'aux mari et femme, et encore…

Mais ce qui était, peut-être, encore plus grave, elle y avait pris du plaisir. Sa colère s'était évanouie au premier contact des lèvres de M. Drake et elle n'avait plus éprouvé qu'une délicieuse impression de douceur et de chaleur. Si elle avait une critique à formuler, c'était que cela se fût terminé trop tôt.

Puis M. Drake avait déclaré qu'il ne voulait plus rien avoir à faire avec elle avant de quitter la maison sans même lui dire au revoir. Au milieu de l'après-midi, un grand paquet plat avait été livré à l'hôtel de Comstock. Il contenait le portrait du comte bleu, qui était en tout point aussi hideux que la comtesse l'avait décrit. Une lettre, adressée à Hope, l'accompagnait.

Chère Mademoiselle,

Grâce aux informations données par votre grand-mère, il m'a été plus aisé de retrouver le portrait de votre ancêtre. Je n'ai eu qu'à retourner à l'adresse où nous nous étions rendus en dernier et demander le plus ignoble de tous les portraits réunis en ce lieu.

Le prêteur sur gages m'a immédiatement conduit devant la pile où se trouvait le quatrième comte de Comstock.

En dépit du malaise qu'elle ressentait, Hope ne put s'empêcher de sourire tandis qu'elle reprenait sa lecture :

Après les événements de l'après-midi, je crois qu'il est préférable que je continue seul la recherche.

Mon attitude à votre égard, dans le salon, est impardonnable. Lorsque j'ai été engagé par votre beau-frère, il va sans dire qu'il comptait non seulement sur ma discrétion mais aussi sur l'attitude respectueuse que j'observerais avec vous. Or, j'ai échoué lamentablement tant en parole qu'en action.

Soyez assurée que si je venais à prendre la décision de renoncer à ma mission auprès de M. Leggett, je ne lui en donnerais pas la raison. Je me contenterais d'évoquer la difficulté insurmontable de l'engagement que j'ai pris à sa demande. Les deux raisons, en ce qui me concerne, seraient conjuguées, mais ce qui s'est passé aujourd'hui entre nous le restera.

Si je décide de poursuivre ma mission, cependant, je solliciterai l'aide de votre grand-mère pour retrouver les derniers objets. Il se pourrait qu'elle se montre plus sincère avec un étranger qu'avec ses petites-filles.

Cette vérité fut plus douloureuse à entendre encore que le rejet antérieur de M. Drake. Était-elle vraiment aussi mauvaise qu'il le lui avait fait comprendre aujourd'hui ? Était-elle critique au point que sa grand-mère évitait de lui parler de son passé ?

Hope baissa les yeux sur la lettre pour en lire les dernières lignes.

En vous quittant, je vous ai dit que je ne voulais pas perdre mon temps avec vous. Je regrette ces paroles plus qu'aucunes autres car elles laissent entendre que vous êtes responsable de ce qui s'est passé entre nous.

Toute responsabilité repose sur mes épaules exclusivement. Je suis désolé de m'être révélé l'indigne compagnon que vous me soupçonniez d'être et je vous donne ma parole de ne plus vous infliger ma présence à l'avenir.

Bien sincèrement,

Gregory Drake.

Alors qu'elle s'habillait pour sortir, Hope commençait de se résigner et d'accepter la vérité :

Drake l'avait abandonnée…

Elle en avait eu le sentiment quand il avait quitté le salon sans la saluer, mais elle avait eu l'espoir que les choses entre eux n'étaient peut-être pas aussi graves qu'elles le paraissaient. Cependant, comme d'habitude, elle s'était trompée. Drake était bel et bien parti, et ce constat la laissait dans un état de complet désespoir.

Les efforts nécessaires pour compléter la liste des objets figurant à l'inventaire ne suffiraient pas à régler leur problème, mais en attendant l'arrivée du comte, il était préférable de s'occuper l'esprit. Il était particulièrement agréable de conduire cette recherche avec M. Drake qui en faisait une chasse au trésor et permettait d'oublier la situation précaire dans laquelle elle se trouvait avec sa sœur.

Et puis, il l'avait embrassée…

Il avait prudemment évité de mentionner le baiser dans la lettre qu'elle avait caché sous son coffret à bijoux. Même si quelqu'un la trouvait, il ne pourrait savoir exactement ce qui s'était passé.

Ironie du sort, elle avait vécu la situation, mais ne savait pas davantage ce qui s'était passé. M. Drake ne l'y aidait pas puisqu'il ne donnait aucune explication sur la raison pour laquelle il l'avait embrassée et n'exprimait rien non plus sur ce qu'il avait éprouvé ensuite. Il n'évoquait que les sentiments de Hope, qui, selon lui, devaient osciller entre la conscience d'avoir été outragée et la déception.

Alors que, Poly, sa femme de chambre, tirait sur les lacets de son corset, elle jeta un regard vers le coffret à bijoux sur sa coiffeuse en faisant le vœu qu'au lieu de dissimuler une lettre d'excuses, il cachât un billet doux.

Elle serait, sans doute, mariée avant même d'en avoir reçu un seul alors que sa grand-mère devait en avoir un plein coffret. À cette pensée, elle laissa échapper un soupir et fut, aussitôt, rappelée à l'ordre par Poly. Comprenant ce qu'elle exigeait d'elle, elle prit plusieurs longues respirations avant que tous les lacets du corset ne fussent serrés. Elle éviterait ainsi d'être trop comprimée et gênée toute la journée.

Certaines jeunes filles pouvaient se passer d'un corset, mais pas elle, qui présentait des caractéristiques féminines semblables à celles du nu que M. Drake n'aurait jamais dû voir. Elle avait été si troublée par la découverte de ce tableau qu'elle ne savait si elle devait considérer sa ressemblance avec sa grand-mère comme une bénédiction ou une malédiction.

Elle prit une dernière respiration, plus profonde que les précédentes, et Poly relâcha les lacets avant de les serrer de nouveau. Elle fit passer, ensuite, une combinaison puis une robe de bal par-dessus la tête de Hope.

Cette dernière s'assit devant la coiffeuse et la femme de chambre commença de retirer les papillotes autour desquelles étaient enroulés ses cheveux pour les faire boucler puis elle se mit à les coiffer avec art.

Lorsqu'elle releva les yeux pour se voir dans le miroir, Hope y découvrit Charity appuyée au chambranle de la porte de sa chambre.

— Tu devrais t'habiller, dit-elle. C'est ce soir qu'a lieu le bal de Lord Ellingham. Nous partons dès que nous en avons fini avec ma coiffure.

— Tu fais erreur, répondit Charity. Tu y vas seule avec grand-mère. Pour ma part, je reste ici. Je suis en plein milieu d'un passage captivant du journal tenu par l'un de nos ancêtres et je ne voudrais pas interrompre ma lecture.

— Nous ne t'avons pas fait venir à Londres pour que tu t'y enfermes dans la bibliothèque comme au manoir, dit Hope tout en s'observant dans le miroir.

Satisfaite de sa coiffure, elle congédia sa femme de chambre.

— Tu es censée trouver un mari, reprit-elle. Or, tu n'y parviendras jamais si tu ne sors pas d'ici.

— Je crois t'avoir dit que personne ne voudrait de moi sans dot. Il vaut mieux, pour cette saison mondaine, que nous concentrions nos efforts sur tes projets.

Charity sourit avant de poursuivre :

— As-tu passé un agréable moment avec M. Drake ?

— Grand-maman t'a-t-elle montré le portrait ? demanda Hope en rougissant.

— Elle m'en a montré deux, mais je suppose que tu veux parler de celui pour lequel elle a servi de modèle ?

Tout en parlant, Charity plaça une main derrière la nuque et darda la poitrine vers le plafond.

— Tu n'aurais pas dû le regarder, fit Hope en remuant la tête.

— Tout le monde l'a fait, répondit Charity en haussant les épaules. Même M. Drake.

Hope fit la grimace en pensant à la scène et rougit encore plus si cela fut possible.

— Et qu'en a-t-il pensé ? demanda Charity.

— Il est trop poli pour nous donner son opinion.

— Se comporte-t-il toujours en parfait gentleman ?

Charity fixait sa sœur avec une expression qui laissait à penser qu'elle avait déjà deviné ce qui s'était passé dans l'après-midi. Or, lorsqu'elle avait ce regard, il était inutile d'essayer d'échapper à l'inquisition qu'il précédait. Les questions s'enchaîneraient jusqu'à ce que Charity eût obtenu la réponse qu'elle attendait.

— Il m'a embrassée, avoua Hope qui préférait capituler tout de suite.

— Où ?

— Sur les lèvres…

Charity ne put contenir un geste d'irritation.

— Où cela s'est-il passé ?

— Dans le salon. Grand-maman venait de faire enlever son portrait et nous nous étions retrouvés seuls.

Charity se pencha en avant, son air de supériorité ayant cédé la place à la curiosité de la jeune fille.

— Ça t'a plu ?

Hope se mordit la lèvre inférieure.

— Les jeunes filles bien élevées ne posent pas ce genre de questions et n'y répondent pas davantage.

— J'en conclus que ta réponse est positive.

— Je n'aurais pas dû accepter… Mais tout cela s'est passé

si vite que je n'ai pas su comment l'arrêter. Et, de toute façon, cela a été bref…

Étrangement, elle éprouvait encore de la déception que le baiser n'eût pas duré plus longtemps.

— Mais cela n'aurait jamais dû se produire, ajouta-t-elle avec fermeté. Et lorsque c'est arrivé, c'était très mal d'y trouver du plaisir…

— Ne sois pas ridicule. Il est certainement agréable d'échanger un baiser sur les lèvres sinon personne ne le ferait. On ne peut pas résister à une attirance viscérale.

Charity ferma les yeux en ajoutant :

— Or, M. Drake est le genre d'homme capable de faire naître des sentiments…

— Oui, reconnut Hope qui n'était pas loin de penser que tout cela était de la faute de cet homme trop beau, mais je n'arrive toujours pas à comprendre pourquoi cela s'est produit. Il ne semblait même pas très satisfait après que cela a eu lieu.

— Étant donné son passé, je suppose qu'il ne l'était pas, répondit Charity, se comportant, selon son habitude, comme si elle en savait plus que les autres.

— Eh bien, continue, fit Hope en soupirant. Dis-moi ce qui explique dans son passé la raison pour laquelle il a regretté de m'avoir embrassée.

— Oui, mais à condition que tu m'expliques pourquoi, soudain, il a voulu partir.

La journée n'avait-elle pas été mortifiante d'un bout à l'autre ? Et fallait-il, en outre, que Charity lui arrachât ses secrets l'un après l'autre ?

— J'étais excédée, répondit, enfin, Hope en remuant la tête. Grand-maman venait de voir son portrait et elle semblait si satisfaite d'elle-même… Je me suis sentie humiliée. Elle ne pouvait contenir sa fierté même en présence de M. Drake. Que doit-il penser de nous ?

— Alors tu t'es mise à parler avec emphase de l'illustre passé de notre famille.

— Entre la dispersion du mobilier et les peintures obscènes, grand-maman ne nous fait pas une très bonne réputation.

— Et tu t'es crue dans l'obligation de rétablir l'honneur de la famille devant un enfant naturel rejeté par la sienne et qui est, maintenant, employé par notre beau-frère pour effacer les erreurs de notre grand-mère ?

Charity se tut et dévisagea sa sœur dans l'attente de lire dans son regard qu'elle avait compris ce qu'elle venait de lui révéler.

Hope ne pensait pas qu'il fût possible de se sentir plus embarrassée encore par ce qui s'était passé, mais, apparemment, elle n'était pas au bout de son expérience.

— Je ne pensais pas qu'il prendrait cela pour lui. Il doit me tenir pour la femme la plus arrogante au monde.

— C'est pire que cela, répondit Charity dont le sourire s'élargissait.

— Certainement, reconnut Hope d'une voix faible.

Elle avait l'impression que Dieu la punissait d'avoir apprécié le baiser que lui avait donné M. Drake.

— Entre ses deux parents, reprit Charity, sa mère était la lady et son père l'homme du peuple qui l'avait séduite puis abandonnée. Je suppose qu'il a été épouvanté de voir qu'il répétait l'exemple de son géniteur, ici même, dans notre salon.

— Il ne voudra jamais me revoir.

C'était bien ce que disait la lettre qu'il avait adressée à Hope et dans laquelle, d'ailleurs, il s'accusait en disant que toute la faute lui revenait.

— S'il est attiré par toi, ce qu'il souhaite est sans doute l'opposé de ce qu'il fait.

— Il ne l'est pas. Il m'a dit qu'il n'aurait pas passé un instant avec moi s'il n'avait pas été payé pour le faire.

— C'est vraisemblable… S'il n'avait pas été engagé par James, tout porte à croire que vous ne vous seriez jamais rencontrés. Mais à présent que c'est chose faite, le fait qu'il soit employé par la famille ne change rien à la situation. Il n'en est pas moins un homme, je veux dire un mâle.

Assurément, pensa Hope qui était parcourue par un frisson

en pensant à ses belles mains qui l'avaient saisie à la taille et attirée contre lui.

Lorsque cette image ensorcelante commença de se dissiper, elle releva les yeux et vit que Charity la considérait d'un air navré comme si elle était une parfaite idiote.

— Il t'a embrassée parce que tu es une belle femme et qu'il en avait envie, dit-elle sur un ton qui laissait entendre que ce qu'elle disait était une évidence. Son désir a sans doute été stimulé par le nu qui présente avec toi une ressemblance saisissante. Et puis il se peut qu'il ait été influencé par certaines remarques que je lui ai faites…

— Tu lui as dit de m'embrasser ? fit Hope, horrifiée.

— Au contraire, répondit Charity avec un geste de la main qui écartait cette question. Je lui ai dit, plutôt, de ne pas chercher à te séduire, mais d'inviter quelqu'un à ne pas commettre un acte revient souvent à l'y inciter.

— Pourquoi as-tu commis un acte aussi horrible ?

— Parce que lorsqu'un spécimen masculin aussi exceptionnel que Gregory Drake entre dans notre maison, il ne saurait en ressortir sans que l'une ou l'autre d'entre nous n'ait obtenu un baiser de sa part.

— Et tu as décidé que ce devrait être moi ?

— Tu es la fille la plus sage de Londres à tel point que c'en est insupportable. J'espère que ta chute te dissuadera de nous traiter, grand-mère et moi, de pécheresses impénitentes.

— N'en parle pas à grand-maman, répondit Hope avec empressement.

— Non, bien sûr, mais je reste persuadée qu'elle saluerait cet incident tout comme moi. Enfin, maintenant que cela s'est produit, il faut que nous réfléchissions à ce que tu vas en faire.

— Nous ? fit Hope, choquée par l'audace de sa sœur. Tu n'en as déjà que trop fait. À partir de maintenant, toute décision me concernant ne sera prise que par moi et personne d'autre.

— À l'exception de M. Drake, corrigea Charity.

— Il a déjà pris la sienne, répondit Hope en s'efforçant de ne pas laisser entendre sa déception. Il m'a écrit pour me présenter ses excuses et me dire que nos sorties ensemble présentaient trop de dangers pour moi et qu'il valait mieux, dorénavant, y renoncer.

— Je vois.

Charity comprenait à travers cette remarque que sa sœur avait été rejetée. Or, dans ce genre de situation, il valait mieux que la séparation fût le fruit d'une décision commune.

— Je n'ai aucune intention, pour ma part, de faire quoi que ce soit avec lui, reprit Hope.

— Bien entendu, confirma Charity avec un hochement de tête.

— Je ne le reverrai sans doute jamais et c'est probablement souhaitable. Je ne peux pas l'embrasser de nouveau même s'il le voulait. Ce ne serait pas bien.

— Bien sûr, fit Charity avec un soupir résigné, puisque tu vas épouser le comte de Comstock.

— Cela reste le choix le plus raisonnable que je puisse faire. Si M. Drake nous quitte et que nous n'avons pas récupéré tous les objets manquants, ce ne sera pas si grave. Une fois mariée, j'expliquerai au comte ce qui s'est passé et il nous pardonnera.

— Faut-il toujours que tu anticipes trois mouvements ? Souviens-toi que tu n'es pas particulièrement bonne aux échecs.

— Je ne suis pas du tout mauvaise. On s'en apercevrait si je ne jouais pas toujours contre toi. Et puis tu oublies une chose. Même si tu excelles dans l'art de me faire passer pour une imbécile, je n'en suis pas moins l'aînée. Je dois tenir compte des autres quand j'établis mes projets. Je ne peux pas me permettre de tomber amoureuse du premier homme qui franchit la porte pour la seule raison qu'il est beau à couper le souffle.

— À moins qu'il n'ait un titre, répondit Charity en tournant les talons. Amuse-toi bien, ce soir, ma sœur chérie. Essaie de ne pas faire trop de conquêtes. Ce serait cruel pour M. Drake.

— Il ne compte pas ! s'écria Hope qui courut à la porte et se pencha dans le hall pour lancer à sa sœur dont elle voyait le dos s'éloigner : Et je ne compte pas pour lui !

6

En dépit des vœux de Charity qui l'invitait à bien profiter de la soirée, Hope ne s'attendait pas à beaucoup s'y amuser. Tandis que les semaines s'écoulaient et que les bals s'enchaînaient sans que leur cousin ne pointât le nez, elle s'était mise à redouter ces sorties mondaines. Elle s'obligeait, en effet, à être toujours sur ses gardes de façon à ne pas perdre la tête à force de danser. Il n'était pas question de tomber amoureuse ni de faire naître ce genre de sentiments chez l'un ou l'autre des jeunes gens conviés aux mêmes soirées.

Si cela avait commencé d'arriver avec M. Drake, c'était le signe qu'elle n'avait pas été assez attentive. Elle devait prendre cet incident comme le rappel à une plus grande vigilance.

Elle reçut, cependant, de sa grand-mère, qui était assise en facc d'elle dans la berline aux armes des Comstock les conduisant à la réception, le conseil opposé :

— Avant tout, distrais-toi, lui dit-elle. On n'est jeune qu'une fois dans sa vie. Or, grâce à l'aide de James, il m'est, enfin, possible de te faire participer à la saison de Londres.

La comtesse, en prononçant cette dernière phrase, eut l'expression inquiète qui lui venait au visage chaque fois qu'il était question d'argent.

— Les soirées que vous m'avez offertes dans le Berkshire étaient très réussies, grand-maman, répondit Hope avec le désir de rassurer son aïeule. Le bal, en particulier, donné à la maison à Noël dernier, m'a laissé un souvenir inoubliable.

— C'était en l'honneur des fiançailles de Faith avec Cyril Frosberry. Si James Leggett ne s'était pas invité à cette occasion, ta sœur se serait retrouvée mariée à ce bonnet de nuit de Frosberry.

— Il n'était pas si mal, répondit Hope qui n'en pensait pas un mot. Mais je suis heureuse qu'elle ait épousé à la place M. Leggett.

— Il a fallu un bal et une jolie robe pour que ta sœur échappe à son destin. À leur retour d'Italie, peut-être devrions-nous demander à ton beau-frère d'en organiser un pour toi ?

— Nous devrions attendre l'arrivée de notre cousin, répondit Hope en souriant pour masquer l'amertume que cette pensée faisait naître en elle.

Un an plus tôt, elle n'aurait rien voulu d'autre qu'une soirée où auraient été conviés des jeunes gens à marier, mais, à l'époque, sa grand-mère n'avait pas les moyens de l'organiser. Or, maintenant où c'était possible avec l'aide de M. Leggett, ce n'était plus nécessaire. Soit le comte l'épouserait, soit Charity et elle seraient condamnées à rester vieilles filles toute leur vie.

— N'attends personne, répondit la comtesse en lui tapotant la main. Danse aussi souvent que tu le pourras. Trouve un balcon ou une terrasse, sinon contente-toi de l'ombre d'un palmier en pot, et arrange-toi pour être seule avec un beau garçon. Fais simplement comme tous les autres couples. Et si tu dois briser le cœur d'un jeune homme, assure-toi que ce ne soit pas avant de lui avoir donné une raison suffisante de se souvenir de toi avec tendresse.

— Vous ne devriez pas me faire ce genre de suggestion, grand-maman. Vous devriez au contraire m'encourager à préserver ma virginité comme une pierre précieuse.

La comtesse laissa échapper une onomatopée moqueuse avant de répondre en riant :

— Les bijoux n'ont aucune valeur s'ils ne jouent jamais le rôle qui leur a été dévolu par la nature.

— Votre image n'est pas convaincante. Vous savez très bien que les bijoux ne perdent pas de valeur en restant dans leur coffret. Au moins, lorsqu'ils s'y trouvent enfermés, sommes-nous assurés qu'ils ne seront pas perdus.

Hope fut sur le point de remplacer ce dernier verbe par vendus. Si sa grand-mère avait pris le soin de laisser sa parure de diamants toujours rangée dans son coffret, elles ne seraient pas dans la situation inconfortable où elles se trouvaient aujourd'hui.

La douairière sembla, enfin, comprendre les insinuations de sa petite-fille et une expression de tristesse voila son regard plein d'affection.

— Je sais que tu n'approuves pas ma façon de penser, ma chérie. Peut-être ne suis-je pas faite pour élever des jeunes filles de bonne famille, mais je n'étais pas mauvaise pour élever des fils. C'est plus facile, vois-tu, d'éduquer des garçons.

Alors que l'attelage roulait le long de la chaussée, le clair de la lune baignait par intermittence le visage de la comtesse révélant une tout autre femme que celle à laquelle Hope s'était accoutumée. Elle la voyait, soudain, beaucoup plus âgée, empreinte de tristesse et, en même temps, remplie de sagesse.

— Vous avez bien agi avec nous, grand-maman, dit-elle en se penchant pour prendre la main de la comtesse. C'est moi qui ne suis pas aussi reconnaissante envers vous que je devrais l'être. Je vous promets d'être de toutes les danses et de m'amuser le plus possible en ayant soin, néanmoins, de ne briser le cœur d'aucun jeune homme.

Un cœur brisé par jour était plus qu'elle n'en pouvait supporter.

Hope envisageait le bal chez Lord Ellingham sous un angle qui aurait profondément déplu à Charity et leur grand-mère. S'il se déroulait, en effet, comme tous les autres bals où elle s'était rendue depuis le début de la saison mondaine, ce serait encore une soirée où rien d'intéressant ne se passerait, mais, ce soir-là, cela lui convenait plus particulièrement.

En arrivant au lieu de la réception, elle fit une halte dans l'embrasure des doubles portes ouvrant sur la salle de bal, et pensa avec amusement à tout ce qui allait se passer. Elle n'aurait pas besoin d'être présentée aux uns et aux autres car elle connaissait déjà tout le monde. Il n'y avait personne ici qu'elle n'eût déjà vu une bonne dizaine de fois.

Elle était capable, en outre, d'exécuter à la perfection n'importe quel pas de danse, même le plus compliqué. Même les conversations ne varieraient pas d'un iota de celles qu'elle avait déjà eues en diverses occasions depuis sa première soirée londonienne. Mais l'aspect le plus positif de ce bal, c'était que, pendant quatre longues heures, elle n'aurait pas à penser au comte de Comstock ni à M. Drake.

Elle serait comme au paradis !

Au cours de la semaine qui venait de s'écouler, elle avait eu beaucoup trop de questions à régler et éprouvé trop de sentiments aussi étranges que nouveaux. Sa vie, de jour en jour, semblait devenir plus compliquée. Mais peut-être que maintenant qu'elle avait écarté M. Drake, les choses redeviendraient comme elle avait voulu qu'elles fussent.

Pourquoi, cependant, cette seule pensée ne lui apportait-elle pas la paix ?

— Bonsoir, Ellingham… Quelle belle soirée…

— Bonsoir, Drake. C'est une joie, comme toujours, de vous accueillir.

Hope, effrayée à l'idée de se retourner vers les deux hommes en conversation derrière elle dans le hall d'entrée de l'hôtel particulier, referma la main sur le chambranle de la porte. Elle n'avait aucune raison de s'inquiéter ainsi. L'un était son hôte et, bien que le second fût encore un étranger une semaine plus tôt, elle connaissait le son de sa voix presque aussi bien que la sienne propre.

Pourquoi était-il là ? L'avait-il suivie ?

Cela semblait peu probable dans la mesure où, quelques heures auparavant, il lui avait clairement fait savoir qu'il ne voulait plus rien avoir à faire avec elle. Mais, peut-être, n'avait-il pas un seul employé ? Si c'était le cas, elle n'avait aucun droit de s'enquérir sur sa présence ici. D'ailleurs, s'il la croisait, il était possible qu'il ne fît même pas l'effort de la reconnaître ?

La question, de toute façon, ne se posait pas car elle ne voulait en aucun cas lui parler... Enfin, tant qu'elle n'aurait pas eu le temps de se reprendre et de lui offrir l'exemple même de l'impassibilité. Or, elle sentait déjà le sang lui monter aux joues ! De toute façon, qu'elle lui parlât ou non ne changerait rien à la situation. Il n'était que de regarder son visage pour savoir qu'il y avait quelque chose entre eux.

La seule solution était de se sauver en courant !

Elle ne savait pas vraiment dans quelle direction, mais elle ne pouvait rester plus longtemps ici. Si elle ne bougeait pas, dans un instant il serait à côté d'elle. Il n'avait que deux pas à faire...

Lançant un regard autour d'elle, elle aperçut l'entrée d'un corridor sur sa gauche. Sans autre réflexion, elle pressa le pas dans cette direction et s'engouffra dans le couloir. Après avoir parcouru quelques mètres, elle trouva une porte dont elle tourna le bouton et pénétra dans la pièce. La porte se referma sans bruit derrière elle.

La musique et les conversations se réduisirent à un murmure lointain. Elle était en sécurité, loin de la foule et de l'homme dont elle ne supportait plus la vue. Mais où se cachait-elle ?

Elle promena son regard sur la pièce plongée dans une demi-pénombre et comprit qu'elle était entrée dans ce qui devait être le bureau de Lord Ellingham. La seule clarté provenait des braises dans l'âtre.

Il suffisait qu'elle restât quelques instants dans sa cachette pour que M. Drake se noyât dans la foule des convives. Or, elle pouvait mettre ce temps à profit pour réfléchir aux termes dans lesquels elle lui parlerait si, malgré ses efforts, il lui arrivait de se trouver nez à nez avec lui. Puisqu'il y avait une grande glace au-dessus de la cheminée, elle pouvait s'exercer devant elle comme elle le faisait à l'hôtel de Comstock en prévision de l'accueil de son cousin.

Cette pensée la fit sourire. Elle aurait aimé avoir le don de

M. Drake et pouvoir garder son calme en toutes circonstances. À l'exception de ce moment particulier dans le salon, il était resté tout le temps imperturbable. Et si dans son unique instant d'émotion il avait menacé de renoncer à sa mission auprès de sa famille, elle doutait fort qu'il mît sa menace à exécution. Il restait encore trois objets à récupérer dans la liste que sa grand-mère lui avait donnée. Or, elle ne pouvait croire qu'il abandonnât la partie avant de s'être assuré qu'il avait tenu son rôle même si une relation ambiguë s'était établie entre eux.

À moins qu'il n'en restât plus que deux si ce qu'elle voyait était le troisième manquant ?

Son regard s'était arrêté sur un encrier en cristal qui se trouvait sur le côté droit du grand bureau. Elle l'avait toujours vu dans le cabinet d'études de son grand-père, au manoir de Comstock, avant qu'il ne disparût.

Une envie irrésistible de s'emparer de l'objet saisit Hope. Pourquoi ne le ferait-elle pas ? Cet encrier provenait du manoir de sa famille dans le Berkshire et n'avait rien à faire sur le bureau d'un collectionneur d'antiquités qui l'avait acquis chez quelque obscur prêteur sur gages.

Et, en outre, si elle le rapportait à l'hôtel particulier des Comstock, elle montrerait à M. Drake qu'elle ne dépendait pas entièrement de lui pour la récupération des objets vendus par sa grand-mère. Plus rapidement ils reviendraient chez les Strickland, plus tôt elle serait débarrassée de M. Drake et réciproquement.

À la pensée du départ de M. Drake, cependant, elle était gagnée par des sentiments contradictoires d'impatience et de crainte. Mais n'était-ce pas un signe supplémentaire qu'il était nécessaire qu'il sortît de sa vie ? Jamais elle n'avait été aussi troublée par la présence d'un homme. Qui savait qu'un seul baiser pouvait engendrer un tel bouleversement dans l'âme ?

Ce n'était pas le moment de penser à ce baiser... Elle avait un acte d'importance à accomplir et c'était maintenant qu'il devait avoir lieu. Elle s'approcha du bureau pour examiner l'encrier de plus près. Il était exactement tel qu'elle en avait gardé le souvenir : un élégant flacon de cristal sur un socle en filigrane d'or.

Elle plaça son réticule à côté de l'encrier et constata avec satisfaction qu'il était juste assez grand pour l'accueillir. Formulant une rapide prière pour demander pardon du vol qu'elle allait commettre, elle souleva l'objet de sa convoitise et l'enfouit dans son réticule.

Elle courut à la porte, l'ouvrit lentement et, avant de s'engager dans le corridor, s'assura que personne ne la verrait sortir du bureau de Lord Ellingham. Le champ étant libre, elle pressa le pas, traversa le hall et se tourna vers la double porte donnant dans la salle de bal.

— Mademoiselle Strickland…

Elle se pétrifia.

Comment avait-elle pu ne pas le remarquer quand elle était retournée dans le hall ?

Elle pivota lentement sur les talons en essayant d'afficher sur son visage le sourire qu'elle s'était exercée à y faire naître devant le miroir du bureau de Lord Ellingham.

— Monsieur Drake ?

Adossé au mur d'une alcôve d'où il avait une parfaite vue du corridor où s'était engagée Hope un peu plus tôt, il la regardait d'un air amusé. Son attitude décontractée était en tout point comparable à celle de n'importe lequel des jeunes gens conviés à cette soirée. Il rivalisait aussi avec eux par l'élégance avec sa redingote bleu nuit, sa culotte en daim, sa chemise d'un blanc immaculé et sa cravate du même ton éclatant.

— Je ne m'attendais pas à vous voir ici, ce soir, dit-elle d'une voix que l'émotion rendait haletante.

— C'est le sentiment que j'ai eu à la façon dont je vous ai vue vous précipiter dans une pièce privée afin de m'éviter.

Elle ne le croisait donc pas par hasard. Il l'avait vue commettre une indiscrétion et l'avait attendue pour la confondre.

À moins qu'il n'eût été dans le hall que dans l'attente de faire exactement la même chose qu'elle ?

Un sourire spontané éclaira le visage de Hope alors qu'elle

se représentait la surprise de Drake quand il découvrirait qu'elle avait une marche d'avance sur lui.

Ouvrant son éventail, elle l'agita comme font les coquettes.

— Vous vous trompez, mon cher monsieur Drake, répondit-elle. Je ne cherchais pas du tout à vous éviter. Je faisais tout simplement ce pourquoi vous êtes venu ici. Maintenant que la mission est remplie, vous n'avez plus aucune raison de rester.

— Vous me congédiez ? fit-il en riant d'un air surpris.

Grâce à Dieu, il l'avait comprise. Elle aurait dû remercier le ciel aussi du fait que leur conversation avait repris un tour professionnel.

— Oui, confirma-t-elle en pointant du doigt la porte d'entrée. Vous pouvez vous retirer.

Il laissa le menton reposer dans sa main, un doigt pressé contre ses lèvres comme pour contenir l'hilarité qui semblait jaillir du fond de lui-même. Ses épaules, d'ailleurs, se secouaient et une lueur espiègle brillait dans son regard.

Lorsqu'il eut retrouvé suffisamment le contrôle de lui-même pour parler, il laissa retomber sa main.

— Je crois, au contraire, que je vais rester, reprit-il.

— Je ne pense pas que ce soit une décision sage, répondit-elle dans un murmure. D'ailleurs, que dira-t-on si l'on nous surprend en train de converser ?

— Je ne le sais pas, fit-il sur le même ton confidentiel. Peut-être pensera-t-on qu'il y a une idylle entre nous ?

Reprenant d'une voix normale, il ajouta :

— Notre conversation sera beaucoup moins intime si nous arrêtons de chuchoter et elle le sera encore moins si nous retournons dans la salle de bal où le reste des invités est rassemblé.

— Le reste des invités ?

Sans doute sa langue lui avait-elle fourché car cette remarque laissait entendre qu'il faisait partie des invités.

— Je suis désolé, dit-il d'un ton moqueur. J'avais cru que vous en faisiez partie. Il faut que je pense à complimenter Ellingham pour l'audace de cette nouveauté : une jeune lady commise au rôle d'huissier. Pour que vous m'autorisiez à entrer, aurais-je dû apporter le carton d'invitation qu'il m'a fait parvenir ? Je l'ai laissé chez moi car mon valet de chambre m'a fait la remarque qu'il se voyait sous l'étoffe de ma redingote.

— Vous avez un valet de chambre ?

À peine eut-elle posé cette question que Hope prit conscience à quel point elle était déplacée, mais il était trop tard.

— Étant donné que mes compétences se limitent à mettre mes pantalons dans la presse et à empeser le col de mes chemises, il m'a semblé plus raisonnable d'en engager un.

Le regard de Drake devint un peu plus froid ainsi que son sourire quand il poursuivit :

— J'ai également à mon service un majordome, une gouvernante, une cuisinière et un nombre suffisant de valets de pied et de femmes de chambres pour faire tourner la maison.

— Ah ! fit-elle.

Elle n'avait pas accordé une seule pensée à la façon dont M. Drake vivait. Il ne lui était pas venu à l'esprit non plus qu'il pût avoir des amis requérant sa compagnie. Et elle avait encore moins imaginé qu'ils pussent en avoir en commun. Elle était, en fin de compte, telle que Charity l'avait décrite si elle considérait que Drake n'entrait dans sa vie que pour la servir puis disparaître dès qu'elle n'avait plus besoin de lui.

Il reprit la parole avant qu'elle ne pût lui adresser les excuses qu'il méritait tant.

— Je vous prie de me pardonner, mademoiselle Strickland, de ne pas encore vous avoir demandé comment vous alliez ? Je serais curieux aussi de savoir ce que vous faisiez dans le cabinet d'études de Lord Ellingham ? Plus encore, j'aimerais comprendre pourquoi de l'encre s'égoutte de votre réticule ?

— Oh ! mon Dieu ! J'ai oublié de le vider !

Il la fixait d'un air d'incompréhension. Manifestement l'explication qu'elle lui avait donnée n'était pas suffisante.

— Je veux parler de l'encrier... L'encrier de mon grand-père, le comte de Comstock. Grand-maman l'avait vendu.

Lord Ellingham a dû le voir chez un antiquaire et l'acheter. Je l'ai trouvé sur son bureau.

— Et vous l'en avez retiré avec la permission, bien sûr, de Lord Ellingham.

C'était ce qu'elle aurait dû faire. Elle aurait pu écrire, le lendemain, une lettre à leur hôte en lui demandant s'il acceptait de revendre à sa famille l'encrier provenant de leur manoir. Mais, au lieu de cela, elle s'était décidée, spontanément et sans réflexion, à le subtiliser.

— Non, reconnut-elle.

— Vous avez volé l'encrier de Lord Ellingham !

Il la regardait comme s'il n'arrivait pas à croire ce qu'il venait de dire.

— Oui, fit-elle, horrifiée par ce qu'elle était bien obligée de reconnaître.

Drake tendit la main d'un air résigné.

— Donnez-moi votre réticule.

Il était venu passer une soirée agréable entre amis et, par la faute de Hope, il se trouvait impliqué dans un vol.

— Il ne faut pas vous croire obligé de…

— Donnez-moi ce réticule, répéta-t-il avec fermeté.

Elle consentit, enfin, à le lui donner et il en saisit les anses de l'extrémité de deux de ses doigts gantés de blanc immaculé.

— Maintenant allez dans le cabinet de toilette et lavez-vous les mains. Elles sont couvertes d'encre.

— Oh ! zut ! fit Hope, prenant conscience que ses gants devaient être perdus de même que son réticule.

— Nous reparlerons de tout ça plus tard, dit Drake en la pressant de se retirer.

La jeune fille se dirigea vers la garde-robe en espérant que cette discussion n'aurait pas lieu.

7

Lorsqu'on lui avait offert trois fois son salaire pour travailler avec Hope Strickland, Gregory aurait dû prendre ses jambes à son cou et fuir aussi vite et loin que possible.

Après avoir trouvé le portrait du comte bleu et l'avoir porté à l'hôtel de Comstock, il était rentré chez lui pour y écrire une lettre destinée à Leggett dans laquelle il présentait sa démission.

Il avait fait une règle de ne jamais s'attacher aux personnes pour lesquelles il travaillait. Il sympathisait, certes, avec certaines et conservait des amitiés une fois sa mission accomplie, mais il s'arrangeait pour garder suffisamment de distances afin de n'être jamais trop impliqué dans la vie de ses employeurs ou de leurs proches.

Il avait toujours réussi, ainsi, à échapper aux récriminations ou aux excès de reconnaissance. Une fois qu'il avait été payé de ses services, chacun se comportait comme s'il n'y avait eu aucune relation contractuelle.

Lorsque l'on commençait à embrasser la belle-sœur de son employeur, par contre, il était préférable de quitter son emploi, même si cela s'était produit par accident et ne devait plus se produire.

Cependant, même s'il se promettait de ne plus jamais revoir Hope Strickland, il lui était impossible d'oublier ce qui s'était passé entre eux dans la matinée. Il se demandait, d'ailleurs, si cette faiblesse passagère avait un caractère congénital ou si elle était le résultat du charme irrésistible de la jeune fille ? Elle était si belle et désirable…

Plus elle était distante, hélas, et plus il avait envie de lui plaire. Plus elle lui paraissait hors de sa portée, plus il brûlait de tirer sur la mèche indisciplinée qui semblait toujours la préoccuper.

D'autre part, plus sa tenue était stricte, plus il se demandait si le corps que ses vêtements cachaient égalait celui de son aïeule, la noble comtesse de Comstock.

Cependant, à la différence des tenues sobres qu'elle portait en sa compagnie, la robe dont elle était vêtue, ce soir, n'avait rien de pudique. Le tulle jaune primevère dans lequel elle avait été taillée collait à ses hanches galbées et présentait un décolleté si profond que tout homme aurait perdu son âme rien qu'à le contempler.

C'était un miracle que la robe n'eût pas été souillée par l'encre qui avait envahi son réticule. Où avait-elle la tête pour jeter ainsi un encrier dans son sac sans le vider d'abord de son contenu ?

Elle avait voulu, certes, lui échapper et lui prouver qu'elle était capable d'exécuter aussi bien que lui la mission pour laquelle il avait été engagé. Elle n'aurait, alors, plus eu besoin de ses services. En le voyant chez Lord Ellingham, elle avait tiré la conclusion qu'il avait été engagé par lui. Pourquoi, sinon, aurait-il été associé à des personnes qui n'étaient pas de son milieu ?

Elle ignorait, bien sûr, qu'il connaissait la plupart des invités à la soirée et qu'un grand nombre d'entre eux comptaient même parmi ses amis. Il était convié à tant de bals et de réceptions qu'il était surprenant, d'ailleurs, qu'il n'eût pas déjà rencontré les sœurs Strickland.

En tout cas, puisqu'ils étaient réunis à cette même soirée, il était judicieux de s'assurer que Hope avait été présentée à tous ses amis éligibles. Cela ne faisait-il pas partie de l'autre volet de son contrat, de lui ouvrir les yeux et de la diriger vers quiconque autre que le comte de Comstock ?

Or, c'était la dernière chose sur terre dont il eût envie. Lorsqu'il l'avait vue disparaître à l'intérieur d'une pièce où régnait l'obscurité, sa première impulsion avait été de l'y suivre et de verrouiller la porte derrière eux. Il lui avait fallu livrer un combat intérieur pour se souvenir que la seule relation qui pût exister entre lui et Mlle Strickland avait pour limites le cadre de son engagement auprès de M. Leggett.

À présent qu'il s'était remis de l'émotion qu'avait suscitée en lui Mlle Strickland, il alla remettre à sa place l'encrier sans omettre d'essuyer l'encre répandue sur le bureau. Il enveloppa ensuite le réticule de Hope dans un mouchoir et le donna à un valet de pied en le chargeant de le porter dans la voiture aux armes des Comstock.

Il se dirigea, ensuite, vers la salle de bal où il aurait dû être depuis longtemps. Il prit en chemin un verre de ce punch riche en alcool qui était toujours servi à la table de Lord Ellingham puis un second avant de s'approcher des couples virevoltant sur le parquet de la salle. Il avait l'intention de faire le contraire de ce qu'il s'était promis : s'entretenir avec Mlle Strickland.

Il ne lui fut pas difficile de se placer à un endroit où la plus naturelle des choses fut de l'inviter à danser. Elle lança un regard circulaire à la recherche d'un éventuel cavalier auquel elle aurait promis cette danse, mais Gregory ne lui en laissa pas le temps.

Ils dansèrent en silence quelques instants avant qu'il ne prît la parole :

— Vous n'avez aucune raison d'avoir peur de moi… Il n'y aura pas de répétition de l'incident de ce matin.

Il sembla à Gregory qu'une expression de déception flottait dans le regard de la jeune fille, mais elle se dissipa bien vite alors qu'elle baissait les yeux sur ses mains.

— Comment avez-vous fait pour garder vos gants aussi blancs ?

— Je vous demande pardon ?

— Les miens sont perdus… La femme de chambre responsable de la garde-robe n'a rien pu faire pour les nettoyer, mais elle m'en a trouvé une paire pour la soirée. Les vôtres, par contre, c'est incroyable…

Ils se séparèrent au gré de la danse et reprirent leur conversation lorsqu'ils se retrouvèrent.

— Si mes gants sont impeccables, c'est parce que j'ai fait très attention, dit-il. J'ai fait porter dans votre voiture votre réticule enveloppé dans un mouchoir. Rassurez-vous. J'enverrai la note à votre beau-frère. Au fait, les domestiques d'Ellingham constateront, demain, qu'il manque deux serviettes de table.

Il haussa les épaules en ajoutant :

— C'est un moindre mal, me semble-t-il, en comparaison de la disparition d'un encrier en or et en cristal.

— Vous l'avez remis à sa place ? fit Hope en fronçant les sourcils d'un air courroucé.

— Oui, car il ne vous appartenait pas. Au milieu du siècle dernier, il était courant d'offrir ce modèle d'encrier aux serviteurs de la Couronne. Les inscriptions gravées dans l'or, à sa base, indiquent, d'ailleurs, qu'il a été donné au grand-père d'Ellingham.

Hope se mit à rougir comme une pivoine.

— Je suis mortifiée, murmura-t-elle, et désolée de l'embarras que je vous ai causé. Je n'aurais jamais dû essayer de reprendre un objet sans vous en avoir déjà parlé.

C'était une évidence, mais Gregory était affligé de la voir aussi abattue.

— Vous vous êtes peut-être un peu trop précipitée, mais votre action n'aura pas été sans me profiter. Maintenant que j'ai vu un exemple de l'encrier manquant, il me sera plus facile de le retrouver chez l'un ou l'autre des prêteurs sur gages dont je fréquente les boutiques. Je m'engage à vous le faire livrer, demain à midi, à l'hôtel de Comstock.

— Vous êtes trop aimable, monsieur Drake.

— Je vous en prie, mademoiselle Strickland, répondit Gregory, ému, soudain, au point qu'il sentit le sang lui monter aux joues.

Peut-être était-ce parce que Hope avait été trop longtemps

cachée par sa voilette qu'il était si troublé de la regarder dans les yeux ? Ils étaient d'un brun chaud qui évoquait un excellent sherry aux pouvoirs ensorcelants. Mais s'il rougissait, à présent, sous le regard de la jeune fille, il voulait croire que c'était en raison de la chaleur qui régnait dans la salle de bal.

— Je ne fais qu'exécuter ce pourquoi j'ai été recruté.

— Oui alors que moi, il semble que j'ai dépassé les limites qui me sont imparties pour vous rendre la tâche encore plus difficile… Ce matin, par exemple, lorsque je vous ai parlé de ma famille ou, plutôt, que je me suis glorifiée à son sujet…

— Vous avez le droit d'être fière de votre naissance, l'interrompit-il.

Il n'aurait pas dû boire un deuxième verre de punch car avec cet excès d'alcool il n'arrivait plus à cacher derrière un sourire celui qu'il était vraiment.

— Charity m'a parlé de votre passé, reprit Hope. Croyez bien, cher monsieur Drake, que je n'ai pas voulu établir une comparaison qui vous aurait été défavorable, entre ma vie et la vôtre. Mais je suis infiniment désolée si c'est ce que vous avez ressenti.

Elle leva la main et replaça sa boucle de cheveux indisciplinée qui, ce soir, ne l'était pas plus que toutes les autres boucles qui encadraient son charmant visage.

Il laissa son regard glisser sur ces boucles soyeuses et souples qui, au moindre mouvement de la jeune fille, dansaient mollement en lui caressant la joue.

— Si je l'ai mal pris, dit-il à mi-voix, c'est moi qui suis en tort. Quant à ce qui s'est passé ensuite…

— Vous m'aviez promis que nous n'en reparlerions plus, fit-elle.

Elle semblait plus surprise par cette évocation que fâchée. Est-ce qu'il lui plaisait, en fait, d'entendre parler de ce baiser ? Le sourire qui dansait sur ses lèvres paraissait plus naturel que celui qu'elle s'était exercée à produire devant la glace.

Il lui sourit à son tour. Cette fois ses lèvres s'étirèrent avec la même facilité qu'il enchaînait les pas de danse avec elle.

— Je voulais seulement vous réitérer mes excuses.

— Je les accepte, mais arrêtez de revendiquer toute la responsabilité pour cet écart… J'ai été odieuse avec vous…

Elle toucha de nouveau sa boucle de cheveux. C'était clairement une habitude qui s'était transformée en tic.

— Et ce soir encore, je me suis comportée comme si vous n'apparteniez pas à cette société. J'ai été si désagréable avec vous que je n'aurais pas été surprise que vous refusiez de me parler. Or, vous avez fait tout le contraire. Vous m'avez même encore une fois aidée.

— Je ne vous aurais pas importunée par ma présence si vous n'aviez pas eu vraiment besoin de mon concours.

La danse était arrivée à son terme mais ils continuaient de converser. Du coin de l'œil, Gregory aperçut plusieurs jeunes gens qui venaient vers eux pour inviter Hope à danser, mais il ne leur en laissa pas le temps et lui tendit la main.

Sans même réfléchir, elle la lui prit et ils se mirent en ligne avec les autres couples dans l'attente d'une autre danse.

— Je vous remercie de m'avoir aidée, dit-elle. J'ai voulu, ce soir, vous démontrer que je pouvais me débrouiller toute seule, mais je n'y ai guère réussi, n'est-ce pas ? Quand je pense que je n'ai même pas remarqué que l'encrier portait les armoiries des Ellingham !

— J'ai un peu plus que vous l'expérience de ce genre de situation, répondit-il. C'est une habitude, chez moi, de vérifier les détails, de même que de garder la tête froide et mes gants propres.

Il s'interrompit avant de n'en dire davantage. Ce qui n'avait d'autre but que de rassurer sa cliente commençait de ressembler à une manière de se targuer de ses talents.

— Ce qui vous semble naturel n'est pas loin de paraître miraculeux aux yeux des autres, fit-elle avant de baisser le regard.

Elle resta ainsi, les yeux dirigés vers le parquet jusqu'au moment où elle les releva sur lui et il fut alors l'objet d'un sursaut euphorique comme lorsqu'il avait bu le punch.

— La liste des objets à récupérer que m'a confiée grand-maman, reprit-elle, n'est rien, bien sûr, par rapport aux autres difficultés auxquelles je suis confrontée. J'aurais besoin d'un vrai miracle pour les résoudre.

Gregory attendit quelques instants dans l'espoir qu'elle l'éclairerait, mais elle n'ajouta plus rien.

— Si vous êtes préoccupée par une question qu'ignore M. Leggett, dit-il, je suis certain qu'il apprécierait que vous m'en fissiez part.

Lorsque le mouvement de la danse les ramena côte à côte, Hope se mordait la lèvre inférieure comme si elle hésitait à prendre une décision. Elle remua, enfin, la tête en signe de dénégation alors qu'elle prenait la parole :

— La seule personne qui puisse m'aider avec cette question, c'est le comte de Comstock. Voilà la raison pour laquelle je suis si impatiente de le rencontrer.

— Bien entendu, répondit Gregory navré d'avoir la confirmation que tout ce qu'il avait fait pour Hope et tout ce qu'il ferait encore pour elle était sans importance comparé à un titre de comte.

La danse se termina et il quitta avec Hope le centre de la salle de bal pour rejoindre les côtés où s'alignaient des sièges et les jeunes filles n'ayant pas encore été invitées à danser de même que les jeunes gens hésitants ou trop timides.

Hope lui sourit comme pour atténuer ce qu'elle venait de lui dire puis elle reprit la parole :

— Je ne sous-estime pas vos compétences, mais il s'agit d'une affaire de famille.

Comme si tout ce qu'il avait fait jusqu'à présent pour les Strickland n'en relevait pas ! pensa-t-il avec indignation.

— Dites-moi, je vous prie, mademoiselle Strickland, ce que vous savez de votre estimé cousin ?

— J'en sais, sans doute, plus que vous à son sujet, répondit-elle en bluffant car, en vérité, elle ignorait tout de lui.

Gregory, qui n'avait encore reçu aucune réponse à l'enquête qu'il avait lancée outre-Atlantique, au sujet du comte de

Comstock, fut contraint, lui aussi, de bluffer. En dehors de son nom, en effet, il ne savait à peu près rien de lui.

— Je n'en suis pas certain, fit-il. Mais cessons de tourner autour du pot. Ne voulez-vous pas savoir la vérité sur l'homme pour lequel vous vous préservez ?

— Je suis certaine que rien de ce que vous me direz ne me surprendra.

Quelle que fût la superbe affichée par la jeune fille, son sourire s'était figé et, à l'affaissement des commissures de ses lèvres, il comprenait qu'elle n'était plus si sûre d'elle-même.

— J'en doute, dit-il, étrangement satisfait de lui avoir rabaissé le caquet.

— Eh bien ! fit-elle avec impatience. Si vous savez quelque chose, parlez ! Mais je pense que vous voulez seulement me tenir la dragée haute.

— Vous doutez toujours de ma parole ?

Elle avait de bonnes raisons de ne pas le croire puisqu'il ne savait rien sur son parent, mais il ne put se retenir de poursuivre sur le chemin de l'affabulation.

— Votre beau-frère m'a engagé à cause de ma compétence, reprit-il. Je suis capable comme personne de retrouver des objets vendus ou mis en gage. Des flambeaux, par exemple, ou des tableaux et, aussi, des vérités qu'on préférerait ignorer.

— Dites-les moi malgré tout, dit-elle sèchement et de son air le plus hautain, oubliant ses bonnes résolutions prises quelques instants plus tôt. C'est votre devoir de le faire.

— Que diriez-vous si vous appreniez que le comte de Comstock a fêté ses soixante-dix-sept ans ?

Une question hypothétique n'était pas précisément un mensonge, pensa Gregory pour se rassurer.

— Nous ne pouvons pas tous être jeunes et beaux, répondit Hope. Il est injuste de condamner une personne parce qu'elle est trop vieille.

— Peut-être serez-vous plus sensible à son état de santé. Il souffre de la goutte et c'est justement une crise qui a reporté sa traversée. Ses abus de la bonne chère en sont responsables.

Et, bien sûr, de cet état de santé a résulté un caractère difficile dont se plaignent sa domesticité et ses rares amis.

Il vit Hope ravaler sa salive et garder longuement le silence alors qu'elle cherchait les termes qui ne révéleraient pas l'étendue de sa déception.

— Les gens, souvent, exagèrent pour de multiples raisons... Vous n'avez pas reçu de témoignages directs et n'avez aucune preuve de ce que vous avancez.

Gregory avait bien conscience qu'un homme d'honneur, comme il affirmait l'être, reconnaîtrait qu'emporté par la passion il avait raconté des balivernes. Mais, au contraire, aveuglé par la jalousie pour un homme qu'il n'avait jamais rencontré, il persista.

— Je suppose que vous serez toujours habitée par le doute lorsque vous ferez connaissance de sa femme qui doit être assez âgée pour être votre mère puisqu'elle lui a donné quatre filles et un fils. À l'exception de l'aînée des filles, ils sont tous célibataires et vont, sans aucun doute, apprécier cette saison mondaine à Londres à laquelle ils participeront avec le gros avantage d'être les enfants du comte de Comstock. Par contre, il est à craindre que les jeunes filles soient peu enclines à montrer de l'affection à une paire de cousines éloignées qui seront en compétition avec elles pour trouver un mari.

— Marié..., fit Hope sans ajouter un mot.

Gregory s'était attendu à la voir extrêmement déçue. Il avait pensé qu'elle verserait quelques larmes, ou, même, qu'elle ferait une crise comme en étaient capables certaines créatures ravissantes habituées à toujours obtenir ce qu'elles voulaient. Elle se serait retournée contre lui pour le blâmer comme elle l'avait fait pour avoir retrouvé le portrait de sa grand-mère dans le plus simple appareil.

Il l'aurait bien mérité après la façon déloyale dont il l'avait traitée. N'avait-il rien appris pendant ces derniers instants ? La trêve qu'ils avaient inaugurée en dansant n'avait-elle aucune signification pour lui ?

La réaction qu'elle avait, ce soir, et dont l'ampleur lui

apparaissait d'instant en instant, était bien plus dure à contempler que n'avait été difficile à supporter le silence qu'elle lui avait opposé après leur baiser.

Il ne s'agissait pas du léger malaise qu'il avait escompté. Seul un choc violent pouvait produire cette pâleur et cette expression de désespoir. Gregory redouta, un instant, qu'elle ne s'évanouît devant lui. Elle ne donnait pas l'impression, en effet, d'avoir envie de pleurer. On aurait dit, plutôt, qu'elle luttait pour ne pas verser de larmes comme si elle savait que si elle en laissait couler ne fût-ce qu'une seule, elle serait suivie d'un torrent.

— Je suis désolé, dit-il, disposé à reprendre tout ce qu'il venait de lui dire si cela suffisait à effacer la peine qu'il lui avait causée.

— Ne le soyez pas, répondit-elle avec fermeté en posant la main sur son bras comme si c'était lui qui avait besoin de réconfort. Je ne vais pas m'effondrer. Il vaut mieux connaître la vérité plutôt que de nourrir de faux espoirs.

Étaient-ils faux ? se demanda Gregory en son for intérieur. Il y avait une chance que la situation fût comme elle l'avait imaginée et qu'un étranger vînt à son secours en traversant l'océan. Mais il se pouvait aussi que ce qu'il avait prédit coïncidât avec la réalité. Comment pourrait-il se rétracter s'il ne connaissait pas la vérité ?

Elle ravala de nouveau sa salive et Gregory vit qu'elle faisait un effort considérable pour continuer à sourire d'une manière aussi gracieuse qu'artificielle.

— La famille peut se féliciter que le comte de Comstock ait un fils, reprit-elle. La succession est assurée. Il n'y a plus lieu de s'inquiéter pour l'avenir.

— Mais vous et votre sœur ?

— C'est très gentil de votre part de vous inquiéter à notre sujet, fit-elle en lui tapotant la main. En particulier de la concurrence que nos cousines pourraient craindre de notre part, mais je ne pense pas qu'elles auront à s'en préoccuper. Aussi longtemps que le comte sera généreux avec grand-maman et qu'il la laissera vivre dans la maison réservée à la douairière, Charity et moi-même saurons nous montrer discrètes. Ne vous faites pas de souci pour nous.

Il n'y avait qu'une chose à faire pour rétablir la situation, pensa Gregory. Or, maintenant que cela lui était venu à l'esprit, il lui apparaissait que c'était la solution la plus sensée au monde. Elle justifierait son comportement impétueux et incontrôlable chaque fois qu'il se trouvait près de Hope Strickland. Si c'était ce vers quoi il avait tendu depuis le premier moment où il l'avait vue, sa vie prenait sens de nouveau.

Ce n'était pas au milieu d'un bal que l'on faisait sa demande en mariage. Mais il devait néanmoins dire quelque chose à Hope qui puisse la rassurer en lui laissant entendre qu'elle ne tarderait pas à recevoir une demande.

— Vous et votre sœur ne manquerez de rien, dit-il en lui prenant la main.

— Bien sûr, répondit-elle comme si elle n'avait pas compris ce qu'il insinuait.

Elle lui fit un de ses sourires à couper le souffle en reprenant :

— Et maintenant si vous voulez bien m'excuser... Je ne me sens pas très bien.

Avant qu'il n'eût eu le temps de faire sa déclaration, elle lui retira sa main et s'éclipsa.

Hope attendit plusieurs heures dans la voiture plongée dans l'obscurité avec pour seule distraction le bruit des chevaux qui s'ébrouaient en faisant tinter leurs harnais et frappaient le sol glacé de leurs sabots. Le bal, enfin, toucha à sa fin et le cocher conduisit l'attelage devant l'entrée principale de l'hôtel particulier de Lord Ellingham pour y attendre la comtesse douairière.

Comme elle l'était habituellement après une soirée mondaine, grand-maman était fatiguée mais pleine de gaieté. Elle avait le visage coloré et soupirait de contentement.

— J'ose affirmer que c'est la plus agréable soirée que

j'ai eue depuis fort longtemps. Le buffet était excellent et les musiciens n'ont pas fait une seule fausse note.

— Je suis heureuse pour vous, dit Hope, incapable d'effacer l'amertume de sa voix. Il se pourrait que ce soit votre dernière occasion de vous réjouir.

— Ne sois pas pessimiste, ma chérie, répondit la vieille dame en souriant. Pour vous, les jeunes, c'est la fin du monde au moindre problème.

— Vous ne croyez pas si bien dire, grand-maman. C'est, en effet, la fin de notre monde, à nous, les demoiselles Strickland. M. Drake m'a fait part d'informations qu'il a obtenues au sujet de notre cousin d'Amérique… Eh bien, figurez-vous qu'il est déjà marié.

— Tant mieux pour lui, répondit gaiement la comtesse.

— Mais cela veut dire qu'il ne pourra pas m'épouser, grand-maman ! Or, son agent constatera qu'il manque des objets par rapport à la liste du précédent inventaire et je serai incapable d'empêcher ce qu'il en résultera.

— Avec l'aide de M. Drake, j'en suis certaine, tu auras récupéré tous les objets manquants avant que notre cousin ne pose le pied sur le sol de l'Angleterre.

— Tout, peut-être, grand-maman, à l'exception des diamants.

Était-ce possible que sa grand-mère les eût oubliés ?

— M. Drake ne sait même pas qu'ils ont disparu, reprit Hope. Alors, comment saurait-il où les retrouver ? Ne pouvez-vous me dire ce qu'est devenue la parure des comtesses de Comstock ?

— Elle se trouve au manoir dans un coffret dûment verrouillé, répondit la comtesse qui regardait sa petite-fille d'un air déconcerté. Tu sais que je n'aime pas la porter. Elle est trop lourde.

— Si vous ne la portez pas, ce n'est pas à cause de son poids mais de crainte qu'on ne s'aperçoive que c'est du toc.

Feignant de ne pas avoir entendu la remarque de sa petite-fille, la comtesse tourna les yeux vers la vitre et regarda défiler les rues de Londres.

— La lune est d'une clarté exceptionnelle, ce soir, remarqua-t-elle. C'est dommage que nous ne retournions pas dans le Berkshire. Le trajet serait féerique.

— Dites-moi ce que vous avez fait des diamants, insista Hope. Si je savais où les chercher, peut-être trouverais-je le moyen de les récupérer avant l'arrivée du comte ? Je ne puis, malheureusement, le forcer à quitter sa femme pour m'épouser s'il n'a pas le désir de faire de moi sa comtesse. Or, quand il découvrira que la parure est fausse, rien ne prouve qu'il en gardera le secret. Que ferons-nous s'il est furieux et qu'il en demande le remboursement ?

Hope tendit le bras et prit la main de sa grand-mère dans la sienne qu'elle serra affectueusement pour l'encourager à parler.

Après ce qui parut une éternité à la jeune fille, la douairière tourna la tête vers elle.

— Ne t'inquiète pas, ma chérie, dit-elle. Tout se terminera bien. Ces problèmes, d'habitude, se règlent tout seuls. Je le regrette, mais je n'ai rien à te dire au sujet des diamants. S'il te plaît, ne m'en parle plus.

8

Gregory Drake fut de retour, le lendemain, à 10 heures précises, à l'hôtel de Comstock.

Ce fut un soulagement de le revoir car Hope s'était éveillée, ce matin-là, habitée par un sentiment qui ressemblait à de l'optimisme. Or, vu les circonstances, ce sentiment était tout à fait déplacé. Elle n'y pouvait rien, cependant, la nature de ses rêves ayant été particulièrement joyeuse en dépit de la situation.

Le même homme qui gravissait, en ce moment, les marches du perron figurait de façon proéminente dans ces rêves. Il y dansait avec elle au bal de Lord Ellingham et lui annonçait la terrible nouvelle au sujet du comte de Comstock exactement comme il l'avait fait la veille. Mais alors, comme son avenir, soudain, s'assombrissait, il lui souriait et, lui prenant la main, l'entraînait hors du cercle des danseurs malgré les commentaires à voix basses autour d'eux.

— Ne craignez rien, lui disait-il toujours dans ce rêve. Vous ne manquerez de rien. J'ai une grande maison, de nombreux domestiques et de quoi loger aisément votre sœur.

Il lui avait presque dit tout cela, la veille, à la soirée, mais il ne l'avait pas prise dans ses bras et embrassée comme dans le rêve.

C'était un rêve merveilleux…

Elle était éveillée, cependant, maintenant, et quelle que fût la beauté de M. Drake sous les rayons du soleil qui faisaient briller ses cheveux d'or, il n'allait pas plonger sa main gantée de blanc dans sa poche pour en retirer la parure de diamants des Comstock. Elles étaient condamnées, toutes les trois.

Du moins le supposait-elle. Elle savait ce qu'il advenait des voleurs, mais qu'en était-il de leurs petits-enfants ? La condamnation, d'autre part, était-elle moins sévère dans le cas d'une comtesse douairière ? Peut-être se résumait-elle à la disgrâce et l'exclusion de la bonne société ? Ce serait dur à accepter mais moins pénible que la prison de Newgate.

M. Drake avait atteint la porte et soulevait le marteau pour y frapper quand Hope se précipita pour l'ouvrir.

— Vous regardiez par la fenêtre ? fit-il en souriant d'un air surpris.

— Plus tôt nous partirons, plus tôt nous serons de retour, répondit-elle en se dirigeant rapidement vers la voiture que M. Drake avait louée, ce matin, et dont un laquais baissait rapidement le marchepied.

— Je suis heureux de constater que vous allez mieux, dit Gregory en lui donnant la main pour l'aider à monter.

— Je vous demande pardon ? fit-elle en s'asseyant.

— Hier soir, quand nous nous sommes séparés, vous m'avez dit que vous vous sentiez mal.

— Oh ? fit-elle.

Elle ne se souvenait plus du prétexte qu'elle avait invoqué pour quitter la soirée. Après que ses espoirs d'un avenir plus radieux eurent été anéantis, elle s'était sentie si abattue qu'elle n'avait plus eu aucun goût pour la danse et les festivités, et avait sombré dans une profonde nuit.

— J'avais bien compris que vous n'étiez pas indisposée mais que je vous avais bouleversée en vous parlant de votre cousin.

— Ce n'est rien, répondit-elle alors que l'attelage s'ébranlait. N'en parlons plus.

— Au contraire… Hier soir…

Il s'interrompit pour s'humidifier les lèvres du bout de la langue.

Jamais Hope ne l'avait vu aussi hésitant. Il était d'habitude très volubile. Elle souleva sa voilette pour qu'ils pussent se parler face à face car elle se doutait que ce qu'il avait à lui dire était d'importance.

— Hier, reprit-il, au bal, ce que je vous ai dit n'est pas vrai.

— Vous avez reçu des informations contraires ? fit-elle, surprise de ne pas éprouver de soulagement à cette annonce.

— Non, je vous ai menti, répondit-il avec un soupir résigné. C'était cruel de ma part de vous taquiner ainsi. Je ne l'aurais, d'ailleurs, jamais fait si j'avais su à quel point cela vous bouleverserait.

— Vous m'avez menti ? Mais pourquoi ?

Il resta silencieux un moment avant de répondre d'une voix mal assurée :

— Cela m'affectait que vous sembliez préférer l'aide du comte de Comstock à la mienne.

— Vous êtes jaloux ? fit-elle, stupéfaite.

— Oui, répondit-il avant d'ajouter : sur un plan professionnel, bien sûr.

— Certes, je l'entends.

— Je n'en sais pas plus sur Miles Strickland qu'au premier jour où M. Leggett m'a engagé. Il se pourrait qu'il fût exactement comme vous vous l'êtes représenté : jeune, célibataire et empressé de vous venir en aide.

Cette possibilité aurait dû rassurer Hope au sujet de l'avenir, mais au lieu de cela, elle éprouva une vague déception.

— Et il pourrait aussi répondre au portrait que vous avez brossé de lui, remarqua-t-elle.

— Nous ne le saurons que le jour de son arrivée en Angleterre, répondit Gregory en étendant le bras pour lui couvrir la main de la sienne dans le désir de la rassurer.

Elle baissa les yeux sur cette main qu'elle trouvait belle. Jusqu'à ce jour, elle n'avait jamais été consciente de l'anatomie masculine. Elle avait, certes, le souvenir des mains de son père, blanches et douces, et de celles de son grand-père, fines et noueuses. Lorsqu'elle dansait, elle ne faisait jamais attention aux mains des hommes qui lui servaient de cavaliers. C'était bien la première fois qu'elle y prêtait attention.

À la différence des mains de ses aïeux, qui n'avaient jamais travaillé, celles de M. Drake, toutes gantées qu'elles fussent, étaient fermes et puissantes. Elles ne tremblaient pas quand elles l'aidaient à monter ou descendre de l'attelage. Elle en avait ressenti légèrement la pression possessive lorsque, au bal, elles l'avaient guidée de danse en danse, et elles avaient été promptes à la débarrasser de son réticule ruisselant d'encre pour rapporter d'où il venait l'objet qu'elle avait dérobé.

Elle les avait remarquées pour la première fois lorsque Gregory avait retiré ses gants chez le prêteur sur gages pour fouiller dans un coffre à la recherche des flambeaux. Ses mains étaient hâlées par le soleil et présentaient de petites taches de rousseur aux jointures. Les ongles étaient parfaitement propres et limés, mais Hope avait eu l'impression qu'il ne redoutait pas de les salir si son travail le requérait.

D'une manière générale, elle aurait dit de lui qu'il était habile de ses mains à l'instar, d'ailleurs, de toute sa personne qui incarnait la compétence et l'efficacité. Il donnait l'impression d'être en mesure d'affronter toutes les difficultés et de les résoudre.

C'était, bien sûr, la raison pour laquelle il avait été engagé par M. Leggett. Il ne venait pas en aide à Hope et sa famille par sympathie, mais pour de l'argent. Ce qu'elle avait rêvé le concernant n'avait pas de signification. Elle ne devait rien attendre de lui qu'un service fondé sur une relation contractuelle.

Il toussota, arrachant à sa rêverie la jeune fille qui prit conscience qu'elle le dévisageait depuis un moment.

Il fit, cependant, comme s'il ne l'avait pas remarqué et retira la main qu'il avait laissée sur celle de la jeune fille pour la plonger dans sa poche.

— Je pensais qu'aujourd'hui nous essaierions de retrouver l'étrangeté, dit-il en présentant la liste des objets manquants.

Hope, impatiente de tourner son attention vers une question qui pouvait avoir une solution, acquiesça de la tête.

Il remua les doigts comme pour rappeler quelque chose à son souvenir en la regardant droit dans les yeux.

— Je pensais que vous auriez peut-être, maintenant, quelque élément d'information sur cette bizarrerie ?

— Non, je n'ai rien de nouveau. Grand-maman reste muette sur ce sujet, mais elle m'affirme que le jour où je poserai les yeux dessus je la reconnaîtrai.

— La description qu'en donne votre grand-mère, si on peut appeler ça une description, laisse entendre qu'il ne reste qu'une partie de l'objet original. À moins qu'elle n'ait utilisé le terme « étrangeté » dans un sens plus général ? Aurait-elle pu suggérer une curiosité ?

— Je n'en ai aucune idée, répondit Hope. Et puisque je ne puis vous dire ce que c'est, je ne peux pas non plus vous dire par où commencer notre recherche.

— Dans ce cas, je vais prendre l'initiative.

Cette réponse de Gregory eut pour effet qu'elle se sentit immédiatement beaucoup mieux.

— Je connais plusieurs marchands qui vendent des objets que l'on ne trouve nulle part ailleurs. Partons du principe que, quelle que soit cette chose, il n'y en a pas une deuxième semblable dans tout Londres.

Gregory observa un moment la jeune fille de biais.

— Les boutiques que nous serons appelés à visiter pourraient vous déplaire. Elles ne sont pas le genre d'endroits fréquentés par les jeunes femmes du monde.

— J'y suis habituée…, fit-elle en soupirant. Je trouve cette recherche plutôt déplaisante. Pourquoi serait-ce différent aujourd'hui ?

— Au moins, vous avez fait connaître le fond de votre pensée, répondit-il en levant les mains dans un geste de reddition. Sachez seulement que je ne vous conduis pas dans ces boutiques repoussantes pour vous importuner. En tout cas, vous aurez été prévenue.

Serait-il déçu, pensa Hope, d'apprendre que plus sa description était horrible, plus elle était tentée de l'accompagner ? Il semblait, parfois, en effet, que les expériences les plus intéressantes étaient celles que les jeunes filles bien élevées n'étaient pas censées faire. Comme d'embrasser un homme, par exemple. Tout ce que Charity osait prétendre savoir sur le sujet ne pouvait remplacer l'expérience elle-même.

Les boutiques où ils se rendirent étaient très différentes des précédentes. Qui pouvait savoir qu'il en était une à Londres dont l'une des armoires était remplie de hiboux empaillés et qu'elle contenait aussi, conservée sous une cloche de verre, la plus grande araignée qu'on eût jamais vue ? Et qu'il y eût un autre endroit spécialisé dans les boîtes à musique et les horloges pourvues d'automates qui s'animaient quand sonnaient les heures ?

Dans cette dernière boutique se trouvaient des cartels qu'il interdit catégoriquement à Hope de regarder de près car bien que leurs mécanismes en fussent savants, leurs automates l'auraient choquée plus que ne l'avait fait le nu représentant sa grand-mère.

Dans la mesure, cependant, où les objets manquants n'entraient ni dans la catégorie des bêtes empaillées ni dans celle des automates, elle n'avait aucune chance de trouver ici ce qui avait disparu du manoir de Comstock.

À la troisième boutique où ils s'arrêtèrent, cependant, elle eut un frisson d'anticipation. Il s'y trouvait des pièces de monnaie romaines et des fragments de vases et de statues grecs. On comptait tant de doigts, d'oreilles, de jambes et de bras que Hope se demandait s'il était possible de les rassembler comme les pièces d'un puzzle pour reconstituer les éléments dispersés d'un même objet ?

Soudain, elle sut quelle était la bizarrerie à laquelle sa grand-mère faisait référence.

— Excusez-moi, fit-elle en s'approchant de Drake et du marchand qui conversaient ensemble. Avez-vous, monsieur, des œuvres d'art égyptiennes ?

— Oui dans cette malle.

L'homme pointa du doigt en direction d'une grosse malle en osier.

— J'ai déjà regardé à cet endroit… Il s'y trouve essentiellement des objets en marbre. Ce que je recherche se trouve dans une boîte en ébène dont le couvercle présente un ankh en or incrusté dans le bois.

Comme l'homme ne semblait pas comprendre, Hope dessina le symbole de la Basse-Égypte dans la poussière du comptoir.

— Il est maintenu fermé par des liens de cuir, ajouta la jeune fille.

L'homme sourit.

— Je ne vous avais pas prise pour un connaisseur, mademoiselle.

Il se pencha derrière le comptoir et reparut avec une boîte que Hope avait cru ne jamais revoir.

Elle sourit et retint sa respiration alors qu'elle en soulevait le couvercle. Elle craignait que son contenu ne s'en fût désintégré. Avec les années.

M. Drake se pencha au-dessus de son épaule et, aussitôt, se rengorgea d'un air de dégoût.

— Qu'est-ce que c'est ? Qui voudrait avoir cela chez soi ?

— Mon arrière-grand-père ne s'est pas contenté d'aller en Grèce. Il a poussé jusqu'au Caire !

— Où il a démembré une momie ?

L'expression de révulsion du beau visage près d'elle était impressionnante.

— Ne soyez pas cornichon, répondit Hope en mettant l'objet sous le nez de Drake qui sursauta. Ce n'est pas un vrai orteil. Il est en bois d'ébène, et l'ongle en or.

Elle passa le doigt sur les lanières de cuir qui y étaient fixées et reprit :

— C'est une prothèse qui se fixe au pied avec ces attaches.

La jeune fille joignit le geste à la parole et montra à Drake comment utiliser l'objet insolite.

— Il y a des os, dit-il. Je les entends s'entrechoquer.

Le visage exsangue, il continuait de reculer.

— Je ne comprends pas pourquoi vous êtes aussi terrifié ? fit Hope. Bientôt vous atteindrez le trottoir. Ce cliquetis n'est pas produit par des os mais par les agrafes en métal des attaches. Maintenant, revenez avec nous et payez ce monsieur.

— Reposez cette horreur, vampire, dit Drake. Sinon, vous ne me reverrez plus jamais.

Hope éclata de rire et s'aperçut que c'était la première fois depuis des années qu'elle était sujette ainsi à un accès d'hilarité. Pourquoi avait-elle cessé de rire ? Était-il interdit aux jeunes filles de bonne éducation de s'abandonner à la liesse ? Ou n'avait-elle créé cette interdiction que pour elle-même ?

C'était sans importance. Il fallait seulement qu'elle pensât plus souvent à transgresser cette obligation.

Elle roula des yeux incrédules en regardant Drake et replaça la prothèse dans sa boîte avant d'en refermer le couvercle.

— Alors ? Ça va mieux ?

— D'une certaine manière, répondit-il en tirant sa bourse de sa poche. Nous rapportons cette horrible chose directement à votre hôtel car Leggett ne me paie pas assez pour que je consente à faire le tour de Londres avec ça à côté de moi dans la voiture.

Une fois qu'ils furent de retour à la maison, Hope emporta la boîte dans la bibliothèque et la laissa sur une table à côté du divan où Charity avait coutume de s'asseoir.

— Elle va être contente de la revoir, dit-elle avec un sourire espiègle. Lorsque nous étions petites, je m'amusais à la poursuivre avec l'orteil d'un bout à l'autre de la maison. Elle s'est vengée, un jour, en le cachant sous mon oreiller. Je n'ai pas trouvé le sommeil pendant une semaine.

Drake la considéra avec une sorte de répulsion.

— Quel genre de jeunes femmes êtes-vous ?

— Le résultat du traumatisme subi par des petites filles qui ont dû, subitement, quitter leur maison pour aller vivre dans une autre demeure où elles n'avaient pas de jouets, répondit Hope en tapotant la boîte affectueusement. En attendant que grand-maman nous achète de vrais jouets, nous nous sommes distraites avec tout ce qui nous tombait sous la main.

— Vos distractions comptaient-elles d'autres horreurs comme celle-ci ?

— Aucune que vous serez forcé de récupérer. Le dernier objet sur la liste est un vase en porcelaine. Tout ce qu'il y a de plus ordinaire.

— Me voilà grandement soulagé, répondit Gregory avec un demi-sourire.

— Je comprends mieux, maintenant, la description obscure de grand-mère. Elle ne pouvait pas souffrir l'objet. Nous étions convenus, d'ailleurs, de nous en débarrasser au cours d'un rite funéraire à condition que nous puissions reproduire celui des Égyptiens. Or, il nous fallait une barque que nous aurions incendiée…

— Les Égyptiens ont construit des pyramides pour accueillir la dépouille de leurs pharaons, intervint Drake. Je crains que vous ne fassiez une confusion avec les rites païens des Vikings.

— Je le sais, mais nous voulions brûler l'objet. Nous avons fini par opter pour l'enterrer et le recouvrir d'un tas de pierres.

— Vous aviez été autorisées à l'enterrer ?

— Grand-maman nous y a encouragées. Elle disait que cela venait d'une tombe et qu'en tant que chrétiennes nous devions le remettre dans une sépulture. Nous avons indiqué dans la bible familiale où se trouvait la tombe que nous avions creusée et ce qu'elle contenait de façon à ce que les futurs Comstock, s'ils étaient moins dégoûtés, puissent l'exhumer.

— Or c'est ce qu'a fait votre grand-mère ?

Hope acquiesça de la tête d'un air stupéfait.

— Elle détestait pourtant cette chose. Il faut croire qu'elle avait un besoin désespéré d'argent si elle a choisi de la tirer de la terre.

— Elle ne l'a pas fait figurer en tête de sa liste. Je parierais que c'est le premier objet dont elle s'est débarrassée.

— Comment pouvez-vous le savoir ?

— C'est logique. Personne n'aurait pu remarquer la disparition de quelque chose qui avait été déjà enfoui dans le sol. Qui aurait eu l'idée d'aller voir sous le tas de pierres s'il s'y trouvait ?

— Lorsque l'agent du comte se serait présenté pour établir l'inventaire du mobilier, je lui aurais montré notre bible et parlé de l'histoire de notre famille, répondit Hope.

— Et, sans doute, ne se serait-il pas préoccupé de cet orteil. Je me félicite, néanmoins, que votre grand-mère l'ait inclus dans sa liste. Mon travail est largement facilité quand ceux qui m'emploient ne retiennent pas d'importants détails.

— Oh ! fit-elle.

Sans doute Gregory faisait-il référence à leur conversation de la veille au bal de Lord Ellingham. Elle aurait aimé qu'il cessât d'évoquer les sujets qu'ils y avaient abordés, d'autant plus qu'elle doutait que quoi que ce fût pût être accompli sans l'aide du comte de Comstock.

Elle lui adressa le plus innocent des sourires en lui demandant :

— Arrive-t-il souvent que les gens soient peu coopératifs ?

— Quand on en arrive au point où il faut faire appel à une personne extérieure pour sauver la situation, vous vous doutez bien qu'aucun effort n'est négligé.

Il s'interrompit un instant avant de reprendre :

— Mais l'espoir demeure, même faible, que le problème, quel qu'il soit, se résolve de lui-même sans qu'il soit besoin de mon aide.

— Je crois plutôt, répliqua la jeune fille, que lorsqu'on ne fait pas appel à vous, c'est que l'on sait qu'il n'y a aucune solution. De toute façon, dans notre cas particulier, quelle que soit la somme que vous a donnée M. Leggett, il n'est pas assez fortuné pour racheter les énormes diamants de la parure des Comstock.

— Lorsqu'on ne se tourne pas vers moi, précisa Gregory, c'est qu'on est dévoré par la honte.

Ce sentiment, pensa-t-il, expliquait certainement le comportement de la comtesse.

— Il n'est pas nécessaire d'éprouver de la honte, reprit Gregory d'une voix douce comme Hope gardait le silence. Si la faute revient à un autre, alors la honte ne doit s'attacher qu'à cette personne et non à celle qui tente de réparer les erreurs du passé.

— Merci, murmura la jeune fille.

Cette absolution, même venant d'un employé de son beau-frère, était un réconfort. Comment Faith avait-elle pu garder le secret aussi longtemps sur la situation réelle de la famille ? Elle seule avec leur grand-mère était au courant. Certes, son mariage avait bien arrangé les choses en permettant un afflux d'argent. Mais après un mois d'effort pour tenter de sauver sa grand-mère, Hope était épuisée.

— La méfiance qui s'exprime à mon sujet, dit-il, provient du fait que je ne suis pas du même milieu que mes employeurs. Si mon père avait été aristocrate et non ma mère, j'aurais été un membre reconnu de la noblesse. Je n'aurais jamais eu de titre ni de terres mais, du moins, aurais-je été capable de vous dire mon véritable nom.

Ses yeux, qui étaient, momentanément, devenus d'un gris d'acier, furent, soudain, envahis par des pensées nostalgiques et leur expression s'adoucit.

Pensait-il qu'elle ne lui faisait pas part de son secret en raison de ses origines sociales ? Croyait-il qu'elle ne jugeait pas un bâtard digne de recevoir ses confidences ?

— Vous vous trompez en ce qui me concerne, dit-elle. Vous êtes l'homme le plus fascinant que j'aie jamais rencontré et en qui je place toute ma confiance.

— Alors, donnez-m'en la preuve.

Avant même qu'elle n'eût formulé une réponse dans sa tête, elle l'avait embrassé.

9

Ce baiser eut le même effet que des charbons ardents déposés sur un lit de feuilles mortes. Pendant un très bref instant, ils demeuraient deux corps étrangers qu'il aurait été possible, encore, de séparer puis, en un clin d'œil, ils ne faisaient plus qu'un et tout s'embrasait.

Gregory prit le visage de la jeune fille entre ses mains et lui rendit son baiser sur les lèvres, les joues, les yeux, les cheveux…

— Vous ne le regretterez jamais, murmura-t-il en lui mordillant le lobe de l'oreille. J'en fais le serment.

Comment pouvait-il imaginer que cela pût arriver ? C'était trop merveilleux pour qu'elle éprouvât quoi que ce fût qui ressemblât à du regret.

Elle l'enlaça de ses bras, appuya la tête à son épaule et il lui sembla que tous ses soucis s'évaporaient. Il retira les mains de son visage et elle les sentit dans son dos où, en quelques petits mouvements, il se débarrassa de ses gants.

L'instant d'après sa main nue lui caressait la nuque et il enroulait les boucles de ses cheveux autour de ses doigts.

— Une nuit, toute proche, je viendrai auprès de vous et retirerai toutes les épingles de votre magnifique chevelure. Je voudrais sentir vos boucles soyeuses sur toutes les parties de mon corps…

Il s'empara de ses lèvres, immisçant la langue dans sa bouche…

C'était comme la dernière fois, pensa Hope, mais meilleur encore. Charity avait raison. Il mentait quand il disait qu'il ne voulait plus rien avoir à faire avec elle. Si ses paroles ne l'avaient pas convaincue, le pouvoir de ses baisers, par contre, ne laissait aucun doute. Elle l'imita et poussa de la langue contre la sienne, obtenant un gémissement de plaisir gratifiant.

Il s'assit sur le divan et l'entraîna avec lui si bien qu'elle se retrouva sur ses genoux, la jupe largement relevée car elle sentait le tissu de sa culotte frotter contre sa peau nue au-dessus de sa jarretière.

Elle aurait dû redescendre sa jupe le long de ses jambes, mais si elle avait été si pudique, elle ne l'aurait pas embrassé, ni n'aurait été en train de chevaucher sa cuisse comme elle le faisait à cet instant même. C'était bon de le sentir entre ses jambes et d'éprouver la pression de son muscle contre un endroit plus réactif qu'il ne l'avait jamais été.

Il dégrafait sa robe, la laissait glisser le long de ses épaules, dégageant son décolleté qu'il couvrait de baisers jusqu'au bord de son corset. Il passa le doigt à l'extérieur puis à l'intérieur du sous-vêtement en murmurant :

— Lorsque je serai certain que nous soyons seuls, je vous libérerai de ces baleines. Je prendrai alors tout mon temps et sucerai la pointe de vos seins jusqu'à ce que vous me suppliiez.

Elle ne rêvait que de cela, mais dans quel but le supplierait-elle ?

Si elle ne pouvait formuler ce à quoi Gregory faisait allusion, son corps semblait l'avoir compris. Elle était consciente, soudain, du mouvement de ses hanches tandis qu'elle continuait de chevaucher sa jambe et qu'un étrange tremblement naissait de son bas-ventre.

Gregory ne la repoussait pas, au contraire. Les mains sur ses hanches, il favorisait son mouvement tandis qu'il lui dévorait les lèvres.

La sensation voluptueuse produite par sa langue se propagea comme le feu jusqu'à l'endroit qu'elle stimulait si impatiemment qu'elle laissa échapper un gémissement de plaisir. La sensation qu'elle éprouvait était enivrante… Elle aurait dû y mettre fin sans délai, mais elle en était incapable. On aurait dit qu'elle n'était plus maîtresse d'elle-même.

Il interrompit leur baiser pour la contempler d'un air satisfait et légèrement amusé puis souleva sa jupe et ses jupons plus haut encore, laissant à ses mains le champ libre pour caresser ses cuisses nues.

Elle se figea, l'expression du regard reflétant une sorte de stupeur et ses lèvres formèrent un « O ».

Elle ne put rien dire. Ses pensées étaient noyées dans des sensations aussi délicieuses qu'indéfinissables tandis que Gregory, qui avait plié le genou, lui maintenait les hanches pour l'empêcher de bouger et s'octroyer la liberté de frotter sa cuisse entre ses jambes.

Elle ne comprenait pas ce qui lui arrivait, mais les yeux espiègles de Gregory disaient, en ce qui le concernait, tout le contraire. Soudain, il l'invita à reprendre le mouvement de son bassin puis elle sentit ses mains au contact de sa poitrine.

Alors qu'emportée dans une danse sauvage, elle remuait sans aucune retenue, elle fut traversée par un spasme voluptueux qui se poursuivit alors même qu'ayant cessé de bouger, elle s'abandonnait aux bras protecteurs de Gregory.

Elle resta ainsi, pâmée de plaisir, jusqu'à ce qu'elle se fût suffisamment remise pour prendre conscience de ce qui venait de se passer.

Relevant la tête, elle regarda Gregory d'un air effaré.

Il lui sourit mais elle lut une certaine tension dans son visage comme si, à l'inverse d'elle, il n'avait pu évacuer ce trop-plein de force et d'énergie.

— Comment allez-vous, mademoiselle Strickland ? demanda-t-il en lui posant la main sur l'épaule.

Elle se sentait merveilleusement bien mais n'osait l'avouer et, au lieu de répondre, s'empressa de baisser ses jupons et de remettre de l'ordre dans sa tenue. Elle ne pouvait, cependant, atteindre les petits boutons de son bustier, situés dans le dos.

— Laissez-moi vous aider, dit-il.

Une expression plus sereine était apparue dans son regard qui enveloppait la jeune fille comme s'il la considérait, à présent, comme sienne. En un rien de temps, il rattacha tous les petits boutons de sa robe puis, cette fois, posa les deux mains sur ses épaules.

— Ça va ? demanda-t-il de nouveau.

Elle se sentait extraordinairement bien et eut envie de tourner la tête vers lui en lui offrant le même sourire qu'il avait eu pour elle et qui semblait dire que toutes ses émotions étaient sous contrôle.

C'eût été mentir car, même si ses mains la touchaient, maintenant, d'une manière parfaitement innocente, Hope se sentait comme sa grand-mère avait dû se sentir lorsqu'elle posait nue pour le peintre : dépourvue de toute pudeur et impatiente de connaître de nouvelles sensations.

— Comment est-ce que je me sens, monsieur Drake ? fit-elle. Je ne le sais pas très bien…

Il la fit se retourner doucement jusqu'à ce qu'ils fussent assis côte à côte sur le divan. La situation était tout à fait convenable à l'exception de l'absence d'un chaperon et du fait qu'un instant plus tôt aucune règle de convenance entre eux n'avait été respectée.

Hope le regarda, soudain, d'un air inquiet.

— Est-ce que ce que je viens de vivre correspond à ce qu'on appelle perdre la tête dans le cas d'une jeune fille ?

Sans doute avait-elle dit une ânerie car il éclata de rire avant de se maîtriser et de réduire sa liesse à un sourire compréhensif.

— Cela a un sens beaucoup plus complexe, ma chère Hope, répondit-il.

La manière dont il l'avait appelée eut l'effet d'un baume sur le cœur de la jeune fille qui n'aurait su dire si elle était plus touchée par l'emploi de son prénom ou par celui de l'adjectif l'accompagnant.

— Rassurez-vous, reprit-il. Vous êtes toujours intacte. Vous ne m'auriez pas posé cette question, d'ailleurs, si vous aviez perdu votre virginité.

Elle le regarda d'un air incrédule car elle ne se sentait plus du tout blanche comme une colombe.

— Ce que nous avons fait, certes, ne s'oubliera pas mais ce n'était pas à proprement parler…

Il s'interrompit, devinant que Hope voulait en savoir davantage sur les choses interdites. Or, il n'avait aucune raison de les lui cacher.

— Ce qui s'est passé entre nous, reprit-il, ne laisse aucune trace physique, mais vous savez, maintenant, que certaines régions de votre corps peuvent vous apporter un immense plaisir.

— Nous pouvons donc le faire aussi souvent que cela nous plaît ?

À l'expression choquée de Drake, la jeune fille sut aussitôt que ce n'était pas la question à poser.

— Ce ne serait pas raisonnable, répondit Drake. Il devient difficile d'arrêter ces choses une fois qu'on y a pris goût.

— Mais si nous le faisions de nouveau, aucun homme ne pourrait le savoir ?

Elle n'arrivait pas à s'en convaincre. Il lui semblait que si elle se regardait dans une glace, elle y verrait immédiatement le changement sur son visage.

— Aucun homme ? fit-il, surpris.

— Eh bien, oui… Si je devais me marier, mon mari me considérerait-il toujours comme une vierge ?

— Oui, mademoiselle Strickland. Vous êtes toujours vierge.

Il se leva, soudain, frottant ses mains contre sa redingote pour en effacer les plis ainsi, si cela fût possible, que les derniers instants qu'il venait de vivre.

— Monsieur Drake, fit-elle en lui tendant la main dans l'espoir qu'il reviendrait s'asseoir près d'elle.

Mais il s'éloigna pour aller ramasser ses gants dans un geste d'humeur.

— Comme toujours, mademoiselle Strickland, vos manières sont impeccables. On ne doit jamais, en effet, appeler un gentleman par son prénom même lorsqu'il vient de vous retrousser les jupes.

— Gregory, dit-elle d'une voix suppliante dans l'espoir de l'apaiser.

Mais il était trop tard. Il enfilait déjà ses gants par soubresauts furieux.

— Puisqu'il ne reste qu'un objet à retrouver sur la liste, je crois que je peux m'en acquitter sans vous importuner encore une fois par ma présence, à condition, bien sûr, que vous m'en fassiez une description un peu plus détaillée. Je laisserai mon adresse à votre majordome de façon à ce que vous puissiez me faire parvenir ces informations par la poste. Je vous souhaite le bonjour, mademoiselle. Portez-vous bien.

Une fois dehors, Gregory congédia l'attelage dont il avait loué les services pour la journée et rentra chez lui à pied d'un pas rapide. Il marchait en frappant du talon de fureur et gagna Wimpole Street dans le même état d'énervement, ne voulant que s'enfermer chez lui dans l'intimité de son cabinet d'études où il n'aurait pour compagne que sa bouteille de cognac.

Il vouait Hope Strickland aux enfers et, d'ailleurs, toutes les femmes. Jamais, dans sa vie, il n'avait pris autant de risques avec son activité. N'avait-il pas déjà fait un écart suffisant en embrassant une jeune fille appartenant à la famille pour laquelle il travaillait, mais il fallait, en outre, qu'il compromît son honneur.

Or, il avait accompli ce forfait en plein jour dans la bibliothèque où ils auraient pu être surpris à tout moment. Sa jeune sœur ne hantait-elle pas ce lieu presque en permanence ?

C'était un miracle qu'elle n'eût pas surgi au beau milieu de leurs ébats. Il n'avait pas la certitude, d'ailleurs, qu'elle n'eût pas entrebâillé la porte et fui, horrifiée par ce qu'elle venait de voir. Connaissant Charity comme il la connaissait, cependant, il eût été plus vraisemblable qu'elle se fût intéressée à la chose et eût aggravé encore son cas en le rendant responsable de l'initiation de deux jeunes filles à des jeux qu'elles n'auraient dû découvrir que dans le cadre du mariage.

Il avait joué avec le feu car il avait bien conscience d'avoir été au bord de la catastrophe tant son envie de posséder Hope avait été impérieuse quand elle avait atteint le paroxysme du plaisir entre ses bras. Il s'en était fallu d'un rien qu'il ne la renversât sur le divan et ne lui arrachât ses dessous pour venir sauvagement en elle.

En inclinant son verre pour faire tourner le cognac dont la couleur ambrée absorbait la lumière du soleil, il se rendait compte que chaque fois qu'il quittait Hope Strickland il tentait de s'apaiser en polissant la lame de son épée. Il arrivait, ainsi, à se maîtriser mais, cette fois, cela n'aurait pas suffi.

Il n'avait pas prévu, bien sûr, ce qui s'était passé. Son intention initiale n'avait été que de l'encourager à être sincère et de lui révéler ce qui, la veille, l'avait troublée. Il avait voulu, en quelque sorte, s'improviser son confident, rien de plus. En un mot, il lui avait demandé de lui accorder sa confiance.

Et au lieu d'être irréprochable et de mériter cette confiance, il l'avait provoquée, l'incitant à lui donner un baiser qu'il avait, ensuite, exploité sans vergogne.

Fort de son expérience, il s'y était si bien pris qu'elle avait été prête à lui donner tout ce qu'il lui aurait demandé. Elle avait fait tout ce qu'il l'avait invitée à faire et c'était avec une extrême gentillesse qu'elle s'y était prêtée. Elle avait eu beaucoup de plaisir, manifestement, et à travers les questions qu'elle lui avait posées, il était clair qu'elle n'avait jamais rien vécu de tel.

Il regrettait, maintenant, de ne pas l'avoir étendue sur le tapis devant l'âtre et lui avoir montré ce que signifiait d'être perdue pour les autres hommes. S'il lui avait fait alors l'offre qu'il avait sur le bout de la langue depuis la veille, elle ne l'aurait pas dissuadé de la prononcer en lui demandant si elle avait toujours le visage de l'innocence pour son futur mari.

Comme il avait été stupide de croire que ce qu'il venait de vivre avec elle avait une signification profonde. Il ne voulait pas seulement l'épouser par honneur. Nom d'un chien ! Il le voulait tout simplement.

Il avait toujours eu l'intention de se marier, mais il ne voyait son mariage que dans un avenir lointain, comme un événement qui viendrait couronner son succès professionnel. Que lui fallait-il de plus, cependant, pour le satisfaire que ce qu'il avait déjà ? Il avait une vaste maison et plus de revenus qu'il ne lui en fallait pour lui tout seul.

Attendait-il inconsciemment de tomber amoureux ? Il n'était pas certain de croire en ces sentiments, mais il n'était pas assez privé de bon sens pour nier l'existence du désir qui naissait en lui chaque fois qu'il voyait Hope Strickland. C'était suffisant, sans doute, pour poursuivre cette relation.

Si la passion venait à mourir, il lui resterait le sentiment de protection qu'il éprouvait chaque fois qu'il la voyait tirer d'un air inquiet sur la boucle de ses cheveux. Dans ces moments, il brûlait de l'arracher à sa famille et de lui montrer à quel point il serait plus agréable de veiller sur un mari et des enfants que de vivre au milieu de sa sœur et de sa grand-mère aussi lunatiques l'une que l'autre.

Après lui avoir donné du plaisir, il s'était senti si rempli d'assurance qu'il avait eu l'intention de lui faire sa demande, mais il avait compris à la réflexion qu'elle lui avait faite que ses pensées s'étaient de nouveau tournées vers le comte de Comstock. Toute intention de la traiter avec galanterie l'avait alors brusquement quitté de même qu'il avait perdu courage.

D'un jour à l'autre, l'héritier des Comstock entrerait en scène et alors, qu'il fût célibataire, jeune ou vieux, beau ou laid, elle ferait ce qu'elle avait prévu depuis longtemps et se jetterait dans ses bras.

À un moment ou un autre, il ne savait plus très bien quand, Gregory avait oublié que le premier de ses devoirs était de compléter la liste des objets manquants à l'inventaire de la maison de Comstock.

Il avait été si captivé, en effet, par la beauté de Hope Strickland qu'il avait rompu toutes les règles qu'il s'était imposées depuis qu'il exerçait ce genre de missions. Il avait abusé de la confiance de la jeune fille en lui mentant puis en la séduisant. Sans même s'en rendre compte, il était en train de devenir l'homme qu'il s'était juré de ne jamais être.

Le lendemain, il rachèterait le premier vase chinois qu'il trouverait et qui pourrait correspondre à celui indiqué sur la liste de la comtesse puis il laisserait Mlle Strickland décider elle-même de son avenir comme, d'ailleurs, le lui avait suggéré sa jeune sœur.

Dans cet esprit, il allait écrire immédiatement à M. Leggett pour l'informer de sa résiliation. Qu'importent les conséquences que son renoncement aussi brutal pût avoir sur sa réputation. Cela ne pourrait pas être pire que s'il perdait de nouveau ses moyens et déshonorait définitivement Hope.

Heureusement, dès qu'il serait dégagé de ses obligations et ne serait pas contraint de la voir tous les jours, il retrouverait son équilibre. Un moment de folie l'avait conduit à oublier les principes qu'il s'était imposés et qui lui interdisaient de poursuivre les faveurs d'une femme alors qu'il savait que pour des raisons de milieu social elle n'était pas pour lui.

Ses pensées de mariage n'étaient rien d'autre que le résultat d'une mauvaise conscience. S'il avait eu tous ses esprits, d'ailleurs, il n'aurait pas eu de peine à deviner que sa demande lui vaudrait un non aussi catégorique que stupéfait.

Son comportement méprisable n'avait été que l'expression de la bassesse masculine dont les ressors n'étaient autres que l'orgueil et la concupiscence.

On aurait dit qu'il était incapable de ne pas commettre le péché de chair avec une jeune fille réputée pour sa vertu. Ce qui s'était passé entre eux n'était rien d'autre qu'une énorme, colossale erreur.

De quelle bêtise fallait-il faire preuve pour tomber amoureux de Hope Strickland ?

10

Gregory Drake, encore une fois, était parti furieux et Hope ne savait pas précisément ce qu'elle avait dit ou fait pour lui déplaire.

Elle n'avait pas compris grand-chose, en effet, de ce qui s'était passé pendant cette dernière heure de sa vie sinon qu'elle avait été extrêmement heureuse et que quelques instants, au moins, elle avait eu le sentiment que tous ses problèmes s'étaient évanouis.

Tout allait s'arranger, elle en était convaincue, car Gregory Drake ferait en sorte qu'il en fût ainsi.

Il l'avait appelée Hope et elle avait le sentiment de n'avoir pas répondu convenablement à cette marque de sympathie. L'expression déçue de son visage, quand elle l'avait appelé M. Drake alors qu'il s'attendait manifestement à entendre son prénom sur ses lèvres, avait été assez éloquente. Elle aurait dû le comprendre tout de suite et s'amender au plus vite, mais son absence de réaction était-elle une erreur assez grave pour conduire Gregory à s'éloigner d'elle pour toujours ?

Il avait dû la prendre pour une parfaite idiote en raison des questions qu'elle lui avait posées, mais elle avait eu besoin de cette clarification. Ce qu'ils avaient fait ensemble, en effet, n'aurait dû arriver, normalement, qu'après qu'elle eut été demandée en mariage. Mais pouvait-elle effacer une transgression en en commettant une autre qui serait de lui demandant de l'épouser ?

Apparemment, il ne s'était pas senti dans l'obligation de lui faire sa demande avant de lui relever les jupes. Elle ne doutait pas que ce qui était arrivé entre eux fût inconvenant, mais il n'était pas difficile de le garder secret. Cela n'avait laissé aucune trace et M. Drake n'était pas le genre d'homme à évoquer devant quiconque ce qu'ils avaient fait ensemble.

Elle, en revanche, avait un besoin désespéré de se confier. Il y avait, en effet, encore beaucoup d'aspects de ce qui pouvait se passer entre un homme et une femme qu'elle ne comprenait pas.

Une jeune fille posait normalement ces questions à sa mère, mais elle avait perdu la sienne dix ans plus tôt à une époque où ce genre de problème ne lui passait même pas par la tête.

N'ayant plus de mère, elle pouvait, certes, se tourner vers sa grand-mère, mais elle n'avait pas besoin d'en faire l'expérience pour savoir que ce serait un désastre. La dernière chose qu'elle souhaitait entendre, c'était le récit de ce qui s'était passé, deux générations plus tôt, sur ce même divan.

Si elle ne gardait pas le secret sur sa vie intime, d'ailleurs, comment pourrait-elle attendre de sa grand-mère qu'elle ne rapportât pas à qui voulait l'entendre que sa petite-fille suivait son exemple ?

Mieux valait s'adresser à Faith qui était mariée. Or, les femmes mariées savaient certaines choses… Assurément, Faith saurait les lui expliquer avec délicatesse. Ne l'avait-elle pas vue échanger, parfois, à mi-voix, avec grand-mère, des propos qui n'étaient pas pour tout le monde, en particulier pour elle et Charity ?

Hope pouvait, en effet, se tourner vers elle, mais elle était en Italie en ce moment et ne serait pas de retour avant plusieurs semaines. Or, Hope avait besoin, maintenant et non dans un mois ou plus, de parler à une confidente.

Elle se trouvait donc seule et sans conseil à moins qu'elle ne s'adressât au plus jeune membre de la famille, mais elle trouvait vexant d'avoir recours à sa petite sœur. Cependant, si le Seigneur n'avait pas accordé la beauté à Charity, il avait plus que compensé cette lacune en lui donnant une intelligence très fine.

Elle avait tant lu qu'elle avait appris davantage des livres que la plupart des hommes à travers leur expérience. Elle comprendrait ce qui s'était passé avec M. Drake et saurait l'enseignement qu'il fallait en tirer. Elle lui dirait, sans doute, comment rédiger la lettre que M. Drake attendait assurément d'elle. Il ne s'agissait pas seulement de l'appeler par son prénom mais aussi de trouver les mots justes pour le faire revenir.

Mais si Charity n'était pas dans la bibliothèque où pouvait-elle être ? On était en début d'après-midi et elle y était toujours à ce moment de la journée. Elle ne l'avait pas vue lorsqu'elle était revenue avec M. Drake et, depuis, ne l'avait croisée dans aucune pièce. Une rapide investigation dans toute la maison permit à Hope de s'assurer que sa sœur n'était pas en train d'écrire une lettre au boudoir, ni à la cuisine occupée à harceler la cuisinière pour qu'elle lui servît le thé à une heure avancée.

C'était étrange qu'elle ne pût la trouver nulle part, mais peut-être s'était-elle sentie mal, ce matin, et avait-elle décidé de passer la journée au lit ? Sans attendre, Hope monta à l'étage et frappa doucement à la porte de sa chambre en l'appelant par son nom.

Comme elle n'obtenait aucune réponse, elle frappa plus fort…

De nouveau le silence.

Cette fois, elle tourna la poignée de porte et entra. La chambre était vide. À la tête du lit, qui avait été impeccablement fait, elle aperçut une enveloppe sur laquelle, très lisible, de la main de Charity, était écrit son nom.

Avant qu'elle n'ouvrît l'enveloppe, Hope eut l'horrible prémonition de ce qu'elle allait trouver à l'intérieur.

Ma chère sœur,

Même si je ne vais pas jusqu'à dire que notre séjour à Londres a été un enchantement, je reconnais qu'il a été pour le moins intéressant. La bibliothèque de cette maison, bien qu'elle soit petite par rapport à celle du Berkshire, m'a permis de conduire mon enquête dans une direction inattendue au sujet de laquelle je te donnerai des explications si elle s'avère productive.

Je ne puis plus faire aucun progrès ici. Aussi ai-je décidé jusqu'à nouvel ordre de me retirer à la campagne. Remercie encore de ma part M. Leggett pour les dépenses vestimentaires engagées pour moi dans l'espoir de me lancer dans le monde. Il a trouvé le bonheur auprès de Faith comme toi tu l'as trouvé ailleurs. Comme j'ai souvent essayé en vain de te l'expliquer, mon temps m'appartient et il est mieux employé dans la bibliothèque du manoir qu'en essayant de décrocher un hypothétique mari dans les soirées londoniennes.

Ne te soucie pas de ma route. Je vais prendre la malle-poste et serai vraisemblablement arrivée à la maison avant que tu ne trouves cette lettre.

Embrasse grand-maman de ma part et assure M. Drake de toute ma sympathie.

Ta sœur, Charity.

Comme toujours, chaque fois qu'elle avait affaire à sa jeune sœur, Hope était partagée entre l'envie d'appeler au secours ou de hurler sa frustration. Charity présentait de nombreuses déficiences de caractère, mais la plus grande était sa confiance excessive en ses capacités.

Elle se souciait rarement de sa réputation, affirmant que personne ne le remarquerait si elle se compromettait et que, de toute façon, tout le monde s'en moquait. En choisissant de voyager seule dans la malle-poste, elle se jouait délibérément des convenances et se moquait aussi de sa sœur.

Il fallait faire quelque chose même si, très vraisemblablement, Charity était arrivée saine et sauve dans le Berkshire. Elle devait impérativement revenir le plus tôt possible à Londres et il fallait lui faire comprendre une fois pour toutes que le manoir n'était plus sa maison.

Elle ne pouvait plus s'y rendre et s'y considérer chez elle chaque fois que l'envie l'en prenait. Même si Hope n'en avait pas parlé avec elle, le projet familial consistait à chercher un autre logement dès que la saison mondaine serait finie.

M. Drake lui avait demandé pardon pour avoir menti au sujet du comte de Comstock, mais il se pouvait que son imagination eût dressé un tableau exact de la situation. Peut-être que le comte, en ce moment, voguait vers l'Angleterre avec ses nombreux enfants et sa domesticité. Ils venaient avec leur mobilier, toutes leurs affaires personnelles et avaient l'intention d'occuper toutes les chambres de l'hôtel de Comstock, même celle de Charity ainsi que la sienne.

Or, même si le comte de Comstock ne leur barrait pas l'accès à la maison, il comptait sans doute sur elles pour lui libérer la place ainsi qu'à sa famille. Il était donc nécessaire d'en informer Charity. Il fallait que le message lui fût transmis par une personne calme et pondérée de façon qu'elle le reçût et en tirât la conclusion logique.

Hope ne se sentait pas à la hauteur de la tâche. Elle était trop remontée, en effet, contre sa rebelle de sœur pour la ramener au bercail et redoutait, en chemin, de la jeter dans la Tamise.

Et elle ne voyait pas, d'ailleurs, comment leur grand-mère pourrait se charger de la remettre dans le bon chemin. Plusieurs années auparavant, parlant de Charity, elle avait déclaré qu'il ne servait à rien de faire la morale à cette gamine qui n'écoutait rien et était, de toute façon, suffisamment intelligente pour se soustraire à toute punition qu'on mettrait en place pour elle.

Dans ces conditions que fallait-il faire ?

Hope, qui avait repris la lettre et l'avait rangée dans son enveloppe frappait celle-ci nerveusement contre sa jambe. Elle aurait voulu avoir une autre réponse à donner que la première qui lui venait à l'esprit. Soudain, elle alla s'asseoir au bureau et écrivit une lettre destinée à M. Drake qui n'avait aucun rapport avec un vase disparu.

— Je ne sais pas ce que vous attendez de moi, fit Gregory, le regard baissé sur la lettre que Charity avait laissée à sa sœur.

Il était plus facile de garder les yeux attachés aux mots tracés par la main de Charity que de les lever sur Hope si belle encore, ce matin, mais avec quelque chose de vulnérable qu'il lisait dans son immense regard sombre, et qui lui donnait l'irrésistible envie de l'embrasser pour la réconforter.

— Ramenez-la à Londres.

Il leva, enfin, les yeux sur elle dans l'attente qu'elle développât sa pensée, mais comme elle restait silencieuse, il lui demanda ce qu'il lui semblait raisonnable de s'enquérir auprès d'elle.

— Pourquoi n'avez-vous pas montré cette lettre à votre grand-mère ? Cela relève de sa responsabilité et non la mienne de chaperonner votre sœur.

— Elle n'est pas là, répondit Hope d'un air désapprobateur. Lorsque je l'ai cherchée, sa femme de chambre m'a dit qu'elle était partie. Une voiture aux armes de l'un de ses cousins, souffrant, est venue la chercher, ce matin, et elle ne sera pas de retour avant demain au plus tôt.

La jeune fille leva les mains au ciel en ajoutant sur un ton exaspéré :

— Elle s'est volatilisée comme ça sans même m'en dire un mot.

— Qu'auriez-vous fait si elle vous avait prévenue de son départ ? demanda-t-il en s'efforçant de ne pas sourire.

— Je lui aurais demandé, bien sûr, de rester ici. Elle aurait pu, d'ailleurs, emmener Charity avec elle. Si ma sœur refuse de chercher un mari, il serait bon de l'encourager à faire le bien autour d'elle et de cultiver les vertus féminines pour les mettre au service des membres de notre famille qui ont besoin d'attentions.

— Vous voulez en faire une parfaite vieille fille ?

— Il ne lui ferait pas de mal de lire, parfois, un ouvrage à un invalide plutôt que de passer son temps à ne penser qu'à elle.

— Je vois…

Il s'éclaircit la voix en s'efforçant de prendre un air grave bien qu'il eût envie de rire, particulièrement en voyant la boucle de cheveux indisciplinée de Hope s'agiter furieusement au gré de son énervement.

— Ma grand-mère et ma sœur se moquent éperdument de mon opinion. Elles partent chacune de leur côté et me laissent seule décider ce que je dois faire.

Gregory avait l'impression qu'elles comptaient surtout sur elle pour ne pas s'inquiéter et attendre simplement leur retour. Il était clair, cependant, que la jeune fille considérait qu'il était de son devoir d'agir.

— Dans votre lettre, dit-il, vous m'avez demandé de venir aussitôt car vous aviez besoin de moi de façon urgente, mais vous ne me donniez aucun indice qui m'eût permis d'avoir une idée de ce qui vous préoccupait ainsi.

Il avait réagi comme un âne et s'était précipité à l'hôtel de Comstock en croyant que Hope brûlait de revivre avec lui ce qu'ils avaient fait sur le divan de la bibliothèque. Encore une fois, il y avait un malentendu entre eux. Elle ne pensait manifestement pas à lui dans les mêmes termes qu'il pensait à elle.

— J'ai besoin de vous, en effet, de façon urgente, confirma-t-elle.

Elle comprit, sans doute, à cet instant, le double sens de sa réponse car elle se tut en rougissant d'un air gêné. Ses yeux bruns parurent s'agrandir encore en prenant une expression implorante.

— Je sais que vous étiez fâché contre moi et vous supplie de me pardonner pour ce que j'ai pu dire ou faire. J'en suis sincèrement désolée. Vraiment. Mais M. Leggett vous a engagé pour venir en aide à notre famille et je ne sais pas comment régler cette affaire toute seule.

Elle n'avait donc aucune idée de ce qu'elle lui avait fait, de même qu'elle ne comprenait pas qu'elle devait rédiger un courrier professionnel différemment d'une lettre d'amour. Et, maintenant, elle n'avait pas le droit de se donner cet air vulnérable et tendre, si désespéré qu'il n'avait d'autre envie que de la prendre dans ses bras et de lui faire l'amour sur-le-champ. En particulier si elle avait l'intention, quand tout serait rentré dans l'ordre, de reprendre ses distances vis-à-vis de lui et de se chercher un mari plus digne d'elle.

Il s'éclaircit de nouveau la gorge et s'efforça d'évacuer cette pensée qui le paralysait.

— Les instructions que j'ai reçues de M. Leggett étaient claires. Or, il n'était en rien question de remédier au comportement de Mlle Charity.

— Votre mission consiste à retrouver les objets manquants et elle est précisément un objet manquant.

— Elle n'est pas un bien à vendre et elle n'est pas perdue puisqu'elle vous a dit où elle était.

Il eut envie d'ajouter que le risque était faible qu'elle eût été enlevée dans la malle-poste à destination du Berkshire pour être envoyée dans un harem au Proche-Orient. Cela aurait requis une explication de sa part et de lui mettre des idées en tête n'aurait pas simplifié la situation.

— Pourquoi créez-vous des complications ? fit-elle en mettant les poings sur les hanches pour exprimer son mécontentement.

Le geste ne fit qu'accentuer ses courbes et rappeler à la mémoire de Gregory quelque chose qu'il avait aimé et qui, hélas, ne se répéterait plus.

Il prit sa respiration pour se donner du courage et regarda Hope dans les yeux.

— Je n'ai pas créé de complications dans votre famille, mademoiselle Strickland. Les problèmes étaient déjà là depuis longtemps avant que je n'arrive.

— Mais vous êtes censé améliorer la situation, insista Hope qui le regardait comme s'il pouvait se rendre l'auteur de miracles.

Il lutta contre l'envie de jouer au galant homme et de se précipiter à son secours car il n'avait pas été engagé pour ce genre de mission. Il se demandait, néanmoins, quel serait le degré de difficulté pour convaincre Charity de retourner à Londres ? Il pouvait toujours essayer. Il n'avait rien à perdre et, du moins, aurait-il une excuse pour passer quelques jours encore en compagnie de Hope en espérant que leur relation évoluerait en bien.

Il était vraisemblable, malheureusement, qu'elle se terminât comme précédemment. Elle pouvait donner l'impression maintenant de s'intéresser à lui, mais il risquait de ne récolter à la fin qu'une déception sentimentale.

— Je vous paierai, dit-elle, soudain, confirmant Gregory dans ses craintes.

— Je vous paierai, fit-il en écho. C'est la jeune fille sans le sou qui assène ce genre de promesse sans même s'être renseignée sur mes conditions.

Il fit non de la tête avant de poursuivre :

— Votre attitude explique pourquoi votre famille se trouve dans de telles difficultés financières.

— Je trouverai le moyen de vous satisfaire. Établissez votre prix et je m'y conformerai. Je vous donnerai tout ce que vous voudrez si vous m'aidez à ramener ma sœur ici.

L'imagination de Gregory, nourrie de folles rêveries, s'orienta directement là où elle n'aurait pas dû aller.

Il était à deux doigts de laisser entendre à Hope ce qu'il attendait vraiment d'elle en lui offrant de ne pas lui présenter de facture dans la mesure où ils s'étaient mis d'accord sur un prix en nature. Il craignait, cependant, qu'elle ne comprît pas ce qu'il lui disait et, loin de lui faire cette réponse, laissa échapper un soupir en déclarant :

— Ne vous en faites pas. Je le ferai figurer sur la note de M. Leggett. Dites-moi où est votre sœur et je vous la ramènerai ici.

— La maison de famille est dans le Berkshire. Je vais laisser un message à grand-mère et dire au majordome que nous rapportons les objets au manoir. Nous prendrons la berline aux armoiries des Comstock.

— Nous ?

— Vous ne pouvez pas y aller seul.

— Non, pas vraiment, répondit-il en imaginant de nouveau

ce qui pourrait se passer entre eux s'ils se retrouvaient de nouveau seuls.

— Ce serait inconvenant que vous vous trouviez en tête à tête avec Charity dans le manoir.

Il la regarda dans les yeux, cherchant à comprendre si elle était consciente du caractère ironique de ce qu'elle venait de dire, mais elle avait une expression d'un sérieux imperturbable et le même air moralisateur qu'il lui avait vu le premier jour où il l'avait rencontrée.

— Entendu, fit-il en levant les bras en l'air pour signifier qu'il se rendait à son opinion. Nous partirons ensemble, demain, pour le manoir de Comstock.

— Mais…

Il fit taire de la main Hope.

— Votre sœur s'y trouve très vraisemblablement déjà en parfaite sécurité. Et comme elle est là où elle veut être, je doute qu'elle s'en envole d'ici demain après-midi. De toute façon, je n'ai aucune intention de me mettre en route, à la tombée du jour, seul dans une voiture avec une jeune fille. Quoi que vous pensiez si nous partons maintenant, personne à Londres ne verra notre départ comme autre chose qu'une fuite entre amoureux.

Hope resta silencieuse, un moment, puis rougit alors qu'elle prenait conscience de la situation. Elle n'avait pensé à lui, clairement, que comme à un moyen pour parvenir à son but plutôt que comme un homme de chair et de sang.

— Nous partirons demain à la première heure, dit-elle en acquiesçant de la tête.

— Parfait.

Si tout allait bien, l'affaire serait réglée en milieu d'après-midi et il serait de retour à Londres, seul, dans la soirée.

Comme toujours, la vie semblait plus facile à Hope dès que Gregory Drake entrait en scène. Rien ne justifiait, cependant, qu'elle éprouvât ce genre de soulagement en sa présence. Il n'avait rien fait de si exceptionnel qui justifiât ce changement d'humeur. Sa famille était toujours aussi infernale, la parure de diamants n'était pas de retour au coffre et le nouveau comte pouvait surgir d'un moment à l'autre. Et pourtant, malgré tout cela, elle se sentait mieux dès qu'elle voyait Drake.

Depuis le jour où elle l'avait embrassé pour la première fois, cependant, il n'avait pas cessé d'essayer de lui échapper. Il est vrai qu'elle l'avait insulté à plusieurs reprises et offensé de certaines manières qu'elle ne comprenait pas elle-même. Or, la veille, elle n'avait pas été loin de lui envoyer un message l'informant qu'elle se languissait sur un divan et attendait ses délicates attentions.

Enfin, il avait accepté de lui venir en aide et ce n'était certainement pas par appât du gain car elle doutait que ce que lui donnait M. Leggett compensât le temps et les efforts qu'il lui consacrait.

De son côté, Hope ne pouvait nier qu'à la pensée qu'elle serait enfermée dans une voiture seule avec Gregory pendant plusieurs heures, elle avait attendu ce moment avec une impatience fébrile. Or, cela lui semblait incroyable d'être, maintenant, à côté de lui alors qu'il avait dit clairement son intention de récupérer sans son aide le dernier objet manquant.

Après qu'il s'était retiré, la veille, elle n'aurait jamais dû, normalement, le revoir. Or, ils roulaient, à présent, côte à côte, en direction du Berkshire, dans l'intimité de l'habitacle de la berline des Comstock.

Il était arrivé à 8 heures, ce matin, à l'hôtel particulier, comme il l'avait annoncé. Elle avait remarqué qu'il n'avait pas pris la peine d'emporter des vêtements de rechange. Il envisageait donc de retourner à Londres dès que le problème avec Charity aurait été réglé. Il pourrait alors l'ignorer de nouveau comme il en avait eu l'intention.

Mais s'il était impatient de retourner à Londres, elle-même n'en avait aucune envie. Elle ne voulait pas revivre une situation d'urgence comme celle-ci qui exigeait son aide, et n'était pas disposée, non plus, à en créer une. Mais c'était horrible de penser qu'à leur retour à Londres, il s'éclipserait poliment après avoir établi une facture et, un sourire aux lèvres, s'être incliné devant elle avec révérence.

Elle aurait préféré être n'importe qui d'autre qu'elle-même. Charity ou grand-maman n'hésiteraient pas à se faire remarquer par une bizarrerie au besoin pour retenir son attention, mais elle, Hope Strickland, était censée être la bienséance incarnée.

D'ailleurs, jusqu'à présent, toutes les fois où elle s'était montrée audacieuse et sans complexe avec M. Drake, elle n'avait réussi qu'à envenimer leurs relations.

Gregory ! murmura-t-elle en son for intérieur tandis que l'attelage roulait vers les faubourgs de la ville.

Avant la chute du jour, elle devait au moins trouver une excuse pour l'appeler par son prénom.

Elle ne s'était pas embarrassée d'une voilette, cette fois-ci, car avec les armoiries des Comstock sur les portières, il n'était pas étonnant de la voir à l'intérieur de la berline. Mais elle s'était assurée que tous les rideaux soient baissés jusqu'à ce qu'ils fussent sortis de la cité de façon à ce que personne ne s'aperçût qu'elle voyageait avec un gentleman et sans chaperon.

— Pourquoi ne vous êtes-vous pas fait accompagner par votre femme de chambre ? demanda Gregory quand Hope remonta enfin les rideaux pour laisser entrer la lumière.

— Je n'en ai pas eu le temps, répondit-elle avec fermeté.

Si c'était la dernière fois qu'elle se trouvait seule avec Drake, elle ne voulait pas gâcher ce moment d'intimité avec la présence de Poly entre eux deux.

— Vous avez trouvé le temps, tout de même, de choisir des rubans assortis à votre robe, remarqua-t-il. Ainsi que pour faire votre valise et écrire à votre grand-mère.

— Je ne voulais pas de témoin dans l'intérêt de Charity, fit-elle en réfléchissant à une explication qui ne fût pas trop ridicule. Je n'ai pas besoin que les domestiques se gaussent de ma sœur.

— Non, bien sûr, mais c'est à votre sujet qu'ils le feront.

— Sans doute, reconnut Hope, renonçant à se défendre.

Le moment est venu, je suppose, que je fasse l'objet des inévitables commérages du personnel. Faith et moi étions considérées comme les seuls membres sensés de la famille, mais maintenant que je n'ai plus de grande sœur pour veiller sur moi, je me rends compte qu'il est beaucoup plus difficile que je ne le pensais de bien se conduire.

Gregory, soudain, tourna la tête vers la fenêtre et Hope eut la certitude que c'était pour lui cacher qu'il souriait malgré lui.

— Je suppose qu'il vous sera plus facile de vous tenir correctement, dit-il sans la regarder, quand le comte de Comstock sera arrivé et que vous ne serez plus dans l'obligation de circuler en voiture en compagnie d'un étranger.

— Je ne sais pas exactement ce que nous sommes l'un pour l'autre, monsieur Drake, répondit-elle, mais il y a déjà un certain temps que nous ne sommes plus des étrangers.

— Quelques jours seulement. Il y a moins d'une semaine que nous avons fait connaissance.

— Et ce qui s'est passé entre nous…, commença-t-elle, prudemment. Diriez-vous que c'est normal ?

— Non, répondit-il sans hésitation.

Devant l'expression choquée de la jeune fille, il reprit :

— Ne vous méprenez pas, mademoiselle Strickland. Ce que nous avons fait est parfaitement normal, mais seulement dans le cadre du mariage ou, du moins…

Il hésita un instant avant de poursuivre :

— Si nous étions amoureux l'un de l'autre. Mais ceci ne m'est jamais arrivé… Enfin… Du moins… Avec une jeune fille de bonne famille et, certainement pas, avec une jeune personne que je ne connais que depuis quelques jours.

— Oh…, fit-elle.

Elle avait ressenti une étrange sensation au fond d'elle-même, une sorte de vibration au moment où il avait prononcé le mot amoureux. C'était un peu comme si elle avait été touchée par une flèche. Jusqu'à ce jour, elle n'avait jamais pensé à Cupidon comme une réalité mais, aujourd'hui, si, en regardant à travers la vitre, elle l'avait vu avec son arc entre les mains, elle n'aurait en rien été surprise.

Tout devenait, soudain, clair pour elle. Elle était amoureuse de Gregory Drake…

— Oh ! laissa-t-elle échapper de nouveau en hochant la tête d'un air entendu.

Cela expliquait pourquoi elle se sentait mieux dès qu'elle le voyait, et de plus en plus mal quand il se retirait. C'était la raison pour laquelle elle ne pouvait se retenir de l'embrasser chaque fois qu'il venait près d'elle. Et cela expliquait aussi pourquoi, maintenant encore, elle fouillait sa tête à la recherche d'un prétexte pour le retenir dans le Berkshire.

Il faudrait qu'il fût incontournable car il apparaissait que les sentiments qu'elle nourrissait pour lui n'étaient pas réciproques. Il avait évoqué le mariage et l'amour comme les justificatifs de ce qu'ils avaient vécu ensemble, mais rien dans le ton de sa voix ni dans l'expression de son visage n'exprimait qu'il eût l'intention de lui demander sa main et encore moins qu'il éprouvât de l'amour pour elle.

— Avouez que vous me connaissez à peine, reprit-il comme s'il s'agissait d'un détail important.

— Tandis que vous me connaissez bien, répondit-elle. Tout ce que M. Leggett ne vous a pas dit me concernant ainsi que ma famille peut être trouvé dans l'almanach de la noblesse.

Elle avait encore dit ce qu'il ne fallait pas dire. Elle le comprenait à son expression qui de confuse s'était muée en cet air mi-hautain mi-distant qu'il adoptait parfois lorsqu'il travaillait pour elle.

— Croyez-vous que d'établir l'arbre généalogique d'une personne sur plusieurs générations soit la même chose que de la connaître individuellement ? Je ne le pense pas, mademoiselle Strickland. Il me semble même que c'est tout à fait différent.

Au moins, cette fois, pensa Hope, échappait-elle aux remarques de sa jeune sœur qui, en l'occurrence, n'aurait pas manqué de la fustiger.

— Je vous prie, monsieur Drake, de me pardonner encore

une fois, répondit-elle. Je ne voulais pas dire qu'une personne privée d'un tel héritage eût moins de valeur. C'est seulement que…

Elle se mordit la lèvre inférieure avant de poursuivre :

— Dans nos familles, nous avons une histoire commune… Mon père, mes oncles, mon grand-père ont servi la Couronne ou l'Église. Ils ont accompli un service pour le bien commun… Et, même si je ne suis pas fière d'elles, ma grand-mère et Charity ont quelque chose à dire, tandis que moi… Eh bien… Je ne suis tout simplement pas intéressante.

Il la considéra d'un air étonné comme si ce qu'elle venait de lui confier ne lui avait jamais traversé l'esprit.

— Au contraire, mademoiselle Strickland ! s'exclama-t-il. Je vous trouve, pour ma part, fascinante.

— Vraiment ?

— L'évocation de vos querelles avec vos sœurs qui vous ont conduites à vous lancer au visage des flambeaux occasionnant des bris de plâtre et de l'effusion de sang m'a littéralement subjugué.

— Tous les enfants commettent ce genre de bêtises.

— Croyez-vous qu'un orteil démis soit un jouet pour enfants ?

— Il s'agit en réalité d'une prothèse.

— Et lorsque vous volez l'encrier de Lord Ellingham ? N'est-ce pas une sorte d'exploit ?

— Je n'ai pas coutume de voler… Mon attitude, ce soir-là, a été aberrante.

— Et vos baisers sont un pur délice.

Ils gardèrent tous deux le silence puis, faisant mine de n'avoir rien dit, Gregory reprit :

— Moi, je n'ai pas d'histoires aussi captivantes à vous raconter alors que vos récits sont aussi distrayants qu'édifiants.

— J'ai la preuve, maintenant, fit-elle en se penchant vers lui, que nous ne sommes pas des étrangers l'un pour l'autre. Je ne connais personne en dehors de ma famille qui en sache autant que vous sur moi.

Elle fronça les sourcils en poursuivant :

— Mais, par contre, j'en sais toujours aussi peu sur vous. Serait-ce cavalier de ma part de vous interroger sur votre enfance ? Au nom, bien sûr, de l'amitié ?

— Puisque vous invoquez notre amitié, je vais vous éclairer sur mon passé, répondit-il alors qu'il souriait naturellement pour la première fois depuis longtemps. Mais si vous avez parlé de moi avec votre sœur, elle vous a sans doute appris que je n'ai pas connu mes parents.

Elle acquiesça de la tête sans manifester la moindre surprise.

Aussi, Drake reprit-il :

— J'ai été confié à un couple de fermiers dans l'Essex sans même qu'un nom, qui aurait pu m'éclairer sur mes origines, m'eût été attribué. Le fermier m'a nommé Gregory en souvenir de son père et il m'a attribué Drake pour patronyme.

Il s'interrompit et Hope en profita pour s'enquérir :

— Drake pour Sir Francis Drake ?

— Vous me faites trop d'honneur… Non, pour un canard siffleur qui avait l'habitude de nager dans la mare de ses congénères moins doués pour le chant.

Curieux de voir si Hope allait rire, Gregory s'interrompit, mais sa remarque ne déclencha aucune réaction d'hilarité.

— Il importe peu que votre nom vienne d'un homme illustre ou d'un volatile, répondit-elle. De toute façon, il vous va très bien.

Gregory esquissa un sourire et poursuivit son récit :

— Le fermier et sa femme m'ont pris chez eux car ils n'avaient pas d'enfants. Et aussi, bien sûr, en raison de l'aide financière qu'ils ont reçue pour assurer mon éducation. Ils l'ont fait, me semble-t-il, plus par appât du gain que par sentiment car ils n'avaient pas de réelle affection pour moi ni moi pour eux.

» Lorsque j'ai été en âge de travailler, d'ailleurs, ils m'ont mis à la tâche. C'est ainsi que j'ai appris à sarcler un jardin, laver le sol de la cuisine, traire une vache… Je n'ai pas été long à comprendre que je ne voulais pas faire cela toute ma vie. »

— Mais, de toute évidence, vous avez reçu de l'instruction.

— Oui, au village. C'est le pasteur qui s'en est chargé.

Hope se souvenait d'avoir vu des enfants dans la salle de classe du presbytère où son père leur apprenait à lire et écrire tout en leur donnant des rudiments de mathématiques.

— Lorsque j'ai eu l'âge requis, poursuivit Gregory, une lettre, écrite par un homme de loi, est arrivée de Londres. Elle précisait que je devais être interne dans un collège qui me préparerait à l'entrée à l'université d'Oxford ou de Cambridge. Je suis certain que le fermier ne m'en a pas empêché car, à partir de ce jour, il ne devait plus recevoir d'argent pour assurer mon entretien.

— Vous avez dû accueillir cette nouvelle comme une bénédiction ? fit Hope qui essayait de se représenter ce qu'elle aurait éprouvé si ses grands-parents ne l'avaient pas traitée comme leur petite-fille mais, plutôt, comme quelque chose entre une domestique et un fardeau.

— Pas tant que cela. Du moins au début. Les jeunes gens que j'ai rencontrés dans ce collège n'étaient pas très bien disposés à l'égard d'un gars de la campagne inculte.

Un sourire éclaira le visage de Gregory quand il ajouta :

— Heureusement, j'étais fort pour mon âge et pas tout à fait stupide.

— Dans quelles matières étiez-vous le meilleur ?

— Dans la plupart, reconnut-il modestement et en riant, mais je n'en aimais aucune en particulier. J'ai envisagé d'étudier le droit, la théologie et les finances pour, en fin de compte, tout rejeter.

— Et, à la façon dont vous avez réagi devant le gros orteil, je doute que vous ayez été un bon chirurgien.

— Pas plus qu'un officier. Je ne suis pas, par nature, un homme violent.

— Et vous n'aimez pas obéir aux ordres, lui rappela Hope.

Il acquiesça de nouveau.

— Vous avez raison. Je ne suis pas assez patient pour être

le secrétaire ou l'homme d'affaires soumis à tous les caprices d'un aristocrate exigeant.

— Vous vouliez d'abord votre indépendance ?

— Oui. Je voulais n'en faire qu'à ma tête : travailler ou me reposer selon l'humeur. Or, aucune des professions que j'avais envisagé d'exercer ne m'aurait octroyé ce genre de liberté.

— Je le comprends, mais ça n'explique pas pourquoi vous avez choisi ce que vous faites.

— J'ai été diplômé de Cambridge dont je suis sorti sans projet particulier et avec des fonds en diminution. J'ai pris la décision, en conséquence, d'aller vivre à Londres et d'essayer d'y faire fortune. Peu après mon arrivée dans la capitale, j'ai croisé les pas d'un ancien camarade du collège qui avait besoin de s'épancher. Il le fit devant un whisky et m'apprit que la veille il avait perdu une somme considérable au jeu dans un lieu louche.

» Or, il était tétanisé à la pensée d'en informer son père. Je lui ai offert de vérifier si la partie de cartes s'était déroulée selon les règles et j'ai découvert que la table était truquée. Lorsque je lui ai rapporté l'argent qui lui avait été malhonnêtement extirpé, il m'en a donné une partie pour s'assurer de mon silence. »

— Et vous avez décidé de faire un métier de l'aide que vous pouviez apporter à vos amis et relations ?

Gregory fit non de la tête.

— Pas du tout. J'ai refusé de prendre son argent. On ne se fait pas payer d'un service rendu à un ami.

Un sourire rusé se dessina sur ses lèvres quand il ajouta :

— Les joueurs qui m'ont vu récupérer la somme perdue par mon ami étaient des étrangers pour moi. L'un d'eux voulait affranchir son jeune frère d'une aventurière dont il était tombé amoureux, un autre voulait se débarrasser d'un hôte envahissant qui avait élu domicile chez lui. Je les ai aidés à régler leurs problèmes et ils m'ont rémunéré.

— Et après cela a fait boule de neige ?

— Exactement. Je me suis lentement fait connaître et,

grâce aux fonds récoltés ici et là, j'ai pu m'acheter une belle maison sur Wimpole Street.

— Mais c'est juste à l'angle de notre rue !

Elle l'avait imaginé occupant un petit appartement dans un quartier modeste jusqu'au jour, certes, où il avait évoqué ses nombreux domestiques. Mais il ne lui serait pas venu à l'esprit qu'il pût vivre aussi près de l'hôtel particulier des Comstock.

— Oui... C'est pourquoi il m'est très agréable de travailler pour votre famille. Je peux passer la matinée à rechercher vos objets et arriver chez moi parfaitement à temps pour le thé. Si l'un ou l'autre de vos voisins requiert mes services, je vous en prie, n'oubliez pas de me recommander auprès d'eux.

— Avez-vous l'intention de poursuivre encore longtemps votre carrière ?

Elle n'aurait pas dû se soucier de savoir si sa profession lui assurait un revenu suffisant pour subvenir aux besoins d'une famille, mais plus elle passait de temps avec lui, plus elle était curieuse à son sujet.

— Ma motivation n'est plus d'amasser de l'argent si c'est ce que vous voulez savoir, répondit-il. Je n'ai l'intention de poursuivre cette activité qu'aussi longtemps qu'elle m'intéressera.

Il la regarda d'un air interrogateur en poursuivant :

— Assurer avec succès une dernière mission d'importance serait une merveilleuse manière de terminer ma carrière.

— Vous voulez parler de votre mission en cours ? Plus particulièrement du problème dont je vous ai dit que vous ne seriez pas en mesure de le régler ?

— Vous me faites confiance pour préserver la réputation de votre sœur ainsi que la vôtre, mais vous continuez d'évoquer une question trop difficile pour que je puisse y répondre. Il m'apparaît, pourtant, qu'elle vous préoccupe particulièrement.

Il resta un moment silencieux, l'air soucieux, avant de reprendre :

— Je n'aime pas vous voir inquiète. Ne me direz-vous jamais ce qui vous préoccupe autant pour que je puisse vous venir en aide et, peut-être, régler votre problème ?

— Vous avez une très grande confiance en vous.

— Oui… Et c'est, je crois, justifié. Je n'ai jamais échoué.

Il la regarda de nouveau avec insistance avec une expression mi-inquiète mi-perplexe avant de poursuivre :

— Mais il ne s'agit pas de ça. J'apprécie la confiance que vous m'avez témoignée jusqu'à maintenant, mais je ne voudrais pas qu'un secret vienne se mettre en travers de nous.

Son regard était tendre comme il l'avait été au salon de l'hôtel de Comstock lorsqu'il lui avait demandé de lui accorder sa confiance. Cette expression pleine de douceur rassurait Hope et, en même temps, l'attristait car elle ne pouvait pas lui accorder ce qu'il lui demandait.

— De mon côté, répondit-elle, je ne voudrais pas être responsable de votre premier échec en vous confiant une mission impossible. Je pense sincèrement que vous ne pouvez rien faire pour moi. À notre retour à Londres, vous vous contenterez de compléter la liste que nous vous avons donnée. Je ne peux pas vous en demander plus.

— Il s'agit donc d'un défi digne des travaux d'Hercule ?

Il lui souriait, à présent, avec ce charme ravageur qui l'avait retournée la première fois qu'elle l'avait vu.

— À quoi me sert ma réputation, reprit-il, si je recule devant la première difficulté ?

Hope hésita à répondre. Elle avait envie lui dire la vérité à peu près autant qu'il avait envie de l'entendre. Elle s'était dérobée, précédemment, en insistant sur le fait que ce secret ne pouvait être partagé qu'avec son cousin d'Amérique. Quelle que fût sa personnalité ou sa situation matrimoniale, c'était lui le nouveau chef de famille et lui seul pouvait se prononcer au sujet des diamants.

Mais si M. Drake était appelé à entrer dans la famille ? Elle n'aurait plus aucune raison de ne pas partager son fardeau avec celui qui serait devenu son mari ou, au moins, son fiancé.

— Je devrais être en mesure de vous montrer à quelle difficulté je suis confrontée lorsque nous arriverons au manoir, dit-elle enfin en soupirant.

Il se pencha vers elle pour montrer qu'il était prêt à recueillir, dès maintenant, sa confidence, mais elle leva le doigt comme pour le mettre en garde.

— Je le ferais si j'en avais envie, reprit-elle, mais vous m'avez dit clairement que vous vouliez sortir de ma vie dès que vous auriez trouvé le dernier objet de la liste. Or, c'est le genre de secret que je ne puis partager avec un homme qui a pris soin de ne pas emporter une chemise de rechange pour s'assurer qu'il ne passerait pas la nuit sous le même toit que moi.

— Vous connaissez la raison pour laquelle je vous évite, répondit-il d'un ton presque aussi affecté que celui avec lequel Hope s'était adressée à lui la première fois qu'elle l'avait vu.

— C'est parce que vous avez peur de ce qui va se passer, fit-elle en remuant la tête. Moi aussi, j'ai une appréhension, mais si je ne la domine pas ainsi que vous votre peur, je ne pourrai pas vous dire ce que vous voulez savoir et vous ne pourrez pas m'aider.

Elle rassembla, alors, tout son courage et, souriant à Gregory avec tout le charme dont elle était capable, reprit :

— Mais si les choses changent ? Nous verrons, alors, si vous pouvez faire des miracles, monsieur Drake. Au fait, ne devrais-je pas plutôt vous appeler par votre prénom ? Gregory, c'est charmant…

11

La maison était à la fois plus imposante et moins bien entretenue que Gregory ne l'avait imaginée.

Intrinsèquement, c'était un exemple de vaste manoir anglais devant lequel on ne pouvait que rester muet d'admiration. Il présentait un mélange de styles allant de l'époque gothique à celle du roi George, en passant par les Tudor. On devinait qu'il avait été bâti et rebâti au fil des siècles jusqu'à atteindre cette imposante demeure de quarante pièces, édifiée au milieu d'un vaste parc sillonné de ruisseaux riches en truites, agrémenté de roseraies, de vergers et d'un potager clos de murs où s'épanouissaient les herbes aromatiques.

Après une observation plus attentive, cependant, il apparaissait que le manoir de Comstock était assez sévèrement délabré. Les ardoises du toit se fendillaient de même que les pavés de l'allée qui éclataient sous l'action du givre.

Les allées et les jardins n'étaient pas encore envahies pour les unes, et, étouffés pour les autres, par les mauvaises herbes, mais il était clair que les jardiniers, vraisemblablement en nombre décroissant, livraient une bataille perdue d'avance.

L'intérieur de la maison n'était pas en meilleur état.

Le personnel n'était pas en nombre suffisant et ne pouvait entretenir une aussi grande demeure. Aussi de nombreuses pièces étaient-elles plongées dans l'obscurité et leur mobilier recouvert de draps ou de housses. Discrètement, Drake releva le bord d'un drap et constata avec soulagement que la tapisserie du fauteuil qu'il recouvrait était en bon état.

Cette constatation souleva la question qui ne cessait de l'interroger depuis qu'ils avaient retrouvé les flambeaux. Si la douairière manquait à ce point de ressources, pourquoi n'avait-elle pas choisi de vendre des objets qui lui auraient rapporté plus d'argent ?

Hope lui fit faire le tour de la maison en prenant soin de lui indiquer quelle serait sa chambre s'il choisissait de passer la nuit ici, et lui montrant également où étaient la sienne ainsi que celle de sa sœur.

Était-ce un encouragement à venir la rejoindre ? se demanda Gregory. Hope s'offrait-elle vraiment à lui s'il avait le courage de l'accepter ? Ou son attitude n'était-elle que celle d'une jeune fille naïve qui ne mesurait pas les conséquences de ses actes ?

Et puis la question du mystère qu'elle ne voulait pas expliquer restait toujours posée. Il aurait, pourtant, tant aimé l'aider. Mais il ne voulait pas que cela... Quel effet lui ferait-il, par exemple, d'entendre Hope prononcer son nom dans un moment de passion ?

Il y avait une solution pour avoir le privilège d'entendre la voix de la jeune fille lui murmurer de tendres paroles sans pour autant perdre son honneur. Il fallait commencer par régler la question de Charity puis prendre la première malle-poste à destination de Londres.

Une fois là-bas, il n'aurait plus qu'à attendre le retour de la comtesse ou de Leggett ou, même, l'arrivée du comte de Comstock pour demander la main de Hope.

Sa seule crainte était qu'entre-temps elle n'eût changé d'avis à son sujet. En se rendant dans sa chambre dès cette nuit, par contre, il se l'attacherait pour toujours et il ne lui resterait plus qu'à faire connaître au plus vite ses intentions à sa famille.

Son père avait-il envisagé de la demander en mariage avant de s'unir à sa mère ou avait-il toujours su qu'il la quitterait, qu'elle se trouvât ou non enceinte ?

Après toutes les souffrances qu'il avait vécues dans son

enfance, comment pouvait-il envisager de répéter l'erreur de ses parents et risquer de compromettre la vie de Hope et de son enfant si elle en attendait un de lui ?

Alors qu'il tournait cette question dans sa tête, Hope le considérait d'un air interrogatif.

Un sourire tendre et sensuel étirait ses belles lèvres qui semblaient dans l'attente d'un baiser. Elle savait, manifestement, ce qu'elle voulait de lui et le lui montrait clairement. Il n'aurait eu qu'un geste à faire pour qu'elle se donnât à lui.

Gregory, cependant, réagit de la seule façon dont un homme d'honneur l'aurait fait, c'est-à-dire en restant impassible tandis qu'un sourire hésitant se dessinait sur ses lèvres.

— Vous ne sauriez être plus éloquente, mademoiselle Strickland, dit-il, mais je crois qu'il serait préférable que vous me conduisiez rapidement auprès de votre sœur.

Plus ils s'éloignaient des chambres à coucher, plus la Hope Strickland, digne et parfaite, se recomposait. Son dos se raidit alors que son sourire, si captivant, s'effaçait, ses lèvres enchanteresses adoptant une moue désapprobatrice.

Quand ils atteignirent la double porte donnant accès à la bibliothèque, elle était de retour dans sa tour d'ivoire et entra brusquement dans la pièce pour se confronter à sa sœur.

— Charity ! Comment as-tu pu ? fit-elle, les poings sur les hanches.

La jeune fille leva à peine les yeux de l'amas de journaux jaunis qui l'entourait.

— Très facilement, je te l'assure, répondit-elle d'un air détaché. J'ai marché jusqu'à l'auberge d'où part la malle-poste. J'ai pris celle de 8 heures.

— Tu as marché jusqu'au relais de poste toute seule et alors qu'il faisait encore nuit ! Es-tu tombée sur la tête ?

Charity, qui venait de remarquer la présence de Gregory, n'écoutait plus les propos de sa sœur. Elle avait le regard tourné vers l'homme engagé par son beau-frère et au charme duquel elle n'était pas insensible.

Il s'était arrêté sur le seuil de la porte et regardait la pièce d'un air étonné. Il avait l'habitude de voir les bibliothèques sur les façades ensoleillées des maisons, la lumière facilitant la lecture, mais il avait là sous les yeux l'une des salles les plus sombres qu'il eût jamais vue. Il était pourtant midi, mais le lierre qui grimpait autour des fenêtres sur lesquelles il débordait et les lourds rideaux de velours qui en mangeaient la moitié contribuaient à plonger la bibliothèque dans une demi-pénombre cryptique.

— Je vois que tu es venue avec M. Drake pour être deux à me faire des reproches, fit Charity. Entrez, monsieur Drake. Si vous voulez connaître la réponse à votre question, c'est que c'est meilleur pour les livres.

Il sursauta, surpris que la jeune fille s'adressât ainsi à lui comme si elle avait lu dans ses pensées.

Il réfléchissait à la réponse qu'il pourrait lui donner lorsqu'elle clarifia son propos :

— Vous regardiez, n'est-ce pas, les fenêtres qui laissent entrer bien peu de clarté et vous vous demandiez pourquoi cette bibliothèque était si sombre ? Eh bien, c'est parce qu'elle a été conçue pour préserver les livres au détriment du confort du lecteur. Trop de lumière dessèche les colles, fendille les reliures et décolore l'encre.

— Je comprends, répondit-il en entrant dans la pièce.

— Nous n'avons pas fait toute cette route pour admirer l'architecture de cette maison, dit sèchement Hope. Nous sommes venus pour te ramener à la maison.

— Tu veux dire à Londres ? fit Charity. Dois-je te rappeler que l'hôtel particulier de Comstock n'est pas plus ma maison que ne l'est ce manoir ? À l'instant même où je te parle, nous n'avons plus de toit comme tu me l'as expliqué vingt fois. Quant à l'autre question qui te préoccupe, sache que si je n'ai pas loué de chaise de poste, c'est parce que je n'en avais pas les moyens.

— Tu aurais pu prendre l'attelage de la maison.

— Et je vous aurais laissées, toi et grand-mère, sans moyen de locomotion ? Vous ne me l'auriez jamais pardonné.

— Mesdemoiselles, fit Gregory en levant les mains pour mettre un terme à leur conversation.

Elles se tournèrent toutes deux vers l'employé de leur beau-frère, dardant sur lui leurs regards bruns où brillait la même flamme ardente bien qu'ils fussent très différents.

— Je voudrais vous rappeler, mademoiselle Strickland, commença-t-il en s'adressant à Hope du ton mesuré qu'il réservait à ses clients, que vous m'avez fait venir ici dans l'espoir que je vous servirais d'intermédiaire, mais pour que je m'acquitte de ma mission encore faudrait-il que vous m'en donniez l'occasion. Si vous voulez parler en votre nom, il n'était pas nécessaire de requérir ma présence.

Elle ouvrit la bouche pour répondre, mais la referma avant d'avoir émis le moindre son et lança un dernier regard de colère à sa sœur avant de se tourner de nouveau vers Gregory.

— Raisonnez-la, dit-elle. Il est clair que cela est au-dessus de mes forces.

Comme Hope, en dépit de ce qu'elle venait de dire, ne semblait pas avoir l'intention de se retirer, Gregory lui sourit en ajoutant :

— Vous devriez en profiter pour aller vous reposer un peu de notre voyage avant que nous ne nous retrouvions tous les trois pour souper.

Il avait espéré être déjà sur la route du retour, à l'heure du souper, mais s'il voulait régler cette affaire au plus vite, il avait intérêt à donner à Hope une bonne raison de coopérer.

Le visage de la jeune fille, soudain, se détendit alors qu'elle prenait conscience que Gregory venait de l'informer de son intention de passer la nuit ici.

Après avoir lancé un dernier regard furibond à Charity, elle sourit suavement à Gregory.

— Je vous retrouve tous les deux à 20 heures dans la salle à manger, fit-elle dirigeant ses yeux vers le plateau sur lequel sa sœur s'était fait servir le thé.

Puis, sans ajouter un mot, elle se retira.

Seule avec Gregory, Charity tourna vers lui un visage où régnait un sourire impertinent.

— Je suppose que vous allez, maintenant, me faire toutes sortes de reproches au sujet de mon éducation et me menacer de me ramener de force à Londres où, en guise de pénitence, j'aurai l'obligation de me rendre aux bals chez Almack's ?

— Je l'ai, en effet, envisagé, répondit-il en s'appuyant de la hanche contre la table sur laquelle la jeune fille avait étalé ses documents. Mais il ne tient qu'à vous de m'épargner cet effort si vous considérez qu'il ne servira à rien.

— Vous ne vous trompez pas.

— Alors, je m'y prendrai d'une autre manière. Je vais tenter de raisonner avec vous comme je le ferais si vous étiez un jeune homme.

— Voilà une approche toute nouvelle, fit-elle en opinant de la tête.

— Si je comprends bien, vous n'avez pas demandé à utiliser l'attelage aux armes des Comstock car vous saviez que la réponse serait négative.

— En doutez-vous ? Vous commencez, pourtant, à connaître ma sœur…

— Je ne sais pas… Mais en partant aussi soudainement et sans prévenir, vous l'avez inquiétée inutilement. Ce n'était pas juste de votre part.

Une vague expression de regret parut sur le visage de Charity avant qu'elle ne repartît :

— Son refus de me laisser prendre la berline ne l'aurait pas été davantage.

Ignorant la réponse de la jeune fille, Gregory reprit :

— Elle avait, apparemment, certaines raisons d'être inquiète à votre sujet. Il n'y avait pas de danger, certes, de voyager par la malle-poste, mais vous auriez pu faire une mauvaise rencontre en vous rendant de nuit au relais de poste. Vous croyez, peut-être, que n'étant pas la plus jolie londonienne, quoique l'une des plus intelligentes, vous êtes à l'abri de toute agression, mais vous vous trompez. Rares sont les femmes qui échappent à l'intérêt de certains vauriens comme ceux qui sévissent dans les faubourgs de Londres.

— Je veux bien reconnaître mon erreur, répondit, enfin Charity, mais je n'ai trouvé aucune autre solution pour me rendre ici.

— C'est que vous n'avez pas beaucoup réfléchi. Si vous deviez répéter ce genre d'escapade, je vous en prie, mettez-vous en relation avec moi. Je vous donnerai ce qu'il faut pour louer une chaise de poste dans laquelle vous pourrez voyager dans le confort et en sécurité avec votre femme de chambre.

— Puis vous préviendrez ma sœur pour qu'elle puisse venir me chercher au plus vite là où je serai.

— Pas nécessairement. Si vous aviez recours à moi et que vous me demandiez de garder le silence sur votre projet, je n'aurais aucune raison de vous trahir aussi longtemps que j'aie l'assurance que vous ne mettiez pas votre vie en péril.

Il balaya la pièce du regard et poursuivit :

— Je n'arrive pas à comprendre pourquoi vous étiez si impatiente de venir travailler ici mais, sinon, je ne vois pas en quoi cela vous mettrait en danger.

— Ma sœur trouve que j'ai un attachement anormal pour cette maison.

— Et qu'en pensez-vous ?

Charity resta silencieuse un instant avant de répondre :

— Quoi qu'en dise Hope, je sais que je ne peux pas vivre éternellement ici et qu'il me faut envisager l'avenir. Elle voudrait que j'aille au bal et me jette dans les bras du premier gentleman qui posera les yeux sur moi, mais je pense que mon avenir est dans l'un des livres de cette bibliothèque.

Gregory attendit qu'elle précisât sa pensée, mais comme elle ne lui donnait pas plus d'information, il prit la parole :

— Dans ce cas, je ne vois pas pourquoi vous ne pourriez pas faire plaisir à votre sœur, tout en vous donnant, d'ailleurs, satisfaction. Si vous désirez lire plusieurs de ces ouvrages, remplissez-en une caisse que nous rapporterons à Londres. Et quand vous aurez fini de les étudier, échangez-les contre un autre lot. Lorsque vous serez de retour dans la capitale, vous devriez assister à quelques bals pour calmer votre aînée et passer le reste de votre temps dans la bibliothèque ou le cabinet de travail.

Charity parut surprise par la proposition de Gregory.

— S'il suffit de ça pour la rendre heureuse, dit-elle, je peux m'y soumettre. Mais il se pourrait, un jour ou l'autre, que j'aie besoin de revenir ici.

— Eh bien, quand le moment sera venu, vous viendrez me trouver et je m'occuperai de votre transport. Nous exposerons, alors, à votre sœur les raisons de votre déplacement.

Charity parut surprise.

— Cela me semble une solution très rationnelle, fit-elle après un instant.

— Je suis prêt à agir ainsi, dit Gregory en levant le doigt pour attirer l'attention de son interlocutrice, mais à une certaine condition.

— Bien sûr, répondit-elle, l'air, néanmoins, déçu.

— Nous devons mettre notre plan à exécution demain, ou après-demain s'il vous faut deux jours pour réunir tous les ouvrages dont vous avez besoin. J'ai promis à votre sœur de vous ramener à Londres et n'ai aucune intention de ne pas tenir parole.

Comme elle plissait les yeux d'un air peu convaincu, il reprit :

— Il n'y a qu'un instant, vous me disiez que mon plan était raisonnable.

— Entendu, fit-elle en soupirant. Nous retournerons demain à Londres avec autant de livres que la voiture peut en contenir. Enfin… Si vous parvenez à convaincre Hope du bien-fondé de ce plan.

— Je suis certain qu'elle y adhérera. Je peux être très persuasif quand c'est nécessaire.

— Je vous fais confiance, répondit Charity en le regardant d'une tout autre manière. Et maintenant, si vous n'avez plus rien d'autre à me dire…

Elle baissa les yeux sur les ouvrages ouverts devant elle

et les notes qu'elle avait manifestement prises dans un cahier sur lequel on voyait une écriture rapide.

— Je n'ai pas tout à fait fini, répondit Gregory qui se demandait comment formuler la question qu'il brûlait de poser à la jeune fille. Si vous avec bonne mémoire, vous vous souvenez sans doute de m'avoir dit de m'adresser à vous si je rencontrais quelques difficultés dans mes recherches.

— J'avais l'impression que vous vous en sortiez très bien sans moi, répondit-elle sans le quitter des yeux.

— Vous ne m'aviez pas seulement dit que je pouvais recourir à votre aide mais aussi que ma tâche ne se limitait pas à récupérer les objets manquants.

— Auriez-vous quelques problèmes avec ma chère sœur, répondit-elle avec un sourire suave.

Entrecroisant les doigts de ses mains comme si elle avait été en prière, elle se pencha vers lui :

— Je vous en prie, dites-m'en davantage.

— Ai-je votre parole que vous ne lui rapporterez pas nos propos ?

Charity ne put se retenir de rire.

— Vous continuez de me traiter comme si j'étais un gentleman. Comme cela est nouveau dans ma vie… Je vous assure, monsieur Drake, que je ne lui en dirai pas un mot.

Gregory réfléchit un instant avant de reprendre la parole.

— J'avoue que je ne comprends pas toujours votre sœur… Et, pourtant, j'aimerais beaucoup qu'il en fût autrement. Avant de franchir une autre étape avec elle, je dois éclaircir certains aspects de sa personnalité.

— Vos interrogations entrent-elles dans le champ d'action que vous a imparti M. Leggett et qui compte, entre autres, la mission de la dissuader d'épouser l'héritier du titre de comte de Comstock ?

Charity planta son regard dans celui de Gregory en attendant sa réponse.

— Oui… D'une certaine manière… Mais elles ont trait aussi à des questions plus personnelles.

— Ah, ah ! fit la jeune fille dont le sourire s'épanouit. Je vois.

Gregory reprit sa respiration avant de dire d'une voix incertaine :

— Je voudrais connaître, en effet, la raison pour laquelle elle est si préoccupée par Miles Strickland.

— Pourquoi ne lui posez-vous pas cette question vous-même ?

— Je l'ai déjà fait, mais elle répugne à me donner une explication. Avant que la situation entre nous ne progresse, cependant, j'aimerais…

Il s'interrompit, se demandant s'il avait vraiment prononcé ces dernières paroles ?

Il fallait espérer qu'entre tout ce que Charity comprenait à leur sujet, il n'y avait pas le degré d'intimité, si proche du point de non-retour, qu'il avait atteint avec Hope.

Reprenant sa respiration et optant pour une autre formulation de sa pensée, il poursuivit :

— Cherche-t-elle un homme titré ? Est-ce le rang qui compte pour elle ? Est-ce la fortune ?

— Vous voudriez savoir si un homme issu d'une autre catégorie sociale que la nôtre aurait une chance d'épouser ma sœur ?

Elle s'interrompit et le scruta de ses yeux pénétrants comme si elle cherchait à savoir ce qu'il était prêt à admettre.

Il ne répondit rien, cependant, aussi poursuivit-elle :

— En une occasion, au moins, elle m'a mise en garde contre la vanité et m'a suggéré de prendre exemple sur nos parents dont le comportement était empreint d'une profonde humilité.

— C'est bon à savoir, répondit-il en se gardant de montrer trop d'enthousiasme.

— Étant donné nos difficultés financières, reprit-elle, aucune de mes sœurs ne croyait à la possibilité de se marier selon leur cœur. Faith voulait, surtout, trouver un homme fortuné, mais Hope est davantage préoccupée par la stabilité sociale et la sécurité. Or, à ses yeux, le comte de Comstock est le seul qui puisse la lui assurer ainsi qu'au reste de la famille.

— Mais si vous étiez toutes les trois à l'abri des soucis d'argent ?

— Et que nous n'ayons aucune crainte d'être poursuivies pour avoir disposé à notre gré du patrimoine des Comstock ?

— Absolument.

— Je pense alors qu'elle serait plus concernée par son propre bonheur que par mon avenir. J'attends ce moment depuis très longtemps… Et si vous vous demandez quel est mon regard sur la possibilité que vous deveniez mon beau-frère…

— Ce n'était pas le sens de ma question, interrompit Gregory.

— Je ne faisais que formuler une hypothèse… Si Hope ne se croyait pas obligée d'épouser Comstock, je ne vois pas pour quelle raison elle s'interdirait d'épouser un homme sans titre comme l'a fait sa sœur aînée. Elle pourrait même s'unir à un homme versé dans le commerce pour peu qu'elle en fût amoureuse. Ou un homme comme vous, par exemple.

Elle s'interrompit avant de reprendre en le regardant dans les yeux d'un air autoritaire.

— Et maintenant, si vous voulez bien m'excuser, j'ai plusieurs lectures à faire avant le souper.

12

Après avoir été bannie de la bibliothèque, Hope trouva une domestique pour préparer la chambre de M. Drake puis elle alla replacer les flambeaux sur la grande table de la salle à manger tandis que l'encrier retournait dans le bureau de son grand-père.

Ce dernier ayant été gaucher, elle le disposa sur la gauche de la table de travail. Mais ce n'était peut-être pas le cas de Miles Strickland ? Elle hésita un instant puis décida de laisser l'encrier à sa place.

Le portrait du quatrième comte de Comstock qu'ils avaient apporté requit la participation des deux seuls valets de pied du manoir pour être transporté de la voiture à la grande galerie.

Si le grand-père de Hope avait relégué le comte bleu, comme il l'appelait, derrière une porte, elle voulait qu'il retrouvât sa place antérieure. Ce qui obligea à déplacer les portraits du cinquième comte de Comstock au huitième, et de planter un neuvième clou pour pendre celui du dernier comte qui n'avait été encadré que récemment.

Quand Hope eut terminé, il ne lui restait plus qu'à trouver un emplacement pour la bizarrerie. Elle ne parvenait pas à se souvenir où elle était quand elle et ses sœurs l'avaient découverte pour la première fois.

Elle se souvenait, par contre, qu'elle s'était, ensuite, retrouvée à la nursery. Ce n'était peut-être pas l'endroit idéal car elle ne se voyait pas donner aux futures générations de Strickland des explications sur la présence, en ce lieu, de cette étrangeté.

Elle se décida, enfin, pour une crédence dans le petit salon où se trouvait déjà la bible familiale. Elle en profita pour mettre à jour l'inventaire qui y était inséré en précisant que cette bizarrerie n'était plus enterrée dans le jardin. Elle se dispensa, toutefois, de donner des détails embarrassants sur la raison de son exhumation.

Elle se rendit, enfin, dans le cabinet dont la porte était solidement verrouillée et en retira la fausse parure de diamants qu'elle emporta dans sa chambre.

S'asseyant devant sa coiffeuse pour vérifier l'état de ses cheveux, elle se demanda combien de temps durerait la conversation entre M. Drake et Charity.

Sa sœur avait horreur qu'on voulût lui imposer une volonté autre que la sienne et elle refusait toute conversation visant à la raisonner. Aussi Hope avait-elle la certitude que d'un instant à l'autre elle entrerait avec fracas dans sa chambre pour l'informer qu'elle n'avait aucune obligation d'écouter l'opinion d'un étranger lui imposant de vivre à tel ou tel endroit.

L'après-midi s'était écoulé dans le calme et le silence, ce qui rendait Hope d'autant plus nerveuse alors qu'elle attendait l'inévitable explosion.

Cependant, contrairement à ses craintes et comme elle l'avait requis de Charity, celle-ci se présenta à l'heure prévue à la salle à manger, de même, d'ailleurs, que M. Drake.

Le souper, en outre, avait à peine commencé quand Charity annonça son intention de retourner à Londres dès qu'elle aurait rassemblé tous les ouvrages dont elle avait besoin pour sa recherche.

Décidément, pensa Hope, Gregory Drake n'avait pas fini de l'émerveiller !

En quelques heures, il était parvenu à obtenir de sa sœur exactement ce qu'elle lui avait demandé. Et, en plus, il avait pris le temps de faire sa toilette, se raser, et repasser sa chemise si bien qu'il était aussi frais qu'élégant, d'autant plus qu'il avait emporté avec lui une cravate de rechange aux tons plus accordés à la soirée.

Il était si beau et séduisant que Hope brûlait d'impatience que sa sœur se retirât dans la bibliothèque comme elle en avait l'habitude, tous les soirs, après souper, afin de rester seule avec lui.

Il avait fait semblant de ne pas comprendre ses allusions, plus tôt dans la journée, mais elle ne voulait pas croire que ce fût par manque de désir pour elle. Ce qu'elle lui avait demandé n'était pas bien, elle en avait parfaitement conscience, mais pour la première fois de sa vie, elle s'en moquait.

Il y avait, certes, toujours une part d'elle-même qui n'ignorait pas qu'il eût été préférable dans l'intérêt de la famille qu'elle épousât Miles Strickland, mais cette part ne cessait de diminuer d'instant en instant. Sa famille, d'ailleurs, qu'elle voulait, pourtant, aider par ce mariage ne l'y incitait pas. Cependant, rien de ce qu'elle lui avait dit n'avait réussi à la persuader qu'elle avait tort.

Et puis Gregory Drake l'avait embrassée et cela avait bouleversé tous ses projets. Lorsqu'il lui avait menti, au bal, au sujet de Miles Strickland, elle avait été profondément désespérée mais, maintenant, elle suppliait le ciel que ce qu'il lui avait dit fût vrai. Il avait été bien plus facile d'envisager une vie de sacrifice quand elle ignorait ce qu'elle perdrait. Or, à présent, elle ne pouvait imaginer un avenir dans lequel Gregory n'aurait pas sa place.

S'il ne venait pas la retrouver lorsqu'ils se seraient retirés pour la nuit, ce serait elle qui irait le rejoindre. Et si elle ne parvenait pas à le tenter avec ses charmes, elle le ferait avec le secret qu'il avait tellement envie de connaître.

En tout cas, cette fois-ci, elle ne permettrait pas qu'il se retirât brusquement dans un accès de colère. Elle ne le laisserait pas s'échapper de ses bras avant qu'il ne lui eût fait une promesse de mariage.

Avant, cependant, que sa nouvelle vie, une vie de bonheur, ne pût commencer, elle devait s'assurer que sa sœur ne lui créerait pas d'obstacle. En toutes autres circonstances, Hope aurait eu des difficultés à obtenir d'elle qu'elle vînt à table, mais, ce soir, contrairement à ses habitudes, elle y était arrivée sans avoir un livre à la main, et se montrait particulièrement loquace. Ce changement de comportement ne laissait rien présager de bon.

Après le souper, au lieu de retourner au plus vite dans la bibliothèque, Charity, qui persistait dans son attitude inhabituelle, insista pour qu'ils se rendissent au salon où elle s'assit à la table sur laquelle était dressé l'échiquier.

Elle invita sa sœur à faire une partie avec elle, mais Hope, qui n'avait pas voulu refuser, ne fut pas longue à constater qu'elle était trop fatiguée pour affronter Charity. Cette dernière, d'ailleurs, qui s'en aperçut aussitôt, l'encouragea à aller se coucher tandis qu'elle invitait M. Drake à prendre les pions blancs.

Il accepta par pure courtoisie et ils jouèrent en silence alors que Hope, qui s'était assise au coin du feu, faisait semblant de lire.

Elle ne savait pas ce que Gregory avait dit à Charity, mais soit elle était tombée amoureuse de lui, soit elle avait deviné les intentions de sa sœur aînée et décidé de jouer les chaperons. Or, il semblait que Gregory eût saisi cette occasion pour protéger Hope contre elle-même et éviter de se retrouver avec elle dans une situation comparable à celle qu'ils avaient connue dans la bibliothèque de l'hôtel de Comstock.

Pourquoi ne comprenait-il pas que pour la première fois de sa vie elle en avait assez de bien se tenir et d'être un modèle de vertu ? Et qu'elle n'avait pas besoin que sa sœur se crût obligée de la protéger contre elle-même. Elle était si exaspérée qu'à 22 h 30, sa patience étant à bout, elle déclara qu'il était l'heure d'aller se coucher.

Gregory se leva aussitôt, mais Charity lui saisit le poignet.

— Une autre partie, monsieur Drake ? fit-elle. Vous me devez bien une revanche.

Puis, se tournant vers sa sœur, elle ajouta :

— Si tu es fatiguée, Hope, arrête de t'en plaindre et va dormir. Bonne nuit.

Hope n'avait pas d'autre choix que de se retirer comme elle avait annoncé, d'ailleurs, qu'elle en avait l'intention. Elle se retira, donc, en silence et dignement, mais elle n'observa cette maîtrise d'elle-même que jusqu'à sa chambre où, donnant libre cours à sa frustration, elle se jeta sur son lit, tambourinant son oreiller dans une crise de colère digne d'une adolescente.

Elle n'avait pas très bien compris ce qui s'était passé dans la bibliothèque à Londres. Elle savait seulement qu'elle avait aimé ça mais, pour sauver sa réputation, avait œuvré pour qu'une telle situation ne se répétât pas.

Gregory l'avait compris et avait fait un effort, lui aussi, pour garder ses distances, mais au lieu de lui en être reconnaissant, elle lui en voulait.

Et elle n'était pas seulement irritée contre lui, elle était jalouse, jalouse comme une tigresse de sa propre petite sœur qui s'était montrée raisonnable et courtoise toute la soirée. Et qui, à cet instant même, se trouvait seule avec un homme qui ne lui appartenait pas.

Si ce qu'elle ressentait était de l'amour, alors elle se demandait pourquoi tout le monde voulait tant en faire l'expérience car ce sentiment vous plongeait dans une étrange confusion.

Elle devait parler à Gregory… Pas seulement lui parler… Si certains gestes avec un homme rendaient impossible à une femme de se marier avec un autre, peut-être en était-il de même des hommes. En se donnant à Gregory, elle se l'attacherait définitivement et ils seraient unis l'un à l'autre pour l'éternité.

Elle appela une femme de chambre pour l'aider à se déshabiller et revêtir une chemise de nuit puis la congédia avant de s'asseoir dans le noir au bord du lit. Elle avait laissé la porte de la chambre légèrement entrouverte pour entendre ce qui se passait dans la maison.

Le silence devint de plus en plus grand jusqu'au moment où elle entendit un bruit de pas dans le hall puis dans l'escalier. Il fut suivi du pas précipité d'une domestique qui se rendait à la chambre de Charity. Quelques instants plus tard, elle en ressortait puis vint le tour d'un pas plus lourd qui prenait la direction de la chambre attribuée à Gregory.

Combien de temps un homme prenait-il pour se préparer à se coucher ? se demanda Hope.

Elle n'en avait qu'une idée imprécise. Aussi attendit-elle un bon quart d'heure en écoutant le tic-tac de la grande pendule avant de tendre l'oreille dans l'espoir de percevoir le pas feutré d'une personne venant la retrouver.

Comme cela n'arrivait pas, elle succomba au désir et se rendit elle-même à la chambre de Gregory.

Elle s'arrêta devant sa porte sans savoir ce qu'elle devait faire. Fallait-il frapper avant d'entrer dans la chambre d'un gentleman dans l'intention de le séduire ou tout simplement ouvrir sa porte et s'introduire chez lui sans y avoir été invitée ?

S'il ne voulait pas la recevoir, il lui dirait à travers la porte de s'en retourner dans sa chambre. Elle serait honteuse, mais, du moins, aurait-elle une réponse claire.

Elle ne voulait pas croire, cependant, qu'il pût la repousser. Elle n'avait pas oublié ce qu'il lui avait murmuré à l'oreille, la promesse de lui faire découvrir le plaisir. Or, tout ceci, cet inconnu qui lui donnait le vertige, était là, derrière cette porte...

Elle posa la main sur la poignée, inquiète, soudain, à la pensée que la porte pût être verrouillée, mais quand elle fit tourner la poignée, elle n'offrit aucune résistance et s'ouvrit sans un bruit.

Sans attendre, elle pénétra dans la chambre et referma rapidement la porte derrière elle.

La pièce était éclairée par une seule chandelle qui brûlait sur une table de nuit. Gregory était assis dans son lit, le torse nu, les couvertures remontées jusqu'à la taille. Il était en train de lire avant qu'elle n'entrât, mais le livre qui l'avait occupé gisait, à présent, sur le drap tandis qu'il la regardait dans l'attente, semblait-il, d'une explication.

Elle était incapable, pour le moment, de prononcer un mot et restait médusée devant la splendeur de son corps musclé. Elle se l'était déjà représenté en pensée, mais de le voir en vrai était bien plus troublant qu'elle ne l'avait imaginé.

— Je croyais que vous étiez fatiguée ? fit-il d'un ton interrogatif.

Elle l'avait souvent entendu parler, il lui avait même susurré des mots tendres à l'oreille dans la bibliothèque de l'hôtel de Comstock, mais jamais elle n'avait remarqué à quel point sa voix était belle. On aurait dit l'écho grave du gros bourdon d'une église dans une vallée de montagne.

— Hope ?

Il semblait, soudain, préoccupé.

Elle voulait lui dire qu'il n'avait aucune raison d'être inquiet, qu'elle allait bien, qu'elle ne s'était même jamais sentie aussi bien parce qu'elle était avec lui, et que quelque chose de merveilleux allait avoir lieu.

Elle lui dirait tout cela si elle pouvait seulement reprendre sa respiration…

Soudain, elle se sentit partir en arrière et se retrouva étendue sur le tapis, les yeux levés au plafond tandis que Gregory, dressé au-dessus d'elle, la considérait d'un air inquiet. Il fut, soudain, accroupi près d'elle, un bras sous ses épaules, l'incitant à se redresser alors qu'il lui présentait un flacon d'alcool.

Hope but une gorgée de cognac et la recracha. C'était la première fois qu'elle goûtait à cette eau-de-vie si appréciée des hommes.

— Vous avez perdu connaissance, dit-il. Buvez un peu de cognac. Cela vous fera du bien puis j'appellerai une femme de chambre ou votre sœur…

— Non !

Du moins avait-elle retrouvé la voix, pensa Gregory à demi rassuré. Et, maintenant, comme pour le conforter dans son impression, la jeune fille lui souriait tandis qu'elle tendait le bras pour lui toucher la main.

— Vous ne voulez pas de Charity ici, n'est-ce pas ?

— Charity ? Oh ! non. Je l'ai assez vue pour la soirée.

Il porta à ses lèvres le flacon de cognac et en but une longue gorgée pour se remettre, semblait-il, de l'épreuve qu'il venait de traverser. Mais à la remarque qu'il fit ensuite, il apparut que c'était plutôt pour se donner du courage.

— Si vous souhaitez approfondir votre relation avec moi, dit-il avec un sourire, vous devriez me laisser me rendre moi-même dans votre chambre.

— J'ai tout faux ? demanda-t-elle sans savoir exactement ce que tout cela signifiait.

— Rien ne va, confirma-t-il. Je ne devrais même pas savoir où se trouve votre chambre. Or, il y a cent raisons pour lesquelles je devrais vous y renvoyer.

Il baissa les yeux sur le décolleté de sa chemise de nuit et resta comme hypnotisé par ce qu'il venait d'entrevoir.

— Quand je vous regarde, cependant, je n'en trouve plus aucune.

— Tant mieux, fit-elle en se redressant pour lui voler un baiser avant qu'il ne pût se raisonner.

Il parut aussi surpris que charmé et, sans plus de réflexion, s'inclina sur elle pour s'emparer de ses lèvres. Il l'embrassa avec une passion dévorante comme la première fois où elle avait eu l'impression qu'il perdait le contrôle de lui-même et n'était plus que sensation et domination, éveillant chez elle des réactions sauvages et dangereuses.

Et, ce soir, c'était bien ce qui se passait. Il défaisait les derniers boutons de sa chemise de nuit, écartant les pans de son vêtement pour dénuder sa poitrine. Elle frémit de plaisir quand il lui caressa les bouts de seins avant de les enfermer dans la paume chaude de sa main.

Tandis qu'il la massait voluptueusement, elle cambra les reins et, tournant le visage vers son épaule, la lécha avant de la mordiller amoureusement.

— Vous apprenez très vite, murmura-t-il. Montrez-moi ce que vous désirez.

Elle voulait ce qu'il lui avait promis de lui faire, qu'il l'embrassât sur tout le corps jusqu'à ce qu'elle le suppliât de la prendre… Mais elle prit l'initiative et l'embrassa tendrement sur le visage, des paupières à la commissure des lèvres, dans le cou, sur le torse, arrêtant les lèvres sur le bouton de ses seins qu'elle lécha et mordilla tour à tour.

Il ne la supplia pas comme elle l'avait espéré mais se mit à rire.

— De mieux en mieux, fit-il. Vous allez me rendre fou.

Il se pencha de nouveau sur elle et répéta sur ses seins ce qu'elle venait de lui faire.

C'était merveilleux… Avait-il eu les mêmes sensations qu'elle ? se demanda Hope, toute frémissante de plaisir.

Elle était si bien et détendue qu'elle s'étendit sur le dos, ouvrant les jambes pour qu'il s'allongeât sur elle. Le peignoir qu'il avait jeté sur ses épaules en sortant du lit s'écarta et Hope sentit sa peau nue contre l'intérieur de ses cuisses. Était-ce possible qu'il eût été étendu complètement nu dans son lit ?

Elle passa les mains le long de ses flancs et ne rencontra qu'une peau lisse et tendue sur un corps tonique et musclé. Il sembla étonné par son exploration et lui sourit avant de se dresser sur les avant-bras et se positionner au-dessus d'elle, le ventre contre le sien.

Hope retint son souffle…

Il s'empara alors de ses lèvres et immisça la langue dans sa bouche qu'il investit par plusieurs poussées suggestives tandis qu'il plaçait sa force mâle au contact de sa féminité.

— Voulez-vous que nous allions dans le lit ? demanda-t-il avant de sucer avidement la pointe tendue de ses seins.

— Non… Ici… Maintenant…

— Avez-vous conscience de ce que vous me demandez ? fit-il en se redressant.

— Non, reconnut-elle en retenant son souffle. Montrez-moi…

Elle frotta l'intérieur de sa cuisse contre sa hanche, réveillant son désir qu'il manifesta en exerçant une pression contre les replis soyeux de son intimité.

Comme elle cambrait les reins pour mieux le sentir, il glissa la main entre ses jambes et la caressa, arrachant à ses lèvres un gémissement voluptueux.

— Je pourrais vous donner du plaisir comme nous l'avons déjà fait, mais je ne vous promets pas de pouvoir me limiter à ça…

— Pourquoi ? murmura-t-elle.

— Parce qu'il me faudrait renoncer à un plaisir aussi grand que celui auquel vous avez goûté.

Tout en parlant, il descendit sa main plus intimement et la pénétra avec un doigt.

— Je l'éprouverai quand je vous prendrai et, comme un homme possède sa femme, répandrai ma semence en vous. Il ne sera plus temps de faire marche arrière quand nous aurons commencé ni d'avoir des regrets. Il faut que vous sachiez aussi que cela vous fera probablement mal.

Elle ne s'était pas attendue à ce détail.

Il déposa un baiser sur les lèvres de la jeune fille qui formaient un charmant « O » de surprise.

— Cela n'arrivera que la première fois. Après ce bref moment, je vous promets que vous n'aurez que du plaisir. Cependant, dès que nous nous serons donnés l'un à l'autre, il ne pourra plus y avoir de secrets entre nous et vous ne pourrez plus envisager d'épouser un autre homme que moi. Vous devrez me dire tout ce que vous avez au fond du cœur et toutes vos pensées, et me promettre de m'aimer, moi seul, pour tout le reste de votre vie.

Si le simple désir n'avait pas été suffisant pour la convaincre de poursuivre, ses paroles l'étaient amplement. Qu'était-ce qu'une douleur passagère contre la promesse d'un amour éternel ?

— Je vous le promets, fit-elle d'une voix étranglée par l'émotion avant de tirer sur le bord de sa chemise de nuit pour la faire passer au-dessus de sa tête.

Un soupir de soulagement s'échappa des lèvres de Gregory.

— Votre corps est aussi désirable que je l'avais imaginé…

Il parsema ses épaules et sa gorge de baisers avant de revenir sur ses seins qu'il couvrit de caresses et de baisers.

La sensation éprouvée par Hope était si merveilleuse qu'il lui semblait qu'elle était au paradis. Instinctivement, elle releva ses cheveux et les laissa retomber comme un voile sur les épaules de Gregory.

Il redressa la tête et lui sourit avant de tracer un chemin avec ses lèvres de la poitrine de la jeune fille jusqu'à son ventre, et plus bas encore, à la jonction de ses jambes.

La réaction de Hope fut le retrait, mais il la maintenait solidement par la taille et lorsqu'elle sentit de nouveau ses lèvres contre son intimité, un frisson de plaisir courut le long de ses membres. Elle se raidit, affolée par la sensation, puis se laissa encore une fois aller, s'abandonnant aux caresses de Gregory.

Il y eut un spasme voluptueux suivi, bientôt, d'un autre et elle ne voulut plus être que sa chose dont il disposait selon son bon plaisir… Une sensation enivrante naquit du petit bourgeon qu'il flattait inlassablement de ses lèvres et de sa langue, et la souleva comme une vague, l'emportant dans un monde extatique.

Plantant les ongles dans le tapis sous elle, elle ferma les yeux et cambra les reins…

Il venait d'introduire les doigts en elle, écartant ses chairs comme pour la préparer à un autre passage plus puissant. Il eut lieu juste après alors qu'elle sentait le poids de son corps reposer sur le sien et qu'il la pénétrait avec sa force mâle.

Elle ressentit un élancement douloureux puis la souffrance s'éteignit aussi vite qu'elle était apparue.

Il restait immobile, attendant, sans doute, qu'elle manifestât le désir qu'il bougeât à l'intérieur d'elle-même. Il comprit son attente quand elle referma les mains sur ses bras. Il se mit, alors, à aller et venir doucement en elle tandis qu'elle contractait ses muscles pour mieux le sentir.

Il avait les lèvres contre ses tempes et elle devinait à sa

respiration mesurée qu'il limitait la force et le rythme de son mouvement dans le souci de l'attendre.

Mais elle ne le voulait pas calme et patient. Elle le désirait, au contraire, fort et sauvage. Ouvrant les yeux, elle le regarda intensément dans l'espoir de lire dans son regard qu'il avait aussi désespérément envie d'elle qu'elle de lui.

Elle murmura son nom et il sembla hésiter. Peut-être ne l'avait-il pas entendue. Cette fois, elle dit de nouveau et plus fort :

— Gregory.

Conforté par le ton passionnel de la voix de Hope, il accéléra son rythme et elle essaya de s'y conformer, donnant une impulsion des reins au moment où il revenait en elle alors qu'elle laissait les mains errer le long de son corps. Tout en lui la fascinait, la fermeté de ses muscles, la douceur de sa peau et, surtout, sa force mâle qui comblait si merveilleusement un vide en elle dont elle n'avait jamais jusqu'à aujourd'hui deviné l'existence.

Il lui parlait d'une voix haletante… C'était un souffle tout juste audible lui demandant de venir avec lui comme s'ils allaient tous deux accomplir un fabuleux voyage.

Sa respiration s'était accélérée ainsi que ses mouvements devenus plus saccadés, et Hope accompagnait fébrilement ce changement de rythme.

Soudain, il y eut quelque chose de différent dans son comportement. Il s'arrêta, vibrant, comme suspendu au bord d'un vide dans lequel il hésitait à plonger tandis qu'il murmurait quelques paroles qui ressemblaient à une prière, et l'instant d'après, il pénétrait profondément la jeune fille en laissant échapper un cri rauque.

Elle sentit tous ses muscles se tendre et fut parcourue d'un frémissement voluptueux qui semblait ne devoir jamais se terminer alors qu'une explosion de plaisir les jetait l'un contre l'autre.

Le cœur battant, il s'affaissa sur elle tandis qu'elle-même, le dos contre le tapis, avait l'impression de s'étirer sans fin.

Lorsqu'il releva la tête, il avait le sang aux joues et ses cheveux blonds retombèrent sur son front.

— C'est la première fois que je vous vois aussi peu maître de vous-même, remarqua-t-elle en souriant.

— C'est parce que vous m'avez ensorcelé.

— Moi ? fit-elle, mutine.

— Depuis le premier jour où je vous ai vue. J'ai eu beau essayer de résister, je n'ai pas été long à perdre la tête.

Il s'écarta d'elle ce qui la fit soupirer car elle se sentait perdue, soudain sans sa chaleur contre elle mais, s'étant relevé, il se pencha sur elle et passa les bras sous ses épaules et ses reins.

— Que faites-vous ?

— Ce que j'aurais dû faire plus tôt. Je vous emporte dans mon lit… C'est là qu'est votre place.

Il la déposa entre les draps et resta un moment, les poings sur les hanches, dressé au-dessus d'elle en la contemplant comme il aurait regardé sa proie.

Elle l'enveloppa du regard, admirant son corps qu'elle avait davantage senti qu'elle n'avait eu le loisir de le voir puis, s'asseyant dans le lit, elle remua la tête en signe de dénégation.

— Nous avons quelque chose de plus urgent à faire, dit-elle.

— Ah ! bon ? fit-il sans pouvoir masquer sa déception.

— Vous m'avez dit qu'il ne devait plus y avoir de secrets entre nous. Aussi, avant que nous n'allions plus loin, il faut que je vous dise l'essentiel de notre problème. Nous verrons, alors, si vous êtes aussi exceptionnel que vous le prétendez.

13

Tandis que Hope le précédait le long de la galerie en direction de la chambre de la comtesse, Gregory la regardait marcher avec fascination.

Les pieds nus et vêtue de sa seule chemise de nuit déboutonnée si bien qu'elle lui découvrait le haut du dos, elle avait les cheveux libres qui tombaient en lourdes vagues sur ses épaules où s'inscrivaient les marques des mains de Gregory. Tout dans sa démarche et la coloration de sa peau trahissait la passion amoureuse dont elle venait d'être l'objet.

Elle se retourna vers lui en souriant et mit le doigt devant sa bouche, rappelant à Gregory la nécessité de ne faire aucun bruit alors qu'ils passaient devant la porte de la chambre de Charity.

Gregory, cependant, n'avait aucune envie d'être silencieux. Il aurait voulu crier de joie et remercier la sœur endormie de Hope. Lorsque cette dernière s'était retirée, quelques heures plus tôt, en laissant Charity jouer aux échecs avec lui, il avait eu envie de l'imiter.

Considérant tout le dommage qu'il avait causé à Hope en se trouvant seul avec elle il n'avait pas voulu prendre le risque de compromettre aussi la réputation de sa jeune sœur même si ce qu'ils faisaient ensemble était parfaitement innocent.

Charity, cependant, avait réussi à le retenir au salon plus longtemps qu'il ne l'aurait voulu en réclamant de lui une revanche. Dès que Hope avait été hors de portée de voix, cependant, elle s'était écartée de l'échiquier, manifestant ainsi qu'il lui était tout à fait indifférent de prendre sa revanche.

— Nous n'avons plus qu'à attendre, dit-elle. Vingt minutes devraient suffire.

— Pour quelle raison ?

— C'est le temps requis pour que l'irritation de ma sœur culmine dans une scène de colère, répondit Charity avec un sourire espiègle.

— Je ne veux pas que votre sœur fasse un malheur et je n'ai pas besoin de vous, non plus, pour la conquérir, si votre intention est de m'aider.

Elle éclata de rire.

— Vous n'avez peut-être pas besoin d'aide, mais, je vous l'assure, Hope a besoin de vingt minutes.

Gregory avait fini par se laisser fléchir.

— Vingt minutes ou vingt jours. Ça ne fait aucune différence puisque rien ne se passera entre votre sœur et moi avant que je n'aie parlé à votre grand-mère.

Gregory aurait pu aussi bien dire « rien de plus ». C'était par pure hasard qu'il s'était exprimé ainsi. Mais cela n'avait pas empêché Charity de deviner qu'une intrigue était en cours entre Hope et M. Drake. Même si elle ne s'y exerçait pas, elle avait le don de percer les mystères.

Elle avait aussi une incomparable aptitude à juger le caractère de sa sœur. Et force était à Gregory de reconnaître qu'elle ne se trompait pas. Hope, en effet, bien qu'elle prétendît être un parangon de vertu avait prouvé, ce soir, tout le contraire. Il ne serait plus aussi important, heureusement, de protéger son honneur. Avant de la laisser se donner à lui, il avait obtenu une promesse de dévotion de sa part. Elle ne lui parlerait plus du comte de Comstock car elle avait fait le serment de ne plus aimer que lui.

Il ne faisait plus aucun doute qu'il allait l'épouser. Ce n'était qu'une question de formalité, mais il avait l'intention, justement, de faire sa demande en bonne et due forme, un genou à terre et en passant au doigt de sa fiancée une bague digne de la descendante de l'une des plus grandes familles d'Angleterre.

La tradition comptait pour Hope et, dorénavant, elle compterait aussi à ses yeux. Après tout, il allait fonder une famille à son tour et Mlle Strickland serait la première Mme Drake. Ils auraient des enfants qui auraient, eux-mêmes, des enfants et ainsi de suite. Hope et lui-même seraient le premier maillon d'une longue chaîne.

Il avait l'impression qu'il avait déjà connu le bonheur mais, il le pressentait, ce qui l'attendait était d'une tout autre nature et il en avait la gorge serrée par l'émotion. Il se rendait compte, à présent, qu'il y avait toujours eu un vide en lui, mais que depuis sa rencontre avec Hope, il s'était miraculeusement comblé.

Elle venait de s'arrêter devant la porte de la chambre de la comtesse qu'elle ouvrit. Dès qu'il fut près d'elle, elle l'invita à entrer dans la chambre puis l'y suivit en ayant soin de refermer la porte derrière eux. Elle alla allumer les bougies d'un chandelier sur l'une des tables de nuit puis se tourna vers Gregory.

— Ce que je vais vous montrer ne sera pas très facile à distinguer à la lumière des bougies, mais ces circonstances sont plus conformes à la personnalité de grand-maman. Une chambre sombre dissimule une multitude de péchés.

Un mauvais pressentiment glaça le sang de Gregory. Hope avait elle parlé ainsi en se référant à ce qu'ils venaient de vivre ensemble ou cette remarque s'attribuait-elle à autre chose ?

Inconsciente de ce qui se passait dans la tête de Gregory, la jeune femme poursuivit :

— J'ai pris cela dans le cabinet secret pendant que vous parliez à Charity, dit-elle en sortant d'une commode un coffret recouvert de velours.

— Les diamants des Comstock, fit Gregory avec surprise en la voyant en répandre le contenu sur le lit.

Hope les prenait dans sa main et les laissait retomber sur le couvre-lit comme s'il ne s'était agi que de bijoux de pacotille et non de l'une des parures les plus célèbres d'Angleterre à l'exception des diamants de la couronne.

— La parure dans son ensemble compte un diadème, des boucles d'oreilles, deux bagues, une broche et, bien sûr, la rivière de diamants dont chacun fait au moins trois carats. Grand-maman, cependant, ne porte jamais rien de plus que la plus petite des deux bagues. Elle s'est toujours plainte que le reste était trop lourd et qu'il n'était envisageable de le porter que dans une grande occasion à Buckingham, Windsor ou Hampton Court.

En regardant avec plus d'insistance les bijoux, la raison pour laquelle Hope les lui avait montrés finit par apparaître à Gregory. Or, pour vérifier ce qu'il devinait, il prit le collier, en soupesa le poids puis souffla dessus avant de l'exposer à la lumière de la flamme pour voir si de la buée s'était formée sur les pierres.

Il le replaça ensuite sur le lit en soupirant.

— Quand les diamants ont-ils été remplacés par de fausses pierres ?

— Je n'en sais rien, répondit Hope en s'asseyant au bord du lit les jambes repliées sous elle car elle avait froid aux pieds. J'ai déjà eu beaucoup de difficultés d'obtenir de grand-mère qu'elle me décrive le mobilier qu'elle avait mis en gage. Or, comme elle ne mentionnait pas les bijoux de famille, le soupçon s'est emparé de moi et j'ai vérifié à quoi ressemblaient ceux qui étaient conservés ici.

Elle passa l'ongle sur l'une des plus grosses pierres.

— Elles sont rayées… Un vrai diamant ne porterait pas ce genre de rayures.

— Lui avez-vous demandé ce qu'ils étaient devenus ?

— Elle a tout simplement refusé d'en parler et m'a dit qu'elle expliquerait dans le détail à Miles Strickland ce qu'il en était lorsqu'il serait arrivé.

Hope eut un geste vers les bijoux en laissant échapper un rire amer.

— Quel justificatif pourra-t-elle invoquer qui puisse

infléchir le jugement du comte ? On ne peut pas s'en tirer si facilement quand on a commis un tel vol.

— C'est pour cela que vous aviez eu l'intention de vous donner au comte ?

Elle inclina la tête de côté et le regarda avec un sourire dont l'expression avait changé au cours de la dernière heure. On aurait pu dire qu'il avait acquis de la sagesse.

— Je ne pensais pas au mariage de cette façon… Je n'envisageais de donner que ma main… Mais ce n'était pas exactement, en effet, ce qu'il aurait attendu de moi.

Elle le regarda dans les yeux en ajoutant :

— J'ai perdu de la valeur, d'une certaine manière, en vous rencontrant.

— Certainement pas. Vous aviez une valeur inestimable quand je vous ai rencontrée et, maintenant, je ne vous échangerais pas contre tous les diamants de la couronne.

— Merci, fit-elle, mais j'ai beau aimer vous entendre parler, vos belles paroles ne résoudront pas mes problèmes.

Elle tapota le lit près d'elle pour lui faire comprendre qu'il devrait s'y asseoir.

— J'ai besoin de votre grande intelligence pour y parvenir ou, du moins, de l'argent de M. Leggett. Combien vous a-t-il donné pour nous tirer d'affaire ?

— Il m'a dit que je pouvais avoir tout ce que je voulais, répondit Gregory en s'asseyant à côté de la jeune femme. Je ne suis censé faire aucune économie.

— Ah ! fit-elle en se laissant tomber en arrière sur le lit. Et combien avez-vous dépensé jusqu'à maintenant ?

— Soixante-dix-sept livres sterling, cinq shillings et six pences.

— C'est très précis, répondit-elle d'un air légèrement ironique.

— Je garde les reçus. Je ne serais pas réclamé par les uns et les autres si je n'étais pas aussi précis. Je renoncerai, bien sûr, à me faire payer puisque nous serons, bientôt, réunis par les liens familiaux.

— Vraiment ? fit-elle en roulant sur le côté pour le regarder.

— Cela dépendra de la sœur cadette de sa femme, répondit Gregory en prenant les mains de Hope qu'il effleura d'un baiser. J'envisage de parler à votre grand-mère dès notre retour à Londres et espère réussir à me mettre en relation avec M. Leggett avant même qu'il n'ait quitté l'Italie.

— Pensez-vous qu'il nous fera un cadeau de mariage d'une valeur de cinquante mille livres sterling ?

Elle tendit la main et posa de travers le diadème sur sa tête.

— Ou, plutôt, de cent cinquante mille livres, reprit-elle avec un geste régalien de la main. Vous êtes bien meilleur que moi, sans doute, pour établir l'estimation de ces bijoux, mais à mon avis les diamants de cette parure doivent avoir au moins cette valeur.

— Vous pensez que nous pourrions les racheter ? fit Gregory. Je doute que la plus grosse des pierres ait été conservée à la même taille. En admettant que nous puissions les racheter, nous ne trouverons pas de diamants aussi gros.

— Il nous reste au moins la monture, dit en soupirant Hope. À moins qu'avec la chance qui me caractérise, je ne la raye et découvre que c'est du fer-blanc.

— Cela, du moins, me rassure au sujet de l'état mental de votre grand-mère, remarqua Gregory en observant le ciel de lit de la douairière. Je me demandais pourquoi elle avait vendu autant d'objets sans grande valeur. Je le comprends mieux, maintenant, si elle venait au bout des réserves qu'elle avait faites en vendant les diamants.

Il s'interrompit en prenant conscience que son raisonnement ne tenait pas debout, mais il était trop fatigué pour comprendre.

— J'aurais trouvé plus normal qu'elle vende ses propres affaires, dit Hope avec un rire grinçant. Le reste des bijoux qui se trouvent dans le coffre ne sont pas des faux et ne font pas partie de l'héritage. Lorsque j'ai demandé à grand-maman pourquoi elle ne s'en séparait pas, elle m'a répondu qu'elle les avait reçus en cadeau de mon grand-père et qu'ils avaient surtout une valeur sentimentale à ses yeux.

— Bien sûr.

— Vous comprenez, maintenant, pourquoi je ne croyais pas utile de vous parler des bijoux de famille. Avec votre aide, nous avons réussi à remplacer les objets les moins importants, mais je doute que le comte soit impressionné par nos efforts lorsqu'il apprendra ce qui manque à la liste.

— C'est à craindre, en effet, répondit Gregory d'une voix morne.

Il comprenait, maintenant, pourquoi elle n'avait pas voulu lui parler de son problème car il ne pouvait lui proposer une meilleure solution que celle qu'elle avait déjà envisagée.

— Avez-vous eu des nouvelles au sujet de la date de son arrivée ? demanda-t-elle. Combien de temps nous reste-t-il avant qu'il n'apprenne ce qu'a fait grand-maman ?

— Je n'en sais rien.

Miles Strickland aurait déjà dû être là. S'il n'était pas encore arrivé en Angleterre, il ne serait plus long à y débarquer. Ils disposaient, au mieux, de quelques semaines avant que la vérité n'éclatât. Hope avait raison. Maintenant qu'elle lui avait tout dit, il en convenait.

Le mariage avec le comte de Comstock eût été une manière raisonnable de réparer le mal et réunir les deux branches de la famille. S'il s'était agi d'une autre jeune femme, il aurait servi d'intermédiaire pour que ce mariage se fît.

Mais, au lieu d'accomplir correctement sa mission, il avait fait des promesses impossibles à tenir puis avait séduit Hope. En faisant d'elle sa maîtresse, il avait détruit sa meilleure chance d'effacer les erreurs de son aïeule et d'assurer sa sécurité tout en conservant son rang social.

La seule chose qu'il lui restait à faire pour sauver son honneur était de trouver une parure complète en diamants d'un simple claquement de doigts.

— Vous dormez ? fit-elle en lui donnant un petit coup de coude dans les côtes.

— Non… Je réfléchissais.

— Vous étiez si silencieux… Je commençais à le croire. Avez-vous un plan à me proposer ?

— J'ai l'amorce d'une solution…

De nouveau, il était réduit à lui mentir. Il n'avait aucune idée de ce qu'il devait faire en dehors de gagner du temps et prier le ciel que tout s'arrangeât.

— Le coffre à bijoux est-il là ? demanda-t-il pour se donner de l'importance. J'aimerais l'examiner.

Elle se dressa sur un coude et lui lança un étrange regard avant de désigner du doigt le coffret en question, sur le lit, à quelques centimètres de sa tête.

— Quel idiot, fit-il avec un haussement d'épaules en prenant le coffret. On dirait que je n'ai d'yeux que pour vous.

— Je ne vois pas en quoi ce beau coffret peut nous servir, dit Hope. Si les bijoux à l'intérieur sont faux, je ne pense pas qu'il s'en satisfera.

— Peut-être ne me sera-t-il d'aucune utilité, mais je me dois d'être rigoureux et de ne laisser aucune piste inexplorée ni aucun indice inexploité.

— Vous ne croyez tout de même pas que quelque chose puisse être entrepris pour récupérer les diamants ? fit-elle en souriant d'un air étonné.

Il lui rendit son sourire et sentit les forces lui revenir à la vue de cette jeune femme suprêmement belle et infiniment désirable qui le regardait comme s'il était capable de décrocher la lune. Elle lui accordait sa confiance ! Il fallait donc qu'il ait confiance en lui-même.

— Régler les problèmes, même complexes, c'est en cela que consiste mon travail. Or, si je renonce à relever un défi quand il m'est lancé, à quoi suis-je bon ?

— Si vous parvenez à retrouver les diamants, monsieur Gregory Drake, vous ne serez pas qu'un homme habile. Nous pourrons dire que vous êtes l'auteur de miracles.

Il prit une profonde respiration et ne sentit pas seulement son courage se relever. Le désir pour cette jeune femme ravissante s'emparait de nouveau de lui avec une soudaine violence.

— Si c'est ce que vous attendez de moi, mademoiselle Strickland, je ferai l'impossible pour vous satisfaire.

— Je n'attends pas que cela de vous, répondit-elle en retirant sa chemise nuit qu'elle fit passer par-dessus sa tête.

Elle remit en place sur sa tête le diadème qui contrastait avec ses cheveux châtains et pendit à son cou la rivière de diamants qui vint se loger entre ses deux seins ronds et fermes.

Chargée de bijoux et audacieuse comme une princesse païenne, elle s'assit à califourchon sur lui.

Si le pouvoir de séduction exercé par son corps n'avait pas suffi à lui faire oublier sa ruine imminente, les paroles qu'elle prononça achevèrent de l'ensorceler :

— Prenez-moi, Gregory, autant que vous le voudrez, jusqu'à l'aube.

— À vos ordres, mademoiselle Strickland.

14

Hope n'avait jamais été de celles qui dérogeaient aux règles de la bienséance. Si ses sœurs avaient été interrogées à ce sujet, elles auraient toutes deux déclaré qu'entre elles trois, Hope était la moins encline à désobéir et la plus prompte à morigéner celle qui s'en serait rendue coupable. Cependant, après la nuit dernière, elle devait reconnaître que la désobéissance donnait plus de plaisir que la conformité aux règles.

Une jeune fille de bonne éducation n'aurait jamais dû se donner à un homme avant son mariage. Or, non seulement l'avait-elle fait, mais elle y avait pris énormément de plaisir. Et elle avait découvert qu'une femme n'était pas nécessairement passive. Il était en son pouvoir d'adopter toutes sortes de positions pouvant paraître un peu osées, mais qui procuraient d'incomparables voluptés…

Elle avait adoré, en particulier, le moment où elle serrait dans ses mains les colonnes du lit à baldaquin tandis que Gregory, derrière elle, lui susurrait à l'oreille des paroles dont elle rougirait si elle avait à les répéter en public.

Et elle avait commis ces forfaits de turpitude dans un lit qui ne lui appartenait plus, la rivière de faux diamants, orgueil évanoui des Comstock, battant furieusement sa poitrine nue. Si les diamants avaient été vrais, le plaisir aurait été sans doute décuplé…

Elle avait follement aimé se donner à Gregory et était prête à répéter ces mêmes gestes à la première occasion où elle se retrouverait seule avec lui. C'était désolant que la raison de leur déplacement dans le Berkshire eût été causée par Charity qu'il convenait de ramener à Londres.

S'ils n'avaient pas eu cette obligation, Hope aurait pu invoquer une raison quelconque de se rendre dans le manoir de Comstock comme, par exemple, d'y réaliser l'inventaire systématique du mobilier. Pour ce faire, elle aurait été contrainte de passer la semaine dans le Berkshire en compagnie de Gregory.

Elle aurait aimé y prolonger leur séjour, mais s'ils restaient plus longtemps au manoir, ils n'auraient aucune chance de retrouver les diamants avant l'arrivée de Miles Strickland. Elle ne croyait pas que Gregory eût une chance de mettre la main dessus, mais elle était curieuse de voir comment il s'y prendrait.

En arrivant à la table où était dressé le petit déjeuner, elle trouva Charity assise devant un livre ouvert entre sa tasse et son assiette. En temps normal, elle lui aurait fait le reproche de lire à table, mais c'était une matinée bien trop savoureuse après la nuit qu'elle venait de passer pour la gâcher en s'offusquant au sujet d'une question aussi insignifiante.

Elle prit la chocolatière et le présentoir à toasts en face de sa sœur, qui ne prit même pas la peine de relever les yeux, et se servit.

— Bonjour, Charity, dit-elle enfin.

Comme la jeune fille ne répondait rien, elle le fit à sa place :

— Bonjour, Hope. As-tu bien dormi ?

Charity leva le doigt pour obtenir le silence tout en indiquant sur la page de son livre le paragraphe qu'elle était en train de finir de lire puis elle mit en place le ruban servant de marque-page et referma l'ouvrage.

— J'ai encore l'usage de la parole, dit-elle. Bonjour, Hope. As-tu bien dormi ?

Elle venait de lever les yeux et regardait sa sœur aînée d'un air amusé.

— Tiens, tiens…

Elle s'éclaircit la gorge et reprit :

— Je veux dire… As-tu vraiment bien dormi ?

La question était innocente mais le regard ne l'était pas.

— Oui, répondit Hope qui, soudain, aurait eu peur d'ajouter un seul mot.

— Tant mieux…

Charity releva un sourcil en demandant :

— Et comment M. Drake a-t-il dormi ?

— Tu le lui demanderas, répondit, spontanément, Hope avant de se rétracter. Au fond, non. Ne le lui demande pas.

Encore une fois, Charity en savait plus qu'elle ne l'aurait dû. Y avait-il quelque chose dans l'expression de Hope qui la trahissait ? Portait-elle sur le front une marque qui signalait au monde qu'elle avait goûté au fruit défendu ?

— Ne t'inquiète pas ainsi, Hope, fit Charity en présentant sa tasse pour que sa sœur la lui remplît de nouveau. Tu as, ce matin, une mine merveilleuse.

— Ah ! Bon ?

C'était une consolation d'apprendre que les organisatrices des soirées chez Almack's ne fermeraient pas la porte à une jeune fille tombée dans le stupre, en admettant qu'elle eût besoin de retourner au bal. Cette prise de conscience, cependant, ne rendait pas plus agréable la confrontation avec sa sœur.

La porte s'ouvrit, à cet instant, pour laisser entrer Gregory Drake qui s'inclina respectueusement devant Hope tandis qu'il adressait un simple sourire à Charity. Il avait, comme d'habitude, une présentation parfaite. Alors même qu'il s'était déplacé sans valet de chambre, sa redingote était parfaitement dépoussiérée et il était rasé de près. Les gants qui sortaient à demi des poches de son vêtement étaient comme toujours d'une blancheur immaculée.

— J'ai parlé au cocher, dit-il. Il sera prêt à partir à notre convenance.

Gregory était bien plus apte qu'elle à cacher les événements de la nuit. Rien dans son expression ni dans son attitude ne révélait qu'il s'était endormi à l'aube après des heures d'une voluptueuse agitation.

Charity lui rendit son sourire en se gardant de prendre l'air sous-entendu qu'elle avait eu avec sa sœur, et lui présenta la théière ainsi qu'une assiette de buns.

— Merci beaucoup, monsieur Drake, de vous occuper ainsi de notre transport, dit-elle. Ma caisse est presque entièrement remplie. Il ne me faudra que quelques minutes après que nous serons prêts pour la compléter. Disons que le départ pourrait avoir lieu dans vingt minutes ?

Gregory Drake faillit s'étrangler avec son toast. Il lui fallut boire une tasse de thé avant de retrouver la voix.

— Il n'y a aucune raison de se presser. Je demanderai au cocher d'atteler pour 1 heure.

— Je vais demander en cuisine que l'on nous prépare un panier garni, dit Charity. Nous prendrons notre repas en route. L'air de la campagne réveille toujours mon appétit.

— C'est une excellente idée, intervint Hope en dévisageant sa sœur. Et maintenant, tu pourrais retourner à tes livres. Nous ne voudrions pas te tenir trop longtemps écartée de ton travail.

Moins elle verrait Charity, mieux elle se porterait. Il faudrait déjà la subir pendant tout le voyage jusqu'à Londres. Si elle pouvait s'octroyer deux ou trois heures dans la seule compagnie de Gregory, elle serait bien heureuse.

Charity ouvrait la bouche pour répondre à son aînée quand des bruits de pas et des éclats de voix résonnèrent dans le hall. Hope reconnut l'intonation de sa grand-mère qui saluait les domestiques et demandait qu'on allât chercher son bagage dans la voiture qui l'avait amenée au manoir.

Plus inattendus encore que l'arrivée inopinée de la douairière, des aboiements aigus se faisaient entendre.

Soudain, la comtesse apparut dans l'embrasure de la porte. Elle portait une nouvelle robe et avait sous le bras un petit chien noir et blanc qui ne cessait de japper tout en essayant de se libérer.

Gregory se leva immédiatement, mais la douairière, de sa main libre, lui fit signe de se rasseoir.

— Asseyez-vous, monsieur Drake. Je vous en prie. Je suis

désolée d'interrompre votre déjeuner. Je viens de passer cinq longues heures sur une chaise de poste et j'ai grand besoin de me délasser les jambes.

Puis, se tournant vers ses petites-filles, elle ajouta :

— Je n'aurais pas eu besoin, bien sûr, de louer un attelage si la berline n'avait pas quitté l'hôtel de Comstock.

— Je suis désolée, grand-maman, fit Hope, mais Charity…

— J'ai lu ton message, interrompit la douairière en souriant, et ai été impressionnée par ta manière de régler toute seule ce problème. Je regrette d'avoir été absente juste à ce moment-là et de ne pas avoir été en mesure de t'accompagner.

Une flamme dans son regard semblait dire le contraire, et Drake eut la certitude qu'elle avait parfaitement compté son temps et n'était volontairement arrivée que ce matin.

Le chien laissa entendre un gémissement plaintif qui mit un terme à l'échange entre la douairière et sa petite-fille.

— Jenks ! fit la comtesse en se tournant vers un valet de pied. Occupez-vous de Pepper. Je crois qu'il aimerait faire un peu d'exercice et peut-être autre chose. Quand il aura fini, ramenez-le directement à la maison. Il va vivre ici, maintenant, et doit apprendre à être propre.

— Grand-maman, fit Hope. Pourquoi l'habituer à vivre ici alors que nous ne savons pas combien de temps encore nous pourrons y venir ?

— Ne sois pas ridicule, Hope. Pepper pourra rester à Comstock aussi longtemps qu'il vivra.

La douairière sourit en ajoutant :

— Il ne m'appartient pas, vois-tu.

— Vous ne parlez pas sérieusement, grand-maman. Vous ne pouvez pas apporter ce chien ici. Le tenez-vous de votre cousin qui est gravement malade ?

Comme sa grand-mère la regardait avec son sourire énigmatique sans rien répondre, la jeune fille leva les bras au ciel.

— Je ne comprends plus rien, fit-elle.

Charity n'aurait jamais dû venir au manoir, mais maintenant

la situation était encore pire puisque toute la famille l'y avait rejointe.

La comtesse la considérait comme si elle était d'une impardonnable lenteur d'esprit.

— N'as-tu pas deviné ce qui s'était passé ? N'as-tu pas compris pourquoi j'étais allée à Bristol ? La mer était si mauvaise que le pauvre garçon n'a pas pris un repas digne de ce nom depuis plusieurs semaines et qu'il rendait le peu qu'il réussissait à avaler. Il avait besoin de se remettre avant de prendre la route pour Londres.

— Notre cousin est arrivé ? fit Hope en relevant les sourcils.

— Lorsque je suis revenue à Londres et que j'ai constaté que vous étiez parties toutes les deux, je n'ai pas voulu vous confier la nouvelle par la poste. Elle est si époustouflante que je voulais la partager au plus vite avec vous.

Des aboiements résonnèrent à l'extérieur, bientôt suivis par un geignement qui indiquait que Pepper avait rencontré une résistance dans l'animal qu'il avait poursuivi.

La douairière lança un regard inquiet par une fenêtre.

— J'espère que Jenks n'a pas laissé Pepper s'approcher trop près d'un chat…

Elle resta un instant en observation puis, se tournant vers Hope, reprit :

— Le comte voulait que son chien fût conduit au plus vite dans sa nouvelle maison. Aussi me suis-je proposée pour l'y amener. Il est habituellement très doux. Je veux parler de Pepper, bien sûr, pas du comte.

Elle sourit avant d'ajouter :

— Cela dit, Miles est également très doux et il me semble avoir très bon caractère. Il a passé toute la traversée confiné dans une petite cabine avec son chien. Un animal a besoin d'espace et de fouiner dans l'herbe. Londres ne lui convenait pas.

— Miles ? fit Hope qui n'avait compris qu'une partie de ce qu'avait dit sa grand-mère dont le flot de paroles ne retenait pas toujours l'attention.

Elle avait saisi, cependant, que le comte de Comstock était

arrivé en Angleterre. Cette nouvelle la laissait sans voix. Il lui fallut reprendre sa respiration avant de demander :

— Vous l'avez vu ?

— Oui, ma fille. Je viens de te le dire. Je l'ai même escorté jusqu'à Londres où il va séjourner quelque temps.

Elle posa tour à tour un regard désapprobateur sur ses petites-filles avant de poursuivre :

— Je n'aurais jamais dû vous laisser utiliser l'attelage à votre gré. Le comte devrait en avoir l'usage pour se rendre au palais même s'il a dit qu'il n'était pas nécessaire de faire de cérémonie en ce qui le concernait. Du moins jusqu'au jour où toutes les formalités auront été remplies. Il lui faut d'abord établir son identité de façon formelle pour qu'il ne reste aucun doute à son sujet. La Couronne lui adressera alors une lettre patente qui lui transférera les titres de propriété et de noblesse des Comstock.

La douairière eut un geste de la main en ajoutant :

— Tout cela est très ennuyeux et déplaît souverainement à Pepper qui, je le répète, n'a pas supporté son séjour à Londres.

— On se moque du chien, fit Hope d'un ton véhément. Parlez-nous, plutôt, du comte !

La comtesse agita le doigt en signe d'avertissement.

— Tu ne penses pas toujours à lui, n'est-ce pas ? C'est faire preuve d'un manque de sagesse que d'écarter M. Drake avant même d'avoir rencontré ton cousin.

Puis, s'adressant à Gregory avec une expression encore plus sévère, elle ajouta :

— Vous allez vous marier, bien sûr, tous les deux. Et, après ce qui s'est passé la nuit dernière, je suppose que vous voudrez le faire le plus tôt possible.

— Que voulez-vous dire ? fit Hope.

La comtesse fronça les sourcils en remuant la tête.

— Préservez-moi, Seigneur, des menteurs et des petites sottes.

N'y avait-il pas un moyen de dissimuler la vérité ne serait-ce que pour quelques instants ?

Charity n'avait pas été sincère lorsqu'elle lui avait laissé entendre que le changement en elle n'était pas tel. Cela expliquait pourquoi on invitait les filles à préserver leur innocence. Mais comme beaucoup d'autres règles d'éducation, dans leur cas l'accent avait été mis essentiellement sur l'obéissance au détriment de la compréhension.

De même, pourquoi, Gregory, la veille, ne lui avait-il pas expliqué qu'après qu'ils auraient commis la chose, il n'y aurait plus de possibilité de retour en arrière car lorsqu'elle reviendrait à Londres tout le monde saurait exactement ce qu'elle avait fait ?

Pire que tout, grand-maman n'avait pas son ton habituel désinvolte et irrévérencieux. Elle avait une attitude plus sévère que jamais et, au lieu d'évoquer une anecdote amusante sur les folies de sa jeunesse, elle les considérait avec gravité en parlant de leur mariage comme d'un fait accompli.

— Rien d'importance ne s'est passé la nuit dernière, laissa échapper Hope.

Gregory, qui avait ouvert la bouche, manifestement pour parler, la referma soudain en fonçant les sourcils.

— Charity peut vous en donner l'assurance, poursuivit Hope, puisqu'elle est restée avec M. Drake pour jouer aux échecs jusqu'à point d'heure alors que moi-même, épuisée, j'allais me coucher. Quant à l'idée d'écarter M. Drake pour me mettre à la disposition de mon cousin d'Amérique, c'est absurde. Je suis certaine qu'il est trop âgé pour moi et déjà marié.

— Vieux et marié ?

La douairière eut un rire sonore.

— Qu'est-ce qui t'a mis de pareilles idées en tête ?

— Vous, Charity et, d'ailleurs, tout le monde. J'ai fini par accepter ce que vous n'avez pas cessé de me répéter, que ce serait trop miraculeux s'il pouvait être jeune et célibataire et qu'il était bien plus vraisemblable qu'il fût âgé, marié et père de plusieurs enfants.

— Eh bien, alors, les miracles se produisent, répondit

la comtesse en avançant d'un pas vers sa petite-fille pour lui toucher l'épaule. Il a à peine trente ans et est célibataire. Quant à sa famille, elle se réduit à son chien. La Couronne va mettre bon ordre à cela. Elle lui fait entendre dès maintenant ses responsabilités et l'obligation de donner un héritier.

— Je ne considérerais jamais qu'un homme pût me convenir comme mari sans l'avoir vu, répondit Hope en regardant son assiette. Il est peut-être pingre et, en dépit des apparences, d'un caractère odieux.

Hope, qui prenait conscience de l'étendue de l'erreur qu'elle avait commise, poursuivit :

— Il n'a peut-être aucune sympathie pour notre famille…

Il pouvait tout simplement, pensa-t-elle en son for intérieur, n'être pas le genre d'homme dont elle tomberait amoureuse comme elle avait cru aimer le silencieux Gregory Drake.

— C'est tout le contraire, répondit la douairière. Il m'est apparu comme l'homme le plus aimable de la terre.

Les yeux de la douairière brillaient en évoquant le comte de Comstock qui, apparemment, correspondait en tout point à l'idée que Hope s'en était faite.

— Il m'est tombé dans les bras en exprimant son bonheur de renouer avec sa famille dont il était séparé depuis si longtemps puis il a évoqué les dispositions qu'il conviendrait de prendre pour la restauration de la maison réservée à la douairière. J'en aurai la jouissance et serai également bénéficiaire d'une rente. Encouragée par ces promesses, j'ai pris, d'ailleurs, la liberté…

La comtesse ne termina pas sa phrase et virevolta pour faire voir sa nouvelle robe.

— Vous vous êtes fait offrir cette robe ? dit Hope en soupirant.

— Miles m'a vivement encouragée à l'acheter. Il écrit une lettre, cet après-midi, pour remercier M. Leggett de nous avoir aidées. Il s'est enquis aussi de toi et de ta petite sœur. Il n'a rien dit, mais je suis certain qu'il souhaite vous voir, l'une et l'autre, mariées à un bon parti.

— Vraiment ?

Son projet, en fin de compte, avait du sens, mais au lieu de s'y conformer, elle s'était jetée à la tête d'un homme qui ne voulait pas d'elle et avait fini par la prendre pour maîtresse parce qu'elle s'était imposée à lui.

— Il me semble qu'en me parlant de vous, mes filles, il avait une certaine idée en tête, dit la comtesse avec un petit rire. Pour toi, Hope, c'est trop tard, mais peut-être que Charity…

— Ne m'incluez pas dans vos combines, grand-maman, répondit Charity sans relever les yeux de ses livres. Je n'ai aucune intention d'épouser un homme que je n'ai jamais rencontré. D'ailleurs, s'il m'arrive de vouloir me marier, il faudra que mon futur époux remplisse certains critères.

— Il est jeune, riche et titré, dit la comtesse. Que veux-tu de plus ?

— Assez ! s'exclama Hope en se levant si brusquement que sa chaise se renversa en arrière, le bruit étouffé que le dossier fit sur le tapis faisant écho à sa voix.

La serviette toujours à la main, elle pointa du doigt les visages effarés autour de la table.

— Arrêtez tout de suite cette conversation !

Puis, s'adressant exclusivement à Charity, elle ajouta :

— Et toi, plus un mot sur tes exigences si élevées que même un pair du royaume ne te conviendrait pas. S'il demande ta main, tu l'épouseras et l'affaire sera close.

Ellc sc tourna vers sa grand-mère et, d'une voix tendue, déclara :

— Je ne veux plus jamais vous entendre dire, ne serait-ce que suggérer, que c'est trop tard pour moi.

— Mais je pensais que toi et M. Drake…

— Vous pensez mal, répondit-elle en lançant un regard glacial à l'homme qui avait permis sa ruine. M. Drake n'est rien pour moi et je ne suis rien pour lui. D'ailleurs, dès qu'il aura terminé la mission pour laquelle M. Leggett l'a engagé, il se retirera, et je n'ai aucun désir de le revoir.

Elle plissa les yeux en ajoutant :

— S'il avait, d'ailleurs, un peu de décence, il se serait déjà retiré de cette pièce.

Sur ces mots, elle jeta sa serviette à terre et sortit de la salle à manger comme une furie.

Était-il idiot ou lâche ?

Gregory ne pouvait donner d'explication à la scène qu'il venait de vivre. Il avait gardé le silence et laissé Hope donner sa version des faits. La rapidité avec laquelle elle l'avait renié l'avait, en effet, rendu muet.

Après lui avoir juré qu'il n'y aurait que lui dans sa vie, il avait suffi d'un regard critique de sa grand-mère pour la faire changer d'avis et revenir à son ambition initiale d'épouser son cousin.

Après le départ de Hope, un silence pesant tomba sur la salle à manger. Charity se plongea de nouveau dans son livre comme s'il ne s'était rien passé alors que la comtesse prenait place à table.

Un regard vers Jenks suffit à faire apparaître devant elle une tasse et sa soucoupe ainsi qu'une assiette de buns. Le valet lui servit du thé et approcha d'elle le présentoir à toasts, la marmelade d'oranges et le beurrier.

La comtesse but une gorgée de thé et croqua dans un bun avant de lever les yeux sur Gregory.

— Il est une chose, jeune homme, que je dois savoir avant que je ne prenne une décision à votre sujet. Vous allez me répondre sincèrement. Je le saurai si vous ne me dites pas la vérité.

Elle le regarda droit dans les yeux et il acquiesça d'un signe de tête.

— Lui avez-vous brisé le cœur volontairement ou est-ce accidentel ?

En entendant parler sa grand-mère, Charity leva les yeux de son livre :

— Grand-maman, il…

— Je ne vous ai pas demandé votre opinion, mademoiselle, fit la douairière d'un ton cinglant.

Gregory remercia Charity du regard avant de s'adresser à la comtesse.

— Si je l'ai blessée, c'était sans intention. Depuis que nous avons fait connaissance…

Gregory, qui cherchait ses mots, s'interrompit. Comment pouvait-il expliquer ce qui s'était passé avec Hope alors qu'il ne le comprenait pas lui-même ?

— Je n'ai pas été moi-même, reprit-il.

— Et qui êtes-vous lorsque vous êtes chez vous ? demanda la douairière, le regard hautain.

Charity, qui observait la scène en silence, se dit que sa grand-mère incarnait plus que jamais le rôle d'une comtesse s'adressant à une personne de basse extraction.

— Avant de rencontrer votre petite-fille, répondit Gregory, je me considérais comme un homme d'honneur doué de bon sens et dont le comportement était modéré.

— Et depuis ?

— J'ai été à la fois meilleur et pire que je ne pensais jamais être. Je croyais qu'elle m'avait donné son cœur. J'avais, d'ailleurs, l'intention, dès que nous serions revenus à Londres, de vous parler de son avenir, mais je n'avais pas prévu que cette conversation aurait lieu pendant le petit déjeuner.

La comtesse parut se détendre alors qu'elle buvait une nouvelle gorgée de thé.

— Votre explication me convient. Je ne dirai ni à M. Leggett ni à Comstock ce qui s'est passé, à moins que Hope ne me le demande. Je vous donne une semaine, monsieur Drake, pour prendre position vis-à-vis de ma petite-fille et terminer votre mission. Si dans sept jours, et pas un de plus, celle-ci n'est pas finie et que vous n'êtes arrivé à aucune conclusion au sujet de Hope, je compte sur vous pour disparaître à jamais de nos vies aussi vite que vous y êtes entré. Est-ce compris ?

— Oui, milady.

En se levant de table, il entendait déjà le tic-tac de l'horloge résonner dans sa tête.

15

Assise au bord de son lit, Hope attendait qu'une heure sonnât pour descendre prendre place dans la berline qui la ramènerait à Londres. Depuis qu'elle était remontée dans sa chambre, elle évitait de voir son reflet dans la glace au-dessus de la cheminée ainsi que dans le miroir de la coiffeuse, de crainte de constater les changements qui s'étaient opérés dans sa personnalité.

Elle avait envisagé de rester au manoir le temps que ses blessures se refermassent et de renvoyer Charity à Londres en compagnie de M. Drake, mais elle avait fini par y renoncer. Même s'il avait été plus agréable d'éviter une confrontation avec M. Drake dans l'espace réduit de la voiture, il n'en était pas moins vrai que cette maison n'était plus la sienne et qu'elle n'y serait peut-être bientôt plus la bienvenue.

Il restait aussi à éclaircir la question des diamants. La promesse de M. Drake, certes, était sans doute aussi éphémère que tout ce qui s'était passé la veille. Ce qui signifiait qu'il ne lui resterait plus qu'à s'expliquer devant le comte de Comstock au sujet de la disparition des diamants. Elle ne pouvait croire qu'il aurait été aussi aimable que grand-maman le décrivait s'il avait connu la vérité.

Quelques petits coups frappés à la porte interrompirent sa réflexion.

— Allez-vous-en ! lança-t-elle, sachant qu'il ne se pouvait agir que de Gregory.

— Il faut que nous parlions, fit effectivement la voix de ce dernier.

— Non… Je n'ai plus rien à vous dire.

La porte s'ouvrit, laissant apparaître le jeune homme qui referma doucement l'huis dans son dos.

— Eh bien, c'est moi qui parlerai et vous m'écouterez.

— Si vous êtes venu me présenter vos excuses, vous pouvez vous en dispenser, répondit-elle, le regard baissé vers le plancher car elle n'osait pas le regarder.

— Je ne suis pas désolé par ce qui s'est passé la nuit dernière si c'est à ça que vous faites allusion. Jamais je ne demanderai pardon pour la nuit la plus merveilleuse que j'aie jamais passée.

— Si elle était si merveilleuse, pourquoi n'avez-vous pas parlé quand ma grand-mère s'interrogeait sur ce qui avait eu lieu entre nous ?

— Vous ne m'en avez pas laissé le loisir, répondit-il avant de tomber sur les genoux devant elle, si bien qu'il était impossible à Hope d'échapper à son regard. De même que vous ne m'en avez pas laissé le choix, hier soir, pas plus, d'ailleurs, que dans votre bibliothèque à Londres.

— Autrement dit tout est ma faute ? fit-elle en se levant pour le fuir.

Il lui saisit les mains, l'obligeant à rester là où elle était.

— Personne n'a commis de faute. Personne n'est à blâmer parce que nous n'avons rien fait de mal. Nous nous aimons, c'est tout.

— Croyez-vous ?

Lui avait-il déjà dit quelque chose de semblable ? Ou avait-elle considéré comme une chose acquise qu'il l'aimât en raison de ce qu'il lui avait fait ?

— Je pensais que c'était une chose entendue entre nous, répondit-il en lui lançant le même regard perçant et suspicieux que celui qu'elle lui adressait, mais après ce que vous avez dit à votre grand-mère, il m'a semblé que je m'étais trompé. Il ressortait de vos propos que vous préféreriez encore épouser un comte.

— Pas n'importe quel comte, rétorqua-t-elle en libérant ses mains. Le comte de Comstock !

— Maintenant que vous savez qu'il correspond à tout ce dont vous rêviez, je ne suis plus digne de vous, fit Gregory en se relevant.

— C'est faux, répondit-elle en détournant le regard pour ne pas lire dans le sien.

Il avait les yeux si limpides et sincères qu'ils en étaient aveuglants comme le soleil et la plongeaient dans la confusion.

— Cela n'a rien à voir avec vous, reprit-elle. Cela vient de moi…

Elle ne trouvait pas les mots pour expliquer ce qui s'était passé en elle, mais, en l'espace d'une matinée, elle avait changé.

— N'avez-vous pas compris que nous serions obligés de nous marier après ce qui s'est passé la nuit dernière ?

— Obligés ?

C'était pourtant ce qu'elle avait voulu. En se donnant à Gregory, elle avait cherché à s'assurer qu'il n'eût pas d'autre choix que de l'épouser. Or, à présent que cela était arrivé, il lui semblait qu'elle n'avait rien gagné, et était dans une profonde confusion.

— Oui, confirma-t-il d'une voix où perçait l'émotion. Vous pourriez, en effet, porter mon enfant. Or, je ne veux pas faire subir à un autre ce que j'ai moi-même enduré, c'est-à-dire abandonner un fils ou une fille, et le laisser élever par des étrangers.

Hope n'avait pas envisagé l'éventualité d'être enceinte de même qu'elle n'avait pas pensé que ce serait le premier motif invoqué par Gregory en lui faisant l'offre qu'elle avait tant espéré entendre dans sa bouche.

Ce qu'elle avait cru n'être qu'un acte d'amour se révélait assorti de contraintes et, en particulier, celle de la maternité. Puisqu'il ne se sentait attaché à elle que par le devoir, elle préférait le chasser de sa vie.

Blessée à vif dans son cœur et son amour-propre, elle se leva d'un bond et marcha jusqu'à la porte qu'elle ouvrit.

— Peut-être considérez-vous que nous devions nous marier, mais je n'ai pas l'intention de vous forcer à m'épouser pas plus que vous ne devez me forcer à le faire.

— Personne n'est soumis à une coercition, quelle qu'elle soit, répondit-il d'un air déconcerté. Si vous ne voulez plus de moi après ce qui s'est passé entre nous, je ne peux pas vous y obliger. Quant à la possibilité que vous soyez enceinte…

— Il n'y aura pas d'enfant ! répondit-elle, terrifiée à l'idée d'en attendre un.

Quel enfant voudrait d'une mère qui portait sur le visage la marque de la déchéance que sa sœur et sa grand-mère avaient décelée si aisément ?

— Je ne suis pas enceinte ! reprit-elle. Je le refuse ! Et si jamais je le suis, je vous donnerai l'enfant puisqu'il semble que ce soit la seule chose qui vous intéresse. Et maintenant, s'il vous plaît, laissez-moi tranquille.

— Vous croyez que je ne vous aime pas ? fit-il avec un rire nerveux. Vous vous trompez, Hope. J'ai plus de tendresse pour vous que je n'en aie jamais eue pour aucune autre femme.

En prononçant ces derniers mots, il tendit les mains vers elle comme dans un geste de supplication.

Se sentant faiblir, elle détourna le regard.

— Moi aussi, j'ai de la tendresse pour vous.

Sa voix ne sonnait pas juste à son oreille et les mots qu'elle avait employés étaient bien trop faibles pour contenir ses sentiments qui mêlaient dans une grande confusion l'amour et la peur.

— Mais quels que soient mes sentiments pour vous, reprit-elle, ils ne changent en rien la situation.

Elle ouvrit plus grand la porte et s'effaça dans l'espoir qu'il comprendrait.

— Entendu, mademoiselle Strickland, dit-il en remuant la tête d'un air stupéfait. Je suppose que je dois vous remercier d'avoir changé mon regard sur le monde et la place que j'y occupe. J'ai perdu beaucoup trop de temps à essayer d'être un homme meilleur que le père que je n'ai jamais connu. J'ai toujours pensé qu'il avait abandonné ma mère quand il l'avait sue enceinte, mais peut-être était-ce elle qui l'avait chassé de sa vie de la même manière que vous agissez maintenant avec moi.

» Vous m'aurez au moins appris que dans le domaine du cœur les femmes peuvent être aussi cruelles que les hommes. »

Ils repartirent tous les quatre pour Londres dans un silence qui ne laissait rien présager de bon. Mais ce silence était plutôt le fait de la comtesse, Hope et Gregory, car Charity, selon son habitude, s'était retirée dans la lecture dès qu'elle avait pris place dans la berline et semblait parfaitement inconsciente de la tension qui régnait autour d'elle.

La douairière, quand elle était montée en voiture, était égale à elle-même. Souriante, elle avait l'esprit tourné vers la plaisanterie et ne s'était pas privée d'exprimer son bonheur de jouer les chaperons auprès de ses petites-filles.

Sans se départir de son sourire, elle s'était assise près de Hope et avait lancé un regard à Gregory qui semblait dire : « Avancez ne serait-ce qu'un doigt en direction de ma voisine et je vous fais jeter hors de la voiture puis fouetter par le cocher. »

Quant à Hope, si elle n'avait pas été là, c'eût été la même chose. Non seulement elle ne desserrait pas les mâchoires, mais elle semblait même ne plus respirer. Immobile comme une statue, elle avait les yeux fixés sur sa sœur assise en face d'elle.

Gregory essayait de se convaincre qu'il valait mieux ce silence pesant plutôt qu'une scène de pleurs et de cris hystériques comme se terminaient le plus souvent les affaires de cœur. Les femmes, en effet, aimaient à rendre la séparation la plus douloureuse possible.

Ce n'était pas le cas, cependant, de Hope Strickland. Après plusieurs heures d'impassible silence, Gregory aurait aimé lire sur son visage quelque émotion, mais elle ne laissait rien paraître. Elle aurait pu n'être qu'une parfaite étrangère pour lui au lieu de la maîtresse la plus sensuelle qu'il eût jamais connue.

Le contraste était tel entre celle qu'il avait connue et celle qu'il avait, à présent, sous les yeux qu'il se demandait s'il n'avait pas rêvé tous les événements de la semaine passée. Rien dans le visage de la jeune femme, en effet, n'indiquait qu'elle eût éprouvé le moindre sentiment pour lui.

À leur arrivée à Londres, seulement, il eut la preuve qu'elle n'avait pas tout oublié. Il lui offrit la main pour l'aider à descendre et elle hésita à la prendre, mais ce n'était pas par crainte ou répulsion. Quelque chose dans son regard révélait qu'elle redoutait sa propre réaction à son contact. Gregory en conclut que son cœur n'était pas entièrement perdu pour lui et il en tira quelque réconfort.

Que ressentait-il lui-même, cependant, quand il la regardait ?

Il ne la quittait pas des yeux, à cet instant même, alors qu'après être descendue de la voiture sans son aide, elle traversait le trottoir en face de l'hôtel de Comstock.

Encore quelques pas et elle sortirait pour toujours de sa vie !

Il reprendrait sa routine. D'une mission à l'autre, ses clients changeraient de visage et il accomplirait son travail sans passion et en sécurité.

Le rejet de Hope, bien sûr, l'avait affecté, mais c'était nouveau dans sa vie de souffrir. D'autres femmes, certes, l'avaient quitté dans le passé mais jamais il n'avait fait l'expérience d'une telle douleur que celle qu'il avait éprouvée au petit déjeuner.

Après cette profonde déception, il s'était présenté à sa chambre avec la conviction qu'une simple explication suffirait pour rétablir la confiance entre eux.

Une jeune femme, pensait-il, aussi à cheval sur les principes qu'elle, comprendrait qu'un mariage précipité était la meilleure façon de sauvegarder son honneur. Mais une nouvelle fois elle l'avait rejeté et, à présent, il ne se sentait pas le cœur à faire une troisième tentative.

Ses pensées, cependant, se tournèrent de nouveau vers son père. Il s'était toujours représenté un débauché qui ne mesurait pas la peine infligée à sa mère quand il l'avait quittée. Mais peut-être n'avait-il été que lâche ? Peut-être s'était-il retiré honteusement et avait abandonné la jeune femme qu'il aimait parce qu'il n'avait pas eu le courage de demander sa main à son père ?

Gregory prenait conscience qu'il s'était forgé un caractère fondé sur la dissemblance avec une personne qu'il ne connaissait même pas. Peut-être était-ce la raison pour laquelle il était tombé amoureux d'une jeune fille d'un genre qui occasionnait plus de problèmes à quiconque était bon et juste plutôt que mauvais sujet.

Résolu à tenter sa dernière chance, il franchit le trottoir à grandes enjambées et lui barra le passage avant qu'elle ne franchît la porte d'entrée de l'hôtel particulier.

— Si cela vous convient, commença-t-il en lui adressant un sourire tel que ceux dont il la gratifiait lorsqu'ils étaient encore dans une relation d'employeur et d'employé, je serai devant votre porte, demain, à l'heure habituelle.

— Vous avez l'intention de revenir ? fit-elle sèchement. Qu'est-ce qui vous fait penser que je puisse avoir envie de vous revoir ?

— Il nous reste un objet à récupérer, répondit-il en sortant la liste qui était toujours dans sa poche. Il s'agit d'un vase chinois.

— Vous m'avez dit que vous pourriez le retrouver sans mon aide.

— J'ai eu tort, répondit Gregory en haussant les épaules. Il m'arrive de me tromper.

— Plus souvent que vous ne le pensez, monsieur Drake, lança-t-elle d'une voix perçante comme si à l'idée de le revoir elle était au bord de la crise d'hystérie. Apprenez que je n'ai plus du tout envie de vous voir.

— Je préférerais ne pas m'imposer à vous, mais j'ai une mission à terminer. Or, avec votre aide, elle sera plus vite achevée et je sortirai d'autant plus rapidement de votre vie.

Hope sembla réfléchir comme si elle soupesait les avantages et les inconvénients de la proposition de Gregory.

— Soit, dit-elle enfin. Mais je vous accorde une journée, pas un instant de plus. Si la recherche n'est pas accomplie demain en fin d'après-midi, vous vous en occuperez tout seul.

— Parfait, répondit-il avec aux lèvres toujours le même sourire inexpressif qui n'avait d'autre but que de la rassurer. Nous ferons de notre mieux, demain, pour régler définitivement cette question.

La comtesse attendait sa petite-fille dans le hall.

— Eh bien ? fit-elle, les bras croisés sur la poitrine, dès qu'elle la vit franchir le seuil de la porte.

Hope leva les yeux sur sa grand-mère en se demandant si elle allait recevoir une leçon de morale après toutes les exhortations que la douairière lui avait faites à ne pas respecter strictement les règles imposées par la société.

— Tu as parlé à M. Drake ? fit-elle. Avez-vous réglé votre différend que je puisse réserver St. George's pour la célébration de votre mariage ?

— Nous n'avons pas de différend, répondit Hope avec un sourire crispé. M. Drake a été engagé par M. Leggett pour récupérer les objets que vous avez vendus alors que vous n'en aviez pas le droit. Or, demain nous allons rechercher le vase chinois. Quand nous l'aurons rapporté ici, M. Drake sortira complètement de nos vies et nous ne le reverrons plus.

— Balivernes ! Lorsque je suis arrivée au manoir, il te regardait d'un air subjugué et semblait incapable de prononcer deux mots intelligibles. Et toi, on aurait dit Ève, la pomme dans la main, attendant le jugement divin.

Avait-il été si facile de lire dans leurs yeux ? Comment pourrait-elle se déplacer dans Londres avec lui sans que tout le monde ne s'aperçût de ce qui s'était passé entre eux ? Est-ce que la marque de leur infamie finirait par s'estomper ?

— Arrête de jouer avec ta mèche, Hope Strickland, fit la comtesse. Si tu cherches à te disculper, tu produis le résultat contraire. J'en veux à tes parents d'être morts avant de t'avoir appris à mentir. Heureusement, Charity n'a pas eu besoin qu'on lui apprenne l'art du mensonge pour le pratiquer à merveille. Elle est plus jeune que toi et, pourtant, certains jours je ne peux pas obtenir d'elle une seule vérité.

— Qu'est-ce que je vais faire ? fit Hope en prenant son visage entre ses mains comme si elle avait voulu cacher ces traits qui la trahissaient. Je ne peux me présenter devant personne et, en dernier, devant le comte de Comstock. Il pensera que je suis une dépravée et ne voudra rien avoir à faire avec moi.

La douairière remua la tête d'un air las.

— Ne perds pas ton temps à imaginer que les hommes ne voudront pas de toi. Il y en a plus qu'il n'en faut qui préfèrent une jeune fille dont le regard brille et dont les joues sont colorées. Il n'y a pas lieu d'avoir peur. En outre, si on te voit en compagnie de M. Drake, personne ne t'importunera.

— Je ne peux pas passer le reste de ma vie avec lui !

— Vous ne serez pas toute la journée ensemble… Mais rassure-toi. Le jour où tout le monde t'appellera Mme Drake, personne ne sera surpris que ton mari passe ses nuits dans tes bras.

Hope regarda sa grand-mère droit dans les yeux en lui répondant avec fermeté :

— Pour la dernière fois, grand-maman, mettez-vous dans la tête que je n'épouserai pas Gregory Drake. D'ailleurs, il ne m'a même pas demandée en mariage.

— Vraiment ? fit la comtesse qui, de façon surprenante, parut réellement perturbée par cette information. Dans ce cas, je vais le faire venir ici sur-le-champ pour qu'il te fasse sa demande. Et je ne veux pas que tu lui opposes un refus pour le punir parce qu'il aura tardé à la faire.

— La question ne se pose pas… Il m'a dit qu'il était de son devoir de m'épouser.

— Ça l'est en effet ! s'exclama la douairière d'un air exaspéré.

— Lorsque je suis allée le retrouver dans sa chambre, je pensais que…

— T'avait-il invitée à l'y rejoindre ? demanda la comtesse en fronçant les sourcils d'un air de confusion.

— Il ne m'aurait jamais fait ce genre de proposition. Avant que nous ne partions pour le Berkshire, il m'avait dit qu'il était préférable que nous cessions de nous voir.

— Et tu as insisté pour qu'il t'accompagne… Et dans la soirée, quand tout le monde dormait, tu t'es rendue dans sa chambre. Tu l'as harcelé jusqu'au moment où il a cédé au lieu de le laisser te faire la cour en bonne et due forme.

La douairière s'interrompit avant de conclure en haussant la voix :

— Et maintenant tu te plains de la qualité de sa demande en mariage !

Hope avait eu l'esprit si concentré sur son projet d'épouser le comte de Comstock qu'elle en avait oublié de conter fleurette à Gregory et de laisser leur relation se développer lentement comme il convenait. Ce qu'elle avait vécu avec lui était comparable à ce qui s'était passé au bal de Lord Ellingham où elle avait volé l'encrier au lieu de s'enquérir sur son origine.

— C'est comme l'encrier, dit-elle en fermant les yeux à cause de la honte que ce souvenir faisait naître en elle.

— Je ne sais pas de quoi tu veux parler, ma petite, mais si cela ressemble d'une manière ou d'une autre à la situation présente, je t'en prie, épargne-moi. Tout ce que je veux savoir, maintenant, ce sont tes sentiments pour M. Drake.

— Je l'aime, répondit spontanément la jeune femme avec un sanglot dans la voix.

— Alors cesse de torturer ce pauvre garçon, répondit la comtesse en soupirant. Ne m'as-tu pas dit qu'il devait venir demain matin pour rechercher avec toi le vase chinois qui était dans le hall du manoir ?

La jeune femme hocha la tête.

La douairière lança un regard au cartel posé sur une console de marbre.

— Il commence à se faire tard et je pense qu'il nous a assez vues pour la journée. Nous n'allons pas encore abuser de sa patience, mais s'il a le projet de revenir ici, c'est qu'il t'a déjà pardonné, ou qu'il ne sera pas difficile de l'en persuader.

» Fais tout ce qu'il t'est possible pour rétablir le lien entre vous. Demain, je me tiendrai au salon entre 14 heures et 19 heures au cas où il voudrait s'entretenir avec moi au sujet de votre avenir. Mais comme je le lui ai dit au petit déjeuner, je ne veux pas te voir te morfondre plus d'une semaine.

» Si dans ce délai, vous ne vous êtes pas décidés l'un pour l'autre, je me mettrai moi-même en quête d'un mari pour toi. Ce sera un mariage arrangé, mais je n'aurai plus à te supporter toute la journée avec ta tête de carême. »

16

Après avoir été harcelée par sa grand-mère, Hope alla se réfugier dans sa chambre pour découvrir que l'inquisition n'était pas encore terminée.

Sa sœur, en effet, l'y attendait.

Assise dans son lit avec plusieurs oreillers dans le dos, elle lisait les ouvrages poussiéreux qu'elle avait rapportés du manoir de Comstock et qui s'étalaient sur le couvre-lit.

— Que fais-tu là ? demanda Hope. Tu as ta propre chambre.

— Ni toi ni moi n'avons plus de chambre, rétorqua Charity en relevant à peine les yeux pour regarder sa sœur. As-tu oublié que le comte était arrivé ?

Hope ferma les yeux alors qu'une peur incontrôlée s'emparait d'elle. Elle ne les rouvrit que pour regarder fixement sa sœur.

— S'il n'est pas là, ce soir, il n'y a aucune raison pour que nous partagions cette chambre.

— Grand-maman prétend qu'il n'a pas l'intention de vivre à Londres, remarqua Charity d'un air dubitatif. Peut-être n'a-t-il pas compris que la session parlementaire est en cours et qu'il se doit d'occuper son siège à la Chambre des lords. Ce serait plutôt ridicule de sa part de rester à l'hôtel jusqu'à la fin de la saison mondaine.

— Ne t'inquiète pas, fit Hope avec amertume. Je suis certaine qu'il viendra nous mettre dehors le jour où il aura une meilleure appréciation de la situation.

— Tu veux dire lorsqu'il découvrira que les diamants ont disparu.

Hope écarta les livres de sa sœur pour s'asseoir au bord du lit.

— Qui t'en a parlé ?

Charity daigna enfin lever les yeux de son livre pour regarder Hope avec son expression habituelle de patiente supériorité.

— Personne n'a eu besoin de me le dire. Je joue avec la parure depuis que je sais marcher.

— Pardon ? fit Hope, stupéfaite.

— Toi et Faith, vous ne vouliez pas que je joue avec vos poupées, répondit Charity en haussant les épaules. Vous disiez que j'étais trop petite. Alors, pour me venger, j'ai volé le coffret à bijoux de grand-maman pour jouer à la lady.

— Petite polissonne, commença Hope avant de se souvenir qu'il n'était pas possible de changer le caractère de sa sœur et que de, toute façon, il n'avait jamais servi à rien de la sermonner.

— Grand-maman m'a surprise, un jour, alors que je portais toute la parure et que je m'étais même coiffée du diadème qui tombait sur mes yeux. Elle a beaucoup ri mais m'a fait promettre de tout remettre dans le coffret quand j'aurais fini de jouer. Elle en a retiré, toutefois, auparavant, certains bijoux auxquels elle tenait davantage. Il s'agissait de cadeaux de la part de grand-père. Elle m'avait semblé, ce jour-là, se moquer éperdument de cette parure, privilège des comtesses de Comstock. Ne trouves-tu pas cela étrange ?

— Il y a longtemps que je ne m'étonne plus du comportement de grand-maman.

— Eh bien, moi son attitude m'a intriguée. Quand j'ai été assez grande pour comprendre, je suis allée à la bibliothèque…

— Quelle surprise ! s'esclaffa Hope.

— J'y cherchais un livre qui m'expliquerait la différence entre les vrais diamants et les faux. Ce fut alors que je remarquai les rayures sur les pierres. Or, le diamant présente la particularité d'être très résistant. Seul un diamant peut en entamer un autre.

— Tu ne t'es pas posé de questions en comprenant que la parure était en strass ?

— Puisque ça ne préoccupait pas grand-maman, répondit Charity, pourquoi veux-tu que cela m'eût inquiétée ?

— Parce que notre grand-mère, qui aurait dû nous protéger, ne cessait d'accomplir des actes qui nous mettaient en danger. Elle volait des objets qui ne lui appartenaient pas et les mettait en gage sans même réfléchir aux conséquences de ses larcins. Au fond, si elle ne faisait pas cas du fait que les diamants fussent en strass, c'était bien la preuve qu'elle avait vendu les vrais diamants.

— Ou parce qu'ils étaient déjà faux quand elle les avait reçus le jour de son mariage où elle les avait portés pour la première fois. Et peut-être, même, étaient-ils déjà en strass à la génération précédente ?

Charity, qui parlait avec autorité, s'interrompit un instant pour voir l'effet de ce qu'elle disait sur sa sœur puis elle poursuivit :

— Elle ne sait pas qu'ils sont faux ou elle l'a toujours su et s'y est habituée. Quelle que soit la réponse à cette question, cela n'a aucune importance.

— Tu te trompes. C'est au contraire d'une importance capitale. Nous serions des menteuses si nous transmettions la parure au comte de Comstock en prétendant que les diamants sont vrais.

— Nous n'avons rien à lui transmettre, repartit Charity. Ils lui appartiennent déjà. Et il est vraisemblable que l'agent qu'il commettra pour établir l'inventaire de son mobilier n'aura aucune connaissance des diamants. Il ouvrira le coffret pour vérifier que toutes les cases sont remplies, rendra compte dans son grand livre de ce qu'il a vu puis refermera le coffret à clé.

— Mais lorsque la future comtesse de Comstock portera la parure, elle s'apercevra tout de suite qu'elle est fausse, répondit Hope d'un air horrifié.

— Personne ne l'a encore vu.

— Parce que notre grand-mère est maîtresse dans l'art de la mystification, rétorqua Hope avec une moue de dégoût.

— À moins qu'elle n'ignore la vérité, insista Charity. C'est une possibilité, vois-tu.

— Très improbable.

— Toi, par contre, qui n'as jamais su mentir, tu connais la vérité. C'est la raison pour laquelle, d'ailleurs, tu es convaincue d'un désastre imminent. Comme tu l'as prouvé au cours des vingt-quatre heures qui viennent de s'écouler, tu es incapable de garder un secret. Il ne faut donc pas compter sur toi pour cacher la vérité au comte de Comstock.

— Je laisse tout voir sur mon visage, fit Hope d'un ton évasif. À cause de cela, et même si j'arrive à convaincre M. Drake de demander ma main à grand-mère, je devrai rester cachée jusqu'au jour du mariage. Je ne peux pas me faire voir dans l'état où je suis.

— Tu as l'impression d'avoir déchu ?

Charity prit son visage entre ses mains et feignit de s'évanouir avant de se rasseoir énergiquement.

— Arrête de te jouer cette comédie et va te regarder dans la glace.

— Je n'en ai pas envie.

— Tu ne peux pas fuir indéfiniment la vérité. Va te voir.

Hope hésita un instant encore puis se leva brusquement de crainte que son expression ne fût fugitive et ne changeât si elle tardait à se présenter devant le miroir.

Elle s'assit devant la coiffeuse et approcha le visage de la glace. Sa sœur et sa grand-mère n'avaient pas menti. Quelque chose avait changé en elle, mais quoi au juste ? Elle avait la même coiffure que la veille, sa robe n'était pas neuve, elle n'avait jamais eu besoin de fard ni de poudre… Or, elle n'en portait pas plus aujourd'hui que n'importe quel jour.

Ce fut alors qu'elle vit ce qui avait changé en elle.

Comme Charity le lui avait rappelé, elle n'avait jamais été bonne pour feindre ou dissimuler, mais ça ne voulait pas dire non plus qu'elle fît une tête d'enterrement quand elle était confrontée à une difficulté. Les problèmes n'étaient pas moins difficiles à résoudre lorsqu'on gardait le sourire mais, du moins, s'épargnait-on les remarques des curieux qui voulaient connaître la cause de notre désarroi.

Aujourd'hui, cependant, il semblait qu'elle n'était plus capable de modifier son expression. La confusion qui se lisait dans son regard, de même que l'étonnement, n'étaient que trop réels. Elle avait cru y découvrir les signes de sa déchéance et, en fait, elle n'y voyait que ses émotions transparentes et exposées à tous les regards.

— Je vais probablement épouser M. Drake, dit-elle en s'étonnant du sourire radieux qui naissait sur ses lèvres.

Il ne faisait aucun doute qu'elle fût amoureuse, pensa-t-elle devant cette manifestation spontanée des traits de son visage.

— Tu ne parles plus, du moins, de la nécessité de devenir la prochaine comtesse de Comstock. Tu serais, d'ailleurs, la dernière fille au monde que je choisirais pour se pavaner dans Londres avec un diadème en strass.

— Tu as sans doute raison, reconnut Hope qui se sentait étrangement soulagée de renoncer au projet d'épouser Miles Strickland, mais je dois tout de même rencontrer notre cousin pour lui expliquer que les diamants ont disparu.

— Tu pourrais aussi bien l'éviter et retourner dans le Berkshire. Tu n'as aucune obligation de le rencontrer, sais-tu. Aucune loi ne nous oblige à fréquenter notre famille si nous n'en avons pas envie.

— Certainement, répondit Hope à l'esprit de laquelle il n'était jamais venu qu'elle avait la possibilité d'éviter Miles Strickland.

Si elle se retirait à la campagne, il n'irait peut-être pas l'y chercher.

— En admettant qu'il ne se marie pas rapidement, fit remarquer Charity, nous serons loin de lui avant qu'il ne s'intéresse aux diamants.

— Il n'y a pas d'urgence, en effet, pour qu'il les cherche,

reconnut Hope. Ce n'est pas comme s'il s'agissait du collier que portent les lords quand ils siègent au Parlement.

Elle ne se sentait pas seulement mieux au sujet de l'avenir mais déjà presque heureuse.

— Alors, c'est entendu, fit Charity. Si tu ne peux pas tenir ta langue, évite Miles Strickland et renonce à l'idée de devenir sa comtesse. Si tu te maries, ce sera avec un homme qui résolve tes problèmes plutôt qu'il n'en ajoute, et qui te protège contre ta nature excessivement vertueuse. Aussi ne puis-je te suggérer d'épouser un homme plus conforme à tes attentes que Gregory Drake.

Le sourire de Gregory s'effaça dès qu'il fut hors de portée de vue de l'hôtel de Comstock. La douairière lui avait donné une semaine pour mettre les choses au clair. Or, même si elle ne plaidait pas sa cause, il ne pensait pas que pendant ce laps de temps elle œuvrerait activement contre lui.

Cependant, si elle lui avait accordé sept jours, le temps que Dieu avait mis pour la Création, Hope Strickland ne lui en avait donné qu'un. Il fallait qu'il trouvât le moyen d'allonger ce délai de façon à ce que sa colère se fût suffisamment assagie pour qu'elle fût en état d'entendre ses excuses.

Avant d'avoir connaissance de l'étendue de son problème, il avait essayé de la convaincre de sa capacité à faire des miracles. Or, s'il en fallait un, c'était bien aujourd'hui. Il lui fallait, en effet, une poignée de diamants de trois carats pour aplanir les difficultés entre eux.

Il commença sa recherche chez le joaillier qui avait fourni le coffret de la parure des Comstock. Après avoir parlé au propriétaire, il se rendit dans une autre boutique un peu louche. Et de là, il gagna un autre lieu si secret qu'aucune inscription ne figurait au-dessus de la vitrine et que la porte d'entrée ne correspondait à aucun numéro.

Il en ressortit, un peu plus tard, très satisfait.

Sa tâche suivante était en relation avec le comte de

Comstock. Il ne s'en préoccupait guère tant qu'il le savait en mer, mais depuis qu'il avait mis pied à terre en Angleterre, il nourrissait pour lui une véritable haine qui n'avait fait que se conforter après la description que la comtesse avait donnée de sa personne.

Il était évident qu'aussi longtemps que Hope demeurerait Mlle Strickland, son cousin serait une menace à leur futur bonheur. Quelque chose devait être entrepris.

L'agent de Gregory, qui surveillait les quais de Bristol, confirma que Miles Strickland, qui voyageait seul à l'exception de son chien, était arrivé cinq jours plus tôt à Bristol et qu'après s'être rendu à Londres avec la douairière, avait fait porter ses bagages à l'hôtel Clarendon où, depuis, il résidait.

Il était, bientôt, l'heure de souper et la cuisine, au Clarendon, était excellente. Il ne se pouvait trouver, selon Gregory Drake, un meilleur moment pour voir de plus près à quoi ressemblait son concurrent dans la compétition pour obtenir les attentions de Hope.

Lorsqu'il se présenta dans la grande salle à manger du Clarendon, presque toutes les tables étaient occupées. Il fit un signe au maître d'hôtel alors qu'il scrutait l'assistance dans l'espoir d'identifier celui qui aurait pu être le lointain cousin de Hope.

Il aperçut, enfin, dans un coin mal éclairé de la salle, seul à une petite table, un homme dont les épaules s'affaissaient tellement qu'on eût dit qu'il portait tout le poids du monde.

Gregory indiqua du menton le client au maître d'hôtel.

— S'agit-il d'un Américain ? demanda-t-il au maître d'hôtel.

Ce dernier acquiesça.

— Oui… Il s'agit de M. Strickland de Philadelphie.

— A-t-il demandé à être assis à l'écart ou l'a-t-on mis là délibérément ?

— Il nous a dit qu'il ne souhaitait pas avoir de compagnie et préférait être seul à une table.

— Eh bien, puisqu'il ne reste presque plus de places libres

pour vos derniers clients, conduisez-moi à lui. Nous verrons bien si ma présence l'incommode.

En approchant de la table, Gregory dit d'un ton enjoué :

— Potts ! Mon cher Potts ! Nous ne nous sommes pas vus depuis Cambridge !

Il prit place en face de Miles Strickland en ajoutant :

— Je n'ai jamais vu cette salle à manger aussi bondée. Cela ne vous dérange pas si je m'assieds en face de vous ?

Strickland avait un aspect aussi misérable de face que de dos. La comtesse, en fin de compte, n'avait peut-être pas exagéré quand elle avait évoqué sa visite à leur cousin dont elle avait appris qu'il était arrivé malade.

Il avait le teint cireux, sans doute en raison d'une pauvre alimentation, de la longueur du voyage et des interminables nausées qui avaient dû le contraindre de passer toute la traversée, plié en deux sur l'entrepont. Sa redingote, d'ailleurs, flottait autour de lui comme s'il avait perdu beaucoup de poids.

Heureusement pour Gregory, Strickland n'avait pas encore acquis la nature hautaine d'un lord ni pris conscience qu'un homme de son importance n'aurait jamais dû se laisser déranger par un intrus de son espèce. Un mot à la réception et la simple précision sur le registre de l'hôtel : comte de Comstock, et le regard du personnel aurait été changé.

Mais comme il n'avait pas pris ces précautions, il restait interloqué par la soudaine intrusion de Gregory devant lequel il ne savait comment réagir. Il finit par lui répondre avec son accent nasillard d'outre-Atlantique :

— Je suis désolé… Vous faites erreur… Je ne suis pas celui que vous croyez.

Gregory feignit la surprise et se mit à cligner des paupières comme l'avait fait Miles Strickland quand il s'était adressé à lui.

— Vous êtes Américain ? En effet, vous ne pouvez pas être mon ami Potts bien que vous lui ressembliez étonnamment.

Gregory survola du regard l'assistance avant de s'adresser de nouveau à son interlocuteur :

— Ce lieu est bondé comme toujours, mais je crois que

je n'y ai jamais vu autant de monde. Cela vous déplairait-il si je soupais à votre table ?

— Non, pas du tout, répondit Strickland avec un regard qui semblait affirmer le contraire.

— Gregory Drake, fit ce dernier en tendant la main à l'Américain.

— Miles Strickland, répondit le comte de Comstock en serrant la main de Gregory.

— Il me semble que vous venez d'arriver en Angleterre, monsieur Strickland. Quelles sont vos impressions ?

Comstock but une longue gorgée de vin avant de répondre :

— Mauvaises, monsieur Drake. Je ne suis pas surpris que mon pays se soit battu pour son indépendance et n'ait voulu d'aucune manière dépendre de l'Angleterre dont les dirigeants sont choisis en fonction de leur nom et non leurs compétences.

— J'en tire la conclusion que vous ne resterez pas longtemps parmi nous.

Miles Strickland parut alors encore plus misérable et il versa le fond de sa bouteille dans son verre qu'il vida, ensuite, d'un seul trait.

— Si j'avais de quoi m'offrir la traversée, je prendrais le premier navire à destination de New York.

— Il est heureux que nous nous rencontrions, monsieur Strickland, fit Gregory. Il me semble que vous pourriez avoir besoin de mes services.

Il plongea la main dans sa poche et en sortit une carte de visite.

Le comte la consulta un moment d'un air perplexe.

— Vous vous décrivez comme une personne ayant le don de régler les problèmes d'autrui… Est-ce une activité courante en Angleterre ? Je suis certain, pour ma part, de n'avoir jamais rien vu de tel dans le Massachusetts.

— C'est un peu la même chose chez nous. Autant que je sache, je suis le seul à Londres à pratiquer ce métier.

Strickland hocha la tête d'un air sombre.

— C'est très intéressant, mais ce qui m'arrive ne peut être

résolu. D'ailleurs, lorsque vous connaîtrez la nature de mon problème, je doute que vous soyez enclin à m'aider même si vous en êtes capable.

— C'est ce qu'ils disent tous, répondit Gregory en souriant. Il fit un signe de la main pour que le maître d'hôtel s'approchât et lui commandât un menu.

— Apportez-nous une autre bouteille de cet excellent vin, ajouta-t-il. M. Strickland a la courtoisie de m'accepter à sa table. J'espère qu'il voudra bien partager ma boisson.

Puis, s'adressant à l'Américain, il ajouta :

— Après quelques côtelettes d'agneau et deux ou trois verres de vin, vous me confierez ce problème qui semble tant vous peser.

On leur servit à dîner, à boire abondamment et, ensuite, la conversation devint captivante…

17

Le lendemain matin, Gregory, selon son habitude, arriva à l'hôtel de Comstock à 10 heures précises.

Il s'était levé, cependant, plus tôt que les autres fois pour apporter à sa toilette un soin particulier. Sa cravate comme sa chemise étaient d'un blanc immaculé, il était rasé de près et il portait son plus beau manteau. Des gants neufs aux mains, il avait passé un temps inhabituel à disposer son chapeau sur sa tête, cherchant l'angle le plus flatteur pour son visage.

Il n'était pas d'une nature vaine, mais c'était, peut-être, la dernière fois qu'il voyait celle qu'il aimait, et voulait qu'elle gardât un beau souvenir de lui.

À moins que ce ne fût pas la dernière fois ? Dans ce cas, tout devait être parfait dans le déroulement de cette journée.

Hope, comme dans les occasions précédentes, l'attendait dans le hall de l'hôtel particulier.

Avait-elle pris un soin particulier à sa toilette ? s'interrogea Gregory en franchissant le seuil de la porte.

Il semblait que ce fût le cas car le chapeau, de toute évidence neuf, de la jeune femme s'accordait à son manteau de velours vert, qui aurait mieux convenu pour Bond Street que les faubourgs où Gregory se proposait de l'emmener. Même sa boucle de cheveux indisciplinée était soigneusement glissée sous son chapeau.

— Êtes-vous prête à venir avec moi, mademoiselle Strickland ? demanda-t-il en lui tendant la main.

Il sentit qu'elle tremblait quand elle lui donna la sienne.

— Oui, monsieur Drake, répondit-elle. Terminons-en avec cette quête d'objets insolites et ébréchés.

L'arrogance des premiers jours s'était effacée de sa voix et avait été remplacée par une douceur inattendue. Gregory se demandait aussi s'il avait réellement vu briller son regard au moment où elle avait rabattu la voilette de son chapeau ? Il avait eu l'impression qu'une larme s'y formait.

Hope, à présent, était assise en face de lui dans la voiture, mais il ne pouvait dire si elle détournait les yeux ou si elle le fixait comme lui-même le faisait. C'était, de toute façon, sans importance. Il n'avait pas l'intention de lui laisser un seul instant de répit en cette journée primordiale. Chaque parole, en effet, qu'il parviendrait à lui arracher, le rapprocherait d'un pas de l'amour qu'il attendait d'elle.

— Avez-vous bien dormi ? demanda-t-il.

À un frémissement de sa voilette, il comprit qu'elle avait repris son souffle. Sans doute avait-elle trouvé sa question trop intime.

— Vous n'êtes pas censé me poser ce genre de question, monsieur Drake, répondit-elle, confirmant les impressions de Gregory.

Elle ne l'avait pas appelé par son prénom, mais elle ne lui avait pas non plus parlé sèchement. Il semblait que la situation s'améliorait plus qu'il ne l'avait prévu.

— Auriez-vous préféré que je vous parle du temps ?

En disant cela, il écarta le rideau et regarda par la vitre.

— C'est une belle journée, n'est-ce pas, mademoiselle Strickland ?

Il y eut un silence comme si elle ne pouvait se décider à répondre à la plus simple des questions puis elle prit enfin la parole :

— Je suis désolée, monsieur Drake. Après tout ce qui s'est passé entre nous, je ne crois pas que je sois capable de parler avec vous de la pluie et du beau temps.

— Qu'aimeriez-vous faire d'autre ?

Il avait plusieurs suggestions à lui faire, mais aucune ne semblait appropriée à la vive clarté du jour ni à l'exiguïté de la voiture.

— Vous présenter mes excuses, murmura-t-elle. C'était très incorrect de me rendre dans votre chambre… Et je me suis conduite encore plus mal, le lendemain, en présence de grand-maman. Je vous ai traité d'une manière impardonnable.

Elle avait dit tout cela précipitamment et d'une voix si faible qu'elle était à peine audible au-dessus du bruit que faisaient les roues de la voiture.

— Peut-être, reconnut-il, mais je ne peux pas vous en faire le reproche. Je n'aurais pas dû permettre qu'il se passe entre nous ce qui a eu lieu. Quand je suis en mission, je mets un point d'honneur à me comporter avec le plus grand respect envers les membres de la famille de mon employeur. Or, avec vous, je n'ai pas respecté cette règle.

— C'est égal, répondit-elle dans un murmure.

— Je ne crois pas que ce le soit. S'il était possible de revenir au premier jour où nous nous sommes rencontrés, je ferais en sorte que tout fût différent.

— Mais dans la mesure où ce n'est pas possible de remonter le temps, ne croyez-vous pas que ce soit possible de tout reprendre à partir de maintenant ?

Elle avait parlé d'une voix si peu timbrée qu'il l'avait à peine entendue.

— J'aimerais beaucoup, dit-il, mais pour le faire, nous devons attendre que la liste soit complète.

— Quelle différence cela fait-il ? demanda-t-elle.

— Une grosse différence. Je ne serai plus au service de votre beau-frère. Si vous avez encore envie de me voir, nous nous rencontrerons dans des réunions amicales en présence de chaperons. Nous serons comme des amis.

— Ou plus que des amis, dit-elle.

À peine eut-elle parlé qu'elle prit conscience que ce n'était pas à elle de faire ce genre de demande.

Devinant sa pensée, il lui sourit pour la rassurer.

— Nous verrons cela cet après-midi après avoir retrouvé le vase.

— Je l'espère.

Gregory ne pouvait voir le sourire de Hope derrière sa voilette mais il l'entendait dans sa voix.

— Vous m'en voyez réjoui, mademoiselle Strickland, répondit-il sur un ton professionnel pour ne pas laisser voir la profondeur de sa joie, mais, d'abord, retrouvons le vase.

Il tira une feuille de sa poche et la présenta à la jeune femme.

— J'ai établi une liste des antiquaires et brocanteurs susceptibles de l'avoir racheté à votre grand-mère. Avez-vous réussi à obtenir d'elle une description plus détaillée de l'objet ?

— Je n'en ai pas besoin. Je sais parfaitement à quoi ressemble ce vase et je puis vous dire de façon affirmative qu'il ne se trouvait dans aucune des boutiques que nous avons visitées jusqu'à aujourd'hui.

— Ne vous en faites pas, mademoiselle Strickland. Je n'ai aucune intention de vous faire perdre votre temps dans ces lieux infâmes.

— Je ne vois pas, d'ailleurs, remarqua Hope, pourquoi vous ne pourriez choisir le premier vase que nous rencontrerons, dès l'instant où il mesure un mètre de haut et est de facture chinoise.

— Ça ne serait pas honnête, répondit-il en réprimant le sourire qui se formait sur ses lèvres devant l'impatience de la jeune femme d'en avoir fini avec ces objets vendus par sa grand-mère. Vous m'avez dit, d'ailleurs, lors de notre premier entretien qu'il n'était pas envisageable de remplacer un objet par un autre.

— C'est vrai, reconnut-elle avec un soupir de déception.

— Ne vous inquiétez pas, mademoiselle Strickland. Je vous conduirai, s'il le faut, jusqu'à la dernière boutique de Londres, et même en Chine, mais nous rapporterons le bon vase à la juste place de la maison d'où il provient.

Lorsqu'ils parvinrent à la première adresse, ils reprirent les mêmes habitudes qu'ils avaient observées dans leurs précédentes recherches. Gregory fit la conversation avec le propriétaire pendant que Hope passait en revue les objets exposés. Comme elle ne trouvait rien qui ressemblât au vase de ses ancêtres, après quelques instants d'investigations, elle lui toucha le bras, fit non de la tête et ils rejoignirent leur attelage.

Ils tentèrent leur chance dans une autre boutique puis encore une autre. Au cours de leurs précédentes recherches, ils avaient fini par trouver ce qu'ils voulaient après quelques arrêts, mais, cette fois, ils parvinrent en bas de la longue liste de boutiques établie par Gregory sans avoir mis la main sur le vase.

Or, après les progrès qu'il avait accomplis avec Hope vers une trêve, Gregory ne voulait pas que l'après-midi fût gâché à cause de la simple malchance.

— J'espère que vous ne pensez pas que je vous fais tourner en rond. Je vous assure que je pensais qu'à cette heure de la journée, nous aurions trouvé quelque chose.

— Je suis certaine que vous faites de votre mieux, répondit-elle. D'ailleurs, nous trouverons, peut-être, le vase au prochain arrêt.

Lorsqu'ils entrèrent dans la dernière boutique de la liste, Gregory retint son souffle et marmonna une prière car il se trouvait un énorme vase chinois dans un coin de la salle. Hope, d'ailleurs, s'en approcha aussitôt et laissa ses mains glisser le long de sa paroi.

— Est-ce celui que nous recherchons ? demanda-t-il, debout derrière la jeune femme au-dessus de l'épaule de laquelle il observait, lui aussi, le vase.

— C'est la bonne couleur, répondit-elle. Celui qui était à la maison présentait des guirlandes de fleurs bleues comme celui-ci avec un dragon de la même teinte sur un fond rouge.

Elle désigna le socle en fonte du vase.

— Je me suis pris le pied plus d'une fois dans son socle.

Elle passa le doigt sur le col du vase et remua la tête en signe de dénégation.

— C'est lisse, alors qu'il devrait être craquelé.

— Nous recherchons un vase fêlé ?

Gregory s'efforça de se contenir mais Hope, en retournant, vit qu'il étouffait un rire.

— Je suppose que vous voudriez que nous créions quelques fêlures sur celui-ci ? fit la jeune femme à laquelle l'humour de la situation n'échappait pas.

— Je suis prêt à le faire si cela déclenche votre hilarité, répondit-il à mi-voix, mais je vous ai promis de retrouver le bon vase et je tiens toujours mes promesses. Venez. Il y a d'autres endroits que je n'ai pas mentionnés sur la liste où nous pouvons aller voir.

Ils visitèrent trois autres boutiques et Gregory, après chaque échec, trouvait plus difficile de sourire. S'il voulait convaincre Hope qu'il était en mesure de prendre soin d'elle et d'assurer son existence, il ne voulait pas échouer en sa présence.

— Je commence à me demander si vous ne cherchez pas à inscrire un échec dans mes résultats jusqu'alors proches de la perfection, remarqua-t-il d'un air détaché.

— Je vous ai déjà dit que je ne croyais pas que vous puissiez régler tous les problèmes, répondit-elle sur le même ton.

Elle faisait de nouveau allusion aux diamants, bien que depuis qu'il l'avait vue, la veille, elle avait changé d'attitude à cet égard. Elle donnait l'impression, en effet, de s'être résignée à l'idée qu'ils étaient perdus pour toujours.

— Il se présente, parfois, des solutions auxquelles vous n'auriez jamais pensé, remarqua-t-il avec un sourire encourageant.

— Si vous suggérez que je me sauve en votre compagnie et laisse tomber la question des diamants, vous faites fausse route. Quoi qu'il arrive, je n'abandonnerai pas ma sœur et ma grand-mère quand elles ont le plus besoin de moi.

La déclaration de la jeune femme le surprit alors qu'il n'était pas sur ses gardes. Elle lui avait, pourtant, donné l'impression d'être aussi impatiente que lui de repartir ensemble de zéro.

Or, maintenant, il avait l'impression qu'elle venait de lui claquer au visage la porte qu'ils avaient ouverte toute grande le matin même. Comme toujours, les Strickland étaient d'un côté et lui de l'autre. Ni une folle nuit d'amour ni une journée à la courtiser avec toute l'élégance et la retenue nécessaires ne parviendraient à vaincre les préjugés de Hope.

— Bien sûr, dit-il laconiquement.

L'attelage s'arrêta devant la dernière boutique à laquelle il avait pensé, et c'était mieux ainsi. S'il devait échouer, il était préférable que cela arrivât le plus tôt possible. Il lui révélerait, alors, les dernières informations qu'il détenait et qu'il ne lui avait pas encore transmises, et il constaterait si elles la décevaient ou la réconfortaient.

— Je ne pense pas trouver satisfaction ici, dit-il avec un haussement d'épaules. Nous n'y sommes jamais entrés car je ne crois pas que le propriétaire entrepose quoi que ce soit de valeur. Mais je ne renoncerai à chercher votre vase que lorsque j'aurai épuisé toutes les possibilités.

En dépit du froid mordant de février, la porte d'entrée de la boutique était ouverte et laissait échapper de la fumée. Une fois que leur vue se fût adaptée à la faible lumière qui régnait à l'intérieur, ils constatèrent que la fumée venait essentiellement d'un petit poêle dans un angle de la salle où se consumaient quelques morceaux de charbon. Le reste s'élevait d'une longue pipe que le propriétaire tenait à la main et de laquelle il tirait des bouffées de fumée odorante produite par le plus infect tabac qu'on pût trouver à Londres.

— Bonjour, Tibbett, fit Gregory en pressant un mouchoir contre son nez pour ne pas sentir l'odeur.

— Drake !

L'homme retira la pipe de sa bouche, et la fumée qui enveloppait son visage de volutes se dissipa suffisamment pour révéler sa mâchoire édentée.

— Q'est-ce que je peux faire pour vous ?

— Nous cherchons un vase chinois. Très grand et de forme ovale.

Tout en parlant, Gregory imita la forme de l'objet.

— Je n'ai guère de demandes pour ce genre de chose, répondit Tibbett en fronçant les sourcils.

Indiquant du doigt la vitrine, il ajouta :

— Tout ce que j'ai se trouve ici.

Gregory fit signe à Hope d'aller voir elle-même bien qu'un simple coup d'œil à la vitrine lui eût suffi pour s'assurer qu'il ne s'y trouvait rien de comparable au vase qu'ils avaient vu précédemment.

La jeune femme, en ressortant de la boutique pour en regarder la vitrine, heurta du pied un objet qui servait à maintenir la porte grande ouverte. Gregory, qui n'était pas très éloigné d'elle, se précipita pour la recevoir dans ses bras et éviter qu'elle ne tombât.

La même scène s'était présentée le premier jour où il l'avait connue et cela, étrangement, se renouvelait. Quoi qu'elle dît ou fît, il l'aimait et l'aimerait toujours. Il n'y pouvait rien. Il était avant tout soucieux de son bonheur.

Elle était trop préoccupée par ce qui l'avait fait tomber pour prêter attention au soutien qu'il lui avait apporté. Se dégageant de ses bras, elle s'accroupit et ramassa l'objet qui maintenait la porte. Libre de tourner sur ses gonds, elle se referma violemment.

Hope se releva en exhibant la cale, qui ressemblait étrangement à un socle de vase en fonte, et la porta au comptoir en titubant car elle devait bien peser quatorze livres.

Elle la posa bruyamment devant M. Tibbett sous le regard ébahi de Gregory.

— Le vase est ici, dit-elle. Ça ne fait aucun doute. J'ai tapé du pied si souvent dans ce socle que je le reconnaîtrais entre mille.

Apparemment, elle n'avait plus besoin de l'aide de Gregory. Elle releva, d'ailleurs, sa voilette, et, s'adressant toujours au propriétaire, reprit :

— Ne pouvez-vous trouver pour moi le vase qui correspond à ce socle. Il est à peu près de cette taille…

Elle décrivit avec les bras un grand cercle.

— Il m'arrive à peu près à la taille et est décoré de chrysanthèmes et d'un dragon.

— Vous voulez dire plutôt un gros serpent bleu ?

— Oui, d'une certaine manière…

— J'avais eu l'intention de m'en débarrasser. Il est en mille morceaux. Mais la vieille dame qui me l'a apporté m'avait promis de revenir le chercher.

— C'est certainement lui, j'en suis sûre.

— Vous dites qu'il est en morceaux ? fit Gregory.

— Étant donné son état, je ne voulais pas le prendre mais la vieille dame a insisté.

— Ma grand-mère peut se montrer très persuasive, mais exactement comme elle vous l'avait promis, nous sommes venus le rechercher et vous verser la somme due.

— Quelles étaient exactement les conditions attachées à ce vase ? demanda Gregory.

Hope ignora sa question, de même que M. Tibbett.

— Il est dans l'arrière-salle, dit-il en leur montrant le fond de la pièce.

Quand Gregory écarta le rideau séparant les deux espaces, le propriétaire reprit la parole :

— Vous aurez besoin d'une chandelle. Il fait nuit de ce côté. Je ne gaspille pas d'argent pour éclairer tous ces objets sans valeur.

— Ce que nous avons passé notre journée à chercher ne vaut rien ? fit Gregory en se tournant vers Hope qui venait de prendre un bougeoir et s'approchait du poêle pour l'allumer.

Elle repassa près de Gregory en tenant le bougeoir au bout de son bras tendu pour éclairer le plus loin possible.

— Le voilà ! s'écria-t-elle après quelques instants en indiquant une caisse dans un angle de la salle.

— Il n'était pas cassé quand il est arrivé, expliqua Tibbett sur la défensive, mais lorsque j'ai essayé de le déplacer…

Hope lui fit un signe rassurant.

— Ne vous faites pas de soucis, monsieur. Il était déjà bien fêlé et ébréché avant d'arriver chez vous. Il se trouvait dans le hall de notre maison où, avec mes sœurs, lorsque nous étions petites, nous faisions la course. Régulièrement l'une ou l'autre d'entre nous le heurtait assez violemment. Mais c'est finalement moi qui l'ai dissocié de sa base.

» J'ai utilisé, à l'époque, autant de colle que j'ai pu pour le remettre sur son socle puis j'ai fait une prière pour que ça tienne. Mon grand-père, qui m'avait vu faire, m'a donné une punition, mais ça n'a pas effacé les fêlures. »

— Je n'ai pas été informé des dégradations qu'il avait subies quand j'ai reçu ce vase, dit Tibbett en plissant les yeux. J'en veux son prix d'origine.

— Mais moi je n'ai pas envie de gaspiller l'argent de mon client pour racheter un vase que vous avez été trop paresseux pour le jeter à la poubelle, rétorqua Drake d'un air aussi menaçant que son interlocuteur.

— Donnez à ce gentleman le prix qu'il en demande, monsieur Drake, dit Hope qui venait de se baisser pour rassembler les morceaux composant le vase de Chine. Je vais le reconstituer lorsque nous serons arrivés à la maison.

— Pardonnez-moi de vous poser cette question, Hope, mais avez-vous perdu la tête ?

La réponse était, apparemment, évidente pour lui, pensa Hope qui ne prit même pas la peine de lui faire une remarque sur son manque de tact. À genoux, elle rassemblait les morceaux du précieux vase qu'elle s'apprêtait à recueillir dans sa jupe.

Gregory, à cet instant, lui prit le poignet et la fit se relever.

— Si vous tenez vraiment à rapporter ces débris chez vous, laissez-moi le faire. Je crains que vous ne vous coupiez les mains.

Elle le fusilla du regard d'un air de dire qu'il n'était ni son mari ni son amant et n'avait aucun droit de lui donner des ordres. Dans les yeux de Gregory se lisait une profonde impatience et comme un reproche.

Se tournant, enfin, vers Tibbett, il reprit :

— Je vous donne le prix que vous en voulez si vous nous donnez une caisse dans laquelle nous disposerons le vase et ses débris.

— Je vous donnerai plutôt un sac pour les débris.

— Entendu… Vous seriez aimable de nous laisser utiliser votre seau à charbon et votre balayette pour les ramasser.

Sur ces mots, Gregory ouvrit sa bourse et en sortit la somme réclamée par l'homme puis il l'écrivit dans son petit carnet de comptes.

Lorsqu'il eut fini, il revint vers le tas de débris appartenant au vase et commença de les disposer dans le sac de toile. Quand il eut fini, il les emporta dans la voiture où Hope l'attendait déjà.

En chemin vers l'hôtel de Comstock, il leva les yeux vers la jeune femme qui n'avait pas desserré les dents depuis qu'ils avaient quitté la boutique.

— Vous n'envisagez pas sérieusement de donner ça au comte ?

— Si… Je vais essayer de le reconstituer, répondit Hope que la remarque de Gregory rendait perplexe. Il fait partie de la propriété du comte de Comstock et a été acquis par mon bisaïeul…

Elle compta sur ses doigts et annonça :

— Il s'agit du cinquième comte du nom. Il était impliqué dans le commerce de la soie avec l'Orient. Ce vase est un cadeau qu'il a reçu d'une princesse chinoise. Il est d'une valeur inestimable.

— Je suppose que vous voulez dire qu'il n'en a aucune… Si c'est le cas, je suis entièrement d'accord avec vous.

— Vous considérez qu'un ancien vase en porcelaine de Chine n'a aucune valeur ?

— C'était un vase chinois, répondit Gregory en montrant du doigt les morceaux empilés dans la caisse. Maintenant, ce n'est plus rien.

— Il est seulement abîmé, répondit Hope en secouant ses jupes pour se débarrasser de la poussière de débris restée incrustée dans le velours. Lorsque j'étais une enfant, je n'étais pas toujours très soigneuse. J'ai cassé plus d'un objet.

— Je n'en doute pas. C'est le cas de tous les enfants, mais après avoir ramassé les débris et les avoir jetés à la poubelle, la vie continue. Les gens raisonnables ne fouillent pas Londres de fond en comble pour retrouver les restes d'un vase brisé depuis des années et mis au rebut.

— Un peu de colle et de patience et il n'y paraîtra plus, répondit la jeune femme avec un sourire incertain. Il ne sera pas flambant neuf mais on ne peut pas exiger cela d'un vase plusieurs fois centenaire.

Vieux de plusieurs siècles, tout comme la famille de Hope, pensa Gregory. Là était le problème. Elle semblait ne pas pouvoir faire la distinction entre les objets et les êtres humains.

— Pourrez-vous vous en servir comme d'un vase et y mettre des fleurs ?

— Pourquoi ferais-je cela ?

— Parce que, comme tout vase, il a été fabriqué dans cette intention.

— Je doute que c'eût été sa destination initiale. Il est bien trop grand pour accueillir des fleurs.

— Dans quel but, alors, a-t-il été créé ?

Hope considéra l'objet en réfléchissant à la fonction qu'il avait pu remplir.

— Je pense qu'il a pu servir de citerne ou d'aquarium.

— Si c'est le cas, nous n'en avons plus l'usage aujourd'hui. D'ailleurs, avec toutes ses fissures, il ne retiendrait pas l'eau. Mais si vous voulez un vase qui puisse en contenir, je vous en trouverai un aisément. Celui, par exemple, que nous avons vu en vitrine dans une autre boutique ressemblait comme deux gouttes d'eau à celui-ci.

— Mais ce n'est pas le nôtre !

— Qu'il le soit ou non n'a pas tant d'importance puisque votre grand-mère n'a pas hésité à s'en séparer. Le comte de Comstock, d'ailleurs, ne le distinguerait pas de tous les autres vases du même style qui sont en vente chez les antiquaires de Londres. Je pense même qu'il vous serait reconnaissant de le remplacer par un vase en bon état.

— Vous ne comprenez pas… Nous nous efforçons de maintenir l'histoire de la famille.

— Bien sûr que je ne comprends pas puisque moi-même je n'ai pas de famille. Ce qui m'oblige à vivre dans une belle maison, qui présente tout le confort moderne, et au milieu de meubles et d'objets en excellent état.

» Or, à la différence de mon humble personne, votre cousin a fait tout le voyage depuis Philadelphie pour venir vivre dans une grande maison remplie d'antiquités dans un triste état et qui ne sont conservées que dans un esprit de tradition.

» Ne voyez-vous pas l'aberration de la situation ? Si vous manquez à ce point de lucidité, je doute, par contre, que le comique de cette restauration n'échappe pas aux yeux de Miles Strickland lorsqu'il arrivera au manoir de Comstock. »

— Vous n'avez aucune idée de ce que le comte de Comstock pensera ou ne pensera pas, repartit Hope de plus en plus irritée.

— Croyez-vous ? fit Gregory en luttant contre l'impatience qui montait en lui, mais il voulait que la vérité éclatât aux yeux de Hope. Ce n'est pas moi qui ai fait de Miles Strickland une sorte de sauveur qui, d'un simple geste de la main, va régler tous les problèmes de la famille.

— Certes non. C'est même tout le contraire. Vous avez tenté, par pure jalousie, de le faire passer pour ce qu'il n'était pas.

— C'est vrai, je le reconnais, mais je ne vous ai pas dit que la moitié de la tâche que m'a confiée M. Leggett consiste à vous détromper au sujet de votre cousin et vous faire comprendre que ce n'est pas en l'épousant que vous réglerez tous vos problèmes. Il m'a même permis de recourir à des mensonges, comme je l'ai fait, pour vous dissuader de l'épouser.

— C'est facile d'accuser mon beau-frère. Vous a-t-il dit aussi de me séduire ?

— À ce sujet, je ne blâme que moi-même, répondit Gregory dont le visage s'était durci. De toute façon, j'ai refusé ses suggestions et fait le projet de vous raisonner. Au bal, cependant, je n'ai pas résisté au besoin d'écarter mes principes pour obtenir, ne serait-ce qu'un moment, votre attention. Or, votre comportement aujourd'hui m'apporte la preuve que j'aurais perdu mon temps en essayant de vous faire réfléchir.

Je ne réussirai jamais à infléchir la décision d'une femme qui choisit d'ignorer ce qui est sous ses yeux.

Il désigna de nouveau les restes du vase, en espérant qu'elle les verrait comme il les voyait lui-même.

— Je ne sais pas ce que vous voulez dire, répondit-elle d'un air sincèrement déconcerté.

— Ne vous êtes-vous jamais demandé pourquoi, lorsque votre grand-mère s'est mise à vendre des objets, elle avait choisi ce qu'il y avait de moins attractif ?

— Non, je n'en ai aucune idée, répondit Hope qui ne voulait pas réfléchir à cette question ou, plutôt, qui avait trop peur d'y réfléchir.

— Lorsque je vous ai accompagnée au manoir de Comstock, j'ai constaté qu'une seule chaise de la salle à manger avait plus de valeur que tout ce que nous avons récupéré. Ne voyez-vous toujours pas ce que votre grand-mère a fait ?

— Elle a volé des choses qui ne lui appartenaient pas, répéta Hope obstinément.

Une lueur, cependant, flottait dans son regard qui donnait l'impression d'un début de compréhension. Elle semblait prendre conscience que quelque chose n'allait pas. Il ne restait plus à Gregory qu'à le lui expliquer.

— Votre grand-mère n'a pas choisi de vendre ne serait-ce que l'une des chaises de la grande salle à manger du manoir ou tout autre meuble de valeur car elle aurait ainsi appauvri le patrimoine des comtes de Comstock. Elle s'est séparée seulement de flambeaux cabossés, d'un portrait trop laid pour le pendre dans la galerie, d'un vase ébréché et de cette horreur dans un joli coffret !

» Comstock a raison. C'est incroyable que les gens du peuple ne se révoltent pas comme les Américains l'ont fait contre la couronne d'Angleterre et n'arrachent le pouvoir des mains de l'aristocratie. Il n'est pas de familles saines d'esprit, en effet, qui s'acharneraient à conserver ce genre d'objets tout ébréchés et recollés. »

— Vous avez parlé à mon cousin ?

— Oui car je voulais m'assurer de quelque chose que je soupçonnais et dont j'ai eu, d'ailleurs, confirmation. Au demeurant, votre cousin m'est très sympathique. Le pauvre garçon commence seulement de comprendre quel malheur lui est arrivé.

— Il est l'héritier d'un titre de comte !

— Oui et le chef d'une famille qui ne peut honorer ses dettes.

— Si grand-mère n'avait pas disposé des diamants, il n'aurait aucune raison de s'inquiéter.

— Si vous réfléchissez, vous comprendrez que ce que vous dites n'est pas logique. Une seule des plus petites pierres du diadème, en effet, aurait suffi à toutes les dépenses, pendant une année, du manoir de Comstock et de son domaine. Le collier de diamants aurait permis, lui, de tenir au moins dix ans. Si votre grand-mère, donc, avait vendu les diamants, vous n'auriez pas été obligées de réduire de moitié les domestiques du Berkshire comme de l'hôtel particulier de Londres. Pourquoi, enfin, avait-elle déposé ces objets sans valeur chez des prêteurs sur gages sinon pour disposer de quelques liquidités qui lui permettaient de vous nourrir.

Hope faisait non de la tête comme si elle ne voulait toujours pas comprendre et, pourtant, Gregory lisait dans son regard que la vérité commençait de s'immiscer dans son esprit.

Avant qu'elle n'ouvrît la bouche pour parler et dire l'indicible, il reprit lui-même la parole :

— Votre grand-mère n'avait aucune possibilité de vendre les diamants car elle ne les a jamais eus entre ses mains. Il y a bien longtemps qu'ils n'ont pas été portés par une comtesse de Comstock. Ils ont été vendus, il y a plusieurs générations pour soutenir un système qui n'a cessé, depuis, de dégénérer. Dieu veuille venir en aide à Miles Strickland qui a renoncé à une vie confortable en Amérique pour venir vivre au sein d'une famille qui refuse de reconnaître qu'en dépit de son passé prestigieux, elle est, aujourd'hui, pauvre.

— Pauvre…, répéta Hope dans un murmure.

— Vous avez entretenu l'espoir en vous convainquant

que lorsque le nouveau comte serait arrivé, tout s'arrangerait. Qu'aussi longtemps qu'il serait satisfait au milieu de vous trois, il assurerait vos existences et vous n'auriez pas de soucis à vous faire. Mais quel avantage aurez-vous en l'épousant s'il n'a pas les moyens de vous faire vivre avec votre sœur et votre grand-mère ?

— Nous sommes pauvres, répétait la jeune femme.

— Oui, mademoiselle Strickland. J'en ai la preuve ici.

Il sortit une feuille de papier de sa poche et la présenta à la jeune femme.

— Je considérais que ma mission auprès de vous n'était pas terminée tant que je n'aurais pas éclairci la question des diamants. Or c'est maintenant chose faite.

— Vous les avez retrouvés ?

L'espoir renaissait dans les yeux de Hope dont les joues, soudain, s'étaient colorées.

Gregory avait le cœur brisé de devoir balayer de nouveau cet espoir.

— J'ai trouvé une explication à leur disparition… Je connais aussi bien les joailliers de Londres que les prêteurs sur gages. Aussi ai-je mené mon enquête dès notre retour du Berkshire.

— Vous avez livré notre secret à des étrangers ? fit-elle, outrée.

Gregory haussa les épaules.

— Ceux avec lesquels je suis en relation ont tendance à avoir une moralité plutôt flexible. J'en sais trop sur eux pour qu'ils se permettent de trahir mes secrets.

— Ce sont des receleurs ?

— Entre autres… Et ils excellent dans l'art de la fabrication de faux diamants en remplacement des parures si souvent absentes dans les familles aristocratiques du royaume. Ces copies en strass permettent aussi de ne pas redouter de croiser la route de bandits de grands chemins. C'est, en tout cas, la raison la plus souvent invoquée pour se faire confectionner une nouvelle parure en strass.

— Alors les Comstock ne sont pas les seuls à être ruinés ?

— Tant s'en faut. La moitié des familles aristocratiques de Londres ment à l'autre moitié sur ses richesses.

À peine eut-il parlé que Gregory regretta de s'être exprimé aussi crûment. Hope, en effet, en proie à une profonde confusion, écarquillait des yeux immenses. Elle avait l'air d'une enfant seule à bord d'un navire sans gouvernail, qui regardait s'éloigner la côte sans savoir comment elle pourrait la rejoindre.

— Revenons à nos diamants, dit Gregory. Dès notre retour à Londres, je me suis mis à les chercher. La première joaillerie où je me suis rendu a pignon sur rue depuis plusieurs générations et réalise presque autant de bénéfices avec le strass qu'avec les vraies pierres.

Il tendit un autre document à Hope en disant :

— Regardez… Ils gardent la trace écrite de tout ce qui passe entre leurs mains.

Hope baissa les yeux sur le papier à l'endroit que Gregory lui indiquait du doigt.

— Ils ont reçu une commande pour des diamants exactement de la même taille que ceux composant la parure des comtesses de Comstock.

— C'est en 1645 qu'a eu lieu la transaction, remarqua Hope. Soit en pleine guerre civile.

— Peut-être ont-ils tout simplement cherché à soustraire les diamants à la convoitise des belligérants ? À moins qu'ils ne les aient vendus pour honorer une dette très ancienne ? En tout cas, je suis désolé de ne pouvoir vous les présenter.

Il lui prit la main en ajoutant :

— Ce document sera suffisant pour prouver que la perte des diamants est un secret familial de longue date et que vos grands-parents n'en sont en rien responsables.

— Je me suis torturée pour un problème qui n'existe pas.

— Vous avez agi ainsi à cause des mensonges qui ont été tenus devant vous depuis votre tendre enfance, répondit Gregory en s'efforçant de chasser de sa voix la colère qui grondait en lui de crainte que Hope ne la crût dirigée contre elle. C'est regrettable car si vous aviez été en mesure de me dire la vérité plus tôt, j'aurais pu vous épargner bien des souffrances. Or, maintenant que vous la connaissez, vous devez accepter que le passé ne puisse être changé et rétabli tel que vous l'imaginiez.

— Mais si nous sommes si pauvres, fit remarquer Hope, qu'allons-nous devenir ?

— Cela dépend de vous. Je n'ai pas de titre, mais je suis assez fortuné et loge dans une vaste demeure. Je puis vous assurer un meilleur avenir que Comstock n'en sera jamais capable. Permettez-moi de veiller sur vous, Hope, et de vous rendre heureuse. Laissez-moi vous aimer.

Après leur échange, plus tôt dans la journée, au sujet d'un nouveau commencement, et maintenant que le moment était venu de le vivre, elle gardait le silence.

Ils étaient arrivés à l'hôtel de Comstock et un valet de pied avait ouvert la porte de la voiture. Il aurait été ridicule d'y rester assis même s'il n'avait toujours pas obtenu de réponse de la part de la jeune femme. Aussi descendit-il de voiture avant d'aider Hope à faire de même.

En cette fin d'après-midi, cependant, elle semblait aussi fragile que son vase de Chine. Dès que son pied toucha terre, d'ailleurs, elle trébucha et ne parut pas capable de se tenir debout.

Comme il l'avait déjà fait à deux reprises, Gregory la retint avant qu'elle ne tombât et, une main sous son coude, la maintint dans la station debout. Il lui sembla, un instant, qu'elle lui accordait de nouveau sa confiance et son amour, mais lorsqu'elle leva les yeux sur lui, il lut dans son regard qu'elle était toujours en proie à la même confusion que pendant le trajet. Rien dans son attitude n'indiquait qu'elle eût entendu l'offre qu'il lui avait faite.

De sa main libre, il fit signe au valet de pied de prendre la caisse dans laquelle se trouvait le vase chinois puis il conduisit Hope à l'intérieur de la maison et ne cessa de la maintenir que quand il eut l'assurance qu'elle ne défaillerait pas.

— Dois-je demander que l'on vous apporte une collation ? demanda-t-il. Un thé, peut-être, ou un cognac ?

— Non… Ce n'est pas nécessaire…

Elle avait le visage exsangue, mais elle le redressa avec une grâce qui rappelait la fière beauté qu'il avait connue une semaine plus tôt.

— Il n'y a pas lieu de vous inquiéter, dit-il. Quoi qu'il arrive, vous ne serez pas seule.

— Non, bien sûr, répondit-elle avec un vague sourire. J'ai ma grand-mère et ma jeune sœur. Et elles m'ont aussi. Je ne peux pas les abandonner quand nous traversons de telles difficultés. Vous devez en convenir, monsieur Drake.

— Certainement, répondit-il gravement alors qu'il avait envie de hurler.

Peut-être était-ce parce qu'il n'avait pas de famille, mais il ne comprenait rien à l'attitude de la jeune femme.

— Il faut que je parle à grand-maman au sujet de ce que vous m'avez dit.

Elle promena son regard autour d'elle comme si elle cherchait la douairière de la même façon qu'elle aurait cherché un meuble qui aurait été déplacé.

— Il faut aussi, bien sûr, que je parle à Charity et que je voie avec elle s'il n'y a rien que nous puissions faire pour aider notre cousin d'Amérique. Nous devons au moins essayer, n'est-ce pas ?

— Bien entendu, répondit-il sur le même ton convenu qu'elle.

C'eût été un réconfort qu'elle lui exprimât au moins son pardon pour la nuit qu'ils avaient passée ensemble même si elle l'en tenait pour responsable. Mais, apparemment, elle n'y pensait déjà plus, de même qu'elle semblait l'avoir oublié lui aussi.

Bien qu'à quelques pâtés de maisons d'ici il lui eût proposé le nouveau départ qu'elle désirait alors tant, elle ne pouvait manifestement imaginer une vie en dehors de cet hôtel particulier, de même qu'elle ne pouvait se représenter qu'un voyage en Chine serait plus intéressant que de jouer avec le grand vase du hall du manoir de Comstock.

Elle avait fait son choix et ce n'était pas lui.

Il se retrouvait dans la même situation que le premier jour où ils avaient lancé leurs recherches. Le travail de la journée était accompli et l'heure avait sonné pour lui de se retirer. Cependant, bien qu'elle vînt de le congédier, il restait planté là comme un idiot dans l'attente d'un signe lui signifiant qu'il serait encore le bienvenu le lendemain ou un autre jour.

S'attendait-il vraiment à ce qu'elle le remerciât d'avoir bouleversé sa vie ?

En tout cas, puisqu'il n'avait plus aucune raison d'espérer un revirement de la part de Hope, il entra de nouveau dans le costume professionnel qu'il s'était confectionné et qui avait maintes fois fait ses preuves.

— Eh bien, mademoiselle Strickland, nos chemins, maintenant, vont se séparer. La mission que m'a confiée M. Leggett est, désormais, accomplie puisque tous les objets figurant sur la liste de votre grand-mère sont revenus là d'où ils avaient été retirés. Je vous ai encouragée à réfléchir à un avenir n'impliquant pas de mariage avec votre cousin, mais je ne suis pas dans l'obligation de m'opposer à votre union si vous la souhaitiez.

Du moins, grâce à ma recherche au sujet des diamants des Comstock, ne devez-vous plus vous sentir obligée d'épouser le comte pour apaiser sa colère. Il n'y a plus lieu de vous offrir en sacrifice ; j'entends sacrifice matrimonial. Montrez à M. Strickland le document que je vous ai donné. Je suis certain qu'il sera aussi intéressé que vous par ces renseignements sur votre famille.

Hope hocha timidement la tête comme si elle n'osait acquiescer aux propositions de Gregory.

— Étant donné ce qui a eu lieu entre nous, poursuivit Gregory, je comprendrais très bien que vous ne souhaitiez pas émettre un avis positif concernant les services que j'ai rendus à votre famille, mais ne craignez pas que cet incident revienne à vos oreilles d'une manière ou d'une autre par voie de commérages.

Votre beau-frère, comme la plupart des gens qui me font travailler, a eu recours à moi en raison de ma discrétion. Jamais aucun mot à ce propos ne franchira le seuil de mes lèvres. S'il arrive que vous ayez de nouveau besoin de ma contribution, n'hésitez pas, je vous en prie, à me contacter.

Il débitait ces paroles comme il le faisait toujours à la fin d'une mission à l'exemple d'un comédien déclamant les dernières lignes de son texte avant de quitter la scène. À quelques variantes près, il disait toujours à peu près les mêmes choses quand il s'était acquitté de son engagement et qu'il ne lui restait plus qu'à empocher son salaire et se retirer. Et c'était toujours avec le même sourire aimable mais figé, comme celui qu'il avait adressé à Hope le premier jour où il avait fait sa connaissance, qu'il quittait une maison.

C'était le moment, souvent, où ses clients en profitaient pour le remercier. Leurs paroles étaient, d'ailleurs, presque aussi gratifiantes que leur argent. Elles l'auraient été encore plus aujourd'hui…

Il ressentait, en effet, le besoin d'être rassuré au sujet de ce qui s'était passé entre eux pour qu'il pût le garder comme un trésor au fond de son cœur. Il avait besoin de croire que c'était l'expression d'un désir profond et réel pour contrebalancer l'impression grandissante qu'il sortait d'un rêve et que rien de tout cela n'avait été vrai.

Hope Strickland, cependant, ne pouvait pas le rassurer à ce sujet car avant de le connaître elle avait déjà l'art d'ignorer les élans du cœur et des sens. Pourquoi reconnaîtrait-elle, à présent, des sentiments qui se révéleraient importuns dans le futur ?

Gregory tourna les talons dans l'intention de se retirer mais il s'arrêta, la main sur la poignée de porte, et se retourna vers elle, incapable de ne pas la regarder une dernière fois, de ne pas tenter encore de réparer le dommage qu'il avait causé en tombant amoureux d'elle.

— Ne croyez pas ce qu'on vous a dit sur la fragilité de la réputation d'une femme. L'homme qui méritera votre amour, quel qu'il soit, ne vous en voudra pas de votre passé à condition que vous vous soyez crue obligée d'en parler. Vous êtes une femme exceptionnelle, mademoiselle Strickland. Je vous souhaite d'être heureuse comme vous le méritez.

Sur ces mots, il franchit le seuil de la porte qu'il referma derrière lui, et sentit aussitôt tout le poids de sa solitude.

18

Assise à la table de la cuisine, Hope avait à la main une petite brosse et devant elle les débris du vase chinois ainsi qu'un pot de colle. Il était heureux que les morceaux ne fussent pas trop petits et fussent au complet. Sa réparation de fortune ferait l'affaire en attendant une restauration par un professionnel.

Hélas, si Gregory avait dit la vérité, le jour ne se lèverait jamais où une telle mesure serait possible. Il suffirait d'une mauvaise récolte ou d'une tempête dévastatrice pour appauvrir les tenanciers qui sombreraient avec tout le comté de Comstock. Son cousin serait confronté à des difficultés autres que la réparation de ce vase.

Mais elle ne pouvait s'empêcher, néanmoins, d'essayer de le remettre en état. C'était la nature des filles Strickland, des aînées en particulier, de se battre pour rétablir ce qui n'allait pas. Elles tiraient le meilleur parti de ce qui leur était donné et n'abandonnaient pas la partie même lorsqu'elle semblait perdue. Mais si elles avaient cet esprit combatif, il s'accompagnait d'un profond respect des règles qui régissaient la société.

Selon Charity, ce trait de caractère rendait Hope ennuyeuse et impossible à vivre. Était-ce ainsi qu'elle était apparue à Gregory ? Si elle s'était montrée plus raisonnable depuis le début, il l'aurait peut-être courtisée comme d'autres gentlemen le faisaient, c'est-à-dire en l'invitant à danser aux bals et en conversant avec elle dans les salons.

Mais elle l'aurait certainement ignoré. Ils auraient pu,

d'ailleurs, se rencontrer bien plus tôt si elle n'avait pas dès longtemps pris la décision de se préserver pour leur cousin d'Amérique. Que n'avait-elle été plus honnête avec lui ou, d'ailleurs, Charity, au sujet des diamants. Elle aurait appris la vérité plus tôt, et fait des choix différents. Mais, peut-être, alors, n'aurait-elle encore aggravé la situation en se croyant capable de tout régler par elle-même.

En tout cas, si les choses avaient été différentes, elle aurait peut-être accepté l'offre en mariage de Gregory. Elle avait la certitude que c'était ce qu'il avait essayé de faire dans la voiture. Elle aurait pu, bien sûr, y répondre positivement car elle l'aimait, mais l'amour n'était pas tout.

Lorsqu'elle était allée le retrouver dans sa chambre, elle avait cru que les problèmes financiers auxquels elles étaient confrontées trouveraient une solution avec l'arrivée de leur cousin. La perte des diamants les mettait, bien sûr, dans une situation embarrassante mais non critique. Le comte de Comstock aurait pu être apaisé à ce sujet et aurait été en mesure de leur verser les pensions qu'elles ne touchaient plus.

Les problèmes de famille, cependant, étaient pires encore qu'elle ne les avait imaginés. Elle ne pouvait pas, en effet, se contenter de partir avec M. Drake en abandonnant dans la misère Charity et grand-maman. Il ne lui semblait pas non plus honnête de laisser Miles Strickland se débrouiller tout seul. Quoi qu'il eût imaginé pendant la traversée de l'Atlantique, ce ne pouvait être comparable à ce qui l'attendait ici.

Elle ne pourrait pas l'aimer, certes, car elle ne pensait pas qu'il fût possible d'aimer deux hommes en même temps. Or, quelque effort qu'elle fît pour s'en corriger, elle n'aimait pas moins Gregory aujourd'hui que la veille quand elle était dans ses bras. Mais elle devait réserver une certaine part de son affection à M. Strickland au moins en raison de leur héritage commun.

Grand-maman, d'ailleurs, n'avait-elle pas fait allusion à l'intention de leur cousin d'Amérique de faire une offre de mariage à l'une ou l'autre de ses cousines célibataires ?

Il lui fallait épouser, en effet, une femme qui eût une bonne connaissance du domaine de Comstock et qui sût tenir le rôle d'une comtesse. Elle le serait auprès de lui s'il le requérait d'elle. Aussi longtemps qu'elle ferait abstraction des inclinations de son cœur et qu'elle ne porterait pas les faux diamants, tout irait bien.

Bien sûr, elle ne serait pas heureuse, mais ses préférences personnelles ne devaient en rien entraver la pérennité des Comstock. Se sacrifier pour sa famille était dans l'ordre naturel des choses.

Elle entendit, soudain, résonner la voix de sa grand-mère qui chantait gaiement en revenant du jardin à l'arrière de la maison.

Quand ses sabots de bois claquèrent sur le dallage du corridor, Hope posa sa brosse et tendit l'oreille. Depuis la mort de son grand-père, elle n'avait pas entendu sa grand-mère chanter une seule fois. Comme d'habitude sa gaieté éclatait au plus mauvais moment, mais Hope ne se sentait pas le cœur à lui en faire le reproche.

La comtesse entra dans la cuisine et s'assit sur le banc devant l'âtre pour retirer ses sabots.

— Pourquoi, ma chère Hope, perds-tu ton temps en restant enfermée dans la maison alors que les rouges-gorges chantent dans les arbres et que l'air vif pique le visage ?

Soudain, le regard de la douairière se porta sur le vase ou, plutôt, ce qu'il en restait.

— Seigneur ! Que fais-tu avec ça ?

— J'essaie de le réparer, répondit Hope.

Elle s'évertuait à reconstituer ce vase, pensa-t-elle en son for intérieur, de même que depuis un mois elle s'était efforcée, en vain, de mettre de l'ordre dans la famille. Personne, pourtant, ne lui avait demandé de le faire, ni ne l'en avait remerciée.

Et, encore une fois, elle constatait que sa grand-mère n'appréciait pas ce qu'elle ne faisait, pourtant, que dans l'intérêt de la famille.

— Ne sois pas ridicule, Hope, fit la comtesse. Nous n'avons

plus aucune raison de nous soucier de ce genre de choses. C'est, maintenant, la propriété exclusive de Comstock. Laisse-le le réparer lui-même.

— Je trouve injuste de le laisser seul résoudre les problèmes que nous avons créés.

— Tu veux parler de problèmes créés par d'autres. C'est le propre de la noblesse d'assumer les erreurs du passé. Si elles n'ont pas été commises par la Couronne, elles l'ont été par les tenanciers. Si ce n'est pas eux, c'est la famille. Il y a toujours un responsable, ma chère.

La comtesse resta un instant à réfléchir avant de reprendre :

— Il faudrait que le nouveau comte de Comstock soit sur le modèle de ton M. Drake.

— Il n'est pas mon M. Drake, s'empressa de répondre Hope.

La comtesse, cependant, l'ignora et poursuivit :

— Je soupçonne, toutefois, M. Drake d'avoir de plus gros revenus et de dormir d'un meilleur sommeil. Tu as fait le bon choix.

— Je ne l'ai pas choisi, répondit la jeune femme d'une voix morne.

— Alors tu devrais remercier le ciel qu'il t'ait choisie. Si j'avais choisi un autre mari, j'aurais peut-être eu une vie beaucoup plus facile sur le plan matériel, mais je n'aurais pas été aussi heureuse. J'aimais passionnément votre grand-père et je crois qu'il nourrissait pour moi en retour les mêmes sentiments. La charge que représentait l'héritage Comstock était moins lourde à porter parce que nous la partagions.

— Je croyais que vous étiez heureux ? s'étonna Hope qui découvrait avec effarement que rien n'était comme elle le pensait.

Sa grand-mère porta la main sur le médaillon qui pendait à son cou et contenait une mèche de cheveux de son mari.

— Je l'étais autant qu'on puisse l'être, et de savoir la vérité sur notre situation financière n'a jamais entamé ce bonheur.

— Gregory, commença Hope qui se reprit tout de suite, je veux dire, M. Drake, dit que nous sommes pauvres.

Elle avait prononcé ces mots d'une voix à peine audible de crainte qu'en parlant trop fort elle ne rendît réel ce qui n'était qu'une hypothèse.

— Pauvres comme Job, ma chérie, répondit la comtesse en riant. Le comté de Comstock n'a pas rapporté deux guinées depuis que ton grand-père était enfant. C'est pourquoi, après sa mort, aucune pension n'a été établie en notre faveur.

— Pourquoi ne nous l'avez-vous pas dit ?

— Qu'auriez-vous pu faire d'autre que de bien vous marier et aller vivre ailleurs ? Faith a déjà pris ce chemin et toi tu ne seras pas longue à l'imiter. Si je vous l'avais dit, vous vous seriez crues obligées de rester toutes ensemble pour le bien de la famille.

— Et Charity ? demanda Hope. Quel avenir lui prédisez-vous ?

— Comme elle te le dit depuis plusieurs années, elle est capable de se débrouiller toute seule. Il est temps, d'ailleurs, que tu l'écoutes. Faith et toi, par contre, aviez besoin d'un coup de pouce pour quitter le bercail. C'est moi qui l'ai donné.

— Vous avez vendu tous ces objets pour nous ? demanda Hope en touchant un morceau du vase chinois.

— Je ne pouvais pas vous envoyer aux bals donnés dans les salons d'Almack's dans une robe empruntée, répondit la vieille dame sur un ton raisonnable. J'ai donc choisi ce que nous avions de moins exceptionnel pour le porter chez des prêteurs sur gages où il y avait très peu de risques que ces objets fussent vus. Cela m'a rapporté juste assez pour vous lancer dans le monde et permettre de vous servir de la viande à table.

Hope, dans un élan d'affection, prit la main de sa grand-mère.

— Nous l'ignorions…

Mais peut-être ne l'avait-elle tout simplement pas compris.

— Ne te préoccupe pas du passé, répondit la comtesse avec un tendre sourire. Maintenant que le successeur de ton grand-père est arrivé, je vais être enfin libre.

— Libre ? fit Hope en écho d'un air déconcerté.

— Oui… Libre du manoir et de cet hôtel, débarrassée

des dettes et de tous les soucis qui leur sont attachés. Je ne serai plus contrainte de sauver les apparences en affichant un bonheur que je ne connais plus depuis la mort de votre grand-père. Et puis, ô merveille, je serai définitivement affranchie du sentiment de culpabilité associé à cette parure en strass.

— Vous n'auriez jamais dû, grand-maman, me laisser vous persécuter à ce sujet. Pourquoi ne pouviez-vous pas me dire la vérité ?

— Tu voulais que je te confie le plus grand secret des Comstock ? fit la comtesse en remuant la tête, un doigt sur les lèvres. Seuls le comte et la comtesse connaissent la vérité et ils la transmettent de génération en génération. Pour que cela reste un secret, bien sûr, il est nécessaire que chaque comtesse soit capable de porter un diadème en strass tout en souriant et prétendant que sa parure est composée de diamants. J'en ai porté des éléments lors d'occasions exceptionnelles et toujours le soir, mais, chaque fois, j'étais à l'agonie de crainte que la vérité ne fût démasquée.

— Comment la dirons-nous à Miles Strickland ? demanda Hope, vivement inquiète.

— Ce ne sera pas nécessaire, je la lui ai déjà dite. Je lui ai fait cette révélation dès les premiers instants de notre rencontre.

La comtesse s'éventa de la main et soupira comme une femme qui desserre les lacets de son corset à la fin de la journée.

— Il a réagi, d'ailleurs, très gentiment, reprit-elle. Il s'est déjà arrangé pour qu'une pension me soit versée et se propose d'engager des travaux dans la maison réservée à la douairière pour qu'elle devienne habitable.

— C'est très généreux de sa part.

— En effet, répondit la comtesse avec un sourire contrit. Je crains qu'il ne sous-estime le montant qu'il faudra dépenser pour rendre ce lieu agréable. Je pense qu'il sera beaucoup plus économique pour lui qu'il me serve une pension un peu plus élevée et que j'aille vivre à l'étranger.

Un sourire radieux éclaira le visage de la grand-mère de Hope quand elle reprit :

— Je pourrais m'installer à Paris ou à Rome. Pour la première fois depuis de longues années, je verrais autre chose que la saison mondaine londonienne. Et personne n'exigera de moi que je joue à la comtesse de Comstock.

Hope fit la grimace et baissa les yeux sur sa main qui lui élançait. Elle avait continué de tenir un morceau du vase et s'était coupée sans s'en apercevoir. Un peu de sang coulait le long de son doigt.

Sa grand-mère lui prit le morceau et lui présenta un mouchoir.

— Toi et ta sœur ferez comme vous voudrez car vous n'avez jamais été très disposées à écouter, mais vous vous porterez d'autant mieux si vous n'essayez pas de réparer ce qui ne peut pas l'être. Abandonne la réparation de ce vase. Tu n'en seras que plus heureuse.

La douairière tint le morceau en l'air et le laissa tomber sur le carrelage.

Hope retint son souffle en le voyant éclater et se diviser en tant de débris que toute restauration devenait impossible.

La comtesse se frotta les mains comme si elle était satisfaite de ce qu'elle venait de faire.

— Il faut savoir se détacher du passé, Hope, dit-elle. La vie est courte. Saisis-la à bras-le-corps.

— Mais que deviendra Charity ?

— Ne t'inquiète pas à son sujet. Je n'ai jamais vu une jeune fille aussi bien armée pour la vie qu'elle.

Tout était accompli. Il n'y avait plus aucun secret à révéler au comte de Comstock et grand-maman n'avait plus besoin d'elle puisqu'elle ne rêvait que de vivre à l'étranger. Elle était même impatiente de laisser ses petites-filles vivre leur vie pour poursuivre la sienne à sa manière. Quant à Charity, elle avait clairement fait comprendre à son aînée qu'elle n'avait aucune intention de se laisser commander par elle.

En fin de compte, personne n'exigeait rien de Hope. Elle était libre, elle aussi, de faire ce qu'elle voulait.

Du moins, n'avait-elle plus aucune attache dans cette famille, mais il restait quelqu'un qui lui avait dit qu'il l'aimait et qui serait, peut-être, toujours prêt à l'accepter dans sa vie si elle daignait lui demander pardon. Mais pour aller vers lui, il fallait d'abord se décharger du passé comme sa grand-mère l'y avait incitée.

Sans ajouter un seul mot, Hope prit le plus gros morceau du vase, ferma les yeux, et le jeta au sol, écoutant avec délectation la façon dont il éclata. Elle recommença la même opération une fois puis deux fois avant de tout jeter par terre.

Peut-être n'avait-elle pas encore le courage de baisser les yeux sur le désastre dont elle était l'auteur et qui s'étalait à ses pieds, mais le bruit cristallin de la porcelaine qui éclate résonnait encore à ses oreilles. Et dans son cœur, ce bruit avait la résonance de chaînes qui se rompent.

Sa grand-mère avait raison. Rien ne rendait plus heureux que la liberté.

19

À présent qu'elle était décidée, Hope ne s'embarrassa pas de choisir le manteau le plus approprié à sa tenue ni le chapeau qui lui allait le mieux. Elle prit ce qu'elle avait sous la main et ne s'attarda pas non plus à nettoyer les saletés qu'elle avait faites. Se contentant de lancer quelques paroles d'excuse aux filles de cuisine, elle se précipita vers la porte.

Une fois dehors, elle ne marcha pas d'un pas mesuré comme font toutes les femmes du monde quand elles circulent dans Londres. Relevant au contraire ses jupes, elle se mit à courir le long de Harley Street tourna au premier croisement et remonta trois rues jusqu'à Wimpole Street où se trouvait l'adresse de Gregory.

Elle s'arrêta à quelque distance de sa maison et, levant les yeux sur l'édifice en briques qui ressemblait à toutes les demeures du quartier, elle fut, un moment, incapable d'avancer.

Cela ne se faisait pas de se rendre chez un gentleman sans escorte, mais si elle prenait en considération ce qu'elle avait fait avec Gregory, elle n'était plus, à proprement parler, une lady. Trop longtemps son respect des conventions l'avait empêchée de vivre comme elle le souhaitait. Elle ne voulait plus perdre un instant. Elle reprit sa respiration et fit les derniers pas la séparant de la porte d'entrée puis, levant la main, souleva le heurtoir qu'elle laissa retomber.

Elle n'avait pas encore repris son souffle quand un majordome vint ouvrir et baissa les yeux sur elle avec cette expression de confusion et de distance propre aux domestiques confrontés à l'inattendu.

Dans ce moment d'hésitation, Hope ne put résister à l'envie de tendre le cou pour observer le hall par-dessus son épaule. Tout ce qui s'offrait à son regard était en excellent état, élégant et brillant de propreté, exactement comme elle avait imaginé que le serait le décor de la demeure de Gregory Drake.

Il ne s'en dégageait pas l'impression de richesse et de pouvoir qui émanait du manoir de Comstock, ni le sentiment de confort et de chaleur du presbytère de son enfance, mais les murs ne suintaient pas d'humidité et il était clair que lorsque quelque élément était détérioré, il était aussitôt réparé ou remplacé.

— Que puis-je pour vous, mademoiselle ? demanda le maître d'hôtel après s'être éclairci la voix.

— M. Drake est-il chez lui ? demanda-t-elle avec un sourire rayonnant.

— Je suis désolé, mademoiselle, mais M. Drake s'est absenté de Londres.

Hope fut un moment sans comprendre la réponse qu'elle avait reçue. Lorsqu'ils s'étaient séparés, ce matin-là, Gregory lui avait promis d'être présent si elle avait besoin de lui. Or, il était déjà parti. Ne s'était-il agi que de l'une de ces phrases toutes faites qu'il prononçait devant ses clients quand il avait achevé son travail ?

Si elle avait appris quelque chose de la semaine passée, c'était qu'elle devait faire un effort pour comprendre les autres plutôt que d'exiger de leur part une perfection dont elle était elle-même incapable. Gregory lui avait, en effet, promis d'être toujours là pour elle, mais s'il n'était pas chez lui, il devait y avoir une explication raisonnable. Il ne lui restait plus qu'à le retrouver pour lui demander la raison de son absence.

— Savez-vous où il est allé ? demanda Hope en se penchant de côté pour inspecter encore le hall comme si elle s'attendait à voir Gregory sortir d'une pièce et apparaître selon son habitude chaque fois qu'elle avait besoin de lui.

Cette fois le majordome se déplaça pour boucher la vue à Hope.

— Je n'ai pas la liberté de vous répondre, mademoiselle.

— Peut-être pouvez-vous me dire quand M. Drake sera de retour ?

— Il ne me l'a pas dit. Si vous souhaitez laisser une carte de visite, M. Drake en sera informé dès son retour.

— Non, répondit-elle en reculant d'un pas. Je vous remercie. Je le trouverai moi-même.

Le majordome la regarda d'un air inquiet comme si, d'un instant à l'autre, elle allait devenir folle dans la rue. Étant donné que c'était l'état dans lequel elle était arrivée devant la maison de Gregory, elle n'était pas étonnée de sa réaction.

— Tout va bien, dit-elle en continuant de reculer. Parfaitement bien.

Le maître d'hôtel referma doucement la porte. Quand elle se retourna pour s'éloigner à grands pas, Hope eut la certitude qu'il l'observait d'une fenêtre. Mais était-il le seul à le faire ? Gregory aurait aussi bien pu la regarder partir en se cachant derrière un rideau. Il avait peut-être informé son personnel que si Mlle Strickland se présentait chez lui, il fallait lui dire qu'il était absent.

Elle ne pouvait, cependant, le croire car il lui avait promis que si elle venait chez lui il ne la repousserait pas. Il n'aurait pas parlé ainsi s'il ne l'avait pas pensé. Mais cela laissait sans réponse la question de savoir où il était allé et comment elle ferait pour le retrouver s'il n'avait donné à personne la permission de lui dire où il était.

Un sourire lui éclaira le visage.

Pour trouver Gregory, elle devait réfléchir à la façon dont il s'y serait pris dans les mêmes circonstances ?

Il aurait, certainement, passé en revue systématiquement tous les indices dont il disposait et puis se serait appuyé sur son important réseau de relations à Londres, susceptible de lui venir en aide. Si c'était le cas, quels amis avaient-ils en commun ?

Il ne lui venait à l'esprit que M. Leggett…

Elle pourrait écrire à sa sœur et lui demander des renseignements au sujet de Gregory Drake. Mais cela prendrait plusieurs semaines. D'ailleurs, puisque Gregory avait fini sa mission auprès de M. Leggett, il était, peut-être, déjà en train de travailler pour un autre employeur.

Soudain, une réponse jaillit dans l'esprit de la jeune femme.

La distance n'était pas grande jusqu'à l'hôtel Clarendon, mais, ce jour-là, elle parut à Hope plus interminable qu'aucun de ses déplacements.

Elle avait pris le temps, toutefois, de repasser par la maison et de demander à sa femme de chambre de lui brosser les cheveux. Elle avait revêtu sa plus belle robe, un manteau et un chapeau assortis, et enfilé des gants immaculés.

À l'exception de cet effort limité, elle n'apporta rien de particulier à sa tenue. Elle s'était préparée pendant des semaines à comparaître devant l'homme auquel elle allait rendre visite. Or, maintenant que le moment en était arrivé, elle n'était pas du tout bouleversée à l'idée de cette rencontre qu'elle ne voulait faire que dans un but intéressé.

Elle n'en était tout de même pas moins nerveuse en arrivant au Clarendon. Elle donna sa carte de visite à la réception et demanda qu'on la portât à son cousin qu'elle attendrait au salon.

Puis elle alla s'y asseoir.

Un peu plus tard, un gentleman apparut dans l'embrasure des doubles portes et il balaya le salon du regard. Si Hope avait espéré déceler en lui une ressemblance familiale, elle fut déçue. Il était plus grand et plus mince que ne l'était son grand-père. Ses cheveux bruns contrastaient avec sa peau très pâle et ses yeux verts n'étaient pas très lumineux.

La grand-mère de Hope avait dit de lui qu'il était bel homme. Or, même si elle n'était pas en désaccord avec elle, son physique la laissait étrangement indifférente. Elle avait la tête, sans doute, trop remplie par un autre homme pour être capable d'apprécier celui-ci. Elle ne doutait pas, cependant, que lorsqu'il aurait retrouvé la santé, il briserait le cœur de la moitié des jeunes filles fréquentant les salons d'Almack's. Elle leur souhaitait bonne chance.

Hope était en tout cas sûre d'une chose : il n'avait pas l'apparence d'un lord, héritier d'un comté d'Angleterre. Quelque chose d'indéfinissable lui manquait. Un je-ne-sais-quoi présent chez son grand-père et tous les lords qu'elle avait côtoyés.

Était-ce l'arrogance ? L'orgueil ? Ou, simplement, la confiance en lui-même éprouvée par un homme contrôlant un espace plus vaste que son regard ne pouvait embrasser ?

Miles Strickland n'avait vraiment pas l'aspect d'un homme de pouvoir. Il donnait même l'impression de n'en avoir aucun. Et qui plus est, en le regardant, il semblait à Hope qu'il ne savait même pas à quel monde il appartenait.

Cependant, il ne l'en intimidait pas moins. Maintenant que se présentait enfin l'occasion de rencontrer l'héritier du titre de comte de Comstock, tous les efforts qu'elle avait faits dans ce but semblaient inutiles. En le voyant s'approcher d'elle, elle se leva et fit une révérence très maladroite.

— Lord Comstock, murmura-t-elle.

Lorsqu'elle releva les yeux pour lui sourire, il parut très mal à l'aise.

— Je vous en prie, mademoiselle Strickland. Restez assise. Nous sommes en famille. Il n'est pas nécessaire que vous m'appeliez par mon titre.

— Comme vous voudrez, milord, répondit Hope en se rasseyant.

— Je préférerais que vous n'employiez ni le nom ni le titre, dit-il en prenant place en face d'elle. D'ailleurs, je ne suis pas certain que vous puissiez déjà me les attribuer. Il reste, sans doute, certaines formalités à accomplir. N'importe qui pourrait se prétendre l'héritier du titre de Comstock…

Il s'interrompit comme s'il ne savait pas où il voulait en venir puis, après un instant de silence, reprit :

— Si vous m'appeliez M. Strickland, cela porterait à

confusion… Serait-ce acceptable pour vous de me désigner par mon prénom ?

Certainement pas, mais si c'était ce qu'il voulait, elle pouvait y consentir.

Elle s'efforça de nouveau de sourire, mais elle avait bien conscience de ne pas réussir à produire le sourire renversant qu'elle s'était entraînée à faire pour lui.

— Comme vous voudrez, répondit-elle enfin. Je vous appellerai Miles si vous le souhaitez vraiment, mais à la seule condition que vous m'appeliez aussi par mon prénom.

— Et vous êtes ?

— Hope.

— Très bien, Hope, fit-il en hochant la tête, visiblement soulagé. Je suis très heureux de faire votre connaissance. Je m'étonne que vous ne soyez pas venue avec votre jeune sœur. J'étais impatient de vous rencontrer toutes les deux.

— En fait, je n'avais pas prévu de m'imposer à vous… Nous attendions une invitation de votre part.

— Je vois, répondit-il, déçu. Qu'est-ce qui vous a fait changé d'avis à ce sujet ?

— Mon ami, M. Gregory Drake… Il m'a dit qu'il vous avait rencontré. Je suis allé lui rendre visite, cet après-midi, et j'ai appris qu'il avait quitté Londres sans prévenir où il allait. J'ai pensé, aussitôt, à vous demander si vous aviez quelque information à ce sujet ?

À peine eut-elle posé cette question que Hope se demanda ce que Miles Strickland allait penser de ses manières.

S'interrogerait-il sur les us et coutumes des Anglaises ? Se demanderait-il s'il était normal pour une jeune aristocrate de poser des questions impertinentes à une personne dont elle venait de faire la connaissance ?

Cependant si elle l'avait choqué, il ne le laissa pas voir.

— J'ai fait connaissance, en effet, avec M. Drake, répondit-il. Nous avons soupé ensemble avant-hier et nous nous sommes revus aujourd'hui au dîner. Il parle de vous de la façon la plus élogieuse.

— Vraiment ?

Elle était heureuse de l'apprendre d'autant plus qu'elle ne méritait pas que Gregory parlât en bien d'elle.

— Oui. En particulier après quelques verres de cognac. Lorsqu'il m'a quitté aujourd'hui, il insistait pour que je vous épouse. Il me l'a, en effet, très vivement conseillé. Il dit que vous n'avez pas votre pareille et qu'il serait heureux que nous nous mariions dans l'intérêt de la famille.

— Oh ! fit Hope sans autre commentaire.

Encore une fois, Gregory œuvrait en coulisse pour s'assurer qu'elle obtînt ce qu'il croyait qu'elle désirait de tous ses vœux.

— Cette idée ne semblait pas déplaire non plus à votre grand-mère. Lorsqu'elle est venue à ma rencontre à Bristol, elle a pris soin de me dire que ni vous ni votre sœur Charity n'étiez mariées, et qu'il relevait de ma responsabilité en tant que chef de famille de veiller à ce que vous le soyez au plus vite.

» N'importe quel homme, évidemment, ne vous conviendrait pas. Presque toutes les personnes à qui j'ai parlé, d'ailleurs, depuis mon arrivée en Angleterre m'ont tenu le même langage : elles m'invitent ardemment à vous demander en mariage. »

— Je vois, fit Hope.

Elle n'était plus du tout disposée à accepter l'offre du comte et, pourtant, n'était-elle pas encore désireuse de l'épouser quelques heures plus tôt ? Était-ce lié à l'inconstance féminine dont parlent les littérateurs ou son cœur s'était-il définitivement attaché à un certain Gregory Drake ?

Elle n'avait aucun doute sur la réponse, mais il lui fallait, maintenant, trouver au plus vite un prétexte pour refuser poliment l'offre du comte de Comstock.

— Mais ne seriez-vous pas amoureuse de M. Drake ? demanda ce dernier avec un sourire chaleureux, épargnant ainsi à Hope la délicate obligation de se justifier.

— Moi ? fit-elle comme si elle ne comprenait pas la question de son cousin.

Elle resta muette un instant puis, d'une voix étranglée par l'émotion :

— Si, je le suis, répondit-elle alors qu'un sourire resplendissant naissait sur ses lèvres.

— Je suis heureux de l'apprendre, répondit-il avec un soupir. En effet, quoi qu'en pense notre entourage, je ne peux pas dire que j'étais très enclin à vous demander en mariage. Vous me semblez charmante et vous êtes très jolie, mais nous ne nous connaissons pas du tout. Quel mariage heureux pourrait naître d'une union imposée de cette manière ?

— Vous avez raison, répondit Hope, stupéfaite du soulagement qu'elle éprouvait d'entendre ces paroles sorties de la bouche de l'homme qu'elle attendait depuis des mois dans l'espoir qu'il l'épouserait et mettrait un terme à tous ses tourments.

— Aussi, reprit Miles, s'il arrivait que vous épousiez un autre homme avant que je n'aie la chance de vous faire la cour, je n'y verrais aucun inconvénient.

— Je ne suis pas certaine que M. Drake veuille toujours de moi. Il m'a demandée en mariage, voyez-vous, mais j'ai refusé.

— Qu'est-ce qui ne va pas chez vous deux ? Vous me semblez, pourtant, très amoureux l'un de l'autre. Assurez-vous qu'il vous demande de nouveau en mariage. D'ici la fin de la semaine de préférence. Le prince régent me tanne pour que j'annonce mes fiançailles, et il me faut une raison pour lui dire que vous n'êtes plus libre.

— Le régent ? fit Hope, horrifiée.

— Il veut que j'assure la postérité des Comstock en ayant au plus vite un héritier. Son seul souci est la stabilité du royaume.

Miles Strickland remua la tête d'un air d'incompréhension en poursuivant :

— Je crois aussi qu'il aimerait me voir marié avec vous car il craint que je n'épouse une danseuse ou une Américaine. Chez nous, nous n'avons pas à nous inquiéter que le gouvernement se mêle de nous unir avec telle ou telle personne. Le président James Madison ignore complètement mon existence et c'est précisément ce que j'aime. Je suis libre de faire ce que je veux.

— Ainsi, le régent veut que nous nous mariions, répéta Hope, médusée.

— Mais rassurez-vous, nous n'allons pas obtempérer, dit Miles avec une assurance qui surprit la jeune femme. Vous allez épouser Gregory Drake selon le choix de votre cœur. Mais, je vous en prie, faites-le le plus tôt possible afin que j'échappe à ces pressions intolérables.

— Je ne sais même pas où il est, répondit Hope d'un air d'impuissance.

— Si c'est là votre seul obstacle, je puis l'aplanir pour vous. Je l'ai envoyé dans le Berkshire. Je ne sais pas exactement où elle se trouve, mais j'ai, paraît-il, une maison dans cette région.

— Oui, le manoir de Comstock, précisa Hope, stupéfaite devant l'ignorance de son cousin d'Amérique.

— J'avais demandé que soit établi un inventaire de mes biens mobiliers, mais si tout le monde me dit ce que je dois faire depuis que je suis arrivé dans ce pays, personne n'écoute ce que je veux. À l'exception, toutefois, de M. Gregory Drake. Il me semble être un garçon très intelligent et très compétent. Il écrit l'anglais à la perfection et je suis certain qu'il a autant de talent avec les chiffres. J'aimerais, n'est-ce pas, connaître le nombre de moutons qui paissent sur mes terres et l'étendue de mes richesses.

— Gregory est au manoir ? fit Hope qui n'en croyait pas ses oreilles.

— Je crois que ce n'est pas loin de Londres, reprit Miles Strickland, mais je n'y suis pas encore allé. Sentez-vous libre de prendre l'attelage aux armes des Comstock dans la cour de l'hôtel. J'en ai fait venir un ici puisque nous en avons deux. Vous gagnerez du temps en prenant celui-ci.

Il n'avait pas terminé sa phrase que Hope franchissait déjà la porte du salon.

20

Assise près de la fenêtre, Hope regardait fuir la campagne alors que les chevaux de l'attelage trottaient vivement en direction du Berckshire. Le soleil se couchait, embrasant l'horizon. Elle savait qu'il ferait nuit quand elle arriverait au manoir, mais il ne serait pas encore l'heure du coucher.

Comme elle était partie directement du Clarendon, elle n'avait pas pris la peine de passer à la maison pour prendre quelques vêtements et prévenir sa grand-mère de son absence.

Elle espérait seulement qu'en ne la voyant pas descendre dîner, sa grand-mère comme sa sœur en tireraient la conclusion qu'elle était allée rejoindre l'homme qu'elle aimait. En tout cas, il était trop tard pour qu'elles soulevassent une objection à son départ. Elle eût été, d'ailleurs, très mal reçue, dans la mesure où elles n'avaient cessé d'encourager Hope à choisir Gregory pour mari.

Lorsque la voiture arriva à Comstock, Hope en descendit dès qu'elle fut à l'arrêt, et sans attendre qu'un laquais ne vînt lui ouvrir la porte, puis elle se précipita vers la porte d'entrée du manoir.

Les domestiques qui la virent surgir dans le hall semblèrent dans l'embarras de n'avoir pas été prévenus de sa visite, mais ils se proposaient déjà de répondre à ses désirs quand elle mit le doigt sur les lèvres pour leur faire comprendre qu'elle voulait entrer incognito au manoir.

— Je veux faire la surprise de mon arrivée à M. Drake, dit-elle sans élever la voix.

S'ils étaient concernés par le fait justement qu'elle arrivât à une heure aussi tardive et sans chaperon pour surprendre un homme qui n'était là qu'en qualité d'agent du comte, ils ne le firent pas voir. Pourtant, les commérages avaient dû aller bon train après le dernier séjour de Hope à Comstock. Sans doute, à présent, le personnel devait-il soupçonner Drake d'être un peu plus qu'un simple employé de la famille.

Pour taire toutes les supputations, Hope ajouta :

— C'est mon cousin d'Amérique, le comte de Comstock, qui m'a confié un message que je dois transmettre à M. Drake.

Sachant le contenu du message, elle eut quelque difficulté à garder son sérieux, mais l'information qu'elle venait de communiquer aux domestiques lui assurait la discrétion à laquelle elle tenait.

— Ne prenez pas la peine de me conduire jusqu'à lui, reprit-elle à l'intention d'un valet de pied qu'elle trouvait un peu trop empressé à lui venir en aide. Je le trouverai moi-même.

Il lui fallait, maintenant, choisir entre les quarante pièces de la demeure.

Elle fit une pause au pied du grand escalier et tendit l'oreille au cas où un bruit particulier viendrait de l'étage ou du rez-de-chaussée. Rien ne parvint jusqu'à elle, mais ce n'était pas inhabituel. La maison était grande et les portes épaisses. Ce silence n'avait rien de surprenant.

Elle sourit en pensant aux jeux de cache-cache auxquels elle s'était livrée avec ses sœurs au cours de sa jeunesse. Ce ne serait pas le premier auquel elle jouerait mais, certainement, le plus gratifiant.

Pour réussir à trouver Gregory, il lui faudrait, encore une fois, réfléchir de la même façon que lui…

Si elle devait établir un inventaire comme il était en train de le faire, elle y procéderait de manière rationnelle en progressant pièce par pièce. Mais par laquelle commencerait-elle ?

Ou, plutôt, que choisirait Gregory ? Ferait-il l'inventaire de la cave au grenier ou du grenier à la cave ?

Ni l'un ni l'autre, décida-t-elle, car alors qu'il suivrait un plan systématique dans toute autre maison, ici son âme romantique orienterait son action. Or, il n'y avait qu'une pièce où il pût se trouver si, comme elle le pensait, il était arrivé peu avant elle à Comstock.

Elle monta rapidement l'escalier jusqu'au premier étage et s'engagea dans la galerie desservant les chambres. La logique voulait qu'on eût donné à Gregory la même chambre que celle qu'il avait occupée précédemment. Et il était vraisemblable qu'il eût été submergé par les souvenirs en y entrant. Il ne pouvait être que là.

Tout en méditant, Hope atteignit ladite chambre dont la porte était restée entrouverte. Elle jeta un coup d'œil à l'intérieur et, comme elle s'y était attendue, vit Gregory assis au bord du lit, le regard tourné vers la fenêtre. Il avait placé les flambeaux de la salle à manger sur une table de chevet et, à côté, l'encrier en cristal du cabinet d'études.

Près de lui, sur le lit, se trouvait un document sur lequel il avait commencé d'établir la liste des meubles de la pièce accompagnée d'une description de chacun d'entre eux. Le dernier sur la liste était un tapis d'Aubusson rouge cramoisi au bord doré de dix-sept pieds sur dix-huit.

— Vous pouvez préciser que le tissage du tapis et la qualité de sa laine sont exceptionnels, dit Hope en se penchant sur les lignes d'écriture régulière et sans pâté. Et il a la particularité d'étouffer les pas.

Elle en avait fait l'expérience la nuit où elle avait rejoint Gregory.

Au moment où il se retourna, elle était tout près de lui.

Il se leva d'un bond et fut sur le point de la prendre dans ses bras, mais il se ravisa au dernier moment et s'inclina avec une déférence toute professionnelle.

— Mademoiselle Strickland… Je ne m'attendais pas à vous voir.

— Vous n'aviez aucune raison de l'envisager, répondit-elle. Lorsque nous nous sommes quittés, ce matin, je ne crois pas vous avoir donné l'espoir que nous nous revoyions un jour.

— Ce sera à Lord Comstock d'en décider, répondit Gregory avec la même pondération qu'il avait observée la première fois qu'il avait rencontré Hope. Avez-vous besoin de mon assistance ?

Le masque d'amabilité obséquieuse qu'il avait revêtu en la voyant s'abattit pour laisser paraître son visage soucieux.

— Avez-vous besoin de mon aide ?

— Oui… Je me suis rendue chez vous, mais vous n'y étiez pas.

— Je ne pensais pas que vous auriez besoin de moi aussi vite, répondit-il alors que son sourire figé se remettait en place. Comme vous pouvez le voir, j'accomplis une nouvelle mission pour votre famille.

— Et vous avez apporté ici les flambeaux que nous avions retrouvés ensemble, dit-elle en passant le doigt sur l'un des objets.

— J'avais besoin de lumière pour faire mon inventaire et ils me rappelaient votre personne.

— Froide et ferme comme le métal ?

— Non… Je n'oublierai jamais votre expression le jour où nous les avons trouvés. Je crois que c'est à cet instant que je suis tombé amoureux de vous.

Il la fixa un instant et elle sentit la chaleur de son regard sur son décolleté.

— Me direz-vous, maintenant, la raison de votre présence ici ? demanda-t-il. Si c'est à cause d'une tâche qu'il me reste à finir, j'en parlerai avec vous n'importe où à l'exception de cette chambre.

— J'ai cassé le vase chinois, déclara-t-elle.

— Cela fait longtemps, mais vous savez où en trouver un autre en bien meilleur état. Si vous décidiez de l'acheter, vous n'auriez pas besoin de moi.

— Certes, mais je l'ai cassé de nouveau aujourd'hui et de

façon si radicale qu'il n'y a plus aucun espoir de le réparer. Je vous dis cela parce que je m'y suis employée volontairement. J'ai pris chaque morceau et l'ai jeté à terre pour le faire éclater. Les débris doivent être dans la poubelle, à présent, car il ne restait rien qui méritât d'être sauvé.

— C'est ce que je vous avais dit de faire lorsque nous l'avons retrouvé.

— En effet… Vous aviez entièrement raison. Nous pourrons aller chercher celui que nous avions vu. Personne ne saura le différencier de l'autre.

— Même Comstock ?

— S'il s'en aperçoit, je lui dirai que nous l'avions échangé car l'autre, après un ultime accident, avait éclaté en mille morceaux et ne pouvait être réparé.

— C'est une réponse tout à fait sensée qui devrait lui convenir, mais ce ne sera pas aussi facile de lui faire prendre la parure en strass pour une parure de diamants.

— Heureusement, il est déjà informé à ce sujet. Grand-mère lui a fait cette révélation juste après son arrivée à Bristol. C'est indigne d'une comtesse de se rire du malheur des autres, mais grand-maman était d'une gaieté singulière lorsqu'elle m'a rapporté la scène. Elle avait préféré, m'a-t-elle dit, le mettre tout de suite en face de son destin. Et quant à moi, bien que je l'aie trouvé très gentil, je ne vois pas en quoi je pourrais l'aider.

— Vous lui avez parlé ? demanda Gregory d'un air inquiet.

— Oui… Quand je vous cherchais. Il m'a dit que vous lui aviez dit de m'épouser.

— N'était-ce pas ce que vous désiriez ?

— Vous ne répondez pas à ma question. Je veux savoir pourquoi vous lui avez parlé ainsi ?

Gregory se frotta les tempes en feignant la confusion.

— Je suis encore sous les effets du cognac que j'ai bu après notre séparation. Lorsque je suis allé voir votre cousin, je n'étais pas en état de rencontrer un futur employeur. C'était très généreux de sa part de m'envoyer ici, mais il me semble, en effet, que je lui ai dit que vous espériez recevoir une offre de mariage.

— Il y a déjà quelques jours que j'en attends une, répondit Hope en regardant Gregory dans les yeux avec insistance. Une offre sincère et passionnée qui n'a rien à voir avec le sens du devoir et de l'honneur.

— Seigneur, si vous le préférez, épousez-le ! fit Gregory qui semblait n'avoir pas compris l'allusion de la jeune femme ou, plutôt, feignait de ne pas la comprendre. Je ne dirai plus un mot sur le sujet du mariage jusqu'à ce que j'aie l'assurance que vous ayez reçu la proposition que vous attendiez lorsque nous nous sommes rencontrés. Acceptez de vous marier avec le comte de Comstock ou refusez son offre puis informez-moi de votre décision pour que je sache si mon cœur me sera jamais rendu.

— Croyez-vous que je serais là si j'avais accepté d'épouser un autre homme ? demanda Hope en s'asseyant sur le lit.

— En ce qui vous concerne, mademoiselle Strickland, je ne sais plus quoi penser, répondit-il en s'asseyant, toutefois, près d'elle. Et, maintenant, dites-moi ce que je veux savoir. Vous a-t-il, oui ou non, demandée en mariage ?

— Il lui a été conseillé de le faire, mais il n'en a pas vraiment le désir car nous ne nous connaissons pas, répondit-elle en souriant, mais, de toute façon, s'il me demandait ma main, je lui répondrais par la négative. Je n'ai aucune envie d'épouser un homme aussi ordinaire qu'un comte. Ce que je veux, c'est un homme vraiment exceptionnel.

— Vous le méritez. Comme je vous l'ai déjà dit, vous êtes exceptionnelle, mademoiselle Strickland. Mais quel rapport tout cela a-t-il avec moi, je vous prie ?

— Je pense que vous le savez.

— S'il vous plaît, éclairez-moi.

— Je puis seulement vous dire que Comstock était soulagé de savoir que je vous aimais. Je vous rappelle que vous êtes à son service pour le moment et qu'il m'a demandé de vous dire qu'il comptait sur vous pour m'épouser dans le délai maximum d'une semaine afin que le prince régent cesse de le harceler à mon sujet.

Gregory esquissa un sourire.

— Je dois… Dois-je ? Et combien me paie-t-il pour ce service ? Je ne crois pas, en effet, que dans notre accord figure pour moi l'obligation de vous épouser.

— Vous m'avez dit que vous aviez bu force cognac avant de vous entretenir avec Miles Strickland. Vous n'aviez sans doute plus tout à fait votre tête lorsqu'il vous a adressé cette injonction. Elle vous lie ainsi d'autant moins. Nous savons tous qu'il n'a rien à offrir. Si vous voulez toujours de moi, je suis au regret, mais vous devrez me prendre sans dot. Je suis pauvre comme, d'ailleurs, vous me l'avez très bien fait entendre.

— Vous me demandez si je veux encore de vous ?

Cette fois, le sourire qui illumina son visage était le même que celui qu'elle lui avait vu deux jours plus tôt dans cette même chambre.

— Mais je n'ai jamais cessé de vous vouloir pour femme, reprit-il.

Sans ajouter un seul mot, il descendit du lit et mit un genou à terre.

— Cependant, si vous ne voulez pas de moi, Hope Strickland, je ne sais pas ce que je ferai car il m'est impossible de vous laisser partir.

— Ni moi non plus, dit-elle en lui prenant la main qu'elle porta à ses lèvres.

De sa main libre, il plongea dans sa poche et en sortit un petit coffret qu'il présenta à la jeune femme.

— C'est pour vous, ma chérie, ma fiancée…

Il souleva le couvercle et découvrit un magnifique solitaire.

— Il n'est peut-être pas aussi gros que la plus belle pierre de la parure des Comstock mais, au moins, il n'est pas en strass.

— Merci, mille fois, monsieur Drake, fit-elle en le regardant avec une infinie tendresse.

Gregory prit la bague et la glissa au doigt de Hope qui, aussitôt, dans un geste éminemment féminin, remua la main pour faire surgir mille éclats du diamant dont les multiples facettes réfléchissaient la flamme des bougies.

— Elle est très belle, dit Hope. On dirait un bijou de famille…

Hope s'interrompit, craignant de n'avoir commis un impair.

— Ce n'est malheureusement pas le cas… J'ai trouvé cette bague chez un joaillier chez qui je me suis rendu en recherchant la parure. J'avais prévu de vous l'offrir hier matin, mais les choses ne se sont pas passées comme je l'avais espéré.

— Je le regrette, répondit la jeune femme, mais elles se passent, maintenant, très différemment.

Elle se leva et lui prit les mains pour l'inviter à faire de même.

— C'est vrai, reconnut Gregory en lui enlaçant la taille. Alors, Comstock voudrait que nous nous mariions au cours de la semaine ? C'est, en fait, le même délai que m'a imposé votre grand-mère pour obtenir votre main.

— Et comme lorsque vous faites une promesse, vous la tenez toujours, vous vous ferez un plaisir de leur donner satisfaction.

— Assurément… Il est trop tard pour vous épouser ce soir, remarqua Gregory en bâillant, et puis je n'ai pas autant avancé dans mon inventaire que je ne l'avais espéré.

— Eh bien, je vais vous aider, fit Hope avec un petit sourire espiègle. Nous avons déjà donné notre appréciation du tapis, je pense que le moment est venu de tester le lit…

21

Charity Strickland était assise confortablement dans son fauteuil préféré de la bibliothèque de l'hôtel de Comstock à Londres quand elle entendit un bruit de pas et des éclats de voix familières dans le hall.

On ne cessait de lui dire qu'elle était mieux pour étudier dans cette bibliothèque que dans celle du manoir, mais c'était sans compter avec son amour de la solitude. Alors qu'elle en jouissait à discrétion dans le Berkshire, elle en était presque entièrement privée à Londres.

Un bruit de pas se rapprocha et, soudain, la porte s'ouvrit, laissant apparaître Hope radieuse comme le matin qui avait succédé à la nuit où elle avait séduit M. Drake. Elle semblait, à présent, si heureuse qu'elle illuminait la pièce. Charity referma son journal intime dans lequel elle venait d'écrire et fit signe à sa sœur d'entrer.

— Viens-tu me faire le reproche d'avoir le projet de retourner au manoir ?

— Tu sais très bien que non. Grand-maman m'a dit que tu voulais y aller pour tenir compagnie au chien du comte de Comstock pour lequel tu te fais du souci.

— Le pauvre animal est habitué à la compagnie de son maître. Il doit se sentir bien seul dans cette grande maison.

— Ton argumentation sera plus convaincante si tu lui permets de venir dans la bibliothèque quand tu t'y trouveras.

Assure-toi qu'il y ait un panier pour Pepper au milieu de tes livres avant que le comte n'arrive au manoir.

— Aussi longtemps qu'il ne mordillera pas les ouvrages, il pourra avoir tous les sièges qu'il voudra.

Charity sourit à sa sœur en reprenant :

— Mais qu'importe la question du chien. Tu n'es pas venue pour me parler de ça, ce matin, mais pour m'informer de ton mariage imminent avec M. Drake.

Hope éclata de rire.

— Il est impossible de te faire une surprise.

— Je t'ai déjà dit qu'il était plus facile de lire en toi que dans les ouvrages anciens que je consulte ici. Parle-moi de ton mariage et je te promets de ne pas essayer de deviner comment sera ta robe.

— Il n'y aura pas de robe blanche ni de grande cérémonie, répondit Hope en prenant les mains de Charity dans les siennes. Gregory m'enlève. Nous partons pour l'Écosse cet après-midi. Bien sûr, ce n'est pas à proprement parler un enlèvement puisque nous partons avec la bénédiction de grand-maman et du comte de Comstock.

— Tu es bien la seule au monde à trouver le moyen de fuir avec ton amoureux tout en ayant l'accord de ta famille ! fit Charity en remuant la tête d'un air incrédule.

— Il se pourrait, néanmoins, que Faith et son mari s'opposent à ce mariage, fit remarquer Hope dont l'intonation de la voix donnait à penser qu'elle le souhaitait. Je me demande, en effet, ce que M. Leggett va penser du fait que l'homme qu'il a employé pour nous venir en aide se soit enfui avec sa belle-sœur ?

— Je ne pense pas que ça le regarde, pas plus que notre sœur, d'ailleurs, que tu épouses telle ou telle personne pourvu que tu sois heureuse.

— De toute façon, répondit Hope avec un sourire rusé, lorsqu'ils reviendront de leur propre voyage de noces, ils apprendront que nous sommes déjà mariés en bonne et due forme, et, de ce fait, n'aurons pas grand-chose à dire.

— Tu fais preuve d'un esprit rebelle surprenant et que je ne te connaissais pas, Hope. Je ne puis qu'applaudir M. Drake d'avoir réussi à te corrompre en dépit de tes principes moraux très élevés, et j'espère qu'il poursuivra cette œuvre de dépravation après votre mariage.

Hope se pencha pour embrasser sa sœur sur la joue.

— Même si ce n'est pas le cas, je n'aurai pas autant de temps que maintenant pour t'embêter au sujet de ton avenir. Et si grand-maman voyage comme elle m'a dit en avoir l'intention, ce sera au comte de te trouver un mari.

— À moins que je ne m'en trouve un moi-même.

— Mais tu prétends qu'il te faudrait avoir de l'argent pour y parvenir.

Hope tira une feuille de papier pliée en quatre de la poche de son manteau et la tendit à Charity ?

— C'est pourquoi, reprit-elle, je te donne un cadeau de mariage à l'avance.

Charity déplia la feuille et lut le compte rendu d'un joaillier indiquant la vente de la parure en strass à l'un de leurs aïeux.

— Très intéressant, fit Charity. Où as-tu trouvé ce document ?

— J'avais demandé à Gregory de faire une recherche des bijoux et il a retrouvé leur trace en une seule journée. N'est-ce pas stupéfiant ?

— Si, vraiment.

— Et le plus fascinant, c'est qu'il a découvert qu'il n'existait aucune preuve que les pierres eussent été vendues. Il faut croire qu'elles sont encore quelque part dans le manoir.

— Quelle excellente nouvelle ! s'exclama Charity. La prochaine comtesse ne sera pas contrainte de parader décorée avec du strass si le comte trouve le moyen de retrouver les diamants et de les replacer sur leurs montures.

— J'ai une idée encore meilleure, dit Hope qui courut vérifier que personne ne se trouvait dans le hall sur lequel donnait la bibliothèque.

Quand elle se fut assurée que personne ne pouvait surprendre leur conversation, elle revint auprès de sa sœur et, se penchant sur elle, lui murmura à l'oreille :

— Tu devrais retourner au manoir et essayer de retrouver toi-même les diamants. Tu connais mieux la maison qu'aucune de nous. Si tu retrouves les pierres, ne choisis pas les plus grosses mais gardes-en une ou deux pour toi comme tu avais dit déjà en plaisantant que tu le ferais. Sers-t'en comme d'une dot ou pour voyager comme grand-maman. Je pense que tu auras peu de chance de te marier si tu restes en Angleterre et je sais, par ailleurs, que tu n'as aucune envie de vivre chez tes sœurs.

— Tu me conseilles de garder des pierres pour moi ? C'est toi, Hope, qui me fait cette suggestion ? C'est positivement une incitation à la malhonnêteté. Ces diamants font partie du patrimoine des Comstock. Je n'ose même pas envisager de commettre un tel larcin. Je préfère faire comme si je n'avais rien entendu.

— Comme il te plaira, fit Hope en levant les bras en signe d'abandon, mais je sais d'expérience qu'il ne profite pas de jouer au parangon de vertu.

— Il était temps que tu t'en aperçoives, marmonna la jeune fille avant de sourire à sa sœur pour lui prouver qu'elle n'avait pas dit cela dans un esprit de reproche.

Hope sourit à son tour et, pour la première fois depuis une éternité, Charity constata qu'elle ne semblait pas le moins du monde irritée qu'elle ne lui obéît pas.

— Bon voyage, fit Charity. Et amuse-toi bien ! Enfin… Je veux dire… Profite bien de M. Drake.

Hope ouvrit les yeux tout grands puis, un sourire suave aux lèvres, répondit :

— À notre retour d'Écosse, je me rendrai au manoir et te raconterai tout dans le détail…

Elle eut un petit rire et précisa :

— Je veux parler du voyage et des paysages.

— Si tu préfères, contente-toi de m'écrire. J'espère que

M. Drake t'emmènera en voyage de noces pour prolonger votre lune de miel. Ne le reporte surtout pas pour moi.

— Je suis certaine que Gregory ne m'en voudrait pas si j'allais te voir au manoir.

Le regard rêveur de Hope démentait, cependant, ce qu'elle venait de dire et laissait à penser qu'elle n'avait fait cette suggestion que dans un esprit de courtoisie.

— Ne te retarde pas à cause de moi, dit Charity en regardant vers la porte. Le chemin est long jusqu'à Gretna Green.

Lorsque sa sœur fut enfin partie, Charity laissa échapper un soupir et sonna pour qu'on lui apportât le thé. Elle était heureuse de voir ses deux sœurs bien accompagnées et de rester seule à jouir des attentions inexistantes de leur grand-mère.

Certaines jeunes filles auraient pu en souffrir mais Charity, en qualité de benjamine, avait toujours attendu le moment où elle serait enfin libre de toute contrainte.

Elle baissa les yeux sur le document que lui avait donné Hope et qu'elle avait laissé sur la table. C'était gentil de la part de M. Drake d'avoir conduit cette recherche et très brillant d'avoir réussi à aller aussi loin sans son aide.

Elle avait dû lui donner tant de conseils pour l'aider à conquérir Hope qu'elle avait commencé à craindre qu'il ne fût un peu lent d'esprit. Hope, cependant, avait eu aussi besoin d'aide. En tout cas, le succès de M. Drake dans la conquête du cœur de sa sœur et son empressement à lui rendre service laissait présager un avenir heureux pour le couple.

Charity, qui avait espéré avoir un second beau-frère intelligent et gentil comme M. Leggett, était comblé dans la personne de M. Drake.

Mais si elle avait de la sympathie pour lui, elle espérait qu'il prolongerait le plus longtemps possible sa lune de miel avec sa sœur. Plus tard aurait lieu l'inventaire du mobilier du manoir de Comstock, plus elle disposerait de temps pour retrouver les diamants.

Elle avait passé des mois à consulter d'anciens documents et pris des notes sur des pages et des pages. Elle avait mesuré l'épaisseur de tous les murs, vérifié la nature des sols, comparé les notes des architectes avec leurs plans.

Il ne lui restait plus qu'à attendre que Hope eût définitivement quitté la maison avant de rassembler les ouvrages qu'elle avait apportés de Comstock puis elle ferait ses bagages et retournerait au plus vite dans le Berkshire pour commencer sérieusement sa recherche sur le terrain.

Hope lui avait suggéré de prélever un ou deux diamants de la parure, mais d'après les estimations qu'elle avait faites, il lui faudrait en garder quatre pour se trouver un mari et cinq seraient nécessaires si elle souhaitait rester seule. Cela posait la question de savoir s'il valait la peine d'investir dans des robes pour attirer le sexe opposé ?

Un sourire se dessina sur ses lèvres.

Ceci n'était pas vraiment à l'ordre du jour. De toute façon, elle n'avait pas besoin de prendre de décision tant qu'elle n'avait pas mis la main sur les diamants ni trouvé un homme digne d'être épousé.

En tout cas, elle était sûre d'une chose : elle ne passerait pas un instant de sa vie à faire le pot de fleurs dans une salle de bal en attendant qu'un jeune homme l'invite à danser.

Ne disait-on pas, après tout, aux jeunes gens pour les stimuler : « Aide-toi, le ciel t'aidera » ?

CHRISTINE MERRILL

L'honneur d'une Strickland

Traduction française de
FLORENCE BELLOT

SAGAS

HARLEQUIN

Titre original :
HOW NOT TO MARRY AN EARL

Ce roman a déjà été publié en 2019

À la caféine, sans laquelle ce livre n'aurait jamais pu être écrit. Ne me quitte plus jamais.

1

Miles Strickland avait l'impression de courir depuis une éternité. Tout d'abord à Philadelphie, pour s'éloigner de Prudence et échapper aux projets qu'elle nourrissait à son égard. Puis pour échapper aux Shawnees[1], pendant sa brève tentative d'aller chercher fortune à l'Ouest.

Il avait fui les Iroquois sur le chemin du retour, toujours en courant.

Il avait été à deux pas de l'autel, et à un seul de la prison pour dettes quand la lettre était arrivée d'Angleterre et l'avait convaincu que sa chance venait de tourner.

Sa famille était américaine depuis toujours, et jamais on n'y parlait de l'arbre généalogique aristocratique dont elle était originaire. Mais ce jour-là, le dernier membre de la branche anglaise censé hériter s'était éteint, le laissant tenant du titre de comte et désormais propriétaire du domaine familial.

Des visions d'aisance et de confort lui tournèrent dans la tête pendant toute sa traversée de l'Atlantique en bateau vers l'Angleterre.

Et puis il avait tout gâché en devenant le comte de Comstock.

Apparemment, les Strickland d'Angleterre n'étaient guère plus en fonds que ceux d'Amérique. Les dettes de sa famille n'étaient rien comparées à celles attachées à son nouveau titre.

Et il n'existait aucun espoir de les éponger, puisqu'un lord n'était pas censé travailler. On s'attendait plutôt à ce qu'il

1. Tribu d'Indiens d'Amérique.

encaisse loyers et fermages de gens encore plus pauvres que lui, et occupe son siège à la Chambre des lords pour intervenir dans un gouvernement dont il ne connaissait rien.

Tout bien considéré, son frère aîné Edward avait eu de la chance que la marine anglaise scelle son sort en le faisant périr en mer. S'il avait vécu, en tant qu'héritier par le droit d'aînesse, il aurait été enrôlé de force au Parlement comme Miles venait de l'être.

Il n'éprouvait aucune loyauté patriotique vis-à-vis de ce gouvernement auquel il était censé prendre part. Et il croyait encore moins en cet héritage vieillot d'un pouvoir purement symbolique, puisque ce dernier était dépourvu de l'argent qui allait avec d'ordinaire.

Il n'y aurait donc pas de solution magique à ses problèmes. Au contraire, tout le monde attendait de lui qu'il redresse la situation catastrophique que lui avaient léguée ses parents éloignés. Les membres de sa famille, les employés de son nouveau domaine à la campagne, sans oublier l'acteur le moins négligeable, le prince régent — tous lui demandaient rien de moins que l'impossible.

Pis encore, il avait reçu une pile de lettres de Prudence, maculées de traces de larmes, qui l'avait précédé à travers l'Atlantique à bord d'un navire plus rapide. Elle s'y épanchait sans fin sur sa situation épouvantable, clamant qu'il était son dernier et unique espoir. Et qu'il devait rentrer sans tarder à Philadelphie.

Mais serait-il seulement autorisé à le faire ? Certes, en tant que pair du royaume désormais, il était de fait obligé de siéger à la Chambre des lords à chaque session du Parlement. Mais il ne pensait pas que le prince irait jusqu'à l'y faire traîner de force, pour qu'il y fasse acte de présence même entravé dans des fers.

Toutefois, après ce qui était arrivé à son frère Edward, comment savoir jusqu'où la Couronne pouvait aller pour assurer son pouvoir ? Celui-ci s'était rendu à la Barbade dans l'espoir de rétablir la fortune de la famille en investissant dans le sucre. La dernière fois qu'ils avaient eu de ses nouvelles, cela avait été pour apprendre qu'il avait été enrôlé de force dans la marine anglaise.

Dans sa dernière lettre, il avait supplié Miles de veiller sur son épouse Prudence jusqu'à son retour.

Peu après cela, celle-ci avait été informée que son mari avait péri en mer et qu'elle était désormais veuve — et sans le sou. Depuis le départ de Miles, les choses avaient encore empiré, par la faute de Pru. Cette jeune femme était une vraie écervelée et méritait sans doute ce qui lui arrivait. Mais elle était sous sa responsabilité, bien plus que cette nouvelle famille anglaise qui lui était parfaitement étrangère. Elle avait besoin de lui. Que pouvait-il faire, si ce n'était se précipiter à Philadelphie aussi vite qu'il en était parti ?

Cependant il serait obligé de se faire très discret, car un lord anglais n'échappait pas de la sorte à ses responsabilités. Reprendre la mer dans les ports en périphérie de Londres sans se faire remarquer paraissait irréaliste. Aussi lorsqu'il quitta la capitale, Miles évoqua vaguement une visite au domaine de Comstock et se garda bien de mentionner le reste de ses plans, qui étaient de quitter ce pays et d'attendre que toute cette histoire d'héritage ne soit plus qu'un lointain souvenir.

Il s'était mis au galop, et le pur-sang qu'il chevauchait ne demandait qu'à exprimer sa pleine puissance. C'était là le meilleur cheval qu'il ait jamais monté, ou possédé. Il n'avait eu aucune difficulté à l'acheter à crédit, puisque les comtes n'avaient pas à se soucier des questions d'argent pour leurs transactions. Décliner leur titre leur suffisait pour acquérir à peu près n'importe quoi.

Les créanciers savaient où envoyer leurs factures.

Il lui faudrait trouver un moyen de rendre l'animal à ses propriétaires précédents. Plus tard. En Angleterre, les pairs du royaume qui ne pouvaient pas honorer leurs dettes ne souffraient guère plus que d'être légèrement embarrassés. Mais en Amérique, on l'aurait pendu haut et court pour vol de chevaux ! La culpabilité qu'il éprouvait rien qu'à regarder la facture de l'éleveur lui était presque insupportable.

En fait, dès son arrivée en Angleterre, ce qui l'avait encore plus dérangé que d'apprendre le montant exorbitant de ses dettes, c'était le fait que de parfaits étrangers prétendaient se lier avec lui en un instant, le saluaient avec déférence et l'appelaient « Milord Comstock » à tout bout de champ. Ils ne le connaissaient même pas ! À chaque fois il avait dû se retenir de les envoyer promener. Peut-être aurait-il dû le faire, d'ailleurs. Si tel avait été le cas, les Anglais de sa famille se seraient peut-être rendu compte qu'ils avaient commis une belle erreur en s'imaginant qu'un ancêtre commun suffisait à le qualifier pour accomplir la tâche qu'ils lui avaient imposée.

Après une demi-journée de voyage, il passa la borne qui indiquait la limite des terres de Comstock.

Le paysage était riant, c'était indéniable, avec des terres agricoles vallonnées et un village dont les cottages étaient coiffés de toits de chaume. Mais l'effet de cette vue fut vite gâché quand il prit conscience qu'il était désormais responsable du bon entretien de tous ces toits afin qu'ils ne fuient pas.

Au moins la taverne servait-elle une bière correcte, et personne ne lui demanda d'où il venait en dépit de son accent. Être reconnu comme le seigneur et maître de ces lieux avant de pouvoir terminer sa chope était bien la dernière chose qu'il souhaitait.

Après un déjeuner léger, il continua sa route vers le domaine. Mais quand il emprunta un tournant dans l'allée de graviers il découvrit deux maisons : une vaste demeure au sommet de la colline, et une seconde, plutôt grande selon les standards du moment. Elle donnait cependant l'impression d'être écrasée par le manoir qui la dominait.

Ce devait être la maison douairière dont on lui avait parlé. On la lui avait décrite comme étant au-delà de toute restauration possible, ce qui signifiait qu'elle était inoccupée, et pas entretenue. S'il y avait un sofa, ou du moins une parcelle de sol sec pour qu'il y étende son sac de couchage, il pourrait y rester sans se faire remarquer. Cela lui épargnerait également de présenter ses excuses aux domestiques du manoir pour son arrivée impromptue et de justifier son départ qui serait tout aussi brusque.

Et si par hasard il restait un service en argent dans un placard quelconque, il pourrait au moins tirer profit de ce malencontreux voyage… S'il déposait le contenu d'un sac de selle rempli d'antiquités défraîchies chez un prêteur sur gages, il en tirerait au moins une somme suffisante pour payer son billet de retour en Amérique.

Il descendit de cheval, attacha les rênes à une branche d'arbre et s'approcha de la maison. Mais avant même d'être sur le pas de la porte il entendit un aboiement énervé familier, et quelques bons kilos lui percutèrent le mollet.

Il baissa les yeux vers la petite tête noir et blanc, dont les deux crocs ridicules étaient plantés avec une remarquable inefficacité dans le cuir de sa botte, et résista à l'envie de lui envoyer un bon coup de pied.

Au lieu de cela il se baissa, attrapa le chien par la peau du cou pour lui faire lâcher prise, puis le leva au niveau de ses yeux et le foudroya du regard.

L'animal lui retourna le genre d'expression que son espèce réservait normalement aux chats ou aux créanciers.

— J'ignore ce qui m'a pris de te sauver la vie sur les quais, puisque ce sont là tous les remerciements que j'en retire. Si c'est ainsi que tu traitais ton précédent maître, je comprends pourquoi il essayait de te noyer.

C'était par instinct qu'il avait lâché son bagage et attrapé au vol le sac en grosse toile que le jeune garçon avait tenté de lancer par la passerelle du *Mary Beth*. Il était certain que le père de cet enfant lui avait dit avec dureté mais non sans logique qu'un voyage en mer n'était pas un endroit pour un chien. Au moment où il s'était retourné pour assurer au jeune assassin que son chiot serait en sécurité, le garçon avait déjà disparu et Miles s'était retrouvé propriétaire de la créature la plus ingrate du Nouveau Monde.

L'animal grogna et mordit dans l'air, dans une vaine tentative de l'attaquer. Miles s'était persuadé pendant des semaines que le mauvais caractère du chien était dû au manque d'espace pendant le voyage et au tangage du navire. Mais il ne semblait pas plus heureux sur la terre ferme d'Angleterre qu'il ne l'avait été en Amérique.

— Quand je t'ai confié à la douairière qui vit ici, j'espérais que nous ne nous reverrions jamais. Aurais-tu déjà réussi à te faire expulser du manoir ?

Le chien gigota entre ses mains, puis essaya de mordre de nouveau, avant de réussir à se dégager et sauter à terre. Il fila tout droit vers la maison de la douairière et y entra par une fenêtre aux vitres cassées sans cesser d'aboyer.

Miles soupira.

— Ne compte pas sur moi pour te suivre par là. Il y a une porte en parfait état de marche.

Il se dirigea vers l'entrée de la maison tout en cherchant son trousseau de clés dans sa poche, avant de se rendre compte que la porte était déjà légèrement entrebâillée.

— Tu peux ressortir tout seul ! cria-t-il. Tu as quatre bonnes petites pattes et tu n'as plus besoin de mon aide.

Il prêta l'oreille à un éventuel crissement de griffes, ou tout autre signe que le chien l'avait entendu et s'était décidé à lui obéir. Après tout, s'il devait être obligé de s'installer ici pour la nuit, cela pourrait être pratique que cet animal chasse les rongeurs de toutes sortes. Puisqu'on avait laissé la porte ouverte, on pouvait en déduire que les lieux en étaient infestés. Mais étant donné que ce chien le détestait et essayait de le mordre à la moindre occasion, il serait peut-être plus en sécurité avec ce maudit animal dehors pendant que lui essayerait de faire ami ami avec les rats.

Quand il pénétra dans la maison, il fut surpris de ne pas déceler la moindre trace de la présence du chien, ou de ne pas entendre des aboiements en provenance des tréfonds de la demeure. Serait-il par hasard passé à travers un plancher pourri, ou se serait-il blessé avec des éclats de verre ? Il était bien stupide de se soucier d'une créature qui ne voulait avoir aucun rapport avec lui ! Au moins, personne n'était témoin de sa faiblesse, ce qui n'était pas plus mal. Il s'avança plus loin dans la maison.

— Où es-tu, petit monstre ? l'appela-t-il.

Avec un peu de chance il pourrait le faire ressortir sans trop de dommages supplémentaires pour ses bottes ou ses mains. Ensuite, il condamnerait cette fenêtre et refermerait bien la porte, en espérant que cette maudite boule de poils cesse de le harceler et retourne là où l'on s'occupait d'elle, où que ce soit.

Miles parcourut du regard l'entrée de la maison. En dépit du chien, l'endroit ne serait pas trop déplaisant pour s'y installer jusqu'à ce qu'il décide quoi faire. La douairière avait évoqué des réparations d'un coût excessif pour rendre l'endroit habitable. Mais c'était une vraie lady, habituée au confort et aux réceptions. Pour un homme comme lui, vivant à la dure, cette demeure s'approchait du château. Un château humide, certes. Mais un feu y remédierait bien vite. Les meubles avaient été recouverts de housses et de draps pour les protéger des outrages du temps et des éléments, qui sans nul doute s'en donnaient à cœur joie à travers les trous du toit. Il n'était pas certain que les matelas seraient secs, mais les chambres qu'il explora à la recherche du chien ne manquaient ni de tables ni de chaises, et il repéra quelques bancs ou sofas qui offriraient un coucher décent si l'on était assez fatigué pour s'en accommoder. Ils feraient parfaitement l'affaire, et tant pis s'il ne trouvait pas de babioles à revendre.

Un éclair de fourrure noir et blanc passa devant lui et un nouvel aboiement familier résonna entre les murs. Puis une pause, avant que le chien ne revienne vers lui. Ce maudit animal avait déjà joué à ce petit manège sur le bateau, faisant des allers-retours incessants sur le pont, récoltant jurons et coups de pied de la part des marins et passagers excédés, avant de se précipiter pour finir dans sa cabine et s'écrouler de sommeil, épuisé, au bout de sa couchette.

Au début, cela avait été amusant. Mais à présent c'était

juste pénible. Il s'apprêtait à houspiller l'animal — quand quelqu'un le prit de vitesse.

— Pepper ! Tiens-toi tranquille !

Miles se figea sur place. En dépit de ce ton autoritaire digne d'un général, la voix était féminine, aucun doute là-dessus. Était-ce la maison vide qui la faisait résonner avec tant de puissance ? Elle semblait se réverbérer en écho, tout en étant cependant étrangement étouffée.

Il s'approcha avec précaution de la pièce qui s'ouvrait devant lui, se demandant s'il valait mieux affronter sa mystérieuse visiteuse ou s'éclipser sans être vu.

Quand il franchit le seuil, l'explication devint évidente. Le chien avait cessé de courir comme un fou et était assis dans la cheminée, en train de renifler la paire de bottines de femme perchée sur les chenets. Pendant que Miles observait la scène, l'une des chaussures en question se déplaça — car la personne qui la portait s'étira vers le haut, essayant d'atteindre quelque chose dans le conduit de la cheminée.

Le résultat ne se fit pas attendre : un nuage de suie se dégagea, suivi d'un « Enfer et damnation ! » grommelé tout bas.

Le chien se recula en éternuant et attendit que la poussière se dépose. Puis, aussi serviable que d'habitude, il bondit et saisit à pleine gueule les jupons à sa portée pour tirer dessus, déséquilibrant plus encore sa propriétaire.

Miles ne put se retenir et éclata de rire.

La bottine redescendit lentement en cherchant un appui.

— Qui que vous soyez, si vous avez l'intention de m'agresser, j'ai un tisonnier dans la main et je n'aurai pas peur de m'en servir !

Si son bras était aussi résolu que son ton, le moindre coup qu'elle assènerait serait sans doute assez fort pour qu'il y réfléchisse à deux fois avant d'avoir le moindre geste inconsidéré.

— Et moi j'ai un pistolet, répliqua-t-il. Mais je pense que ni vous ni moi ne devrions nous inquiéter, parce que ni vous ni moi n'avons envie de recourir à la violence. Du moins pas jusqu'à ce que nous ne nous connaissions un peu mieux, ajouta-t-il.

Par le passé, plus d'une femme avait été à deux doigts de l'assommer avec un quelconque accessoire en fer forgé. Mais jusqu'à cet instant, il n'avait donné aucune raison à la demoiselle coincée dans ce conduit de cheminée d'en arriver à cette extrémité.

Le chien détala quand les bottines rejoignirent le sol. Après quelques contorsions et une ou deux bouffées de suie supplémentaires, le reste de la mystérieuse jeune femme apparut dans le foyer de la cheminée. Enfin, *jeune fille* aurait été un terme plus approprié.

Elle ne devait sans doute avoir guère plus de vingt ans, mais elle était déjà tout à fait épanouie, et plutôt joliment. Son visage affublé de lunettes était certes insignifiant, mais il doutait que des taches de suie puissent aider quiconque à paraître à son avantage. Il aurait néanmoins fallu être stupide pour qualifier de banale une femme avec d'aussi jolies chevilles.

Elle avait d'ailleurs également de ravissants mollets bien tournés, visibles même sous les bas épais qu'elle portait. Il les avait entraperçus quand le chien avait tiré sur ses jupes. Et si sa robe ordinaire ne flattait en rien sa silhouette, elle ne réussissait à dissimuler ni une taille fine ni une ravissante poitrine.

Il n'était pas enclin à la débauche en règle générale, sans doute parce qu'il n'avait jamais pu se le permettre financièrement. Mais si les filles du village de Comstock étaient aussi charmantes que celle-ci, il serait tentant de jouer au seigneur du château.

Comme si le chien pouvait lire dans ses pensées, il hérissa le poil et s'interposa entre la fille et lui, montrant les dents avant d'offrir un grognement d'avertissement.

Miles se prépara au choc du petit corps musclé.

— Pepper ! Assis !

Comme par miracle, le chien obéit à cet ordre et s'assit sagement, sans toutefois le quitter des yeux.

— Si vous tentez quoi que ce soit, je lance mon chien sur vous ! clama-t-elle en lui adressant un regard aussi farouche que celui du petit terrier.

— *Votre* chien ? s'exclama-t-il, surpris.

Elle hésita un instant.

— Enfin, celui du comte, se reprit-elle vivement. Mais puisqu'il n'est pas là et que je suis un membre de sa famille, la responsabilité de Pepper, ainsi que son affection, se sont reportés sur moi.

Miles ouvrit la bouche, prêt à rétorquer que le propriétaire de cette bête ingrate se tenait juste devant elle, si ce maudit animal avait bien daigné le reconnaître. Mais Pepper étant totalement dépourvu de la moindre vertu canine et incapable de faire montre ne serait-ce que d'une once de loyauté ou d'obéissance, il refusait de saluer son maître bien sûr.

Puis Miles se souvint que si son projet était a priori de se faufiler incognito sur les terres de Comstock et d'en repartir aussitôt, il ferait mieux de ne pas décliner son identité à la première personne venue, surtout si par chance ladite personne était un membre de la famille qui ne se doutait pas de qui il était.

Elle le contemplait, les yeux plissés.

— Maintenant que je peux vous voir, il est évident que vous n'êtes pas le vagabond que je craignais, dit-elle en inclinant la tête sur le côté. À votre accent, je dirais que vous êtes américain. Vous pourriez faire partie du personnel du comte, mais on m'a dit qu'il avait voyagé seul.

— En effet, mais… nous avons pris des bateaux différents, dit-il en s'accrochant à ce mensonge inespéré que la jeune fille venait de lui servir sur un plateau. J'étais censé arriver le premier, mais la mer était mauvaise.

— Alors vous devez être son expert-comptable, conclut-elle.

Il n'y avait aucun triomphe dans sa voix, rien que la simple constatation d'un fait qui devait paraître évident.

Il hocha la tête, soulagé qu'on lui mâche son scénario improvisé. Mais l'expert d'Amérique devait avoir un nom.

— Potts, dit-il automatiquement. Augustus Potts à votre service, miss.

Il s'inclina pour cacher sa grimace d'avoir choisi ce nom ridicule. Par chance, il n'aurait pas besoin de mentir longtemps. Quel être sain d'esprit voudrait passer sa vie en tant qu'Augustus Potts, Augie pour les intimes ?

— Mr Potts, répéta la jeune fille, sur le ton qu'on utilisait pour s'adresser aux domestiques.

— Et avec qui ai-je l'honneur de m'entretenir ? demanda-t-il, soupçonnant déjà de le savoir.

— Avec Miss Charity Strickland. La cousine éloignée de votre employeur.

Il hocha la tête. Il avait déjà rencontré la sœur de celle-ci, Hope. Et en faisant quelques efforts, il put déceler une certaine ressemblance entre elles. Elles arboraient le même front haut, et le même menton pointu.

Mais alors que Hope était incroyablement ravissante, Charity n'avait pas été autant gâtée par la nature. Il y avait quelque chose de trop grave dans son expression, et son regard était trop perspicace pour une personne aussi jeune. Cependant, quand bien même elle n'était pas à proprement parler une jolie fille, il était convaincu qu'elle embellirait en devenant femme et serait plutôt séduisante.

— Vous a-t-on envoyé pour établir l'inventaire du manoir ? demanda-t-elle sur un ton propre à lui rappeler qu'il n'avait rien à faire ici à la dévisager sans vergogne.

— En effet, et celui de la maison douairière également, précisa-t-il.

— Il n'y a rien de valeur ici.

Mon œil ! se dit-il aussitôt. La réponse de la demoiselle avait été un peu trop rapide et précise à son goût. Elle était venue ici pour chercher quelque chose, ou le cacher, il en aurait mis sa main au feu.

Et les gens ne prenaient généralement pas le temps de cacher des choses qui n'en valaient pas la peine.

— Si cette maison est vide, cela m'incite à me demander

ce que vous y faisiez, à moitié enfoncée dans la cheminée, rétorqua-t-il avec un sourire obséquieux. Puis-je vous aider de quelque manière ?

— Des oiseaux passent par là pour entrer dans la maison. J'étais en train d'essayer de fermer la trappe du conduit.

— Je vois.

C'était là un plus gros mensonge encore que ce qu'elle venait de lui déclarer précédemment. Mais s'il prétendait être Augie Potts, il pouvait difficilement la critiquer puisqu'il mentait lui-même de manière éhontée. Au lieu de cela, il ôta sa redingote et remonta ses manches.

— Alors donnez-moi ce tisonnier. J'ai les bras plus longs.

— Non, non, ça va très bien, répondit-elle en hâte.

Elle était bien trop désireuse de s'occuper de cela toute seule, décidément.

— En ce cas, laissez-moi au moins aller au manoir quérir un domestique. Un membre de la famille ne devrait pas faire le travail des serviteurs.

— Ce ne sera pas nécessaire, insista-t-elle, sans même prendre la peine de tenter de le charmer avec un sourire. Je crois que j'ai pu résoudre le problème.

Il haussa un sourcil.

— Je ne vous ai donc pas interrompue avant que vous ne puissiez terminer ?

— Certainement pas ! lança-t-elle, pinçant imperceptiblement les lèvres de contrariété.

— Alors permettez-moi de vous raccompagner au manoir.

— Ce ne sera pas non plus nécessaire, objecta-t-elle.

— Mais nous allons tous les deux au même endroit, lui rappela-t-il. Étant donné que je ne me suis jamais rendu au manoir, j'apprécierais d'avoir un guide.

— C'est impossible de se perdre, répliqua-t-elle. Le manoir est à quelques centaines de mètres à peine, et vous êtes déjà sur la route.

Elle essayait clairement de se débarrasser de lui. Il n'avait aucune raison de s'en formaliser, car il était aussi pressé de repartir qu'elle l'était de le voir disparaître.

Cependant, pour une raison qui lui échappait, il ne pouvait pas résister à l'envie de l'agacer un peu.

— En effet, mais vous m'aideriez si vous pouviez me présenter au personnel, dit-il en regardant par la fenêtre. Et il semblerait qu'une tempête se prépare. Le ciel s'est obscurci depuis le début de notre conversation. Je ne voudrais pas vous laisser seule sous la pluie.

— Je peux très bien attendre ici qu'elle soit passée, insista-t-elle.

Donc elle n'avait pas terminé ce qu'elle était venue entreprendre. La menteuse ! Puisqu'elle n'avait rien dans les mains, il était plus probable qu'elle cherchait quelque chose plutôt qu'elle ne voulût dissimuler un quelconque objet qu'elle aurait apporté.

Dans un cas comme dans l'autre, il devait y avoir une cachette dans les briques qui méritait que l'on s'y intéresse, une fois qu'il aurait réussi à se débarrasser d'elle.

Il lui adressa un grand sourire.

— Je suis certain que le comte m'étranglerait s'il savait que je vous laisse seule au cœur des intempéries.

Puis il se dirigea vers le seuil et attendit son soupir de défaite exaspéré.

Mais rien ne vint. Excepté un léger plissement de ses yeux, elle ne donna aucun signe que ses essais de la mettre hors de ses gonds la contrariaient.

— Si c'est ce que souhaite le comte, alors très bien, Mr Potts, je m'en voudrais d'aller à l'encontre de ses désirs.

Puis elle passa devant lui pour franchir le seuil, le petit terrier tout obéissant sur ses talons.

2

La journée de Charity Strickland ne se déroulait pas selon ses plans.

Cela avait déjà été assez éprouvant de grimper dans ce conduit de cheminée et de se rendre compte que la niche qu'elle cherchait était hors d'atteinte. Et d'avoir été surprise dans ses recherches avait été encore pire.

Mr Potts s'était avéré d'une intelligence énervante. Il n'avait pas le moins du monde semblé convaincu par son histoire de trappe ouverte laissant entrer les oiseaux. Et il avait feint le contraire, bien évidemment. Mais elle le soupçonnait de s'amuser à ses dépens, dans l'espoir de lui soutirer des bribes d'informations qu'il rapporterait à son patron.

Jusqu'à ce jour, il avait semblé que le nouveau comte se cantonnait à faire ce qu'elle espérait, c'est-à-dire rester à Londres pour honorer ses obligations au Parlement. Mais s'il décidait soudain de s'intéresser à elle et son avenir, il était impossible de deviner ce qu'il estimerait convenable pour elle.

Et quoi que cela puisse être, elle doutait fort que cela coïncide avec ce qu'elle aurait préféré pour elle-même. En tant que benjamine de trois sœurs, elle était excédée que les gens lui dictent sans cesse ce qui était le mieux pour elle comme s'ils savaient tout sur tout !

Il lui avait fallu des mois pour se débarrasser de ses proches et pouvoir enfin travailler en paix. La dernière chose dont elle avait besoin, c'était bien d'un étranger autorisé à la mener à la baguette simplement parce que les hasards de sa naissance l'avaient placé à la tête de leur famille.

La Saison à Londres ne se terminerait pas avant juillet et on était à peine en mars. Il était logique d'imaginer que le comte voudrait en profiter jusqu'à la fin. De son côté, elle était certaine qu'il ne lui faudrait plus que quelques semaines pour atteindre son but, donc elle disposait encore d'assez de temps. Si le nouveau comte de Comstock décidait *vraiment* de tout régenter — comme on l'attendait de lui — elle aurait plié bagage bien avant son arrivée, avec assez d'argent en poche pour s'établir quelque part et vivre comme il lui plairait.

Mais ce Mr Potts risquait de s'avérer aussi contrariant que l'homme qui l'employait. Certes, il n'avait aucun droit de la commander, mais le peu qu'elle avait vu de lui l'avait convaincue qu'il était un faux jeton de première. Il suffisait de noter la réaction du chien à son égard pour en conclure aussitôt qu'il ne fallait pas se fier à lui. Pepper avait hérissé le poil dès l'arrivée de l'expert-comptable. Quand ils avaient quitté la maison douairière, le chien n'avait cessé de bondir entre eux en mordillant les bottes de cet homme comme s'il espérait le faire fuir.

Une chose au moins était à porter au crédit de Mr Potts : il n'avait jamais cédé au désir de décocher le moindre coup de pied à Pepper pour s'en débarrasser. Peut-être n'était-il pas irrécupérable, après tout… Ou peut-être était-il assez avisé pour ne pas maltraiter un animal appartenant à un pair du royaume devant un membre de sa famille.

Quand ils arrivèrent devant son cheval, il s'écarta du petit chien noir et blanc et enfourcha sa monture, lui offrant la main pour qu'elle s'installe devant lui.

Elle lui sourit, regrettant une fois de plus de ne pas avoir hérité du charme naturel de ses sœurs.

— Je ne partirai pas sans Pepper. Je ne voudrais pas qu'il se perde.

Mr Potts considéra l'animal avec un dégoût évident.

— D'après mon expérience personnelle, il est étonnamment difficile de perdre ce genre de créature.

— Et si cette fois était l'exception à la règle ? Il pourrait être attaqué par une bête sauvage.

— Avez-vous des loups qui rôdent si près de la maison ? demanda-t-il.

— Non, reconnut-elle.

— Et l'on m'a dit qu'il n'y a plus d'ours en Angleterre. Que peut-il donc y avoir d'autre ?

— Un faucon. Ou peut-être un aigle.

— Et vous allez prétendre ensuite qu'en Angleterre il y a des hiboux diurnes assoiffés de sang de chien, aux aguets en ces lieux, prêts à lui fondre dessus.

Il soupira avant de lui tendre la main.

— Passez-le-moi, ajouta-t-il.

Elle attrapa le chien et le lui tendit.

Mr Potts l'attrapa par la peau du cou en évitant les mâchoires toujours prêtes à entrer en action et le fit glisser dans sa sacoche de selle. Le chien y disparut un instant, comme un nageur pris sous une vague. Puis sa tête ressortit sous le rabat, arborant une sorte de sourire canin.

— Voilà, c'est fait. Maintenant, à vous, dit-il en tendant de nouveau la main.

Elle la lui présenta prudemment et il la hissa vers lui. Cela ne sembla lui demander aucun effort de l'installer en amazone sur la selle devant lui. Puis il l'entoura de ses bras pour prendre les rênes, avant de lancer son cheval.

Alors que Mr Potts ne prêtait de toute évidence aucune attention particulière à cette proximité, Charity trouva la chose étonnamment intime. Peut-être était-ce une pratique commune en Amérique d'inviter des dames à partager votre monture ?

Ou peut-être n'était-elle pas assez jolie pour l'émouvoir… Il dirigeait le cheval avec autant d'aisance que s'il était seul.

Mais pour elle, tout ceci était étrangement perturbant. Certes, elle n'avait pas l'habitude de s'intéresser aux hommes qui l'entouraient, mais il était difficile de ne pas s'arrêter sur celui-ci.

Les bras qui l'enserraient étaient très longs, tout comme les jambes qui frôlaient ses jupes. Cet homme devait mesurer bien plus d'un mètre quatre-vingts. Il n'avait rien de maigre, mais offrait des traits taillés à la serpe, avec des pommettes ciselées et une mâchoire bien dessinée. Son teint pâle aurait conféré un air aristocratique à quiconque, mais chez lui cela semblait plutôt la conséquence d'un manque de vie en plein air et d'exposition au soleil, en raison de longues heures passées à étudier des livres, sans doute, et non pas par inclination naturelle.

Et ceci l'attirait plus que ses traits séduisants ou la masse de cheveux noirs lui tombant sur le front. Il avait l'air de quelqu'un qui se satisfaisait d'hiberner dans une bibliothèque. Même si les muscles qu'elle sentait contre elle ne pouvaient provenir de l'inactivité, ce Mr Potts lui faisait l'effet d'une âme sœur, avide de connaissances comme elle.

Mais peu importait à quoi il ressemblait, ou ce qui lui avait donné l'apparence qu'il avait aujourd'hui. Les hommes, et en particulier ceux du genre de celui-ci, ne lui accordaient jamais grande attention. Elle tourna la tête et se consacra résolument à regarder la grande demeure dont ils approchaient.

— Le manoir de Comstock, annonça-t-il.

Comme si ce n'était pas évident !

Cependant le ton qui perçait sous ces paroles laissait à penser qu'il n'était pas juste agréablement surpris, mais bel et bien stupéfait.

— Vous ne pensiez pas qu'il serait si grand ? dit-elle.

— On me l'avait dit, mais je ne le croyais pas, expliqua-t-il.

— Il représente tout ce qui ne va pas dans cette famille, reprit-elle. Quelque chose qui avait commencé comme une bonne idée, mais a échappé à toute raison avant de devenir ingérable et bien trop dispendieux.

— Je ne suis pas surpris qu'il ait été difficile de trouver

quelqu'un disposé à faire l'inventaire. Qui voudrait entreprendre pareille tâche ?

— Nous nous sommes défaits de bon nombre d'objets de valeur, bien plus qu'il n'est acceptable, dit-elle, non loin de la vérité. Quoiqu'il en reste la majorité, en fait. Ils sont simplement dans l'une des quarante pièces, attendant qu'on les redécouvre.

Elle sentit une fébrilité monter en lui à la mention de ces richesses cachées, et un frémissement le parcourut. Puis il se détendit de nouveau, comme s'il craignait qu'elle n'ait remarqué son intérêt.

— En tant que membre de la famille, j'imagine que vous êtes en position de savoir où se trouvent ces choses, avança-t-il.

— Peut-être, dit-elle, en se tournant vers lui pour lui offrir ce qu'elle espérait être un regard innocent. Le comte ne pourra jamais disposer d'un inventaire exhaustif sans mon aide, ajouta-t-elle. Et je doute que vous réussissiez à vous imprégner de la topographie des lieux avec le délai qui vous est imparti pour accomplir ce travail.

Le cheval s'arrêta.

— En effet… Vous avez raison, je ne peux y arriver sans aide. Mais le comte n'en saurait rien si je commettais quelques petites erreurs, n'est-ce pas ?

Il n'avait pas même encore franchi le seuil de cette demeure qu'il baissait déjà les bras, songea Charity. Ou avait-il l'intention de se faire grassement payer pour un travail bâclé ? Quelles que soient ses raisons, cela importait peu. Manque de conscience professionnelle, paresse ou absence de morale étaient autant de raisons valables pour justifier son départ.

— Il ne saura pas que l'inventaire est incomplet à moins que nous ne l'en informions, fit-elle observer en choisissant ses mots avec soin. Mais je n'ai aucune intention de raconter des histoires à un homme que je ne connais pas, pour la simple raison que d'autres hommes que je ne connais pas ont décrété qu'il était l'héritier en titre.

— Je vois, dit-il d'un ton tout aussi circonspect.

— Je suis certaine qu'il compte sur vos liens d'amitié pour un travail bien accompli, ajouta-t-elle.

— Mon amitié ! s'esclaffa Mr Potts. Je peux vous affirmer en toute sincérité qu'il y a six mois encore j'ignorais tout de Comstock, de son titre ou de ses propriétés.

Voilà qui devenait fort intéressant. Si le comte avait engagé un étranger pour veiller sur ses intérêts en Angleterre, il n'aurait que les résultats qu'il méritait.

— La propriété n'est pas réellement sienne, si l'on se conforme à la tradition anglaise, lui rappela-t-elle, elle appartient à la Couronne, et la jouissance lui en est concédée, ponctua-t-elle d'un sourire. Mais en tant qu'Américain, vous n'avez aucune loyauté envers la Couronne, n'est-ce pas ?

Elle venait d'ouvrir la porte à la conspiration. Elle n'avait plus qu'à voir si Mr Potts allait s'y engouffrer.

— De la loyauté ? s'esclaffa-t-il, mais mon pays n'existe que pour s'en affranchir ! Et cependant me voici ici, entouré de richesses qui n'appartiennent pas au comte, et de dettes qui en revanche lui reviennent sans équivoque.

— Quel dommage ! dit-elle en secouant la tête. À mon avis, la tâche qui vous incombe est vaine. Si vous décidiez de ne pas la mener à bien, vous pourriez être reparti avant même que quiconque ne remarque votre absence.

Il sursauta de surprise.

— Miss Strickland, je pensais exactement à cela juste avant de vous rencontrer ! s'exclama-t-il, avant de plisser les yeux. Quoique... En ce cas je ne serais pas payé, n'est-ce pas ? Et un pressant besoin d'argent a été la raison pour laquelle j'ai accepté ce travail.

Elle osa alors se lancer.

— La maison ne manque pas de babioles, bibelots et ornements. Si vous choisissiez de prendre quelque chose en compensation de votre temps passé ici, qui le saurait ?

Il prit un long moment pour considérer ses propos. Mais alors qu'elle était certaine qu'il succomberait, il hésita.

— Voler le comte, ce serait mal. Enfreindre à la fois la morale et la loi…

— Bien sûr, se dépêcha-t-elle d'approuver, contrariée.

Si la bonne conscience s'invitait soudain, elle ne se débarrasserait jamais de cet homme. La prochaine tentation qu'elle lui soumettrait pour qu'il déguerpisse devrait être bien plus subtile.

— Mais nous n'avons nul besoin de discuter de ce genre de sujet dans une allée. Comme vous l'avez déjà dit, une tempête approche. Venez à la maison, et nous allons vous installer, conclut-elle.

Ensuite elle s'occuperait de son cas. Quand il aurait vu le manoir et la place qui lui y était dévolue, il décamperait sans doute dès le lendemain matin.

Lorsqu'on lui avait décrit la demeure de ses ancêtres, Miles avait eu la vague impression qu'on lui parlait d'un quelconque manoir comme tant d'autres, perdu dans la campagne et plutôt délabré.

Mais il n'aurait jamais pu imaginer ce qui s'élevait à présent devant lui. La bâtisse ressemblait à deux ou trois vastes demeures que l'on aurait accolées, comme si les propriétaires n'avaient pas réussi à décider ce qu'ils voulaient et s'étaient contentés de continuer à construire et construire encore sans réfléchir, jusqu'à ce que l'argent fasse défaut.

Et après avoir vu les comptes, cela lui semblait bel et bien être le cas. Quand il avait quitté l'Amérique, il pensait que tous les lords anglais étaient fortunés. Mais sa famille avait tout dépensé il y avait déjà quelques générations, semblait-il. Les loyers des fermages couvraient à peine les frais d'entretien de la propriété. Il ne restait que le manoir, et ce qu'il contenait.

De plus, Miles n'était pas censé vendre les objets qui avaient le plus de valeur. On attendait de lui qu'il les conserve pour les générations futures, qui ne verraient d'ailleurs jamais le jour s'il ne réussissait pas à redresser la barre tout de suite.

Mais ce principe de respecter et préserver l'héritage n'avait apparemment pas impressionné ses ancêtres. Après l'avoir dûment salué quand il était arrivé, la veuve de son prédécesseur avait à peine pris le temps de respirer avant de lui annoncer que les diamants de la famille Comstock avaient été remplacés par des imitations bien avant qu'elle ne devienne comtesse elle-même.

D'ailleurs, les comtes et comtesses de Comstock avaient raconté des histoires sur leur valeur inestimable depuis si longtemps que cela aurait pu aussi bien devenir une légende familiale.

Lorsqu'il avait entendu cela, il en avait déduit qu'il ne restait plus rien de valeur dans son héritage. Mais alors que la collection de miniatures en argent sur la table de l'entrée aurait été loin de sauver de la ruine la vie d'un comte, le très humble Miles Strickland pouvait fort bien en vendre un sac rempli et en vivre modestement pendant un certain temps.

— Alors, qu'en dites-vous ?

Il en avait presque oublié sa cousine Charity, qui l'avait fait passer par l'entrée principale et l'avait présenté à Chilson, le majordome. Celui-ci avait aussitôt appelé un valet pour prendre sa valise, et un autre pour extraire du sac de selle le chien qui jappait.

— Je ne sais par où commencer, dit-il en scrutant l'interminable enfilade de portes donnant sur le hall, avant de dévisager Charity.

— Ne vous inquiétez pas, je vais vous aider, lui assura-t-elle.

Il n'y avait aucune coquetterie dans le regard qu'elle lui retourna, si ce n'était un léger pétillement dans ses yeux qui lui laissa à penser que toute aide dont il bénéficierait lui serait plus profitable à elle qu'à lui. La sollicitude très intéressée de la jeune fille étant malgré tout une amélioration notable comparée aux dernières relations de Miles avec le beau sexe, il ne se formalisa donc pas.

Quand elles avaient compris qu'il était titré, les femmes de Londres s'étaient d'abord montrées amicales, avant de se comporter en prédatrices. Il pouvait difficilement leur en vouloir, puisqu'elles se conformaient aux souhaits de leurs chers pères et mères qui jetaient littéralement leurs filles à sa tête.

Et jusqu'à ce satané prince régent qui proclamait qu'un comte sans une comtesse à son bras ne faisait pas son devoir de pair du royaume !

Il était censé se marier, vite et bien, pour le salut de la pérennité de son titre.

Il était supposé s'accoupler comme le bétail, apparemment. Si cette activité n'avait pas impliqué un mariage obligatoire, il s'y serait volontiers livré. Mais étant donné qu'il fallait produire un enfant légitime, cela ôtait une bonne partie du divertissement qu'il aurait pu tirer de sa popularité nouvellement acquise.

Sa lointaine cousine ignorant son identité, elle le traitait sur ce point avec la même indifférence que les femmes avant son soudain changement de statut social. Mais étant donné que Charity était la dernière fille célibataire de la famille, cette condition était tout à fait temporaire.

Une fois qu'elle aurait deviné qui il était, elle le pourchasserait comme une vulgaire proie elle aussi.

— Merci de votre offre, répondit-il. Et j'imagine qu'en échange il faudra que je vous raconte tout ce que je sais sur le nouveau comte ?

— Je pense savoir tout ce dont j'ai besoin à son sujet, dit-elle avec un froncement de sourcils qui le surprit.

On aurait presque dit une grimace de dégoût.

— A-t-il fait quelque chose pour vous rebuter ? demanda Miles.

— Non, rien jusqu'à aujourd'hui. Cela me convient parfaitement, mais je doute que cela continue. Et la dernière chose dont j'ai besoin, c'est qu'il surgisse devant ma porte avec une demande en mariage dont je n'ai que faire.

Il regarda autour de lui.

— Votre porte ? Et comment la trouverait-il ?

— C'est une métaphore, répliqua-t-elle. Techniquement, c'est *sa* demeure. J'ai le projet d'en être partie avant son arrivée. Mais je ne suis pas encore tout à fait prête, d'où mon espoir qu'il reste à Londres jusqu'à la fin de la session du Parlement.

— Et vous ne voulez pas l'épouser, ajouta Miles, étrangement contrarié.

Elle haussa les épaules.

— Il n'est pas logique de s'attendre à des affinités immédiates sur la simple base d'un lien familial distant, expliqua-t-elle. Non que je croie à une chose aussi stupide que le besoin de vivre un amour romantique lorsqu'on se marie. Mais je ne veux pas me lier à lui ou à quiconque pour toute ma vie sans prendre avant la peine de savoir si nous aurions une certaine compatibilité d'humeur.

Elle le dévisagea sans vergogne, d'une manière tout à fait inconvenante pour une jeune lady.

— Jusqu'à aujourd'hui, je n'ai pas trouvé beaucoup d'hommes à mon goût. J'ai des exigences exceptionnellement hautes, Mr Potts.

Il la dévisagea à son tour avec la même insolence, prêt à lui assener que les jeunes filles banales n'étaient pas aussi difficiles d'ordinaire. Puis il se souvint de ses jolies chevilles et se mordit la langue.

— Vous avez tout à fait raison, Miss Strickland. Mais si vous le rencontriez, vous vous rendriez compte que le nouveau comte n'est pas un mauvais bougre.

Enfin, pas complètement, ajouta-t-il pour lui-même.

— Mais vous avez également raison de ne pas vous attendre à vous marier sans avoir vu votre futur époux, reprit-il.

Elle lui sourit alors franchement. Et ce sourire lumineux transforma son visage, pas au point de le rendre beau, peut-être, mais lui conféra malgré tout un certain attrait que ses sourcils froncés en permanence venaient gâcher.

— Vous êtes bien la première personne à me dire cela, Mr Potts. C'est tout à fait nouveau d'entendre pareille franchise.

— Je n'ai aucune raison de ne pas en faire preuve, rétorqua-t-il, chassant un accès de culpabilité.

De la franchise ? Il n'avait pas été franc, pas le moins du monde ! Pis encore, il avait parlé de lui-même à la troisième personne. Il s'éclaircit la gorge avant de reprendre la parole.

— Bien, par quel endroit recommanderiez-vous que je commence à fouiller, euh… À dresser l'inventaire, je veux dire ?

— Je vous suggère de vous installer dans votre chambre et de vous rafraîchir avant le dîner, répondit-elle avec un nouveau haussement d'épaules assorti d'un clin d'œil innocent. Si l'inventaire des possessions de la famille Comstock a attendu des années, je ne vois aucune raison pour le commencer dès cet instant. Vous trouverez certainement la tâche moins ardue après un repas décent et une bonne nuit de sommeil.

Elle s'engagea dans l'escalier devant lui, puis vérifia par-dessus son épaule s'il la suivait.

— Alors, venez-vous ?

Il s'arrêta un instant. Chez toute autre femme, il aurait pensé que c'était là du flirt, d'autant plus qu'elle allait le conduire directement à sa chambre. Mais il lui avait vite paru évident que ce n'était pas le genre de Miss Charity.

Il était d'ailleurs fort probable qu'elle ne savait même pas comment s'y prendre. Il lui emboîta le pas.

— Ce n'est pas la peine que vous me montriez ma chambre, vous savez.

— Je vais vous en montrer bien plus, avant que vous et moi n'en ayons fini, dit-elle.

Il sursauta, stupéfait.

Et voilà qu'elle avait l'air parfaitement exaspéré.

— Vous voulez connaître la maison, n'est-ce pas ? reprit-elle.

— Euh…

Certes, c'était son intention. Mais était-elle à ce point indifférente envers lui qu'il n'y ait aucune allusion cachée dans ses propos ?

— Alors vous feriez mieux de profiter de ce qu'elle offre de mieux, continua-t-elle.

Arrivée en haut des marches, elle se dirigea d'un pas vif vers le fond d'un couloir, en indiquant d'un geste vague celui qui se trouvait derrière elle.

— La famille réside dans cette aile. Ma grand-mère est tout au fond, comme la suite du comte. Ce couloir-ci à notre droite mène à la partie ancienne du manoir. Et ce côté-ci, c'est pour les invités.

Elle était arrivée à une porte tout au fond du couloir.

— Et voici la chambre Tudor, annonça-t-elle en l'ouvrant à toute volée.

Elle se tint sur le seuil avant de faire un grand geste lui indiquant d'entrer.

— On raconte que Henri Tudor lui-même y a séjourné.

Il réfléchit un moment afin de se remémorer à qui ce nom faisait référence.

— Le roi aux innombrables épouses, murmura-t-il.

— Six, précisa-t-elle d'un air glacial qui laissa transparaître la piètre opinion qu'elle avait de sa connaissance limitée de l'histoire anglaise.

Il leva les mains en signe de reddition.

— Je peux vous dire tout ce que vous voudrez sur George Washington, si cela vous intéresse.

Elle haussa un sourcil.

— Merci, mais je peux très bien vous le raconter aussi moi-même, rétorqua-elle. Il y a des livres en Angleterre, voyez-vous.

— En Amérique aussi ! lança-t-il.

Il en avait lu assez peu malheureusement, mais ce n'était pas sa faute. Il préféra plutôt étudier la pièce qui s'ouvrait devant lui.

— Ainsi donc, un roi a dormi ici, dit-il.

— Et maintenant, ce sera vous.

Il aurait dû en être honoré, bien sûr. En général il se moquait bien des occupants précédents des chambres où il dormait, tant que le lit était confortable et les draps propres. Celle-ci était assez luxueuse, même si sans doute elle n'était pas aussi confortable que les appartements du comte auxquels il avait droit. Mais il pouvait difficilement les réclamer…

Il prit un instant pour réfléchir.

— Pourquoi attribueriez-vous à un expert-comptable la meilleure chambre du manoir ?

Quand il se retourna pour entendre sa réponse, elle arborait une expression aimable, placide et accueillante. Seulement, juste avant cela, était-ce un éclair de quelque chose d'autre qu'il avait entraperçu dans son regard ? De l'inquiétude, peut-être ?

Si tel était le cas, celle-ci avait disparu, et elle se montra une parfaite hôtesse.

— Je veux que vous soyez satisfait. Vous êtes l'ami du comte, après tout. Je peux difficilement vous traiter comme le reste du personnel.

Il jeta un coup d'œil dans la pièce, remplie de nombreux objets et bibelots bons à prendre quand il repartirait.

— Comme c'est gentil de votre part, Miss Strickland, dit-il.

Elle lui adressa un signe de tête destiné à conclure leur entretien.

— Bien, je vais vous laisser vous rafraîchir. Le dîner est servi dans la salle à manger à 20 heures, Mr Potts. Ne soyez pas en retard.

Il hésita un moment en entendant ce nom qui ne lui était pas familier, avant de reprendre ses esprits et de répondre en inclinant poliment la tête.

— Comme vous le désirez, Miss Strickland.

Elle s'éloigna ensuite dans le couloir, le laissant seul dans la chambre d'un roi défunt. Il referma doucement la porte derrière elle et se consacra à ce qui l'intéressait présentement : une estimation de ce qui avait de la valeur dans cette pièce. Qu'y avait-il là d'intéressant à vendre ?

Les meubles étaient de belle facture, le lit à baldaquin était garni de rideaux en velours légèrement poussiéreux, accrochés à des anneaux de cuivre aussi larges que son pouce. Intéressant, mais cela ne vaudrait pas la peine de faire les efforts nécessaires pour les décrocher. Les épées croisées au-dessus du manteau de la cheminée conféraient un aspect masculin au décor. Et si elles étaient des reliques de ce célèbre Tudor lui-même, elles seraient d'une valeur inestimable. Mais pour s'en emparer il lui faudrait traverser toute la maison avec des épées sur l'épaule… Et cette chambre était aussi loin de la porte d'entrée qu'il était possible de l'être.

Il cessa de cogiter fébrilement, puis se mit à faire les cent pas en essayant de comprendre pourquoi il était si important qu'elle l'ait relégué aussi loin du reste de la maison. Charity Strickland avait expliqué qu'elle lui avait attribué cette chambre en raison de sa prétendue amitié avec le comte. Alors qu'il venait de lui expliquer qu'il ne le connaissait que très vaguement. L'avait-elle oublié ?

Quelque chose chez cette demoiselle lui laissait à penser qu'elle n'était pas du genre à négliger les détails. Ce qui signifiait donc qu'elle lui avait simplement servi le premier mensonge qui lui était venu à l'esprit afin de justifier son choix de lui attribuer pareille chambre. Il se passait quelque chose d'étrange ici, et il était bien déterminé à découvrir ce que c'était.

3

Une fois Mr Potts installé dans sa chambre et Pepper dûment couché sur son lit dans la sienne, Charity redescendit l'escalier, sortit sans tarder du manoir par la porte principale et reprit la direction de la maison douairière.

Mr Potts avait eu raison : il allait pleuvoir. Les nuages s'étaient considérablement assombris depuis leur départ de là-bas une heure plus tôt. Alors qu'elle parcourait les derniers pas qui la séparaient de l'entrée de la maison, elle sentit les premières gouttes s'écraser sur sa cape.

Elle les ignora. Elle était si près du but qu'elle n'allait pas laisser une malheureuse averse l'empêcher d'achever ce qu'elle avait commencé avant qu'il ne l'interrompe. Certes, dans la situation présente, un parapluie lui aurait peut-être été plus utile qu'une échelle… Elle avait senti le rebord d'une niche dans le conduit de cheminée quand elle avait grimpé sur les chenets, mais elle n'avait pas réussi à y enfoncer la main.

L'arrivée de l'expert-comptable du comte ne pouvait signifier qu'une chose : le jour fatidique où le propriétaire des lieux ferait son apparition approchait. Elle n'avait donc plus une minute à perdre dans ses préparatifs. Elle prendrait une chaise et se débrouillerait au mieux.

Ou la boîte était là, ou bien non. Il fallait qu'elle sache.

Elle poussa la porte d'entrée de la maison douairière et la claqua derrière elle, s'autorisant d'une manière très peu féminine à jurer entre ses dents, puisque personne n'était là pour l'entendre. Puis elle se hâta de retourner vers la cheminée.

— Je commençais à me demander si vous alliez venir.

Charity hoqueta de surprise et se cramponna au chambranle de la porte, absolument stupéfaite en entendant ces paroles.

Mr Potts avait enlevé une housse de l'une des chaises près du foyer et y était confortablement installé, ses longues jambes étendues devant lui.

Il lui fallut un moment pour trouver une réponse appropriée. La partie rationnelle de son esprit, celle qu'elle n'arrivait d'ailleurs pas à réduire au silence en général, lui rappela qu'il était rare chez elle d'être à court de mots. Ou de ne pouvoir respirer. Il était d'ailleurs tout aussi rare qu'elle soit surprise, par quoi que ce soit.

Elle avait l'habitude de surpasser intellectuellement son entourage, et ce sans la moindre difficulté. Et voilà que cet étranger venait de la battre sur son propre terrain !

— Vous me semblez un peu essoufflée, dit-il en se penchant pour ôter la housse de la chaise en face de la sienne d'un rapide mouvement du poignet. Pourquoi ne prenez-vous donc pas un siège ? Peut-être devrais-je allumer un feu, afin de chasser l'humidité de cette pièce ? ajouta-t-il en souriant.

Il s'attendait sans doute à ce qu'elle hurle « Non ! » et confirme ainsi ses soupçons qu'il y avait quelque chose dans la cheminée. Et elle n'avait aucune intention de lui faire ce plaisir. Aussi tint-elle sa langue sur ce sujet.

— Comment avez-vous su que je reviendrais ici ? Et comment avez-vous fait pour arriver avant moi ? lança-t-elle pour faire diversion.

— Et quelle autre raison auriez-vous eue pour me mettre dans une chambre qui donne sur l'arrière de la maison, et non sur la grande allée de devant ?

Il leva une main pour éviter toute réponse intempestive.

— Ne me dites pas que c'est parce que je suis un invité d'honneur, continua-t-il. J'ai surtout eu la très nette impression que vous souhaitiez que j'aille me faire pendre.

— Non, pas vous faire pendre ! Mais… Que vous retourniez en Amérique. Ou à Londres, au moins. Même après de nombreux rangements, la maison est dans un état épouvantable et n'est pas prête pour un inventaire, se justifia-t-elle en souriant tout en tripotant ses lunettes, s'appliquant de toutes ses forces à paraître naïve et dépassée par les événements. Mes sœurs viennent de se marier, et ma grand-mère est en voyage sur le continent. Il n'y a que moi ici.

— Mais rien de tout cela n'explique pourquoi vous m'avez attribué la plus belle chambre du manoir, rétorqua-t-il. J'imagine que vous vouliez terminer ce que vous étiez en train de faire sans que je remarque votre départ de la maison. Vous n'avez pas fait tout le chemin jusqu'ici pour simplement fermer une trappe. Vous étiez en train de chercher quelque chose.

Elle porta aussitôt la main à sa poitrine, feignant d'être outragée.

— Et pour quelle raison mentirais-je là-dessus ?

— Je n'en ai pas la moindre idée, répondit-il. Mais je voulais le découvrir. Cela aurait été impoli de vous le demander. C'est une chose d'accuser de mensonge une femme que vous venez de rencontrer, et une toute autre de la prendre sur le fait.

Il étendit les bras, entrelaça ses doigts et fit craquer ses articulations.

— Aussi ai-je emprunté la gouttière qui passe à côté de la fenêtre de ma chambre pour descendre en toute discrétion, et je suis retourné ici pour voir si vous reviendriez.

— Et si je n'étais pas venue ?

— Alors j'aurais gardé mes soupçons pour moi, en concluant que je me faisais des idées.

Son cœur battait bien plus vite que la normale, sans doute à cause du choc qu'elle avait éprouvé à le voir quand elle était entrée dans la pièce.

Et la petite voix de la logique se fit entendre dans son crâne. Ou plutôt, elle ricana d'un rire moqueur. Voilà qu'elle ne savait plus quoi dire. C'était là un sentiment nouveau pour elle, d'être plongée dans l'incertitude. Et elle en conclut que cela ne lui plaisait pas.

Quant à lui, il semblait énormément s'amuser de la situation.

— Nous gagnerons du temps tous les deux si vous admettez tout simplement que j'ai raison. Ensuite je vous aiderai à trouver ce que vous cherchez, et nous pourrons rentrer au manoir.

— Mais peut-être ne cherchais-je rien du tout. Je cachais peut-être quelque chose, objecta-t-elle.

— Je vous ai interrompue avant que vous ne puissiez terminer ce que vous aviez entrepris, je vous le rappelle aimablement. Vous n'aviez rien dans la main quand vous êtes sortie de la cheminée, et je n'ai senti aucune grosseur dans les poches de votre jupe qui aurait pu trahir que vous y aviez caché un objet. Dès l'instant où vous vous êtes débarrassée de moi, vous êtes revenue ici finir ce que vous aviez commencé. Il est donc bien plus plausible que vous cherchiez quelque chose, plutôt que vous ne tentiez de cacher un objet.

Cet homme s'imaginait sans doute que sa logique était imparable ! Néanmoins… Charity devait admettre que sa réflexion était supérieure à la moyenne de ce qu'elle affrontait d'ordinaire. Et, bien plus important, il ne s'était pas arrêté à une simple démonstration de raisonnement déductif.

Car il ne venait pas moins de lui apprendre que pendant qu'ils chevauchaient vers le manoir il ne l'avait pas tenue entre ses bras uniquement pour l'empêcher de tomber. Il l'avait serrée intentionnellement contre lui pour sentir le contenu de ses poches.

Son cœur tambourinait désormais à tout rompre dans sa poitrine, à la fois au souvenir de ses mains sur elle, et de la subtilité de sa manœuvre.

Il l'avait donc palpée à son insu. Et elle l'avait laissé faire, en se comportant comme une adolescente écervelée, excitée de se retrouver entre les bras d'un homme séduisant ! Si elle ne se montrait pas plus prudente, il la ferait courir tel un lévrier lancé après un lièvre et détruirait ses projets d'indépendance pour son avenir.

Oh oui, il lui faudrait faire preuve de bien plus de précautions à l'avenir !

— Imaginons que votre hypothèse soit exacte, reprit-elle, pourquoi vous proposeriez-vous de m'aider ?

Elle l'observa dans l'espoir de déceler un infime changement d'expression qui lui indiquerait ce qu'il pensait réellement.

— J'imagine que ce que vous cherchez fait partie de l'héritage. Nous voulons donc tous les deux que cela soit retrouvé, et réintégré au patrimoine, n'est-ce pas ?

Le bout des doigts pressé les uns contre les autres, il la contempla comme s'il la défiait de nier ses assertions.

Elle aurait dû lui mentir et lui dire bien évidemment que c'était ce qu'elle était en train de faire. Cependant, avouer la vérité aurait signifié se rendre avant même d'avoir livré bataille. S'il avait la moindre idée de ce qui se trouvait dans la cheminée, il mettrait tout sous clé aussitôt avant même qu'elle puisse en prélever une petite partie pour elle.

— S'il manque quelque chose dans les biens, il n'est en effet que normal que tout soit réintégré, répondit-elle en choisissant une neutralité vague, avant d'observer sa réaction.

— Ou bien je pourrais vous aider à trouver ce que vous cherchez et détourner les yeux, ajouta-t-il d'un air aimable mais indéchiffrable. Je pourrais décider que cela ne me regarde en rien.

Voilà que c'était lui à présent qui attendait une réponse.

Elle lui fournit celle qui était la plus appropriée à la situation et fit semblant d'être choquée.

— Et pourquoi feriez-vous cela ?

— Pour en tirer une compensation, bien sûr. Il est temps que nous jouions cartes sur table, Miss Strickland. Quoi que vous fassiez ici, je soupçonne que vous n'êtes pas censée le faire. Je garderai votre secret, si vous me payez pour cela.

— Vous garderez donc mon secret *pour un moment*, certes, corrigea-t-elle. Jusqu'à ce que vous décidiez que je n'ai pas payé assez et reveniez m'en demander plus. C'est ainsi que fonctionne le chantage, non ?

— C'est tout à fait vrai ! s'esclaffa-t-il, avant d'ajouter avec un chuchotement de conspirateur : Ceci est tout nouveau pour moi, et je n'ai pas encore eu le temps de réfléchir à toutes les ramifications du procédé.

— Alors que pensez-vous de celui-ci ? Je me précipite au manoir, j'annonce que l'expert-comptable me menace et que je pense qu'il n'est pas honnête. Les domestiques me croient et contactent le comte. Étant donné qu'il vous connaît à peine, il se fie aux dires de la famille et non aux vôtres. Et il vous congédie sur-le-champ.

Mr Potts eut un bref sursaut de surprise, puis se mit à applaudir.

— Bravo, Miss Charity, bravo !

Il aurait dû l'appeler Miss *Strickland.* Mais comme il lui avait déjà palpé les hanches, il s'imaginait sans doute désormais autorisé à une certaine familiarité.

— Je ne vous ai pas donné la permission de m'appeler par mon prénom, Potts, persifla-t-elle, omettant délibérément le « Mr » devant son nom, pour lui rappeler qu'il valait à peine mieux qu'un domestique.

Il lui adressa un petit signe d'excuse en inclinant la tête.

— Mes excuses, Miss Strickland. Mais si nous exceptons mon manque de manières, nous semblons être arrivés à une impasse. Qu'allons-nous faire ?

Il la regarda ensuite avec attention, dans l'attente de sa réponse.

Elle prit un moment pour réfléchir. Cela n'avait pas réellement d'importance qu'il soit un parangon de vertu ou un scélérat dénué de scrupules. La réponse masculine classique à ce genre de situation était en général toujours la même : prendre le taureau par les cornes, c'est-à-dire dans ce cas précis aller dans la cheminée, et s'emparer de ce qui y était sans se soucier d'elle. Plus petite que lui et fluette, elle ne pourrait pas l'en empêcher.

Mais Mr Potts la perturbait. Il calquait ses actions sur les siennes et prétendait qu'elle pouvait au moins décider toute seule de la suite des événements.

Pour flatter ton orgueil, chantonna la voix dans sa tête. *C'est un charmeur, celui-là. Reste sur tes gardes.*

Elle se frotta le menton, prétextant l'indécision, et tapota le sol de la pointe de sa bottine. Puis elle leva les yeux et s'adressa à lui sans ironie.

— Vous allez me permettre de continuer ce que j'avais entrepris, Potts. Et cela sera peut-être sans résultat. Mais si je ne fais pas ce que je suis venue faire ici, vous le ferez vous-même dès que j'aurai le dos tourné, et vous enfuirez avec votre trouvaille, quelle qu'elle soit.

Il hocha la tête.

— Vous avez une vision étonnamment peu flatteuse de mon caractère, Miss Strickland. Mais qui n'est pas si fausse que cela, je vous le concède. Cependant, si ce que vous cherchez peut facilement se partager entre nous, je disparaîtrai de votre vue et de votre vie aussi vite que j'y suis entré.

Elle plaqua les mains sur son cœur, feignant l'extase à cette idée.

— Vraiment, Potts ?

— Mon projet en venant ici était exactement ce que vous avez suggéré quand nous nous sommes rencontrés. Des affaires urgentes m'appellent en Amérique, et je n'ai pas d'argent pour mon billet de retour. Il vaudrait mieux que pour en obtenir je n'aie pas à répertorier jusqu'à la dernière petite cuiller de l'héritage. Si je peux trouver quelque chose de valeur dont personne ne remarquera l'absence, je le prendrai, le vendrai et m'achèterai un billet pour une place sur le premier navire en partance pour Philadelphie. Et plus personne n'entendra parler de moi.

Il pointa le doigt vers la cheminée.

— S'il y a ce genre de chose dissimulé dans cette cheminée, alors allez-y, Miss Strickland. Allez-y, tout de suite.

— Très bien, Potts, concéda-t-elle avec un nouveau sourire hypocrite.

S'ils trouvaient ce qu'elle cherchait, il n'y avait aucune raison pour que cet homme s'en attribue la moitié. Elle non plus, d'ailleurs, puisque les biens de Comstock ne lui revenaient pas ! Mais il avait dans l'idée de subtiliser quelque chose qui ne serait pas remarqué, comme elle. Il ne lui restait donc plus qu'à faire appel à la discrétion de Mr Potts, en espérant que l'avidité resterait de côté.

Puis elle se souvint qu'il restait quelques problèmes techniques à régler.

— Je n'ai qu'un souci : j'étais trop petite pour l'atteindre la dernière fois.

— Je suis plus grand, dit-il en se levant, prêt à prendre sa place.

— Et plus large, lui fit-elle remarquer. Le conduit était étroit, même pour moi.

— Alors nous n'avons pas le choix, dit-il en s'approchant de la cheminée.

Il enleva la grille du foyer et mit un genou à terre, avant de se tapoter le plat de la cuisse de son autre main.

— Allez, montez !

— Je pensais plutôt utiliser une échelle, répliqua-t-elle.

— En avez-vous apporté une ?

— Ne me posez pas de questions idiotes ! aboya-t-elle.

Il se tapota de nouveau la cuisse.

— Allons, Miss Strickland, résolvons le mystère de cette cheminée une bonne fois pour toutes, ensuite vous aurez tout le temps de me fustiger pour mon caractère.

Elle soupira, n'ayant nul besoin que ses sœurs lui expliquent que ce qu'il suggérait était inconvenant. Il ne lui aurait fallu qu'une minute ou deux pour trouver quelque chose d'autre où grimper…

Mais elle voulait une réponse à ce mystère, et pas dans deux minutes : *tout de suite* !

Tout le monde disait que l'impatience était son plus gros défaut. Eh bien, elle y réfléchirait plus tard !

Elle se baissa avec impétuosité pour passer devant lui dans la cheminée, s'appuya à une paroi et leva un pied.

Avant qu'elle ne puisse esquisser le moindre geste, il avait attrapé sa bottine et guidé son pied pour le poser sur sa cuisse. Puis il glissa la main sous ses jupes et lui donna une tape derrière le genou, à la manière dont on procède avec un cheval pour lui faire lever la patte afin d'examiner ses sabots.

Elle leva l'autre pied, et il entrelaça ses doigts pour former un étrier, avant qu'enfin elle se retrouve juchée sur sa cuisse.

Il avait raison. Elle avait gagné quelques centimètres par rapport à sa précédente tentative sur les chenets. Elle palpa les briques autour d'elle, cherchant la niche qu'elle espérait trouver.

— Alors ? demanda-t-il.

— Rien, admit-elle, en grommelant entre ses dents serrées.

Elle tendit les doigts le plus haut possible et effleura un rebord avec un vide derrière, là où il aurait dû y avoir une brique, mais rien de plus.

— Je sens une encoche au-dessus de moi, mais je suis encore trop bas.

— Alors grimpez sur mes épaules, lui enjoignit-il.

Aussitôt ses doigts lui enserrèrent le mollet et la propulsèrent vers le haut.

Pendant un instant son cerveau, si agile d'ordinaire, cessa de fonctionner. La tête et les épaules de Mr Potts se retrouvaient désormais *sous ses jupes*. C'était là la première fois, et peut-être la dernière, qu'un homme verrait ses jambes, et les toucherait également. Oh ! elle n'avait plus qu'à prier que le conduit soit bien obscur ! Car s'il levait la tête, il verrait bien plus que le haut de ses chevilles… ou même de ses cuisses.

C'était…

Elle rassembla ses pensées, essayant d'analyser les sensations qui la traversaient. Celle d'une main d'homme lui enserrant la cheville était différente de tout ce qu'elle connaissait. Et ce n'était même pas peau contre peau ! Elle avait froid en dépit de ses bas de laine, mais son sang bouillonnait littéralement et pulsait dans son cœur avec force. Et surtout, elle était certaine de sentir le léger chatouillis causé par la respiration de Mr Potts.

Le monde lui sembla tournoyer et vaciller autour d'elle, comme si elle avait bu trop de vin. Puis elle se rendit compte que ce sentiment n'était pas dû à sa seule imagination. Elle tremblait de tout son corps en essayant de trouver son équilibre tandis qu'il la hissait vers ses épaules tel un acrobate des jardins de Vauxhall à Londres. Elle réussit à se reprendre en se raccrochant aux parois de brique.

Seulement cela ne lui plut pas, de se retrouver bien en équilibre. Elle avait encore envie de se sentir tourneboulée, peu sûre d'elle, et de rire en sentant tout tourbillonner avant de choir sur les genoux de cet homme, le souffle court.

— Miss Strickland ? la héla la voix de Mr Potts sous ses jupes.

Une voix étouffée, certes, mais qui ne trahissait aucune émotion particulière.

— Euh… Euh… Oui, répondit-elle en tâtonnant dans la niche logée dans le mur, désormais au niveau de son visage.

Son cœur cessa de battre un infime instant quand elle sentit les contours d'une boîte entre ses doigts.

— J'ai trouvé quelque chose, annonça-t-elle.

— Excellent !

Il plaça alors ses deux mains autour de sa cheville gauche et commença à la faire redescendre tout doucement. Quand ses pieds retrouvèrent le sol du foyer, elle avait repris le contrôle de ses sens et put ressortir du conduit, certes couverte de suie mais maîtresse de ses pensées.

Puis elle lui tendit sa trouvaille : un coffret en bois, carré, d'environ vingt centimètres de côté.

— Il n'est pas très grand, constata-t-il en l'examinant.

— Il n'a nul besoin de l'être, répliqua-t-elle tout en le manipulant à son tour.

Cependant elle aurait cru elle aussi qu'il serait de plus grande taille. Elle s'était imaginé un écrin en cuir classique, rectangulaire, similaire à celui qui contenait les copies des bijoux, avec un système de fermeture et des charnières bien visibles. Mais le bois sous ses doigts était complètement lisse. Et il ne semblait pas non plus y avoir de couvercle à soulever. Si elle n'avait pas éprouvé sa légèreté et entendu un léger cliquetis dedans, elle en aurait déduit que c'était un vulgaire bloc de bois plein, sans rien à l'intérieur.

— Tenez-le un moment, dit Mr Potts avant d'extirper un mouchoir de sa poche.

Ensuite il lui reprit la boîte et commença à la frotter avec enthousiasme pour en ôter la cendre et les saletés accumulées. Puis il la lui présenta de nouveau pour qu'elle l'admire.

Elle ajusta ses lunettes et les essuya de la poussière de suie qu'elles avaient récoltée pour mieux voir. Ce qui lui avait paru être du pur acajou au premier abord était en fait une déclinaison de trois teintes de bois dans un travail de marqueterie élaboré, et chaque face arborait un motif différent. Certes, l'objet était magnifique, mais la façon de l'ouvrir n'était pas plus évidente maintenant qu'il était nettoyé qu'à l'instant où il avait été extrait de la cheminée. Elle lui lança un coup d'œil.

— Auriez-vous un couteau à me prêter ?

— Pour gâcher le plaisir ? s'exclama-t-il.

— Ah, parce que je suis censée m'amuser avec ça ? s'indigna-t-elle, avec un haussement d'épaules de frustration.

— Vous avez en main une boîte à énigme chinoise, expliqua-t-il avec patience. Peut-être n'êtes-vous pas familière avec celles-ci, mais j'en ai déjà vu plusieurs, rapportées d'Orient par des marins.

Il lui tendit la main pour qu'elle la lui rende.

Elle hésita. Elle avait passé une demi-journée dans une cheminée à respirer de la poussière de suie et s'en mettre plein les vêtements. Elle avait fait deux fois l'aller-retour en courant entre la maison douairière et le manoir. Tout ce dont elle avait envie, c'était d'une tasse de thé bien chaud, d'un bon bain et d'un signe quelconque que cette quête tirait à sa fin. Et au lieu de cela, cet étranger propre sur lui et posé se tenait prêt à lui voler la victoire.

Elle serra le coffret contre elle.

— Merci, Potts, mais ce ne sera pas nécessaire.

— Je croyais que nous étions d'accord pour partager, lui rappela-t-il, avec un sourire qui aurait fait fondre aussitôt le plus gros des blocs de glace.

Elle secoua de nouveau la boîte et n'entendit que l'infime cliquetis des jeux dans la marqueterie qui cachait les ouvertures.

— Comme vous pouvez l'entendre, il n'y a rien dedans. Et même si cette boîte est assez rare pour présenter une valeur quelconque, elle n'en aura plus si vous essayez d'en prendre la moitié, objecta-t-elle.

— Êtes-vous certaine qu'elle est vide ? demanda-t-il en haussant un sourcil. Ou alors contiendrait-elle quelque chose que vous ne souhaitez pas que je voie ?

Elle secoua la tête et lui adressa un sourire de pitié.

— Même remplie jusqu'à ras bord, une boîte de cette taille ne pourrait pas contenir grand-chose. Si vous voulez de l'argent pour rentrer en Amérique, je crains que vous ne deviez vous résoudre à l'obtenir en faisant ce que le comte attend de vous : un inventaire des biens.

— Eh bien, je dois dire, Miss Strickland, que ce qui a commencé comme un début prometteur s'est avéré un après-midi des plus décevants.

— On pourrait dire cela de la plupart des après-midi à Comstock Manor, répliqua-t-elle. Mais cela ne sert à rien de rester ici plus longtemps. Rentrons au manoir. Dîner à 20 heures, Potts. Et demain, nous commencerons l'inventaire.

4

Si ses sœurs avaient été là, elles auraient su comment s'y prendre.

Charity n'avait jamais eu besoin de leurs conseils auparavant. Une telle affirmation pouvait sembler présomptueuse de sa part, elle l'admettait, mais en général c'était elle qui manifestait du bon sens et en faisait bénéficier ses sœurs, non l'inverse. Elle avait beau être la benjamine, elle avait bien plus de connaissances qu'elles, notamment grâce à sa fréquentation intensive de la bibliothèque du manoir. Et sur les sujets importants, elle comprenait et observait bien mieux le monde et les gens. C'était ainsi qu'elle avait su avant elles quels hommes elles allaient épouser.

Il suffisait tout simplement d'examiner les choses de manière impartiale et de tirer les conclusions des informations que l'on collectait.

Mais ce n'était pas ce qu'il convenait de faire pour le moment. Ce soir, il fallait qu'elle se montre une hôtesse polie et gracieuse avec un parfait étranger. Elle n'avait jamais dû auparavant se débrouiller seule en société avec un représentant de la gent masculine. Les rares occasions où ses sœurs l'avaient traînée hors de la maison pour la plonger dans la Saison trépidante à Londres, Faith et Hope avaient été auprès d'elle pour la guider et la chaperonner, et veiller à empêcher que toute situation potentiellement gênante ne se transforme en vrai fiasco.

Mais elles n'étaient pas là ce soir, et jamais Charity ne s'était sentie aussi seule.

Son premier instinct aurait été de proposer à Mr Potts de lui faire servir un plateau pour qu'il puisse prendre son repas où bon lui semblait. Quant à elle, elle aurait dîné dans la bibliothèque comme à son habitude, et aurait été se coucher après avoir réussi à résoudre l'énigme du coffret chinois.

Juste avant le dîner, elle était remontée dans sa chambre et avait pris le temps de l'étudier. Elle avait palpé les panneaux décorés, secoué, soupesé. Rien dans les bruits qu'il émettait ne laissait indiquer que c'était plus son contenu qui ballottait à l'intérieur que les mécanismes de fermeture eux-mêmes. Ce qu'elle espérait y trouver était peut-être enveloppé dans de l'étoffe, mais elle était surprise que le coffret ne pèse pas plus lourd.

Le problème aurait demandé plusieurs heures d'étude dans l'intimité et le calme de la bibliothèque. Mais elle avait annoncé un peu plus tôt à Mr Potts que le dîner était une obligation formelle à laquelle il fallait se conformer, et qu'il était censé la respecter. Annuler et se consacrer à la résolution de l'énigme aurait été avouer de fait à cet intrus à quel point la chose était importante pour elle.

Quand elle avait cru le succès imminent, elle avait eu le sentiment de n'avoir d'autre choix que d'accepter son aide. Et avait récupéré en tout et pour tout une boîte verrouillée, assortie d'un petit sursis. Si elle réussissait à tenir pendant tout le dîner, elle pourrait juste après prétexter être lasse, et se retirer dans sa chambre pour ouvrir la boîte.

Il était même possible qu'elle y réussisse sans qu'il s'en rende compte.

Mais ses chances étaient minces.

L'expert-comptable n'était pas comme le reste de la famille, qui avait depuis longtemps renoncé à essayer de la comprendre. Quand elle avait tenté de le berner, non seulement il avait été capable de la suivre pied à pied, mais encore il l'avait devancée. Peut-être avait-il tout simplement eu de la chance. Elle pria pour le trouver aussi facile à rouler dans la farine pendant le dîner que tous ses proches. Mais sa petite voix intérieure lui chuchotait qu'elle désirait tout le contraire.

Elle voulait qu'il soit aussi brillant au dîner qu'il avait semblé l'être dans l'après-midi. Et pour être honnête, elle voulait passer plus de temps avec lui.

Et rien que cela était une raison suffisante pour l'éviter. Elle n'avait pas les idées claires, et il en était responsable. Si elle n'était pas certaine de le battre sur le terrain de l'esprit, de quelles autres armes disposait-elle ?

En ce genre de circonstances, ses sœurs pouvaient toujours se reposer sur leur beauté et flirter pour se tirer d'un mauvais pas. Un battement de cils, quelques sourires timides, et même les hommes les plus intelligents autour d'elles avaient tendance à oublier ce qui les avait troublés ou contrariés.

Charity soupira. Pour flirter, il lui aurait fallu se faire passer pour ce qu'elle n'était pas : douce, conciliante et en admiration devant les hommes. Et même si elle y réussissait, elle n'était pas assez jolie pour envoûter un gentleman, encore moins un gentleman comme celui-ci.

Car Mr Potts était incroyablement séduisant, pour un expert-comptable.

Les hommes de sa famille n'étaient pas laids, certes, cheveux châtains, yeux noisette, et dotés d'un certain raffinement. Mais regarder Mr Potts, c'était comme se livrer à une étude sur le contraste entre l'ombre et la lumière. Ses yeux étaient si sombres qu'il était presque impossible de différencier iris et pupille, et ils semblaient presque noirs en contraste avec son teint pâle. Il avait souvent souri, mais elle avait à peine entraperçu ses dents, très blanches et très droites.

Peut-être n'était-il pas plus intelligent qu'elle… Mais alors, était-ce son esprit à elle qui était ralenti quand elle le contemplait ? Cette pensée était réconfortante, cependant fort peu plausible. Elle n'avait pas encore rencontré un homme séduisant au point de la rendre totalement stupide en sa présence. Et là, son cerveau avait fonctionné encore plus vite que d'habitude depuis l'arrivée du comptable, à rassembler toutes les informations possibles sur lui, avant de décider comment agir en ce qui le concernait.

Le dîner serait un moment parfait pour en apprendre plus, car l'interrogatoire qu'elle prévoyait ne paraîtrait rien de plus qu'une conversation polie autour d'un bon repas.

Charity alla tirer sur la sonnette dans un coin de la pièce pour appeler sa femme de chambre. Puis elle s'assit sur son lit pour l'attendre, en caressant distraitement les oreilles de Pepper qui y était déjà installé.

Elle était bien la seule de sa famille à devoir attendre un domestique ! Les femmes de chambre de ses sœurs semblaient toujours prêtes, et même parfois devançaient les désirs de leurs maîtresses quand il s'agissait de choisir la robe parfaite pour chaque occasion. Mais étant donné qu'elle-même se souciait rarement de son apparence, elle ne pouvait s'irriter que sa femme de chambre ne s'affaire pas à repasser des rubans et empeser des jupons à toute heure.

Quelque vingt minutes plus tard, la porte s'entrouvrit et Dill apparut. Elle dévisagea aussitôt sa maîtresse en silence.

— Vous avez sonné, miss ? dit-elle enfin.

Charity leva un sourcil vers elle.

— Oui, Dill. Je voudrais m'habiller pour le dîner.

— Ah bon ?

Cette demande n'était quand même pas si étrange !

— Oui, Dill. C'est pour cela que je vous ai sonnée.

— Mais vous ne vous habillez jamais pour le dîner, miss. Encore moins quand nous sommes seuls.

— Nous ne sommes pas seuls, lui rappela Charity. L'expert-comptable est arrivé.

— Et il va dîner avec vous ?

— Oui, Dill.

— Dans la salle à manger ?

— C'est là que se prennent les repas, Dill.

— D'habitude vous dînez dans la bibliothèque, insista la domestique, toujours perplexe.

— Pas ce soir, Dill.

— Et les domestiques dînent au sous-sol, qui est et a toujours été l'étage du personnel, s'obstina celle-ci. Un expert-comptable est une sorte d'employé, n'est-ce pas ?

— Certes, Dill.

Sa femme de chambre n'avait pas tort sur ce point. Mais les employés occupaient une place intermédiaire, entre domestiques et famille. Leur position était susceptible de varier en fonction de leurs qualifications. La grand-mère de Charity aurait su décider mieux qu'elle le statut à accorder à Mr Potts, tout comme ses sœurs.

Pour finir, elle décida de mentir.

— Mr Potts est un ami du comte autant que son expert-comptable. Il dînera à la salle à manger, comme un membre de la famille.

— Oh ! s'exclama Dill, avant de la dévisager un moment. Mais vous ne vous habillez pas non plus pour la famille.

— Certes, mais ce soir, je m'habille.

— Oh ! répéta Dill avec un hochement de tête et un sourire qui trahissait qu'elle avait dû croiser Mr Potts, et avait une théorie sur l'intérêt soudain que sa maîtresse manifestait à se montrer à son avantage.

— Grand-maman s'attendrait certainement à ce que je traite un représentant du comte avec le respect qui lui est dû, ajouta Charity.

Comme Dill ne semblait pas vouloir quitter le seuil de sa chambre, Charity fit un signe de tête en direction de sa garde-robe.

— C'est la raison pour laquelle je vous ai sonnée, pour que vous m'aidiez à m'habiller.

— Ah !

Sa femme de chambre parcourut la file de tenues et en sélectionna deux. C'étaient deux robes neuves, avec un décolleté que Charity trouvait légèrement intimidant et osé. Dill sourit de nouveau.

— Quelle dose de respect voulez-vous exactement lui montrer ? demanda-t-elle avec malice.

Charity inspira profondément, puis indiqua la plus discrète des deux.

— Celle-ci. Et avec un châle, je pense.

Dill fit aussitôt non de la tête.

— Le châle ruinerait tout l'effet recherché. Je vais demander aux valets d'alimenter généreusement le feu dans la salle à manger. Avec un peu plus de poivre dans la soupe de surcroît, vous n'aurez pas froid un instant.

— J'imagine que vous avez raison, dit-elle en soupirant.

La robe lui procurerait la sensation inconfortable de s'exhiber, mais elle n'était pas plus indécente que ce que portaient les jeunes filles à Londres.

Cependant Mr Potts n'était pas londonien. L'Amérique avait été colonisée par les puritains. Peut-être serait-il choqué. Ou peut-être percerait-il à jour cette tentative ridicule de se comporter comme les autres jeunes filles normales. Il en rirait et n'aurait plus la moindre considération pour elle.

Ce serait un désastre, exactement comme cela s'était passé à Londres chaque fois qu'elle avait suivi les conseils de ses sœurs et essayé de s'intégrer à la bonne société.

Elle resta assise sans broncher tandis que Dill s'affairait autour d'elle, redoutant de se voir dans le miroir, car elle ne désirait pas contempler son apparence d'un soir si inhabituelle pour elle. Oh ! non qu'elle ait besoin de l'impressionner ! Il travaillait pour sa famille, et devrait donc rester poli, quoi qu'elle fasse. Mais qu'il l'exprime ou non, il aurait une opinion.

Elle s'était retirée à la campagne parce qu'elle ne supportait pas les regards critiques et les commentaires acerbes du vaste marché du mariage à Londres, où les hommes traitaient femmes et chevaux de la même manière. Dans les deux cas, ils voulaient un animal séduisant, avec du caractère. Puis ils leur mettaient un mors en bouche, leur passaient la bague au doigt, et brisaient chez elles toute velléité de penser par elles-mêmes.

— Voilà, miss, c'est fait, annonça Dill en se reculant, avant d'ajouter sans trace d'ironie : Ne vous inquiétez pas tant, vous serez la plus jolie femme de l'assistance.

— Évidemment, puisque je serai *la seule* femme dans la pièce, Dill, répliqua Charity en remettant ses lunettes pour étudier son reflet.

Le résultat était…

Passable. Elle était aussi jolie qu'elle pourrait jamais l'être. Elle exhibait une surface de peau nue inhabituelle, qu'en général les hommes appréciaient. Mais cela lui paraissait excessif. Une robe telle que celle-ci appelait à arborer des bijoux, et elle n'en avait pas.

Puis elle eut une illumination et sourit.

— Dill, allez dans la chambre de grand-maman et rapportez-moi le coffret de diamants des Comstock.

Une femme de chambre digne de ce nom aurait soulevé la question de son droit à les porter, car ils étaient réservés à l'usage exclusif de la comtesse en titre. Mais Dill était inexpérimentée, tout juste qualifiée pour cette tâche, et elle ne sourcilla pas. Elle se contenta de revenir avec le coffret et le déposa sur la table de toilette. Puis elle prit une paire de boucles d'oreilles et les accrocha aux lobes de Charity, bien visibles grâce à sa coiffure très travaillée.

— Le collier aussi, je pense, dit Charity, avec le sentiment étrange d'être de nouveau une petite fille en train de jouer à se déguiser avec les bijoux de sa grand-mère.

— Autant aller jusqu'au bout, répondit Dill en lui passant le collier par-dessus la tête, avant de l'ajuster de sorte que le pendentif en forme de goutte d'eau vienne se nicher au creux de ses seins.

C'était un excellent choix, mais pas pour la raison invoquée par sa femme de chambre. Cela donnerait à Mr Potts autre chose à regarder qu'elle. Avec une pierre de trois carats sous son nez, il n'aurait aucune raison de se préoccuper que la femme qui le portait soit jolie ou non.

Et il ne pouvait y avoir meilleur moyen de prouver ainsi à

l'expert-comptable que l'héritage était intact que de sortir les diamants des Comstock à la première occasion. Quand il les aurait vus, elle pourrait l'informer que le reste de la parure était en sécurité, et dûment répertoriée. Il pourrait donc rayer de sa liste des biens à inventorier l'élément le plus important.

Et s'il remarquait que les pierres étaient fausses ?

Elle prétendrait alors être aussi surprise que lui. Quelle que soit sa réaction, elle pourrait en tirer des conclusions sur son intelligence et ses capacités d'observation.

Et ce serait une information qu'elle pourrait utiliser plus tard contre lui.

Elle se sentit quelque peu plus sûre d'elle-même maintenant qu'elle avait un plan précis. Mais cela ne rendrait pas le dîner plus facile pour autant.

Elle avait la gorge serrée en descendant l'escalier, au moment où elle le vit rejoindre le hall lui aussi, de la direction opposée à la sienne.

— Miss Strickland ! la héla-t-il. Ohé ! Ou peut-être « holà » ! Je ne sais trop ce qui est le plus approprié en ce cas en Angleterre, dit-il en marchant vers elle avec un sourire en coin, plus séduisant que jamais — à son grand désespoir.

Elle lui rendit son sourire.

— « Ohé » est censé attirer mon attention, « holà » suggère que je m'arrête. Que vouliez-vous dire exactement ?

Il la détailla des pieds à la tête, s'arrêtant une fraction de seconde pour remarquer la présence du collier. Puis, toujours souriant, son regard se posa sur son visage.

— Les deux. J'ai besoin que l'on m'accompagne à la salle à manger. Cette maison n'est pas un labyrinthe à proprement parler, mais c'est une sacrée trotte tout de même de la parcourir de bout en bout. Je crains de mourir de faim avant le repas si l'on me laisse livré à moi-même.

Puis il lui tendit le bras, comme si c'était lui qui allait la conduire.

Encore que… Aux dîners et aux bals, les hommes qui lui prenaient le bras étaient soit priés de le faire par une hôtesse compatissante, soit se proposaient parce qu'ils espéraient faire bonne impression sur l'une ou l'autre de ses sœurs. Et quand elle marchait à leur côté, ils ne lui prêtaient aucune attention, préférant regarder par-dessus leur épaule pour être bien certains que leur galanterie était remarquée…

Cependant, ce soir-là, l'homme qui se tenait devant elle n'avait d'yeux que pour elle, comme si elle était la plus jolie fille de l'assistance, exactement comme Dill l'avait prédit. Alors qu'ils étaient seuls.

Il n'avait d'yeux que pour elle, mais juste parce qu'il n'avait nulle part ailleurs où regarder, tout simplement.

Il n'y avait rien de personnel dans tout cela.

— Miss Strickland ? demanda-t-il, visiblement intrigué par son hésitation.

— Je réfléchissais, dit-elle avec vivacité, essayant maladroitement de copier le sourire de flirt insouciant que ses sœurs utilisaient en ce genre d'occasion.

Mais c'était raté. Elle ne pouvait pas réussir à paraître plutôt distraite alors qu'elle venait de lui dire qu'elle réfléchissait. Et maintenant elle ne savait plus quelle expression elle était censée arborer.

Du coup, elle devait avoir l'air plus stupide que pensive.

Si ce changement dans son attitude lui sembla étrange, il n'en laissa rien paraître. Il se contenta simplement de continuer à sourire et l'aida à descendre les dernières marches.

5

Quand ils arrivèrent à la salle à manger, Charity Strickland choisit de s'asseoir au milieu de la table, et lui indiqua le couvert en vis-à-vis qui avait été préparé pour lui. Il semblait que le personnel ait oublié le changement de statut de la jeune femme, car en tant que seul membre de la famille dans la demeure, elle était censée être en bout de table pour présider, mais ils l'avaient laissée à sa place habituelle.

Et des places vacantes avaient été gardées pour ses sœurs, même si ces dernières n'étaient pas là…

Il remarqua que la place en tête de table, où le comte aurait dû présider, restait inoccupée, et n'avait pas même de chaise. Il ne put retenir un petit frisson d'appréhension à cette vue et ce que cela impliquait de respect étrange, et non mérité, vis-à-vis d'un lord entouré d'une aura de sauveur, dont personne ici ne connaissait le visage alors qu'il était déjà dans la maison.

— Ma femme de chambre m'a promis que nous aurions du feu, annonça-t-elle en se méprenant sur la raison de ce frisson.

— Je me sens très bien, lui assura-t-il. Si la température vous convient, ne vous donnez pas cette peine.

Il essaya de ne pas regarder avec insistance la généreuse surface de peau ivoire dégagée par le décolleté profond de sa robe, ou légèrement plus bas pour déceler sa réaction au froid de la pièce. Peut-être les gentlemen anglais n'avaient-ils pas ce genre de pensées, mais l'Américain rustique qu'il était remercia Dieu pour cet angle de vue exceptionnel sur ce décolleté, accordé à un visiteur de basse classe placé en face de Miss Charity et non en tête de table.

Son long cou lui avait paru ridicule dans la robe à col montant qu'elle avait portée cet après-midi.

Mais en robe du soir, sa gorge nue s'offrait avant les renflements de ses jolis seins rebondis. En dépit du peu de lumière sous ses jupes lors de la séance dans la cheminée, qui ne lui avait pas permis de se faire une opinion tranchée, il avait tenu entre ses mains de délicates chevilles, et senti de délicieux mollets ronds pressés contre ses joues.

Et ses mains avaient beau se mouvoir avec une efficacité toute masculine pour découper l'agneau dans son assiette, les doigts en étaient longs et se terminaient par des ongles parfaits en amande.

Il y avait beaucoup de choses à apprécier chez cette jeune lady que tout le monde semblait vouloir lui faire épouser, par devoir et pour le bien de l'Empire.

Mais il y avait également une chose qui ne lui plaisait pas du tout : la pièce maîtresse des bijoux de la famille, lovée au creux de ses seins. Cet énorme pendentif en goutte d'eau l'aurait fasciné s'il n'avait su que c'était une copie sans valeur.

Et l'effet en était tout simplement déprimant.

Le savait-elle ? se demanda-t-il. Bien sûr que oui ! La vérité sur ces bijoux était censée être un secret transmis de comte et comtesse à comte et comtesse. Un secret de polichinelle, en fait ! La comtesse douairière le lui avait révélé dès leur première rencontre, avant de soupirer de soulagement comme si elle s'était débarrassée d'un fardeau trop lourd à porter et l'avait ainsi transféré sur les épaules innocentes de Miles.

En tant que benjamine des petites-filles, Miss Charity était supposée ne rien savoir. Mais selon Miles, elle était tout à fait le genre de femme exceptionnellement douée pour flairer et déterrer les secrets. Ce qui amenait la question suivante : pourquoi les avait-elle exhibés sous son nez dès qu'elle en avait eu l'occasion ?

Parce qu'elle voulait le convaincre que rien ne clochait ici.

Il sourit malgré lui.

C'était un plaisir d'être en compagnie d'une femme qui agissait pour des raisons bien précises.

Elle lui rendit son sourire. L'effet sur ses traits en fut spectaculaire. Pendant un instant il s'oublia et sourit franchement, séduit.

Puis elle lui lança un coup d'œil aussi perçant qu'un aigle et prit la parole.

— Bien, Mr Potts, parlez-moi de vous.

Il sentit son sourire se figer sur son visage tandis que son cerveau bataillait pour lui offrir une réponse.

— Il n'y a pas grand-chose à dire, finit-il par répondre.

Et c'était vrai. Il n'avait pas pris le temps de s'inventer un passé assorti à son nom de guerre, alors qu'aurait-il bien pu raconter ?

Elle reposa son couteau et entrelaça ses doigts.

— Racontez-moi quand même, je suis fascinée, dit-elle d'un air qui n'était pas totalement sincère, mais très insistant. Je n'ai encore jamais rencontré d'Américain.

Il lâcha un soupir de soulagement et envoya une prière de remerciement silencieuse à ce choix de sujet.

— Je suis originaire de Philadelphie, dans l'État de Pennsylvanie.

— Comme le comte, dit-elle.

— C'est là que nous nous sommes rencontrés, répondit-il.

Cette partie au moins était vraie, songea-t-il. Enfin, d'une certaine façon…

— Et que faisiez-vous à Philadelphie ?

— Un peu de tout.

Ce qui n'était pas loin de la vérité non plus.

— Vous faisiez des inventaires ?

— Non, je ne l'ai encore jamais fait. Mais je sais rédiger, et je me sens qualifié pour prendre des notes détaillées sur ce que j'aurai sous les yeux, expliqua-t-il en regardant délibérément le faux diamant.

Ses soupçons sur le fait qu'elle savait que les joyaux étaient faux étaient désormais confirmés. Comme si elle craignait que la conversation ne s'oriente vers le collier, elle se tut brutalement et se concentra sur la compote de fraises qui avait été servie au dessert.

Ce qui signifiait que c'était désormais son tour de la questionner. Il empala une fraise sur sa fourchette et la mordit avec délice avant de commencer.

— Avez-vous trouvé l'occasion d'ouvrir la boîte à énigme que nous avons découverte cet après-midi ?

— Cela ne vous regarde pas, Potts, répliqua-t-elle sans lui donner du « Mr », comme si elle cherchait à le remettre à sa place.

— Au contraire ! lança-t-il. La boîte et son contenu sont susceptibles d'avoir de la valeur, sans cela pourquoi les aurait-on cachés ? S'ils font partie de l'héritage, je dois les répertorier.

— J'en doute, dit-elle avec un sourire onctueux.

Elle essayait de nouveau de lui faire baisser sa garde.

C'était plutôt maladroit de sa part. Elle ne pouvait pas s'attendre à le commander puis aussitôt après jouer la naïveté.

Il lui adressa un franc sourire et un regard dubitatif en réponse.

— Je pense que vous feriez mieux de m'en laisser juge, Miss Strickland. C'est mon travail, après tout.

— S'il y a quelque chose qui présente un intérêt dans cette boîte, vous serez le premier à en être informé, lui certifia-t-elle sans même se donner la peine de prendre un ton sincère.

Il insista :

— Donc vous ne l'avez pas encore ouverte ?

— J'ai eu peu de temps pour cela, lança-t-elle en portant la main à ses cheveux. Ces satanées boucles demandent des heures de préparation.

Puis, comme si elle venait de prendre conscience que les ladies n'étaient pas censées estimer que c'était une perte de temps de se faire belles, elle referma la bouche et y plaqua un nouveau sourire forcé.

— Elles en valaient la peine, lui assura-t-il. L'effet en est tout à fait charmant.

Il fit une pause pour voir si le compliment avait porté.

Ce n'était pas le cas.

Il continua, imperturbable.

— Les boîtes à énigme peuvent être de petites choses d'une complexité démoniaque. Certaines d'entre elles demandent plus d'une quarantaine de manipulations, sans parler d'une multiplicité de compartiments secrets. J'en ai ouvert plusieurs. Si vous aviez besoin d'aide…

— Vous pensez que je devrais me tourner vers vous ? l'interrompit-elle, les yeux plissés de suspicion.

— Y a-t-il quelqu'un d'autre ici ? dit-il avec un haussement d'épaules innocent, avant de tendre ses mains paumes ouvertes pour signifier sa bonne volonté.

— Vous cherchez sans vergogne à vous faire passer pour indispensable ! s'exclama-t-elle, à la fois exaspérée et surprise.

— J'adore les énigmes, susurra-t-il.

— Eh bien, je n'ai aucune intention de vous faire participer, quelle que soit votre curiosité, rétorqua-t-elle avec un soupir avant de jeter sa serviette à côté de son assiette et de se lever. Il y a des choses trop privées pour qu'on les partage avec des étrangers à la famille. Et comme je l'ai déjà dit, si cela concerne l'héritage…

— Vous avez promis de m'en informer, termina-t-il à sa place.

Puisqu'elle lui avait déjà menti à plusieurs reprises, il nourrissait peu d'espoir qu'elle lui remette de quelconques objets de valeur si elle en trouvait, alors qu'il en aurait eu un besoin pressant.

Il lui adressa un nouveau sourire désarmant.

— Si nous n'ouvrons pas votre boîte mystérieuse, comment allons-nous passer la soirée, alors ? glissa-t-il.

— *Nous ?*

Apparemment, elle n'avait pas prévu de jouer les hôtesses

après le repas. Elle avait probablement espéré l'abandonner pour aller s'activer sur la boîte.

En ce cas, songea Miles, cela lui donnerait toute latitude pour se remplir les poches de babioles et de reprendre sa route.

Et peut-être cela la laisserait-elle en possession d'une boîte contenant des milliers de dollars de pierres précieuses, sachant qu'une seule d'entre elles le mettrait à l'abri du besoin pour la vie.

— Oui, nous, Miss Strickland, répéta-t-il. Vous n'aviez certainement pas l'intention de me laisser tout seul pour ma première soirée ici ? Que faites-vous normalement pour vous divertir dans ce mausolée, une fois que le soleil est couché ?

— J'apprécie une bonne partie d'échecs, admit-elle entre ses dents.

— Excellente suggestion !

En fait, c'était même trop beau pour être vrai !

— Rien ne me plaît plus que cela. Je vous concède trois pièces de votre choix pour commencer, continua-t-il.

— Vous concédez *quoi* ? s'exclama-t-elle en plissant les yeux.

— Cela s'appelle un handicap, dit-il avec une patience feinte. Cela donne au joueur le plus faible une chance de gagner.

Apparemment elle ne pensait pas en avoir besoin car il vit la rage monter en elle comme de l'eau bouillante prête à déborder de sa bouilloire.

— Je sais fort bien ce qu'est un handicap, Potts. Je n'en ai jamais eu besoin auparavant, et je n'ai pas l'intention de commencer ce soir.

— En êtes-vous sûre ? insista-t-il en lui laissant une dernière chance de changer d'avis.

Elle le foudroya du regard.

— Je suis la meilleure joueuse d'échecs de la région depuis mes treize ans, assena-t-elle.

Puis elle battit des cils comme une vulgaire coquette.

— Mais si vous voulez, donnez donc à mon pauvre cerveau féminin l'avantage de trois pièces. Si vous réussissez à faire pat, c'est-à-dire match nul, je vous laisserai m'aider avec la boîte à énigme dont vous êtes si curieux de découvrir le contenu.

— Vraiment ?

Le secret pour s'attirer les bonnes grâces de cette jeune fille se révéla de lui-même avant même qu'il ne suggère le pari le premier. La flatterie ne le mènerait nulle part, il avait déjà pu le constater.

Mais s'il osait la prendre de haut et l'écraser intellectuellement, non seulement elle lui donnerait les clés de son royaume, mais elle les lui lancerait à la figure de toutes ses forces.

— Vraiment, répéta-t-elle, son sourire remplacé par un signe de tête déterminé.

— Parfait, conclut-il avant de laisser l'agneau le conduire à l'abattoir.

La dernière fois que Charity avait joué aux échecs, c'était avec Gregory Drake, son nouveau beau-frère, qui attendait juste l'occasion favorable pour se faufiler dans la chambre de Hope. Il avait été si accaparé en pensant à sa sœur qu'elle avait dû déployer des efforts considérables pour lui donner l'impression qu'il avait une chance de gagner.

Ce n'était pas amusant pour elle de cacher son niveau de jeu et d'offrir la victoire à des joueurs plus faibles qu'elle. Mais elle n'avait pas eu le cœur de punir ce pauvre homme qui bataillait déjà comme un beau diable pour conquérir Hope.

Ce soir, ce serait différent. L'exceptionnellement arrogant Mr Potts ne méritait aucune pitié.

Elle prendrait ses trois pièces. Et puis le reste, aussi vite et douloureusement que possible.

Elle installa l'échiquier et lui lança un rapide coup d'œil avant de le priver de sa reine et ses deux fous.

— Ho ho, dit-il en applaudissant d'approbation. Vous voulez me faire travailler pour obtenir ma récompense. Bon, très bien. Commençons.

Elle l'avait sous-estimé.

Après tant d'années à l'avoir elle-même été par les autres, elle aurait dû être plus avisée. Mr Potts était un joueur prudent mais impitoyable, lui prenant ses pièces une par une en évitant les pièges qu'elle lui tendait, et ce même sans l'aide de ses pièces les plus puissantes. Quand elle réussissait à lui en prendre une, en général c'était aussitôt accompagné au coup suivant du sacrifice de l'une des siennes.

Et, honte suprême, quand il lui prit son roi ce fut grâce à une configuration de pions très futée.

Elle regarda l'échiquier, stupéfaite.

— Je n'ai jamais joué une partie comme celle-ci.

— Alors vous avez mené une vie extrêmement recluse, Miss Strickland.

Ce qui était tout à fait vrai. Cela n'avait rien à voir avec son talent aux échecs. Ni avec la qualité du jeu de son adversaire, qui avait été magistrale.

Il la regardait désormais, dans l'expectative. Et pour la première fois de sa vie, elle admira un homme sans réserve, et se retrouva à court de mots.

— Eh bien ? dit-il avec un signe de tête encourageant.

Comme elle ne répondait toujours pas, il ajouta :

— Avez-vous oublié notre pari ?

Elle retrouva sa langue, s'éclaircit la gorge et lui rétorqua en grommelant :

— On peut difficilement qualifier cela de pari. Vous ne m'avez pas offert de récompense si vous perdiez.

— Puisque je n'ai pas perdu, la question ne se pose pas, répliqua-t-il avec un sourire de pitié. Peut-être aurait-ce été plus gentil de ma part d'être plus précis quand vous m'avez demandé ce que je faisais en Amérique.

Il pencha la tête sur le côté, comme s'il repassait leur conversation dans son esprit.

— Je vous ai répondu « un peu de tout ». Mais quand j'étais entre deux emplois et que j'avais besoin d'argent, je jouais aux échecs pour me renflouer.

Et elle était tombée pile entre ses griffes.

— Avant que nous n'ayons entamé notre partie, vous m'avez promis que je pourrais vous aider avec la boîte. Puis-je la voir maintenant, je vous prie ? demanda-t-il, toujours en souriant, toujours d'une politesse à rendre fou.

— Bien sûr, répondit-elle en se levant avant de le conduire hors de la pièce.

6

Avec cette partie d'échecs et sa victoire, il avait au moins trouvé un moyen d'empêcher Charity Strickland de lui poser des questions sur son passé qui n'existait pas. Depuis sa défaite elle lui avait à peine adressé la parole et n'avait pratiquement pas protesté quand il avait réitéré sa demande d'ouvrir la boîte.

S'il s'était agi d'une autre femme, il aurait craint que ce ne soit là le signe d'une tempête imminente.

Mais chez celle-ci il ne sentait aucune propension aux crises d'hystérie ou à l'humeur massacrante des mauvais perdants. Elle avait eu beau ne pas y être habituée, de toute évidence, elle avait répondu à cette déculottée avec le sang-froid d'un gentleman anglais.

C'était plutôt perturbant.

Peut-être cela l'avait-il libérée ?

Et était-ce aussi la raison pour laquelle elle ne montra aucun signe de pudeur en le conduisant dans sa chambre au lieu de rapporter la boîte au salon ? Elle s'y engouffra sans hésitation, prit la boîte sur sa table de toilette et s'assit au bord du lit avant de la lui tendre et de lui faire signe de la rejoindre.

Il resta sur le seuil, tenté de lui expliquer que la situation était pour le moins inconvenante.

Pepper lui-même s'en rendit compte, car la détestable petite créature leva le nez de l'oreiller où elle était vautrée et lui adressa un grognement menaçant.

Charity se contenta alors de claquer des doigts et désigna une chaise au fond de la pièce.

Le chien se leva, agita la queue en signe d'excuse avant d'obéir, non sans lancer à Miles un regard assassin en passant devant lui.

Cela ne laissa à ce dernier aucune raison de refuser, autre que les bonnes manières et le bon sens. Il y avait aussi le risque que s'il attendait trop longtemps l'effet de la partie d'échecs s'atténue et qu'elle se souvienne qu'elle ne voulait pas de son aide. Aussi sourit-il, puis entra dans la chambre et s'assit à côté d'elle comme si c'était parfaitement naturel.

Elle sembla à peine remarquer sa présence. Elle tournait et retournait la boîte entre ses mains, en caressant le bois pour vérifier si des panneaux avaient du jeu. Quelques instants s'écoulèrent. Puis elle sourit quand après quelques manipulations le panneau du bas glissa de quelques centimètres vers la gauche.

— Je n'avais pas eu le temps de l'examiner avant le dîner. Cela ne semble pas si difficile.

Elle la lui tendit pour qu'il trouve l'étape suivante.

— Peut-être pas, dit-il en laissant courir ses doigts sur la tranche, avant de découvrir le loquet en bois qui était apparu, et de le soulever avec l'ongle du pouce. Mais vous avez été d'accord avec mes conditions quand nous nous sommes assis pour commencer notre partie d'échecs, ajouta-t-il avant de lui rendre la boîte.

— Il ne faut quand même pas être un génie, n'est-ce pas ? demanda-t-elle en faisant pivoter le panneau du devant, qui révéla une serrure. Même si c'est ce que vous êtes, ajouta-t-elle.

Le ton employé indiquait que pour elle c'était une simple constatation plutôt qu'un compliment, et il ne vit aucune raison de la contredire.

— Peut-être. Mais l'intelligence ne sert pas à grand-chose à un simple individu quand les gens qui détiennent le pouvoir en sont dépourvus.

Par exemple, quand vous découvrez que votre famille a

déjà commis des dommages irréparables en ce qui concerne votre héritage.

Il baissa les yeux vers elle.

— J'imagine que ce sentiment vous est familier, n'est-ce pas ?

Très certainement, même, songea-t-il. C'était sa famille à elle aussi. Il inséra son ongle dans le panneau de gauche jusqu'à entendre un déclic.

Elle ouvrit la petite porte qu'il venait de débloquer et admira les motifs gravés de la minuscule clé de métal incrustée dans le bois avant de tirer doucement dessus pour la dégager et l'insérer dans la serrure.

— C'est pire pour les femmes, expliqua-t-elle. Les hommes n'aiment pas quand nous sommes trop intelligentes. Et en particulier être corrigés quand ils se trompent.

Son front se plissa quand elle tourna la clé et entendit un autre clic au moment où le panneau du dessus se souleva pour révéler… une surface parfaitement lisse, sans rien de spécial apparemment.

En dépit de cet infime succès, elle continua à plisser le front et lui lança un rapide coup d'œil.

Se demandait-elle s'il s'attendait à ce qu'elle s'excuse de ses capacités intellectuelles au cas où elle trouverait la solution plus vite que lui ?

Quelqu'un semblait s'être donné beaucoup de mal pour qu'elle reste à sa place. Il soupçonna que c'était le dernier Comstock, puisqu'elle lui avait parlé de la jalousie des hommes vis-à-vis de l'intellect des femmes. Et jusque très récemment il n'y en avait pas eu d'autre dans la famille que son grand-père le comte.

Mais si l'on se fiait à ce qu'il avait pu constater jusqu'à présent, le vieil homme n'avait pas réussi à lui brider l'esprit.

— Mon père était aussi comme cela quand j'étais jeune, dit-il en observant sa réaction quand il prit la boîte et appuya sur le panneau qui venait d'être mis à jour jusqu'à ce qu'il se soulève de quelques millimètres à peine, puis il la lui redonna.

Il était prompt à prendre une badine pour me corriger quand j'avais tort — en d'autres termes, à chaque fois que j'avais le malheur d'être d'un autre avis que le sien. Mais un homme intelligent aurait laissé à ses fils plus que des dettes à sa mort.

— Les jeunes ladies ne sont pas corrigées par des châtiments corporels, dit-elle doucement en contemplant la boîte.

Le silence qui suivit ses mots fit suspecter à Miles qu'il n'avait pas été nécessaire de la frapper pour laisser chez elle de profondes cicatrices.

— Toutes ces corrections ont réussi à m'apprendre quel genre d'homme je ne voulais pas être plus tard. Quant à mon opinion sur les jeunes filles intelligentes…

Il lui adressa un sourire encourageant.

— Si vous pensez que j'ai tort, ne ménagez pas ma susceptibilité et dites-le, continua-t-il. Il n'y a rien de pire que d'être autorisé à s'enferrer dans la mauvaise direction quand on a quelqu'un tout près de soi qui peut redresser la barre.

Leur conversation semblait lui avoir fait de l'effet car elle tripota la boîte sans réussir à déclencher l'étape suivante.

Elle la lui tendit avec un regard suppliant, lui demandant de l'aide.

Il fit non de la tête, sourit et attendit.

Encouragée, elle prit une profonde inspiration, s'appliqua et trouva en un éclair, en faisant glisser les panneaux, puis elle extirpa une plus petite boîte cachée dans la première.

— Bravo ! s'exclama-t-il en applaudissant. Maintenant ouvrez-la, et montrez-moi ce que nous avons découvert.

Au cours de la soirée, elle avait peu à peu perdu la réserve qu'elle avait affichée au dîner. Elle n'hésita pas, ni ne tenta de lui cacher quoi que ce soit quand elle ouvrit le dernier loquet. Il retint son souffle quand elle souleva doucement le couvercle pour découvrir…

— Rien ?

Elle retourna la boîte et la secoua, puis tapota les côtés à la recherche d'une éventuelle nouvelle étape.

Elle la lui tendit, il l'inspecta de même et ne trouva que du vide.

— Une sorte de plaisanterie familiale, peut-être ?

— Si c'est le cas, ce n'est pas drôle, grommela-t-elle en fronçant les sourcils.

— Et qu'espériez-vous trouver ? demanda-t-il, même s'il était certain de le savoir.

— Rien, répondit-elle en secouant la tête, rien du tout.

Il la connaissait depuis moins d'une journée. Elle n'avait aucune raison de lui faire confiance. Mais ce mensonge le contrariait plus qu'il ne l'aurait dû.

Il ramassa les morceaux de la boîte et les remit en place en sens inverse, jusqu'à ce qu'elle reprenne l'aspect qu'elle avait quand ils l'avaient découverte.

— Alors, toutes mes félicitations, Miss Strickland. Si vous ne cherchiez rien, vous semblez l'avoir trouvé. Et maintenant, si vous voulez bien m'excuser, je dois me retirer. L'inventaire commence demain et nous devons espérer qu'il sera plus fructueux que cette soirée.

7

Chaque fois que Charity avait daigné se pencher sur son avenir, il avait toujours inclus le mariage.

Même si ses sœurs craignaient que son manque d'intérêt pour la vie en société n'indique qu'elle avait l'intention de rester vieille fille par choix, cela n'avait jamais été son intention de passer sa vie séquestrée dans la solitude de la bibliothèque familiale.

Elle voulait un mari, des enfants et une maison à elle, exactement comme ses sœurs.

À en juger par les regards énamourés que celles-ci lançaient à leurs maris, Charity suspectait qu'elle serait certainement tante avant la fin de l'année. Le sentiment de solitude qui avait commencé à s'insinuer dans sa vie depuis leur absence augmentait lorsqu'elle pensait qu'elle ferait sans doute sauter les bébés des autres sur ses genoux.

Ce qui renforçait son désir d'avoir un mari, et les enfants qu'il lui donnerait.

Mais ce n'était pas parce que l'on voulait quelque chose que cela signifiait que c'était facile à obtenir. Au fil des ans, tandis que ses sœurs étaient devenues de plus en plus jolies, Charity quant à elle était devenue de plus en plus banale. Elle n'avait qu'à se regarder dans un miroir pour se rendre compte qu'il était plutôt improbable que ses futurs prétendants soient du genre séduisants et pleins d'allure.

Il existait bien quelque part des gentlemen posés, portés

sur la lecture qui, sans être particulièrement attirants, feraient l'affaire, non ? Mais comme ces hommes préféraient les bibliothèques aux salles de bal, ils étaient des plus difficiles à rencontrer. Et quand par hasard elle en croisait, ils croyaient qu'avec leur intelligence ils méritaient une épouse qui écouterait plus qu'elle ne parlerait. Elle ne s'était pas attendue à ce qu'ils éprouvent encore plus d'aversion que son défunt grand-père pour les femmes qui s'exprimaient sans ambages.

Il était clair qu'il faudrait trouver quelque chose pour faire passer la pilule. Puisqu'il n'y avait aucune dot à espérer du côté de la fortune inexistante des Comstock, elle allait devoir s'en procurer une par elle-même.

C'était pour cela qu'elle avait commencé à chercher les diamants disparus, et échafaudé le plan d'en prélever juste un ou deux pour se rendre attirante aux yeux d'hommes plus pauvres qu'exigeants.

Mais aucun de ses plans n'avait jamais inclus de tomber amoureuse. Même si ses sœurs étaient convaincues de s'être mariées par amour, Charity n'était même pas certaine que cette émotion existe au sens où le comprenaient la plupart des jeunes filles. Elle aimait ses sœurs, bien sûr. Et sa grand-mère. Elle avait même aimé son grand-père, d'une manière difficile à définir.

Mais attendre une passion exceptionnelle et éternelle d'un mariage était bien trop irréaliste. Une certaine satisfaction serait suffisante. Elle cherchait une vie commune avec un gentleman qui partagerait ses vues, lui laisserait son autonomie pour diriger la maisonnée et une bibliothèque décemment fournie.

En échange, elle ne demanderait pas grand-chose à son mari, le laissant aller et venir à sa guise sans lui faire de scènes, prétexter des migraines et l'accabler de factures exorbitantes de chapeliers.

Donc quand l'amour se présenta à Charity Strickland, il la prit par surprise, comme dans une embuscade. Un court instant, elle avait été légèrement contrariée par la condescendance de son séduisant visiteur quand il pensait pouvoir la battre à un jeu qu'elle connaissait bien. Puis il s'était mis à vraiment jouer, et elle avait réalisé qu'Augustus Potts était l'homme de ses rêves.

Il l'avait tout d'abord installée dans une fausse sécurité avec une défense de ses cavaliers, qui était le genre de mouvement agressif et primitif sur lequel un homme aimait s'appuyer. Mais quand il avait reconnu son talent, son jeu était devenu de plus en plus subtil pour s'accorder au sien. Alors qu'elle avait initialement cru que son offre de handicap était une insulte, elle avait ensuite compris que c'était une tentative de garder une certaine égalité dans le jeu.

Il n'avait montré aucune pitié, et n'avait absolument pas tenu compte du fait qu'elle était une femme.

Quand il l'avait mise en difficulté, le pouls de Charity s'était accéléré d'excitation. Et au moment où il avait déclaré « Echec et mat », elle était tout aussi bien prête à lui offrir son cœur.

Quand elle avait pris conscience qu'elle était amoureuse de Mr Potts, elle avait vécu ensuite les dix pires minutes de sa vie. Pourquoi l'objet de son adoration devait-il être un vrai dieu grec et pas un homme banal qui lui aurait retourné ses sentiments ? Et pourquoi ne voulait-il pas rester en Angleterre au moins ? Pourquoi devait-elle avoir le cœur brisé à cause de quelqu'un qui était brillant, d'une beauté à couper le souffle — et totalement inaccessible ?

Puis elle s'était rendu compte que ces questions étaient en fait des réponses.

Elle ne l'aimait pas parce qu'il était parfait. Elle ne l'aimait pas du tout, en fait. Ce qu'elle éprouvait, c'était du désir.

Et désirer un homme tel que Mr Potts n'était pas uniquement normal, cela pouvait aussi se révéler très pratique pour elle. Si elle se languissait d'être séduite, le fait qu'il ne projetait pas de rester dans sa vie ou son pays était en fait un avantage, non un inconvénient.

Il restait cependant une question. Qu'avait-elle l'intention de faire de ces nouveaux sentiments ? Elle avait été choquée de constater qu'elle s'était retrouvée à l'inviter non seulement dans sa chambre, mais aussi sur son lit, afin de résoudre l'énigme de la boîte.

Quand sa grand-mère avait appris à ses petites-filles les rudiments de l'étiquette, elle leur avait bien expliqué qu'on ne conviait *jamais* un homme dans sa chambre, comme on le ferait avec une femme. Quand les hommes s'approchaient d'un lit, ils étaient incapables de contenir leurs désirs les plus primitifs.

Certains d'entre eux, peut-être, mais pas celui-ci de toute évidence. Mr Potts l'avait simplement regardée bizarrement, et s'était assis à côté d'elle, plus intéressé par la boîte et son contenu que par elle-même.

Aussi avait-elle fait quelque chose qu'elle n'avait jamais fait de sa vie. Il lui avait fallu des années de pratique pour ne pas corriger spontanément les gens quand elle savait qu'ils se trompaient. Après des années à se faire réprimander par ses sœurs et sa grand-mère, elle avait compris que c'était une chose d'être la personne la plus intelligente dans la pièce, et une tout autre d'assener des vérités à la face de son entourage.

Ainsi ce soir, après avoir bien regardé l'homme assis à côté d'elle sur son lit, pour la première fois de sa vie elle avait feint l'ignorance. Elle avait tripoté la boîte en lui faisant croire qu'elle ne trouvait pas une étape alors qu'elle l'avait très vite repérée, et lui avait rendu le coffret pour qu'il la découvre lui-même, dans l'espoir qu'il l'en apprécierait plus.

Au lieu d'être flatté par son appel à l'aide, il avait haussé un sourcil et lui avait redonné la boîte en attendant patiemment qu'elle résolve le problème toute seule.

Si elle ne le désirait pas déjà de toutes les fibres de son être avant cela, ce geste avait été décisif.

Et qu'il ait ajouté qu'il aimait être corrigé quand il se trompait était la cerise sur le gâteau.

Cependant, le désirer en secret serait aussi impossible qu'insupportable. Il fallait qu'elle trouve un moyen de l'avoir tout à elle, même si ce n'était que pour une nuit.

Elle devait donc passer à l'action, et tout de suite, ou il serait parti et elle n'aurait même pas un souvenir à chérir.

Elle resta éveillée la majeure partie de la nuit, faisant jouer les rouages de sa prodigieuse intelligence afin d'établir un plan d'attaque qui rencontrerait plus de succès que son jeu aux échecs. Elle avait peut-être perdu la partie, mais cela lui avait permis d'acquérir une certaine connaissance de la stratégie de son adversaire, et elle comptait bien l'utiliser à son avantage.

Il avait joué pour avoir accès à la boîte, puis découvert qu'elle était vide. Elle-même avait été déçue, mais juste un peu.

Trouver cette boîte représentait le dernier indice d'une longue liste qui compilait des lettres, des journaux intimes et des agendas annotés, entre autres documents ayant appartenu à son grand-père. Et c'était loin d'être sa première tentative ratée ! Il y en avait déjà eu bien d'autres, hélas. Eh bien soit. Elle ferait machine arrière et reprendrait le fil de ses recherches.

Mais si Mr Potts était vraiment désireux de l'aider ? Elle se sourit à elle-même. Elle pourrait l'inviter à cette chasse au trésor et lui offrir les informations dont elle disposait déjà. Il serait tout aussi passionné par ce mystère qu'elle et ferait n'importe quoi pour en savoir plus, elle le sentait.

Même si cela signifiait séduire une vierge innocente pour lui voler ses secrets.

Elle frissonna de délice bien malgré elle. Si elle le manipulait avec précaution, Mr Potts pourrait bien quitter le manoir de Comstock sans en savoir plus qu'à son arrivée.

Et elle aurait un beau souvenir, ainsi que le trésor pour elle seule.

Avant de descendre pour le petit déjeuner le lendemain matin, elle sonna de nouveau Dill, plongeant sa femme de chambre dans la perplexité. Être sollicitée dès le réveil de sa maîtresse deux jours de suite était pour le moins inhabituel.

Le résultat fut une robe de jour jaune pâle, que Charity n'avait jamais voulu mettre car elle craignait trop les taches, et une coiffure qui n'était pas aussi élaborée que les boucles de la veille, mais moins sévère que ses nattes habituelles, serrées en couronne sur sa tête.

Dill termina en brossant soigneusement Pepper, puis lui attacha un ruban jaune autour du cou.

— S'il doit vous suivre partout, il ferait mieux d'apprendre à se comporter en chien de salon plutôt qu'en chasseur de rats, décréta-t-elle.

C'était là sans doute une erreur, car le petit chien semblait détester Mr Potts, et d'ailleurs ce dernier le lui rendait bien.

Mais comme d'habitude, l'animal n'avait d'yeux que pour elle, pathétiquement déterminé à la suivre partout.

Charity baissa les yeux vers lui.

— Si je dois faire croire que je suis apprivoisable, toi aussi. Tu peux venir en bas avec moi. Mais une seule tentative de morsure, et tu vas aux écuries pour la journée, le menaça-t-elle.

Pepper agita la queue comme s'il avait compris et acceptait le marché, mais c'était sans doute plutôt une tentative de déloger ses puces. Puis il trotta gaiement à ses côtés dans l'escalier.

Lorsqu'elle arriva à la salle du petit déjeuner, elle la trouva vide. Il y avait des preuves que Mr Potts était passé par là avant elle : un valet desservait une assiette vide et ôtait des miettes de toast de la table. Jetant un coup d'œil à l'horloge sur la cheminée, elle vit qu'il était à peine 9 heures. Quand elle toucha la tasse de thé vide à la place de Mr Potts, elle constata qu'elle était froide comme la pierre.

Le domestique qui desservait devina sa question avant qu'elle ne la pose et murmura :

— À six heures et demie, miss. Il a terminé bien avant 7 heures.

Sans même s'asseoir, elle attrapa une tranche de bacon dans un plat sous cloche.

— A-t-il dit où il allait ensuite ?

— Travailler, miss.

Elle mâchonna pensivement.

À moins que le travail en question ne soit de ramasser les

œufs pendant que les poules dormaient encore, elle ne voyait pas le besoin de se tirer du lit avant 9 heures pour s'atteler à sa tâche. Puisqu'il inventoriait une propriété qui avait accumulé la poussière pendant des siècles, il était ridicule de se lever aux aurores, les choses pouvaient bien attendre encore un peu !

Il devait être quelque part dans la maison, mais avec les quarante chambres dont celle-ci disposait, elle risquait de le chercher pendant des heures.

Elle regarda le petit chien assis patiemment à ses pieds, et lui lança un morceau de bacon pour l'appâter. Puis un autre, et enfin la serviette de Mr Potts abandonnée à sa place.

— Cherche !

Pepper renifla un bon coup, longuement, puis partit en courant dans le hall.

Charity prit un petit pain et suivit les aboiements.

Quand elle rattrapa Pepper, il était devant la porte fermée du bureau de son grand-père.

Elle tança le chien pour l'empêcher de gratter à la porte, et lui lança le petit pain en récompense. Puis elle posa la main sur la poignée et s'arrêta, incapable de se résoudre à l'actionner.

Son grand-père était mort depuis deux ans. Il n'y avait aucune règle, tacite ou écrite, qui précisait que la pièce était interdite jusqu'à l'arrivée du nouveau comte de Comstock. Elle s'y était déjà rendue à de nombreuses reprises, pour faire son courrier et lire.

Mais à ces occasions la porte avait été laissée grande ouverte.

« Les portes sont fermées pour une bonne raison, Charity. Si tu ne peux pas respecter cela, il va nous falloir trouver un moyen de te le faire comprendre. »

Peut-être était-ce vrai, se dit-elle en repensant aux paroles de son grand-père. Mais il n'y avait aucune raison valable pour que cette porte reste close aujourd'hui.

Aussi se cramponna-t-elle à la poignée et elle ouvrit avant de réfléchir plus.

Mr Potts était installé sur la chaise de son grand-père, les pieds sur le bureau, et lisait le carnet de rendez-vous de ce dernier. Quand il avait entendu la porte s'ouvrir, il avait relevé lentement la tête et souri, mais sans esquisser le moindre mouvement pour se tenir plus correctement.

Pendant un instant, la vision d'un homme sur cette chaise la pétrifia sur le seuil.

Il y avait eu tant de disputes ici, de reproches et de punitions, qu'elle retrouva aussitôt sur le tapis une marque d'usure, à l'endroit où elle se tenait d'habitude pour se faire réprimander. Sa crainte en pénétrant dans cette pièce s'était pratiquement évanouie depuis les deux ans qui avaient suivi la mort du vieux comte de Comstock.

Mais un nouveau Comstock allait arriver, tel un orage se profilant à l'horizon. Si elle ne trouvait pas un moyen de s'échapper de cette maison avant, tout recommencerait.

Puis elle se souvint qu'il ne s'agissait que de Mr Potts, jeune, séduisant et souriant, aussi différent d'un comte qu'il était possible de l'être.

Pepper s'élança avec un grognement, puis se jeta sur lui dans l'espoir fou d'attraper la manche de sa redingote.

Mr Potts bondit de sa chaise en un éclair, faisant rater l'attaque du chien au dernier moment. L'animal se retrouva étalé sur le sol comme une crêpe après avoir claqué des mâchoires dans l'air sans succès.

Ces cuisses puissantes moulées dans des pantalons serrés et qui se décroisaient pour s'éloigner vivement du bureau, révélant des hanches étroites alors que Mr Potts parait à l'attaque canine… Ce spectacle procura à Charity une nouvelle bouffée d'émotions qui vinrent chasser ses appréhensions.

Elle dut s'empêcher de toutes ses forces de sourire bêtement, ou même carrément de baver comme Pepper l'avait fait devant le bacon, car elle avait comme l'impression de le regarder bouche bée. Elle pensa à bien la refermer et se composa un sourire de circonstance.

— Auriez-vous peur des chiens, Potts ?

Il esquissa à son tour un sourire. Il n'avait pas quitté le

chien des yeux et le tumulte intérieur de Charity lui avait sans doute échappé — une chance !

— Je m'entends très bien avec eux d'ordinaire, répondit-il.

— Mais pas avec celui-ci, on dirait.

Il considéra Pepper avec un dégoût évident.

— Parce qu'il y a quelque chose qui ne va pas chez lui. Il a peut-être reçu un choc à la tête ? Je l'ai sauvé alors qu'il avait été enfermé dans un sac pour être jeté dans le Delaware par un jeune garçon méprisable. Quand il est sorti du sac en question, il s'est montré incroyablement ingrat, prêt à mordre la main qui le nourrissait.

Charity tira de sa poche un autre morceau du petit pain enveloppé dans sa serviette et siffla l'animal.

Le chien s'assit, remua la queue et reçut sa friandise en prenant bien soin de n'effleurer sa main qu'en la léchant avec reconnaissance.

Elle leva alors les yeux vers Mr Potts.

— Je ne vois aucun problème, dit-elle en regardant le chien. Allez, file, Pepper, le vilain monsieur et moi devons discuter de la raison pour laquelle il prend ses aises dans le bureau du comte, car je ne vois pas la moindre trace d'inventaire.

— Parce que j'ai été occupé à autre chose, répliqua-t-il avec le même sourire imperturbable tandis qu'il observait le chien trottiner hors de la pièce.

— Vous n'avez qu'un seul travail à faire ici, lui rappela-t-elle. Donc si vous ne le faites pas, à quoi étiez-vous occupé ?

— À ceci, dit-il en lui tendant une feuille de parchemin pliée qu'il sortit de sa poche.

Elle sentit aussitôt de petits picotements sur sa peau. De la surprise. De l'excitation. Non ! C'était de la stupéfaction. Elle avait cru bien connaître la maison et les secrets qu'elle recelait. Son plan avait été d'appâter Mr Potts en lui en parlant, puis de le séduire ou au moins le contrôler.

Mais il venait de lui brandir un indice qu'elle n'avait jamais vu, apparemment sorti de nulle part.

Le grand rectangle de papier avait été soigneusement plié

en quatre, et les pliures exceptées il n'était absolument pas froissé. Elle en examina le recto, puis l'approcha de la lumière et ne décela aucune trace d'un quelconque message, sur le verso non plus. Le seul élément notable était une série de petits trous rectangulaires disposés sur la page à intervalles irréguliers. À certains endroits le papier était intact, à d'autres il était tant perforé qu'il ressemblait à de la dentelle. Elle regarda de nouveau Mr Potts.

— Où avez-vous trouvé ça ? l'interrogea-t-elle.

Il tendit le doigt vers la boîte à énigme, désormais posée au coin du bureau de son grand-père, bien refermée tel un bloc de bois comme lors de sa découverte. Sans un mot il la prit et la manipula jusqu'à atteindre la dernière étape de la veille. Puis il la tapota tel un magicien de foire prêt à berner son public crédule.

Il en sortit alors la plus petite boîte qu'ils avaient découverte à l'intérieur, et la manipula à son tour à plusieurs reprises, jusqu'à ce qu'un petit plateau s'ouvre sur le fond en coulissant. Certes, il était vide désormais, mais il avait juste la dimension nécessaire pour contenir le parchemin qu'il venait de lui montrer.

— Et voilà ! s'exclama-t-il d'un air théâtral, avant de s'incliner légèrement et de la regarder comme s'il attendait qu'elle applaudisse.

Elle résista à la tentation de le faire.

Il lui répondit par un air légèrement blessé, et lui fournit aussitôt d'autres informations, comme s'il essayait de l'impressionner par son intelligence.

— C'est une clé de code, n'est-ce pas ? Cette feuille doit sans doute être appliquée sur une page de livre ou de journal, et révéler un message. Mais ce n'est pas sur l'un des livres de cette pièce, je les ai tous vérifiés, le format ne convient pas.

Il avait raison, évidemment.

Et le bureau était l'un des endroits où une personne dotée d'une bonne capacité de raisonnement irait tout d'abord chercher. Ce n'était de toute évidence pas le bon choix, certes, mais c'était le plus logique. Cela n'expliquait pas en revanche pourquoi il lisait un journal d'une dimension bien inférieure à celle de la page de code. Ceci indiquait qu'il avait beau s'intéresser au trésor, il cherchait également autre chose, dont elle n'avait pas la moindre idée.

Elle stocka cette information dans un coin de sa tête pour ne pas l'oublier, et revint à la question qui les occupait.

— Si vous cherchez un livre, avez-vous pensé à la bibliothèque ?

Pendant un instant il arbora une expression indéchiffrable, puis lui adressa un magnifique sourire.

— Il y a une bibliothèque ici !

D'après son ton stupéfait, elle aurait tout aussi bien pu lui dire qu'ils avaient un dragon dans la cave. Ils devaient quand même avoir des bibliothèques, en Amérique !

— Je ne me repère pas encore très bien dans le manoir, ou peut-être suis-je passé devant sans la voir en venant ici, ajouta-t-il. Montrez-la-moi. S'il vous plaît, ajouta-t-il après une pause.

Elle sourit pour elle-même, surprise.

Quelqu'un d'autre avait-il jamais exprimé le désir pressant de voir cette pièce de la maison ? Si tel était le cas, une fois avait dû suffire, on n'y retournait pas. Même la famille la qualifiait de « sinistre » et « inconfortable » quand ils en parlaient.

C'était pour cela que cet espace lui avait été concédé.

— Ce n'est pas étonnant que vous ne l'ayez pas trouvée, car elle se situe plutôt à l'écart des pièces principales. Suivez-moi.

Elle sortit du bureau avec lui, prenant soin de laisser la porte entrouverte afin que ce détail ne la perturbe plus.

Puis elle le fit passer devant les pièces de réception, traverser un couloir, et encore un autre, jusqu'à ce qu'ils se retrouvent aussi loin du bureau du comte qu'il était possible.

Ils aboutirent à la dernière porte tout au fond de l'aile la plus éloignée. La clé était en sécurité, toujours sur elle, en sa possession depuis la mort de son grand-père. Elle gardait la pièce bien bouclée, d'autant plus que cela lui garantissait l'intimité.

Elle ouvrit la porte, attendant la réaction habituelle des visiteurs. Mr Potts jetterait un coup d'œil à la ronde, frissonnerait à cause de l'atmosphère glaciale et plisserait les yeux dans la semi-pénombre, puis demanderait s'il était possible de prendre les livres que l'on cherchait pour les emporter dans un endroit plus agréable.

Il resta pétrifié sur le seuil, stupéfait.

— C'est votre bibliothèque ? dit-il, sans cacher son admiration.

— Comme ma famille ne cesse de me le répéter, elle n'est pas vraiment à moi, techniquement. C'est celle du comte, précisa-t-elle. Mais les précédents héritiers des Comstock y mettaient rarement les pieds. Peut-être la propriété ne serait-elle pas dans pareil chaos s'ils l'avaient fait plus souvent.

— Ils n'y venaient pas ? s'exclama-t-il en entrant dans la pièce pour contempler les étagères bourrées du sol au plafond. Qu'est-ce qui n'allait pas chez eux ?

— La famille a toujours trouvé cette pièce trop sinistre, dit-elle. Je suis la seule à la fréquenter, ajouta-t-elle.

Il haussa les épaules, incapable de détacher ses yeux des étagères.

— Un peu sombre, peut-être. Mais je serais loin de la qualifier de sinistre, déclara-t-il.

Il leva instinctivement la main pour caresser la reliure en cuir la plus proche.

Donc il aimait les livres.

Là non plus, ce n'était pas si extraordinaire. Certes, une large proportion de la population était illettrée. Mais quand bien même certaines de ses connaissances déchiffraient avec difficulté, toutes savaient lire.

Cependant elle n'avait jamais vu l'une d'elles considérer la bibliothèque avec gourmandise plutôt que répugnance. Cela ne la dérangeait pas de venir y faire des recherches, mais la pièce avait besoin de lumière, d'air frais et peut-être d'un réaménagement complet pour la rendre fréquentable aux lecteurs. Et il n'y avait pas eu d'argent disponible pour une rénovation frivole de cet ordre depuis bien longtemps. Jusqu'à aujourd'hui, lorsque quelqu'un avait besoin d'un livre, il venait l'y prendre et allait vite lire ailleurs.

Mais Mr Potts avait l'air d'avoir trouvé le paradis sur terre.

Le cœur de Charity se mit à battre plus vite, comme la veille quand ils avaient joué aux échecs. Cet homme était presque trop parfait. Non en fait, il l'était pour de bon.

À un moment donné, il finirait par dire quelque chose de décevant et d'ordinaire. Cela briserait enfin l'enchantement qu'il exerçait sur elle, lui ferait retrouver la raison et la sauverait de la gêne de devoir lui dire tout haut ce qu'elle voulait vraiment de lui.

— Les sièges sont inconfortables, annonça-t-elle en attendant qu'il acquiesce, comme tout le monde le faisait invariablement, et suggère de retourner au salon.

Il prit le livre qu'il avait effleuré sur l'étagère et se laissa choir sur la chaise la plus proche, puis le feuilleta jusqu'à la page qui l'intéressait.

— On pourrait très bien s'y faire, répondit-il sans lever les yeux.

— Vous êtes bien le premier à le penser.

Il sembla à peine l'entendre, déjà accaparé par l'ouvrage ouvert sur ses genoux. Ses doigts couraient sur la reliure en cuir telle une caresse d'amant, jouant avec les reliefs et les motifs gravés.

Elle ne put réprimer un frisson de désir, ainsi que son embarras de rougir de jalousie vis-à-vis d'un objet inanimé.

— Il y fait très froid l'hiver, continua-t-elle pour déguiser sa réaction, désespérée de trouver enfin la preuve que Mr Potts était un simple mortel, et décevant, comme tous les autres.

— Il y a une cheminée, répliqua-t-il avant de lever les yeux vers elle en fronçant les sourcils, comme s'il était contrarié qu'elle ne cesse de dénigrer cette pièce.

Puis il reposa le livre et se leva pour explorer les étagères, de nouveau oublieux de sa présence.

— Par où commencer ? demanda-t-il.

— Pour chercher le livre qui correspond au code ? s'enquit-elle en le suivant.

Il écarta les bras et fit brusquement volte-face vers elle, souriant de nouveau.

— Non, pour les lire ! Il y en a tant !

— Je vous recommande de commencer par ici, répondit-elle en lui prenant la main pour le conduire près de l'une des tables de lecture. Peut-être n'est-ce pas là la meilleure méthode d'organisation, mais je garde ceux que je préfère à proximité. Il y a là Shakespeare, Scott, les poèmes de Blake. Des romans aussi. J'admets éprouver du plaisir à lire et relire *Le Château d'Otrante* de Horace Walpole. C'est un excellent moyen d'occuper une soirée de tempête.

— Je suis d'accord, dit-il en souriant à ses choix, avec un hochement de tête d'approbation. Mais Thomas Paine, un révolutionnaire américain ? s'exclama-t-il, surpris de trouver cet ouvrage au bout de la pile.

— Je vous ai déjà dit que nous avions des livres en Angleterre, lui rappela-t-elle. Je suis certaine qu'il y a d'autres ouvrages d'auteurs américains, si c'est tout ce qui vous intéresse.

— Non. Je voudrais…

Il ne termina pas sa phrase, mais elle en devina la suite. Il voulait tout lire. Il la regarda, le souffle coupé d'excitation.

— Ma famille en Amérique n'était pas contre la culture, loin de là. Mais elle avait beau aimer les livres, il y avait rarement le temps ou l'argent pour les apprécier.

— Vous étiez pauvre ? demanda-t-elle, surprise.

— Pas toujours, avoua-t-il. Parfois nous avions de l'argent, parfois non. On ne peut pas s'attendre à ce qu'une plante privée de racines s'épanouisse. Quant à un homme sans racines ? ajouta-t-il en haussant les épaules de nouveau. Cela ne sert à rien d'accumuler des possessions quand on ne prévoit pas de s'établir quelque part.

— Vous aurez tout le temps de lire pendant votre séjour ici, dit-elle sur un ton enjôleur.

Il cligna les yeux, brutalement ramené à la réalité.

— Je n'ai pas l'intention de rester ici éternellement. Et c'est pourtant ce qu'il faudrait pour profiter de tout ce qui a été rassemblé entre ces murs. En fait… Je n'ai pas du tout l'intention de rester longtemps. La situation ici me semble désespérée. Et j'ai promis…

Il se tut soudain. Mais d'après l'expression dans ses yeux, elle comprit qu'une conversation à laquelle elle n'était pas conviée continuait dans sa tête.

Puis, comme s'il était arrivé à une décision, il tourna le dos aux livres et la regarda.

— Je ne peux pas me laisser distraire alors qu'il y a des questions plus importantes à régler. Il est temps que nous soyons honnêtes l'un envers l'autre, Miss Strickland. Je sais ce que vous désirez, et je désire vous aider.

— Vraiment, vous savez ? s'exclama-t-elle en portant une main à sa poitrine alors qu'elle frissonnait de nouveau.

La considérer comme une vieille fille frustrée qui se laisserait facilement séduire n'avait rien pour le mettre en valeur à ses yeux. Mais puisque c'était vrai, elle n'avait pas le droit de s'en plaindre.

— Le collier que vous portiez hier soir était une copie, comme le reste de la parure. Vous pensez que les vrais diamants des Comstock sont quelque part dans cette maison, et vous êtes en train de les chercher.

— Les diamants, répéta-t-elle.

Pendant un instant, elle les avait complètement oubliés. C'était comme s'ils jouaient de nouveau aux échecs et qu'elle venait de perdre une nouvelle pièce.

— Le comte soupçonnait qu'ils avaient disparu, c'est pour cela qu'il a demandé un inventaire, ajouta-t-il, formulant ainsi les pires craintes de Charity.

Sa sœur Hope avait passé des mois à s'inquiéter de ce qui se passerait quand le nouveau comte arriverait et apprendrait que les pièces les plus précieuses de l'héritage étaient manquantes. Mais Charity avait fait tant de progrès dans ses recherches qu'elle lui avait assuré que tout serait en ordre quand le membre américain de la famille arriverait au manoir.

Et voilà qu'il semblait donc que ce dernier ait été au courant depuis le début. Elle ne craignait pas sa colère, car elle était certaine que les pierres étaient quelque part dans la maison. Et elle pourrait les lui montrer — si on voulait bien lui laisser encore un peu de temps.

Mais elle n'avait pas prévu qu'un homme séduisant surgirait de nulle part, assez intelligent pour déjouer ses plans, mais aussi tourmenté par un dilemme moral et désireux de repartir le plus vite possible dans ses pénates.

— Je vous en prie, Miss Strickland, laissez-moi vous aider.

Il lui souriait d'une manière qui n'était pas tout à fait innocente. Ses yeux avaient le même éclat avide que lorsqu'il l'avait hissée dans la cheminée en pensant partager le butin éventuel.

S'il était au courant de l'histoire des copies, il ne s'intéressait donc à elle que dans l'espoir d'apprendre où se trouvait la cachette des vraies pierres. C'était une bonne chose qu'elle ne soit pas tombée amoureuse de lui, car cette constatation l'aurait brisée.

La petite voix dans sa tête ne lui offrit rien d'autre qu'un rire de dérision. Apparemment, elle n'aurait pas le droit de se mentir à elle-même et de prétendre ne rien éprouver. La flamme de son désir dès qu'elle voyait cet homme ne s'était pas atténuée quand elle avait appris la vérité. Mais elle avait alimenté une seconde série de flammes, de rage celles-ci, tout aussi puissantes ou presque.

Elle se débrouillait parfaitement bien avec ses recherches jusqu'à son arrivée, et le ferait également encore très bien sans lui !

C'était *lui* qui avait besoin d'elle, et non l'inverse.

— Vous voulez m'aider à trouver les diamants, dit-elle avec le même sourire entendu que celui qu'il lui avait adressé. Et j'imagine que votre aide a un prix, Potts ?

Il esquissa un vague haussement d'épaules, comme pour sous-entendre que parler d'argent avec une lady était d'ordinaire indigne de lui. Mais puisqu'il n'y avait aucun homme sur les lieux, que faire d'autre ?

Il y aurait donc aussi un prix pour son aide à elle. Elle lui indiqua la chaise qu'il venait d'occuper.

— Asseyez-vous, je vous prie. Discutons-en.

8

Il possédait désormais une bibliothèque.

Il avait également des problèmes, et pas le temps d'en être distrait s'il voulait les résoudre. Mais c'était difficile. Les étagères autour de lui allaient du sol au plafond. Une échelle à roulettes y était fixée, pour le moment reléguée dans un coin, mais elle pouvait faire le tour de la pièce sur un rail en cuivre afin que l'on puisse atteindre les livres placés tout en haut.

Et chacune de ces étagères croulait sous les livres. Certains en latin, français et grec. Il ne connaissait aucune de ces langues. Mais si c'étaient des livres relativement simples, il pourrait apprendre.

S'il avait le temps.

Ce qui n'était pas le cas.

Il était passé en un éclair de la fausse certitude d'être soudain fortuné à la certitude tout à fait exacte d'être pauvre. Maintenant qu'il avait vu la maison, il estimait la vérité quelque part entre les deux.

Mais monnayer en salle des ventes tout ce que contenait cette demeure serait embarrassant, et prendrait un temps fou. Il avait bel et bien besoin de liquidités, ou de valeurs faciles à transporter, du genre qui pouvait être rapporté en Amérique dans une poche de veste.

Il devait donc à tout prix mettre la main sur ces diamants. Et assise en face de lui se trouvait l'exceptionnellement intelligente Charity Strickland, prête à négocier.

Il s'assit donc et se pencha en avant en inclinant la tête avec respect.

— Je suis à vos ordres, Miss Strickland.

— Tout d'abord, je dois avoir votre parole que vous n'avez pas l'intention de décamper avec la totalité de ce que nous aurons trouvé, commença-t-elle. Je n'avais pas l'intention de prendre plus de quatre ou cinq des plus petites pierres pour mon propre usage…

— J'avais raison depuis le début : vous aviez bien prévu de vous en emparer ! s'exclama-t-il.

C'était étrange d'éprouver un tel sentiment de possession pour des choses dont il ignorait l'existence il y avait un an à peine. Il ne savait trop pourquoi, il était indigné de penser qu'un membre de sa propre famille s'apprêtait à chaparder dans l'héritage.

Et c'était d'autant plus étrange qu'il souhaitait faire la même chose.

— Seulement quelques-unes, répéta-t-elle. La parure complète a disparu depuis un demi-siècle au moins, j'estime donc que ce n'est que justice que je reçoive une compensation si je la retrouve.

— Et qu'en dira le comte ? demanda-t-il.

— Je n'ai aucune intention d'être ici pour le savoir, répliqua-t-elle.

— En d'autres termes, vous comptez vous enfuir ?

Elle éclata de rire.

— À vous entendre, on dirait que je suis une enfant rebelle, Potts ! Je suis une femme tout à fait adulte.

À ces mots il eut une brève vision de son décolleté plongeant de la veille, et de ses mollets joliment tournés.

— Mes excuses, Miss Strickland. Mais j'aurais cru, puisque vous êtes encore célibataire, que le berceau de votre famille était encore le meilleur endroit pour vous.

— Et combien de temps croyez-vous qu'il va encore l'être, une fois que le comte sera là ? s'exclama-t-elle. Il y a de fortes chances que je sois obligée de me résoudre à un mariage pour le moins bancal avec lui, pour le bien de la famille. Je ne nourris aucune illusion sur sa fidélité, ou même son affection. Il est tout à fait plausible qu'il m'oublie dès le lendemain de la cérémonie. Et s'il ne m'oublie pas, il voudra me modeler à son idée, pour que je devienne une femme calme, coopérative et obéissante en tout point.

— Ce n'est pas un si mauvais bougre que cela, objecta Miles, contrarié qu'elle se soit forgé ce genre d'opinion sans même l'avoir rencontré.

— Cela importe peu qu'il soit bon ou mauvais, continua-t-elle en balayant ces considérations d'un geste de la main. C'est un homme. Et selon mon expérience, tous les hommes veulent la même chose.

— Ah bon ? s'écria-t-il, en pensant à la seule chose évidente pour lui.

— La domination sur les femmes, expliqua-t-elle. Les aristocrates sont même pires, parce qu'ils estiment avoir le droit de contrôler tout ce qui vit sur leurs terres. Si le comte ne souhaite pas m'épouser, je serai obligée d'accepter une union tout aussi pénible avec l'un de ses amis.

— Et pourquoi ferait-il cela ? s'étonna Miles, car cela ne lui était jamais venu à l'esprit.

— Il y aura vite bon nombre d'hommes désireux de s'attirer ses faveurs maintenant qu'il possède le titre. S'il ne le sait pas encore, il apprendra bientôt que les coffres de la famille sont vides et la terre ingrate. Il voudra trouver un homme riche, désireux de monnayer cette richesse contre des relations dans la noblesse, et ils décideront de mon avenir entre eux.

C'était là une description tout à fait exacte et pertinente des hommes qu'il avait rencontrés à Londres et de leur empressement subit à l'aider dès qu'ils apprenaient son identité. Il avait été assez avisé pour comprendre aussitôt que ce genre d'aide était toujours assorti d'un prix à payer, qui n'impliquait d'ailleurs pas toujours de l'argent. Certains d'entre eux avaient en effet mentionné sa cousine du Berkshire, et son besoin de trouver un mari. Mais il n'avait jamais réfléchi au bénéfice qu'il en tirerait s'il lui faisait épouser un parfait inconnu.

— Vous pensez que… que le comte va vous vendre au meilleur enchérisseur ? s'écria-t-il, atterré.

— Mes sœurs et moi étions toutes destinées à ce genre de mariage, du vivant de notre grand-père, expliqua-t-elle. Je l'ai entendu faire ce type de projets concernant Faith avant que celle-ci n'annonce qu'elle était fiancée. Je n'avais pas encore dix-sept ans lorsqu'il m'avait déjà promise à un baronnet de cinquante-cinq ans.

Elle claqua des doigts avant de continuer.

— Et soudain, ce baronnet a disparu du paysage. Sans argent et, après avoir étudié notre arbre généalogique, sans certitude que nous allions trouver un héritier capable de rétablir nos finances, notre valeur sur le marché du mariage a dégringolé brutalement aux yeux des prétendants, qui ne se sont plus présentés.

— Mais vos sœurs se sont mariées toutes les deux, objecta-t-il.

— Elles ont toutes deux trouvé l'amour, et l'argent avec, répliqua-t-elle. Cependant, par chance pour elles, leur instinct a été de rechercher le premier des deux, pas le second. Et elles ont eu la chance que leurs époux respectifs ne soient pas sans le sou. Quand on vous serine depuis l'enfance que la famille passe avant tout et n'existe que pour préserver l'intégrité de ses possessions, il finit par devenir presque impossible de séparer vos envies et vos besoins de ce qu'un Comstock exigera de vous.

— Vous désirez être indépendante, dit-il. Et j'imagine qu'il y a quelque part quelqu'un qui a vos faveurs, et rien de valeur à offrir à un comte, n'est-ce pas ?

Elle laissa de nouveau échapper un petit rire de dérision.

— Vous pensez que j'ai besoin d'argent pour me faire enlever par un prétendant ? Je suis pauvre, je connais peu de monde et je suis banale. Aucun homme ne me veut pour moi-même, et cela ne va pas changer.

— Vous êtes trop dure avec vous-même, rétorqua-t-il.

— Pas plus que la société ne l'a été jusqu'à présent. Avant de trouver leurs maris, Faith et Hope ont refusé plusieurs prétendants, qui avaient fait des commentaires douteux sur leur « sœur prodige ». Cela a pris tant d'importance que j'ai cessé de sortir avec elles, de crainte qu'elles ne repoussent un gentleman qui aurait été parfait en tout point, si ce n'était qu'il aurait fait des réflexions à mon égard.

Si c'était ainsi qu'elle avait été traitée jusqu'à aujourd'hui, le peu de crédit qu'elle accordait aux hommes était tout à fait logique et compréhensible.

Il se sentit bouillonner en pensant à ceux qui avaient osé l'insulter, alors qu'elle n'avait d'autre défaut qu'une grande agilité d'esprit et de se montrer d'une franchise au-delà des conventions.

Puis il se souvint qu'il était en son pouvoir de redresser tous les torts qui lui avaient été faits, et de veiller à ce qu'elle vive un bonheur qu'elle méritait.

— Peut-être la société vous a-t-elle traitée avec injustice jusqu'à aujourd'hui. Mais je suis certain que le nouveau comte voudra se préoccuper de vos soucis concernant votre avenir, insista Miles. Si vous les lui exposez clairement, comme vous venez de le faire avec moi…

— Vous n'êtes pas un comte, Potts, dit-elle avec un soupir d'exaspération. Vous n'avez pas tout le poids de générations d'aristocrates sur votre dos pour vous rappeler que ce n'est pas à vous d'arranger les affaires des autres, mais que c'est à eux de se plier aux vôtres.

— C'est exact, reconnut-il.

Du moins ne se sentait-il pas dans la peau d'un comte. En tant qu'Américain, l'idée que des étrangers soient obligés de lui complaire et d'accepter toutes ses décisions sous prétexte qu'il était hautement titré lui paraissait au mieux déconcertante, au pire contrariante.

Et il avait envie d'être très, très loin de cet endroit avant que cela ne commence à lui paraître normal.

— Mais imaginez que je le sois. Si j'avais le pouvoir de

vous accorder ce que vous désirez, que me demanderiez-vous ? reprit-il.

Pendant un moment elle écarquilla les yeux, comme si la question ou sa réaction l'avaient choquée. Puis son contrôle reprit le dessus.

— Vous voulez savoir ce que je demanderais au comte. Eh bien je ne lui demanderais rien du tout, Potts ! Je lui dirais, et à vous aussi, que j'ai le droit de fonder un foyer seule, et de rester célibataire si je le décide. Et si je décidais de me marier, j'aurais besoin d'une dot qui soit tentante, mais pas trop, pour ne pas attirer les profiteurs. Et que cet argent ne soit pas contrôlé par le comte de Comstock, afin que je puisse choisir le cours de mon avenir à ma guise, sans risquer de voir ma rente disparaître dès l'instant où je lui déplairais.

Ce qu'elle recherchait était parfaitement raisonnable. Même avec la somme ridicule qu'il avait en banque, il pourrait s'occuper de son avenir avec une simple signature. Enfin, *le comte de Comstock* le pourrait. Augustus Potts n'avait rien d'autre à lui offrir qu'une oreille attentive.

— Je respecte votre droit à choisir votre avenir, finit-il par répondre, même si je ne suis pas d'accord avec vous sur certains points concernant le comte et ce qu'il projette à votre égard.

— Comme c'est gentil de votre part, Potts, dit-elle avec une moue ironique. Mais je n'ai aucune intention d'attendre patiemment son arrivée, juste pour que nous puissions constater qui de nous deux a raison. Mon plan a toujours été de trouver les diamants disparus et d'en vendre quelques-uns pour m'établir. Mais j'ai assez parlé de moi. Vous voulez également assurer votre avenir, n'est-ce pas ?

— C'est tout à fait vrai.

— Alors avant de passer à l'étape suivante, vous devez accepter de ne prendre qu'une part raisonnable de notre future trouvaille. Quelques pierres qui manquent, cela peut passer pour une perte compréhensible, peu surprenante étant donné le grand nombre d'années écoulées depuis leur disparition et les aléas éventuels. Mais si vous vous figurez en prendre beaucoup, je ne tiendrai plus compte de notre marché secret. Je révélerai au comte ce que vous avez fait, et il veillera à vous faire pendre.

— Cela me paraît correct, dit-il, choqué par la véhémence de ses menaces. Je ne prendrai pas plus que ce que vous désirez pour vous-même.

Elle secoua la tête de déception.

— Vous me surprenez, Potts. J'étudie les journaux et les agendas dans la bibliothèque depuis plusieurs années, et je suis presque au bout de mes peines. Cependant, vous, après la découverte d'un unique indice, vous imaginez prétendre faire parts égales.

Il avait eu raison de lui dire cela, car le comte qu'elle méprisait si visiblement pouvait prendre tout ce qu'il voulait et lui donner ce que bon lui semblerait. Mais cela aurait signifié alors que les craintes de Charity étaient justifiées. L'argent n'était même pas encore entre ses mains qu'il pensait déjà aux manières de la contrôler avec la façon dont il l'attribuerait.

Il s'éclaircit la gorge et fit un effort pour penser comme penserait Potts, et être reconnaissant de la générosité dont elle faisait preuve.

— Vous avez déjà réfléchi à la question, dit-il. Quelle quantité vous paraîtrait équitable ?

Pour la première fois depuis leur rencontre, elle avait l'air nerveuse. Elle se leva de sa chaise et se mit à faire les cent pas, puis s'essuya la paume des mains sur ses jupes, comme si elle voulait cacher le fait que sa nervosité les rendait moites. Puis elle se tourna vers lui et reprit brusquement la parole.

— J'imagine que vous avez des moyens à votre disposition qui me persuaderaient de vous céder tout ce que vous demanderiez.

Sa première impulsion fut d'éclater de rire et de lui dire de choisir ses mots avec plus de précaution, car il pensait qu'elle faisait des allusions à quelque chose qu'elle ne comprenait pas. Cependant elle n'ajouta rien de plus, le laissant remplir lui-même les blancs laissés par cette suggestion.

Et il avait beau se creuser la tête, il ne voyait pas où elle voulait en venir.

— Vous ne suggérez quand même pas que je serais prêt à vous séduire en échange d'une plus grosse part des diamants ? finit-il par déclarer.

— Je ne pense pas que la séduction soit nécessaire, précisa-t-elle. Si je suis *déjà* consentante, vous n'aurez pas à perdre de temps pour me faire céder.

Il secoua la tête.

— Vous n'avez pas la moindre idée de ce que vous demandez !

— Mais si, rétorqua-t-elle. Je veux que vous couchiez avec moi, comme un homme le fait avec une femme. Je crois que la Bible appelle cela la fornication.

— C'est hors de question ! s'exclama-t-il, avant de le regretter sur-le-champ quand il vit son air blessé.

Avant de poursuivre, il prit soin de s'adresser à elle avec beaucoup plus de gentillesse.

— Je ne vous ai pas dit cela pour critiquer votre caractère ou dénigrer votre apparence. Mais, Miss Strickland, vous m'avez profondément choqué. Dois-je comprendre que vous avez déjà fait ce genre de choses auparavant ?

Elle sourit, comme si elle était surprise qu'il puisse même le suggérer.

— Bien sûr que non ! Mes connaissances sont purement livresques.

— Des connaissances livresques…, répéta-t-il, stupéfait. L'Angleterre est-elle si différente de l'Amérique que l'on vous apprenne ces choses à l'école ?

Elle le dévisagea bizarrement.

— Dans mon pays, on semble se donner beaucoup de mal pour en apprendre aussi peu que possible aux jeunes filles, sur tous les sujets. C'est pour cela que je suis autodidacte, précisa-t-elle.

Elle lança un regard à la ronde dans la bibliothèque.

— Il y a des livres sur le sujet, vous savez, expliqua-t-elle.

— Oui, je le sais, dit-il, parce que j'ai passé des semaines en compagnie de marins sur le bateau qui m'emmenait à Londres. Mais vous, comment avez-vous appris ce genre de choses ?

Elle le conduisit dans un coin de la bibliothèque et se baissa vers une pile de livres qui semblaient moins poussiéreux que les autres. Puis elle les déposa sur la table à côté de lui.

Mémoires d'une femme de plaisir ? s'écria-t-il en le feuilletant au hasard avant de le refermer violemment.

— Et ceci, dit-elle en lui en tendant un autre.

Il jeta un œil au titre en lettres tarabiscotées sur la couverture.

— Et à quoi vous sert donc celui-ci ? Il a l'air d'être écrit en hindi.

— En sanskrit, corrigea-t-elle. J'ai appris assez de rudiments de cette langue pour en saisir les points importants. Et les illustrations parlent d'elles-mêmes.

Incapable de se contenir, il l'ouvrit et découvrit un dessin sophistiqué montrant un couple d'Indiens dotés de compétences acrobatiques rares. Il en feuilleta encore trois ou quatre pages, puis s'accorda quelques instants pour reprendre un souffle normal.

— Si c'est ce que vous utilisez pour vous instruire sur le sujet, j'espère que vous comprendrez que ces personnes font montre d'un degré de souplesse hors du commun chez la plupart des gens.

Elle renifla avec mépris.

— Bien sûr. Mais il y a des positions beaucoup moins spectaculaires dans d'autres livres, précisa-t-elle en clignant des yeux derrière ses lunettes. Voudriez-vous les voir ?

— Ce ne sera pas nécessaire, bredouilla-t-il à la hâte en refermant le livre, tout en notant dans un coin de sa tête de revenir à la bibliothèque et de vérifier les autres quand elle ne serait pas là pour l'observer. Donc vous n'avez pas de connaissances pratiques de ce que vous me demandez.

— C'est bien pour cela que j'ai besoin de votre aide, expliqua-t-elle, comme si elle se contentait de lui demander de lui faire à nouveau la courte échelle pour atteindre une étagère haut placée.

— Vous me demandez de vous *déflorer*.

— Vous n'avez pas besoin d'utiliser un euphémisme poli pour dire cela, lui fit-elle remarquer. Quand j'ai entendu ce mot pour la première fois, j'ai mis un miroir entre mes jambes et j'ai été très déçue de découvrir que cela ne ressemble en rien à une fleur.

Comme si les illustrations et cette discussion très crue n'avaient pas suffi à l'exciter, il se retrouvait maintenant à imaginer Charity Strickland nue, en train de satisfaire sa curiosité dans de drôles d'explorations. Il prit un moment pour s'éclaircir les idées.

— Vous n'avez pas besoin de me l'expliquer. Je connais l'anatomie féminine.

— Je l'espérais bien, dit-elle avec un signe de tête approbateur.

Il sentit des sueurs froides sur son cou, et son sang pulser beaucoup plus bas.

— Je ne disais pas cela pour vous encourager. Ce que vous demandez…

Il leva les mains au ciel d'exaspération.

— … Ça ne se fait pas, voilà tout ! termina-t-il.

— Vraiment ? dit-elle en haussant un sourcil. Alors comment l'espèce se perpétue-t-elle ?

— Cela ne se fait pas hors des liens sacrés du mariage, rectifia-t-il. Nous ne sommes pas mariés, et n'allons pas nous marier non plus.

D'autant plus qu'elle lui avait très clairement expliqué qu'elle ne voulait pas avoir le moindre rapport avec lui en tant que comte de Comstock.

— Mais le mariage n'est pas une obligation pour pratiquer l'acte, insista-t-elle. C'est une convention sociale, qui a plus à voir avec le désir de l'homme de s'assurer des enfants légitimes afin de léguer ses biens qu'avec ce qui pourrait être plaisant ou pratique pour les femmes impliquées dans la chose.

— Telle qu'elle est, cette convention me paraît tout à fait sensée, répliqua-t-il. Elle décourage les femmes qui ne sont pas mariées de se livrer à…

Il ne pouvait se résoudre à dire les choses crûment à une jeune fille qu'il venait à peine de rencontrer.

— … À cet acte, à cause du risque de tomber enceinte, conclut-il.

Elle lui lança un autre regard de commisération.

— Il y a des moyens de l'empêcher, vous savez.

Il soupira.

— J'imagine que vous avez également lu des livres sur ce sujet.

— Une bibliothèque peut fournir une éducation étonnamment complète, si l'on sait où chercher.

— De toute évidence, approuva-t-il, mais certaines choses ne se trouvent pas dans les livres.

— C'est l'autre raison pour laquelle je suis impatiente d'expérimenter les choses en question dans la réalité, dit-elle avec franchise. Par curiosité intellectuelle.

— Mais pourquoi me choisir comme partenaire de cette… expérience ? s'étonna-t-il, hésitant encore entre être flatté ou horrifié.

Elle le dévisagea, stupéfaite.

— Pourquoi vous ? Vous êtes-vous déjà regardé dans un miroir, Potts ? Vous êtes tout à fait séduisant, savez-vous ?

— Je n'y ai jamais beaucoup réfléchi.

— C'est souvent ce que prétendent les gens qui sont beaux, dit-elle avec un soupir.

— Mais parce que cela ne présente pas un grand intérêt, objecta-t-il. Ce n'est qu'une opinion, basée sur une apparence.

Elle lâcha un grognement énervé.

— C'est peut-être superficiel à vos yeux, mais c'est très difficile à ignorer pour moi. Quand je vous regarde, par exemple, j'oublie complètement votre ambition de voler les biens de votre employeur et d'abandonner votre travail.

— Haha ! s'exclama-t-il en pointant un doigt accusateur vers elle. Vous admettez que j'ai des défauts criants. Mon manque de morale devrait être suffisant pour vous empêcher de me considérer comme adéquat pour…

Il agita la main d'un geste vague.

— … Certaines choses, grommela-t-il.

— Des choses comme le mariage, peut-être, renchérit-elle avec le même geste de la main pour congédier cette idée. Mais je ne demande rien de tel. Je ne demande même pas de parade de séduction. Nous pouvons simplement avoir des relations sexuelles. Ensuite vous pourrez prendre votre part de diamants, et retourner aux projets qui étaient les vôtres.

— Et vous abandonner, murmura-t-il en secouant la tête.

— Vous dites cela comme si votre absence allait être difficile à supporter, dit-elle, confuse.

— Et vous, comme si je n'allais pas vous manquer du tout après cela, rétorqua-t-il. À vous entendre, vous allez coucher avec moi, et n'y penserez plus le moins du monde après mon départ.

— Ce n'est pas du tout ce que je veux dire. Vous me manquerez, évidemment. Ce sera de toute façon le cas, que nous couchions ensemble ou pas. Mais si nous le faisons, j'aurai d'agréables souvenirs quand je repenserai à vous — et ce sera souvent.

Son ton s'adoucit pendant un instant qui le porta presque à croire qu'elle éprouvait pour lui un sentiment plus profond que de la simple curiosité.

Puis elle grinça les dents, de plus en plus énervée par son manque de coopération.

— Mais vous partirez de toute façon, quoi que j'éprouve ou que nous fassions. Et je vous interdis de parler de ma vie comme si elle allait être difficile, insupportable sans la présence d'un homme. Vous ne me laisserez pas dans le désert, ni ne m'enchaînerez dans un donjon. Quand vous serez parti, moi je resterai ici, où j'ai toujours vécu. Vous irez où vous voudrez. Les choses seront comme avant, ou presque.

— Rester ici ne fait pas partie de vos plans, vous me l'avez clairement dit. Et vous ne serez plus une demoiselle, pour dire les choses poliment. Y avez-vous pensé ? Qu'allez-vous dire à votre futur mari quand il découvrira pendant votre nuit de noces que vous avez déjà eu une expérience ? lui demanda-t-il, dans l'espoir de l'effrayer.

— J'imagine que je mentirai, répondit-elle. Puisque vous allez bientôt repartir, il est probable que nous passerons peu de temps ensemble, donc je serai de fait peu expérimentée. Et j'ai derrière moi dix-neuf ans de virginité et de parfaite innocence sur lesquels m'appuyer. Puisque l'homme que j'épouserai ne sera pas aussi intelligent que vous selon toute probabilité, cela ne devrait pas être trop difficile de le berner.

Il aurait voulu contredire son raisonnement très logique, mais elle avait sans doute raison. Si elle clamait son innocence, le gentleman qu'elle avait épousé la croirait. S'il ne la croyait pas, ce n'était pas un gentleman et elle n'aurait pas dû l'épouser. Donc à moins qu'elle ne le proclame à la face du monde, ce qu'ils feraient ensemble resterait secret et ne causerait de tort à personne.

Et il pouvait argumenter tant qu'il voulait avec elle — et avec lui-même — que ce qu'elle demandait était inconvenant, Charity était du genre rationnelle et avait sans le moindre doute déjà passé et repassé mille fois le sujet dans sa tête. Et décidé de mettre ses idées en pratique après ample réflexion avant de venir les lui exposer.

Quand ils en auraient terminé, il pourrait passer à autre chose, comme il l'avait fait déjà un nombre incalculable de fois, d'un emploi précaire à un autre, d'une femme à une autre, quittant sans remords tout ce qui avait cessé de susciter son intérêt.

Puis il se souvint de ce qui l'attendait, et du fait que pour la première fois de sa vie il était censé aller vers quelque chose, non pas le fuir.

— Êtes-vous prêt à vous rendre à mes raisons, Potts ?

Charity se plaqua les mains sur les hanches. Ce geste dessina sa taille sous ses jupes, et rendit son argument encore presque plus persuasif que son discours.

— Non, Miss Strickland, je ne suis pas prêt.

Il la regarda un moment et fit des adieux silencieux au corps de Charity caché sous la mousseline, avant de lui adresser un sourire à la fois poli, ferme et distant.

— Je regrette d'être dans l'incapacité de vous séduire, aujourd'hui ou n'importe quel autre jour. Je suis flatté par votre proposition, bien sûr.

— Bien sûr, répéta-t-elle en copiant son intonation. Mais vous en êtes incapable. J'ai également lu des choses là-dessus.

— Non, ce n'est pas ce genre de problème ! trancha-t-il vivement avant de plonger la main dans sa poche pour lui montrer la miniature de Prudence.

— Mrs Potts, j'imagine, marmonna Charity d'une voix blanche.

— En un certain sens, répondit-il, aussi peu enthousiaste qu'elle. C'est la veuve de mon frère. Elle s'appelle Prudence. J'ai promis de prendre soin d'elle.

— Je suppose que par cela vous entendez l'épouser.

— Oui, murmura-t-il.

Charity sortit un mouchoir de sa manche, ôta ses lunettes, se tamponna les yeux puis entreprit d'essuyer ses verres.

— Elle est très belle.

Il y avait une résignation dans ces mots qui laissait entendre que c'était exactement le genre de femme avec qui elle s'attendait à le voir associé.

— En effet, dit-il.

Prudence était aussi plus qu'intéressée, avide, et d'une stupidité sans nom. Il ne l'aurait jamais dit tout haut, car son éducation l'en empêchait, et ce même avec des milliers de kilomètres d'étendue d'eau entre eux. Mais ce n'en était pas moins exact pour autant.

— Son apparence n'a rien à voir avec ma décision, ajouta-t-il.

— Bien sûr que non, dit-elle en se tournant vers la porte comme si elle allait s'enfuir, mais elle se retourna, visiblement furieuse.

— Vous pouvez toujours prétendre que l'apparence physique est superficielle et n'a pas d'importance, Potts. Mais quand des hommes comme vous décident de se marier, c'est toujours avec des femmes comme cela.

— J'ai des responsabilités…, commença-t-il.

Elle lui coupa la parole aussitôt.

— Mais quand on n'est pas jolie, que l'on vous décrit dans votre entourage comme manquant de manières, intrusive et caustique, la donne n'est pas la même. Jusqu'à aujourd'hui, les propositions de mariage ont été inexistantes pour moi, tout comme les flirts et le fait de me faire courtiser. Même en société, la courtoisie des hommes se réduit au strict minimum. À dix-neuf ans, je fais déjà tapisserie.

Sa lèvre avait trembloté, juste une fois. Puis son contrôle de fer presque masculin sur ses émotions avait réapparu.

— C'est pourquoi je veux prendre mon propre bonheur en mains moi-même. Personne ne me désire, Potts. Cela ne devrait pas être trop difficile à croire, puisque vous ne me désirez pas non plus.

Il fallait que quelqu'un lui dise qu'il n'y avait aucun problème avec son apparence ou sa personnalité, que le temps arrangerait tout. Elle devait simplement patienter et mûrir un peu, sa beauté s'épanouirait. Et même aujourd'hui, elle possédait déjà de nombreux atouts.

Si les hommes ne s'en rendaient pas compte, alors c'étaient des imbéciles qui ne méritaient pas sa considération.

Mais elle n'avait pas besoin de ces mots, car elle les avait déjà entendus, et ne les croyait pas. Il lui fallait quelque chose de plus. La main de Miles se leva alors comme si elle était douée d'une volonté propre, pour lui effleurer les cheveux. Ils étaient du genre à ne pas garder une boucle en forme bien longtemps, mais ils glissaient telle la soie entre les doigts d'un homme, et se répandraient joliment sur un oreiller le soir quand ces doigts les déferaient. Ils embaumaient les violettes.

Et ses lèvres… Ses lèvres étaient chaudes et douces quand il les embrassa, tout juste entrouvertes, de sorte que le souffle de Charity lui effleura à peine la joue avant de se transformer en hoquet de surprise quand il enroula son bras autour d'elle et l'attira plus près de lui.

Puis il explora doucement sa langue, et les mains de Charity qui jusque-là étaient serrées en poings crispés se détendirent et glissèrent sur les manches de sa redingote.

S'il avait nourri une intention quelconque en commençant cela, il aurait affirmé que c'était plutôt une exploration des possibles qu'un acte dicté par la passion. Quel mal y avait-il dans un simple baiser s'il effaçait certains des doutes qu'elle avait sur elle-même ?

Mais maintenant qu'il avait commencé, un seul baiser ne semblait pas suffisant.

Il suivit la ligne de sa mâchoire avec ses dents avant de revenir à sa bouche et de l'embrasser franchement, tout en serrant son corps contre le sien, pour savourer des courbes de vierge qu'il aurait été dommage de ne pas découvrir et apprécier.

Serait-ce si mal de faire ce que tout le monde le pressait de faire depuis l'instant où il avait posé pied à terre en Angleterre ?

Il pourrait la prendre en secret maintenant, comme elle le lui avait demandé. Puis la prendre de nouveau ensuite, encore et encore, avec la bénédiction de l'Eglise.

Et elle occuperait ici sa place à ses côtés, dans cette maison, pour le reste de sa vie.

Mais ce n'était pas *sa* maison. C'était celle du comte de Comstock : un homme qu'il ne voulait pas être, et un homme qu'elle ne voulait pas épouser.

Aussi mit-il fin au baiser avant de la repousser le plus doucement possible.

Elle avait le regard levé vers lui, l'image même de la tentation avec ses yeux noisette écarquillés derrière ses lunettes embuées, la bouche encore entrouverte comme si elle réclamait un autre baiser.

La manière la plus rapide d'arrêter cette folie avant qu'elle n'aille trop loin aurait été de lui révéler sa vraie identité. Elle se serait alors rincé la bouche à l'alcool et se serait enfermée dans sa chambre avant même qu'il ne puisse formuler la moindre excuse.

Mais se dévoiler aurait ruiné ce moment, pour lui comme pour elle. Après l'avoir vue avec ses lèvres douces et son regard émerveillé, il ne pouvait se résoudre à le faire.

Par malheur pour lui, il y avait en ce moment dans sa vie plus qu'assez de vérités déplaisantes pour le dissuader de lui révéler celle-ci.

Elle se penchait vers lui pour un autre baiser quand il posa sa main sur son épaule pour la retenir.

— C'était pour vous assurer qu'il n'y a rien chez vous qui m'empêche d'accéder à votre requête. Si après mon refus vous ne voulez plus partager les diamants que nous cherchons, alors qu'il en soit ainsi. Je ne peux pas vous faire l'amour pour des raisons qui n'ont rien à voir avec vous, et qui ne concernent que moi.

— Alors dites-moi lesquelles, demanda-t-elle.

— Si vous me connaissiez mieux, vous trouveriez que je suis un fainéant irresponsable indigne de votre attention. Mais je ne suis pas mauvais au point de risquer de laisser ici un enfant derrière moi alors que je dois rentrer en Amérique donner un nom à celui que porte Prudence.

— Elle est enceinte ? s'exclama Charity.

Il hocha la tête.

— Vous devez comprendre que ce que vous avez suggéré me serait tout à fait impossible.

Mais au moment où il le disait, son esprit lui opposait que le baiser qu'ils venaient de partager offrait au contraire des possibilités infinies.

— Et maintenant, si vous voulez bien m'excuser, les affaires du comte m'appellent.

Et même s'il aurait répugné à l'admettre, il se sauva devant une gamine de dix-neuf ans.

9

Il l'avait embrassée.

Avant et après, il avait dit un tas de choses, dont certaines semblaient importantes. Mais tout s'effaçait, sauf le fait qu'il l'avait *embrassée.* Sur la bouche. Et la bouche ouverte en plus ! Il avait fait une chose avec sa langue qu'elle ne se souvenait pas avoir vue décrite dans aucun des livres de la bibliothèque — peut-être parce que ceux-ci étaient concentrés sur d'autres parties de l'anatomie.

Et maintenant qu'il était reposé et rasé de près, il était encore plus beau que la veille.

Quand James Leggett était arrivé, elle l'avait admiré physiquement, bien sûr. Mais elle avait compris sur-le-champ qu'il était attiré par sa sœur Faith, et elle avait fait tout ce qui était en son pouvoir pour encourager cette attirance. La même chose avait été vraie pour Gregory Drake et Hope. C'étaient tous deux des gentlemen très séduisants, et elle les aimait désormais comme des frères.

Mais Mr Potts était... quelqu'un de complètement différent.

Discuter avec lui était comme s'affronter à l'escrime. Pas les entre-chocs maladroits que ses sœurs et elle produisaient quand elles étaient petites et jouaient avec les armes qui décoraient les murs du manoir. Essayer de le convaincre de s'allier avec elle avait été comme le duel de rapières qu'elle avait vu à la fin de *Hamlet,* quand ils étaient allés voir la pièce à Haymarket. Rapide, totalement contrôlé, chaque coup suscitant parade et riposte immédiate.

Puis son contrôle lui avait fait défaut. Elle palpa sa lèvre, et sentit un sourire se dessiner sur sa bouche encore légèrement gonflée.

Elle n'aurait pas dû être surprise qu'il ait une fiancée belle et enceinte qui l'attendait en Amérique. Il avait beau prétendre être un bon à rien, elle doutait que ses quelques défauts suffisaient à empêcher les femmes de lui courir après, et qu'il soit capable de résister à la tentation quand une femme pareille s'offrait à lui.

La présence de cette miniature lovée dans la poche de Mr Potts la fit encore plus souffrir à l'idée que la tâche qu'elle s'était fixée serait immanquablement vouée à l'échec. La jolie Prudence jouait-elle aux échecs ? Avaient-ils quelque chose en commun en dehors de la beauté, ou l'épousait-il uniquement parce qu'il se souciait de son bien-être et de sa réputation ?

Quand il avait parlé de ses projets d'avenir, il avait mentionné responsabilités et obligations. Mais pas l'amour. Il n'y avait eu aucun désir dans ses yeux quand il avait regardé le minuscule portrait.

Et d'ailleurs, était-ce autorisé d'épouser la veuve de son frère en Amérique ? Même si des Anglais se mariaient parfois avec leurs belles-sœurs, ce n'était ni légal sur leur sol, ni approuvé par l'Eglise.

Charity eut un instant le fantasme de se précipiter dans une église lointaine par-delà l'océan et d'annoncer haut et fort qu'il y avait une raison valable pour que ce mariage ne soit pas prononcé. Cela prouvait à quel point elle était de plus en plus en marge de la société et des usages pour envisager de faire un discours sur les lois du mariage en pleine cérémonie nuptiale ! Une jeune fille normale aurait interrompu l'office en proclamant tout simplement qu'elle était incapable de vivre un instant de plus sans son bien-aimé.

Cela n'avait pas d'importance de toute façon. Toutes ses protestations seraient nulles et non avenues face au ventre proéminent de Prudence. S'il lui avait fait un enfant, il était normal qu'il l'épouse.

À moins que...

Avant qu'elle ne vienne au bout de sa réflexion, on frappa doucement à la porte de la bibliothèque.

— Entrez, dit-elle, avant de se retourner.

Le majordome se tenait très raide sur le seuil.

— Qu'y a-t-il, Chilson ?

— Prendrez-vous votre déjeuner dans la bibliothèque comme d'habitude, Miss Charity ?

— Dans la salle à manger, ainsi que le dîner, répondit-elle en souriant.

— Mr Potts a demandé qu'on lui fasse monter un plateau dans sa chambre, annonça le majordome avec un hochement de tête pour marquer son approbation à cet arrangement.

— Ah bon ?

Il avait fui leur baiser, et maintenant il avait l'intention de se cacher aux moments des repas ?

— Il ne devrait pas donner plus de travail au personnel, répliqua-t-elle non sans malice. Montez-lui son déjeuner. Mais la prochaine fois que je le verrai, je l'informerai que tous les autres repas se prendront dans la salle à manger.

— Il peut aussi se joindre à la table du personnel dans les cuisines, précisa Chilson après un silence lourd de sens.

— Mais il ne fait pas partie du personnel, expliqua-t-elle avec fermeté. Il mangera à la table de la famille.

— Mais quand la famille ne séjourne pas ici...

— La famille, c'est moi, trancha-t-elle pour couper court à toute discussion.

Chilson n'émit aucun soupir de frustration, mais elle eut la nette impression qu'il en aurait eu fortement envie.

— Je veillerai à ce qu'il y ait deux valets dédiés à ce service, dit-il, et un autre pour l'accompagner si d'aventure il a besoin d'assistance pour l'inventaire. Et peut-être une femme de chambre pour vous tenir compagnie le soir.

L'espace d'un instant elle crut avoir mal entendu. Pendant

des années elle avait guetté le moment où elle n'aurait plus d'aïeul ou de sœurs sur son dos pour lui seriner que tout ce qu'elle voulait faire était mal. Maintenant qu'elle était enfin seule et pouvait prendre ses propres décisions sans personne pour lui demander des comptes, voilà que les domestiques avaient des suggestions sur la façon dont elle devait se comporter !

C'était encore plus ennuyeux qu'ils aient de bonnes raisons de s'inquiéter... Mais ils ne comprenaient pas que c'était l'honneur de Mr Potts qui avait besoin d'être protégé, pas le sien.

Elle adressa un sourire résolu au majordome.

— Les valets et femmes de chambre ne seront pas nécessaires, Chilson. Je ne veux pas de chaperon, et je n'en ai pas non plus besoin.

Il y eut une autre pause significative, et un soupir l'aurait sans doute ponctuée si Chilson avait fait preuve de moins de style.

— Très bien, Miss Charity.

— Vous pouvez disposer, dit-elle.

Elle l'observa tandis qu'il se retirait en silence.

Les domestiques arrêteraient de la harceler, pour le moment du moins. Mais après le déjeuner il lui faudrait trouver le moyen d'attirer Mr Potts hors de sa chambre. Les diamants étaient un bon moyen pour cela. Le baiser qu'il lui avait donné avait beau valoir au moins une des pierres, il n'en aurait aucune jusqu'à ce qu'ils mettent la main dessus. Et pour les trouver, elle devait le convaincre qu'elle avait besoin de son aide.

Il avait fallu à Miles moins d'une journée à Comstock Manor pour perdre complètement de vue son plan initial. Il était venu chercher des choses à vendre afin de pouvoir quitter le pays. Certes, il n'était pas ravi de rentrer chez lui les mains vides, et il n'avait rien entrevu d'autre en Angleterre pour lui que des ennuis à venir, des soucis et des problèmes.

Il était certain de ne pas vouloir épouser une lointaine cousine qui lui était une complète étrangère uniquement parce que tout le monde ici considérait que c'était une solution pratique.

Le lendemain, il avait été alléché par la perspective de retrouver des diamants disparus, dont un seul d'entre eux le sauverait à jamais de la prison pour dettes.

Et il avait embrassé la femme même qu'il voulait éviter, afin de détourner le désir de cette dernière d'avoir avec lui une vulgaire aventure.

Pire, cela lui avait plu. Mais il n'allait pas séduire une vierge et l'abandonner, même si elle l'en avait prié ! D'un autre côté, il était vrai qu'il n'aurait pas pensé l'embrasser non plus… S'il voulait se conduire correctement vis-à-vis de Pru, il devrait d'abord se débrouiller pour ne pas être obsédé par l'idée de recommencer avec Charity.

Il y avait également le fait que cette dernière n'aimait pas le nouveau comte de Comstock, par principe. C'était là un point en sa faveur, car Miles n'aimait pas être ce personnage. Cependant si elle découvrait que Mr Potts et lui étaient une seule et même personne, elle ne serait pas ravie — avec l'un comme avec l'autre.

Mieux valait qu'il s'en tienne à son plan de départ : trouver des objets de valeur faciles à emporter et prendre la poudre d'escampette. Le meilleur endroit pour dénicher ce genre de trouvailles était dans l'une des ailes anciennes et désaffectées du manoir, où l'on ne remarquerait jamais qu'il pouvait manquer quelque chose.

Il emprunta le grand escalier au trot, puis choisit le couloir du milieu entre les chambres de la famille et celles dévolues aux invités.

Ce couloir était plus étroit que ceux des autres ailes, et aussi plus obscur, avec des portes en vis-à-vis tout du long. Tout au bout le plâtre du mur changeait d'aspect, ce qui indiquait une aile plus ancienne encore. Le passage s'élargissait alors et débouchait sur plusieurs nouveaux couloirs qui se déployaient dans des directions opposées.

Il prit dans sa poche le dollar en argent qui ne le quittait jamais et joua à pile ou face. Pile. Ce serait donc à gauche. Il s'engagea dans ce couloir, essayant de se représenter où il se trouvait dans la maison, sans y réussir.

Le premier étage de la demeure semblait dessiner un grand H. Mais le rez-de-chaussée formait une ligne droite qui s'élargissait en son centre comme un serpent qui aurait gobé un œuf. Si la partie inférieure de cette aile n'avait pas été détruite, il n'aurait pu se figurer comment y accéder, si ce n'était depuis les pièces de réception des ailes plus récentes.

Un escalier incurvé à la fin de ce même couloir aurait pu l'éclairer sur ce point, mais il était plongé dans l'ombre et semblait condamné plus bas par un mur de brique, empêchant d'atteindre l'étage inférieur par ce biais.

Miles revint sur ses pas, sortit un anneau de clés de sa poche et commença à essayer les serrures des différentes portes.

La majorité des pièces qu'il réussit à ouvrir étaient meublées de façon spartiate avec des lits sans rideaux ni matelas, des placards vides et des bancs branlants.

Mais il finit par pénétrer dans le genre de chambre qu'il cherchait.

Elle était meublée au complet, décorée d'une combinaison criarde de rouge et de doré, avec sur les murs des tentures de soie chinoise peinte, de lourds rideaux de velours aux fenêtres et autour du lit. Il n'y avait aucun bibelot sur la commode, ni de bijoux oubliés dans les tiroirs. Le placard contenait des robes et des manteaux démodés depuis cinquante ans au bas mot, qui ne lui serviraient à rien, à moins qu'il ne veuille perdre du temps à en ôter les boutons en cuivre et la dentelle défraîchie.

Mais de l'autre côté de la pièce se trouvait un cabinet en bois de rose à incrustations de cuivre et de ce qui ressemblait à du jade. Il était aussi *verrouillé*.

Qu'est-ce qui pouvait donc présenter autant de valeur pour être enfermé dans pareil meuble, tout en étant oublié dans une pièce désaffectée ?

Il n'avait aucune clé sur son anneau qui corresponde à la serrure. Mais à quoi bon être comte, si l'on ne pouvait prendre de libertés dans sa propre demeure ? Il sortit son couteau de poche et l'enfonça dans ladite serrure pour tripoter le mécanisme.

Il y eut un bref craquement, et les portes s'ouvrirent. Il contempla le contenu du cabinet avec un mélange de fascination et de stupéfaction. Les étagères étaient remplies de rangées successives d'ornements en ivoire sculpté, la plupart plus petits que son poing. La première rangée consistait en animaux et poissons très réalistes. Mais plus il fouilla vers l'intérieur, plus la collection devint surprenante. Il y avait moins d'animaux, et beaucoup plus de personnages : des couples, et parfois des groupes de trois ou plus. Et ils étaient tous dotés de la même souplesse acrobatique que les Indiens dans le livre qu'il avait feuilleté un peu plus tôt.

Il referma le meuble et le verrouilla de nouveau. C'était bien sa chance ! Les premiers objets vendables qu'il venait de trouver étaient le genre de choses qu'il aurait été embarrassé de trimbaler dans ses poches.

Un grognement retentit.

Miles se retourna vivement et découvrit son affreux chien sur le seuil, comme si ce petit démon avait l'intention de l'empêcher de sortir.

— Ne grogne pas sur moi ! Je t'ai sauvé la vie une fois, et j'ai veillé à ce que tu la termines dans le luxe, à t'engraisser des bons morceaux qu'on te jette de la table et dormir sur l'oreiller d'une dame.

Le chien s'assit soudain, comme s'il réfléchissait à ces propos.

Puisqu'il ne semblait plus question d'attaque, Miles se dirigea vers la porte pour quitter la pièce.

À la dernière minute, le chien bondit, exhiba ses petits crocs et chargea.

Miles esquiva l'attaque, saisit la poignée de la porte et la claqua vivement, emprisonnant l'animal à l'intérieur. Il chercha la clé pour l'enfermer, puis changea d'avis. Il avait déjà été assez difficile d'expliquer à Charity qu'il ne lui ferait pas l'amour. Il ne voulait pas en plus avoir à admettre qu'il avait enfermé son chien dans une pièce isolée sans eau ni nourriture.

Il ouvrit la porte avec précaution, se préparant à un nouvel assaut. Comme il ne se produisit rien de la sorte, il appela dans la pièce.

— Sors de là, misérable petit mendiant ! Ne crois pas que je me suis radouci. Je te libère uniquement pour elle.

Il n'y eut aucun bruit en réponse. Il ouvrit la porte en grand, petit à petit… et ne vit rien.

Pas le moindre signe du chien qui avait été là une minute plus tôt ! Un bref instant, Miles pensa à le chercher — mais il se ravisa bien vite. Ce maudit animal était sans doute tapi derrière un rideau ou sous le lit, prêt à le mordre quand il s'approcherait.

— Comme tu voudras, Pepper. La porte est ouverte. Tu as trouvé ton chemin jusqu'ici. Tu pourras sortir quand tu auras faim ou te laisser dépérir, ça m'est égal.

Il retourna dans le couloir, revint sur ses pas jusqu'à l'étage principal et repartit vers la bibliothèque. Il ouvrit la porte doucement et s'arrêta sur le seuil, comme il avait fait pour le chien.

Mais cette fois, c'était pour s'assurer que Charity Strickland n'y était pas installée en ce moment. Après leur précédent entretien mouvementé, il n'était pas prêt à la revoir tout de suite. Et certainement pas pendant ce qu'il avait prévu de faire.

Quand il fut bien certain d'être seul, il referma la porte et retourna vers l'étagère d'où elle avait sorti les livres qu'elle avait qualifiés « d'éducatifs ». Le mot s'avéra approprié, car en dépit de ses expériences variées dans le domaine, il y avait là des choses que Miles n'avait encore jamais vues.

Il avait entendu parler du sulfureux livre de John Cleland en Amérique. Qui ne le connaissait pas ? Mais il ne l'avait jamais eu en main. Il semblait bien que cette bibliothèque en possédait à la fois la première édition, et plusieurs autres exemplaires moins prestigieux. Il y avait le manuel des pratiques amoureuses en sanskrit, accompagné d'un autre livre illisible, en français celui-ci, mais avec une profusion d'illustrations qui ne laissaient aucune place à l'imagination. Les autres livres, en latin et en allemand, n'étaient pas illustrés. Mais Charity pratiquait visiblement ces deux langues couramment car elle avait pris la peine de placer des marque-pages aux passages les plus intéressants, accompagnés de traductions calligraphiées avec soin.

Il n'arrivait pas à décider ce qui le choquait plus : le sujet lui-même, ou l'application très scolaire dont elle avait fait preuve pour écrire des mots qu'aucune jeune fille n'était censée connaître.

Ce n'était donc pas une réelle surprise que le reste de la rangée concerne l'art oriental, en l'occurrence des albums de peintures sur soie dépeignant toutes les manières de copuler possibles et imaginables. Après ce qu'il avait découvert dans le cabinet, il lui semblait que l'un de ses prédécesseurs nourrissait une obsession pour l'érotisme asiatique. Si ce dernier avait beaucoup voyagé pour acheter et rassembler tous ces objets de collection, cela expliquait selon toute probabilité où avait été engloutie la plus grande partie de la fortune familiale.

Mais d'autres ouvrages étaient sans doute ici depuis plus longtemps encore. L'étagère du dessous supportait de gros volumes reliés en cuir avec des anneaux en métal sur la tranche, qui prouvaient qu'ils avaient été autrefois enchaînés à une étagère de monastère. Quand il en découvrit les illustrations, il comprit les raisons de pareilles précautions. Le moine qui avait enluminé ces œuvres semblait possédé par le besoin compulsif de dessiner des phallus jusque dans les images les plus innocentes.

Il referma les livres et prit soin de les replacer à l'endroit exact où il les avait trouvés afin que la conservatrice des lieux ne soupçonne pas qu'il les avait examinés.

La dernière chose qu'il voulait, c'était que Charity Strickland se rende compte qu'il les avait de nouveau regardés, et s'imagine qu'il avait besoin d'inspiration.

Mais ce n'était pas vraiment le cas. Certes, c'était excitant, mais il préférait pratiquer de telles activités avec un être bien vivant plutôt que de contempler des images de la chose. Il doutait fort que dans les documents en rapport avec l'héritage il trouverait mention que le comte en titre était chargé de préserver et gérer l'impressionnante collection pornographique des Comstock pour les léguer aux générations futures.

Mais la présence de ces choses lui mit dans la tête des idées très concrètes et potentiellement lucratives, qui n'avaient rien à voir avec le fait de partager le lit de Miss Charity. Il restait le problème qu'il ne savait trop comment s'y prendre. Mais cela ne signifiait pas qu'il ne connaissait pas quelqu'un qui pourrait l'aider : Gregory Drake, le beau-frère de Charity, était tout indiqué.

Quand ils s'étaient rencontrés, ce dernier s'était présenté comme une personne douée pour résoudre les problèmes, et monnayait volontiers ses services. Il semblait s'être spécialisé dans ce travail original avec efficacité et discrétion, auprès des membres de l'aristocratie, pour les tirer de tout un tas de mauvais pas et divers ennuis.

Exactement du genre de ceux qui venaient de tomber sur Miles.

Gregory Drake s'était donc tout naturellement porté volontaire pour l'audacieuse et ambitieuse tâche d'inventorier le manoir de Comstock, même après avoir vu l'endroit et savoir à quoi il s'attaquerait.

Malheureusement, il avait abandonné le travail en cours pour filer en Ecosse avec la sœur aînée de Charity, pour leur lune de miel. Miles avait été quelque peu ennuyé, mais guère plus. Il ne pouvait pas blâmer le jeune homme plus que cela. Il commençait à comprendre combien les sœurs Strickland pouvaient être persuasives quand elles avaient une idée dans le crâne.

Mais cela faisait plusieurs semaines que Gregory Drake était parti, et il n'avait toujours pas officiellement démissionné. Donc en théorie il était toujours au service du nouveau comte, n'est-ce pas ? La lune de miel avait assez duré. Il était temps qu'il reprenne le travail, et de le lui faire dûment savoir.

Miles quitta la bibliothèque, mais ne put se retenir de

jeter un coup d'œil de chaque côté du couloir avant de s'y aventurer, de crainte que Miss Charity ne soit en embuscade, prête à lui sauter dessus et exiger qu'ils copulent aussitôt dans ce même couloir.

C'était là le problème avec la pornographie. Elle suggérait des idées ridicules sur ce qui était susceptible de se produire pendant des moments de passion, et ne fournissait pas assez d'informations sur ce qui se passait dans la réalité.

Il remonta dans sa chambre en catimini.

Son déjeuner l'y attendait, comme il l'avait demandé, ainsi qu'une écritoire bien garnie de plumes, d'encre et de papier. Il lui fallut plusieurs pages avant d'arriver à détailler ses requêtes à Gregory Drake, mais le résultat final avait de l'allure, sur le papier à lettres aux armes de la famille Comstock surplombées d'une couronne. Puis il adressa son courrier au jeune marié, à sa demeure de Londres.

Il hésita un moment avant d'aller à la commode où se trouvait son linge, et de fouiller sous sa pile de cravates pour y récupérer la chevalière au sceau des Comstock qu'il y avait dissimulée. Il la posa sur le bureau, avec le nécessaire pour allumer le feu dans la cheminée afin de faire fondre la cire. Il s'était juré de ne plus jamais utiliser ce sceau une fois qu'il aurait quitté Londres.

Il s'était senti tel un imposteur quand il avait signé des documents en l'utilisant, et il avait hâte de ne plus le faire.

Mais en ce cas précis, c'était approprié. Ce qu'il demandait à Gregory Drake de faire pour lui le concernait moins personnellement qu'il ne touchait aux intérêts plus vastes des finances de la famille. Si celles-ci pouvaient être redressées en partie grâce à ce moyen, peut-être pourrait-il persuader Charity de les gérer ensuite, ainsi que tout le domaine.

Même si elle nourrissait l'idée fixe de quitter cette demeure et vivre sa vie ailleurs.

Cependant, cette volonté de la jeune femme de quitter le manoir semblait en grande partie mue par son désir d'éviter le comte de Comstock. Si elle apprenait que ledit comte désirait échapper à ses responsabilités exactement de la même manière qu'elle, il se pourrait qu'elle reconsidère ses projets.

Maintenant qu'il avait terminé, il examina la lettre soigneusement scellée dans sa main. S'il souhaitait rester incognito vis-à-vis du personnel, il ne pouvait pas la déposer au courrier qui partait le matin, estampillée avec le sceau du comte au verso. Il la glissa finalement dans la poche de sa redingote et prétendit au majordome qu'il avait besoin de donner de l'exercice à son cheval.

Puis il descendit aux écuries et se rendit à l'auberge devant laquelle il était passé la veille.

Il y but une pinte de bière, posta la lettre et rentra au manoir à temps pour le dîner.